U0622757

太阳花

黄若 著

作家出版社

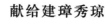

献给建璋秀琼

自　序

　　《太阳花》是我与作家出版社合作的第二本小说，这也是我商业题材创作三部曲中的第二部。第一部《百年天一》讲述的是80年前民国时代华侨企业家经营的故事，《太阳花》的小说背景则是当下，以天一后人在现代职场从事私募投资和管理为主线，展现创业与投资的波澜起伏。

　　我本人不是专业作家出身，过去30多年从事的是企业管理、创业以及互联网项目的资本运作，那是我的本业和标签。我在企业经营管理这个领域摸爬滚打半辈子，有很多源自一线的实操经验和体会，既管理过跨国五百强企业的在华业务，主持过互联网大厂的平台创建，参与过私募基金的投资运作，也有过自己的创业实践。工作之余，阅读与写作是我多年保持的爱好，近年来陆续出版了七本关于电商经营、商业管理和职场进阶的书籍，感恩许多读者的喜爱和捧场。我的第一部小说《百年天一》出版于2020年，被网站平台评为"最富商业智慧的当代小说佳作"，这样的读者反馈让我深受感动。

　　如今市面上各种商业题材的小说并不缺乏，而《百年天一》以及今年出版的《太阳花》不同于其他同一题材作品的地方在于，我更多注重的是商务类文学作品中对企业运作真实情景的还原，通过各个情节的叙述来展示企业兴衰的风风雨雨，以及管理者的经营智慧。市面上有很多商战小说，往往喜欢过分渲染人物关系，一切都围绕着人际纷争展开，例如坏人作恶，好人受挫，会来事的人善于周旋，冤案、委屈压得众人喘不过气，最后关头正义得到伸张，或者是在关键时刻，翘盼中的核心人物突然飞机失事……其实人际争斗并不是商业经营和企业管理的主旋律，过度戏剧化的情节貌似过瘾，但距离实际情况十分遥远。以我这么多年源于实业界的工作体会，我很清楚企业是从事生产的地方，是创造业绩的场所，企业竞争拼的是硬实力和软实力，而经营者的战略眼光、判断力、执行力，它们都是软实力的重要构成。之所以出现商战小说写得如同官场斗争，甚至官廷剧情节，说到底还是写作的人缺乏对企业运作的了解，大多也谈不上亲身经验。人际关系是比较容易编撰的，关在一间书屋里就可以构思出来，而且这样的人际间争斗无非换几个人物名字，大多桥段都已经模式化，好人做好事、坏人干坏事，这种标签式的描述远不能如实展现企业竞技场的真实原貌，而这恰恰是我下决心要在自己的文学作品中坚持的特色。我希望能透过各个情节来展现企业运作的实际案例，引领读者和我一同置身于企业日常经营的现场，感受每一个项目运作的压力，体会管理者的杀伐决断，高潮起伏的人物命运，而不是仅仅靠编撰的狗血剧情吸引眼球。我小说里的很多段落，例如《百年天一》里买断火车车厢，借势扩展市场规模，《太阳花》里逆势买入优惠网股票，高价投入草皮网项目，巧妙清理海天科技老股份，借用茶壶获得商业谈判的双赢……这些惊心动魄的情节都是我曾经经历过的无数商业片断的提炼和塑造，希望借此与读者分享商业的智慧和对经营的启发。

中国社会历来有重农轻商的传统，所谓的士农工商，商人和企业家是被排在最靠后的角落的，大多文学作品也习惯于丑化甚至妖魔化企业的管理者和商人，最明显的莫过于《水浒传》里对西门庆的贬低描述。人们被反复灌输无商不奸这样的错误观念，商人们也不时地要曲意逢迎说一些不在乎钱财的违心话。自古以来，经济发展和科技发明是人类社会前进的两项最重要驱动力，而经济发展过程中最主要的角色，就是企业家和企业的管理者。只要合法合规经营，商人逐利，企业家占领市场，这原本就是天经地义的事。你不能想象一位走向战场的士兵说他的任务不是要打胜战，或者一名实验室研究人员说他从不指望试验成功。既然道理如此，那么凭什么去鄙视或批评一心要赚钱发展的企业家和商人？大凡声称自己经营的目的不是为了挣钱的，甚至一个企业家有自己根本不喜欢钱这样的论调，他们要么说谎，要么就是脑子有问题。

　　士大夫文化在中国延续了几千年几乎未曾中断，这是中华文明传承不息的重要支撑，我一直努力追寻并试图保存一些祖辈传下来的士大夫情结，但这丝毫不影响我对于企业经营者的敬重，从某种意义上说，我希望借助我的文学创作，让更多的人了解企业管理。我以一个非职业作者的身份从事写作，在情节构思的角度与专业作者想必有所不同。衷心希望读者能喜欢我的作品，期待《太阳花》能让上一部小说《百年天一》的读者们满意，更期待这本新上架的小说获得更多对商业题材、投资创业和职场发展感兴趣的新读者，说到底，读者就是我的客户，让客户满意是我的职责。

北京望京　田女书斋

1

北京　首都机场

首都机场 T3 航站，上午 11:00 许。

这会儿正是每天境外航班抵港的第一个高峰时段，几乎每个闸口都有旅客潮水般地涌出。从匆匆往外行走的人群里，你很容易判断出哪些是商务差旅人士，哪些是探亲访友的，那群正紧挨着落地窗兴奋地比画照相的，十有八九是第一次来中国的海外观光客。

随着这波航班抵达的早高峰，香港飞来北京的国泰 CX386 航班在首都机场平稳降落。陈平一身西装，随身一只小型拉杆箱，外加一个电脑包，快速地从机场的自助入境通道通关过检，走到机场接机大厅。凯盛基金大中华区提前安排好的接机司机，正举着一个写有"凯盛　陈平"字样的牌子，在出口处接人的队伍中翘首张望着。陈平走过去朝司机点头示意，随后将拉杆箱交给司机，跟随后者通过机场廊桥，走到停车场，司机发动奔驰轿车，平稳地从地下一层停车场驶出。

"又是堵车。"陈平不禁嘟囔了一句。上车之后的第一件事，他习惯性地打开手机地图查看路线，凯盛基金办公室位于北京中央商务区 CBD 的地标性建筑，国贸三期，从机场过去大约是 25 公里的路程，地图显示，有两大段红色标记，预计通行时间需要一个小时。对于北京常年的堵车，陈平和无数其他商务人士一样，深感头疼。他叹了一口气，拿起电话，先拨通了太太的手机：

"嗨，我到北京了，一切都好。你今天干吗呢？嗯，那好，晚上再联系咯，先挂了。"陈平和太太一家人现在定居在香港，他们有 3 个孩子，老大、老二都上大学了，最小的儿子现在还在上初中。

接下来陈平又拨打了一个号码，手机屏幕上显示：母亲。

"我是平儿，妈妈您好。对，我今天到北京，刚刚降落，正在去往公司的路上。嗯，他们都在香港，都挺好的。您那边最近的天气怎么样？您和爸要多锻炼哦，记得坚持每天散步。是的，要坚持。嗯，好的。那您多保重，上次给您的乳酸菌冲剂记得每天按时吃。问我爸好。那我先挂了，再见。"

陈平是福建人，今年 52 岁。过去 25 年，陈平一直从事零售商业管理。他的上一个职位，是中国领先的电子商务网站特购社的首席运营官。这个网站后来被美国零售老大凯福特全资收购，并在美国成功上市。陈平也就退下来休息了几个月。今天，他是以凯盛基金 LP，即出资合伙人顾问的身份来北京的，计划停留两个星期，由凯盛基金的北京团队负责接待。

凯盛基金是全球排名前 5 位的大型私募基金，资金规模大约 400 亿美元。在美国、欧洲和亚太分别设有 9 个独立运作的公司。亚太地区最大的业务，是负责海峡两岸及香港投资的凯盛大中华区。凯盛基金在这里设有北京、上海、香港 3 个办公室，拥有 80 多人的前端专业投资团队，以及近 40 人的后端支持人员，包括 EIR（驻场企业家）、行政辅助人员和实习生。凯盛大中华区按行业分成 4 个业务投资组，工业与制造、消费品、教育与医疗，以及 TMT（新科技），其中 TMT组目前由一位初级合伙人石磊（英文名字 Stone）负责，他也是陈平一会儿要拜访的对象，陈平接下来在北京的行程主要由石磊和 TMT 团队接待。消费品组是由一位来自美国的合伙人 William（威廉）牵头，他的职级是资深合伙人，是目前凯盛大中华区唯一拥有资深合伙人头衔的高管。工业与制造组的合伙人是刘剑锋，医疗与教育组合伙人是康怡婷。除此之外，后端支持部门也就是 Back Office 由一位行政总监赵慧玲负责，下面包括人事、行政、财务、IT 支持等等。

凯盛基金全球老大、创始人兼基金主席 Andrew（安德鲁），以及凯盛全球 CEO Joe（乔）在这之前已经通过邮件把凯盛基金大中华区的情况介绍和人员结构发给了陈平，使他对大中华区的人员和团队架构有了大致的了解。

凯盛基金 1975 年创办于美国纽约，是一家着重投资于发展期企业的私募基金，凯盛 1994 年进入中国，是进入中国大陆最早的外资私募基金。创始人 Andrew 自从基金在美国创办的第一天起就一直领导着凯盛基金，他本人也从一名二十几岁的青年小伙子，变成了如今年近七十的精瘦老头。CEO Joe 是小布什政府任内的财政部次长，被创始人 Andrew 重金礼聘过来，负责凯盛全球的日常管理。

每家基金公司都有自己的投资风格和信念，作为一家全球顶尖的私募基金，凯盛秉承的投资原则是，深入研究被投项目的商业逻辑，注重中长远的发展前景，采取的是 Buy and Hold（买下并持有）即长期拥有公司股权、帮助被投企业发展的路线。这与其他一些私募基金主要做短线（例如 12 个月，24 个月）、只要公司一上市就脱手的做法明显不同。凯盛的另一个鲜明的运作特点是增持，只要是凯盛看中的项目，对该公司接下来的几轮后续融资，基本上凯盛都会持续跟进，追加投资。对于被投项目，凯盛有一个基本要求，就是通常都要成为该项目单一最大的机构投资方。也就是说，除了创始人团队以外，所有机构投资所占的股权比例，凯盛作为单一方必须持有最多股份，哪怕这个比例只有 10% 或者 8%，这与凯盛注重投后管理参与的运作风格是相呼应的。

进入中国 20 多年，凯盛在华的整体投资回报总体说还是可圈可点的，年均回报率为 15%，略高于凯盛全球 13% 的年均回报率。不过最近两年，大中华区的运作情况不太理想，特别是 TMT 团队，这个凯盛在中国投资的重头行业，自从两年前 TMT 的合伙人跳槽到竞争对手 Capital C 以后，TMT 只有初级合伙人石磊在主持工作，力量显得有些单薄。

从管理上，凯盛基金采取的是各个行业、各个国家独立运行机制，凯盛基金在全球 9 个国家设有十几个办公室，业务基本上都是由所在国家自行独立打理，每个国家设有总裁或总经理，唯独大中华区例外。大中华区从一开始就是实行合伙人责任制，不论是资深合伙人、合伙人，或者初级合作人，4条业务线各有1位合伙人牵头负责，每条业务线的负责人直接向美国总部主席和CEO报告。

大中华区目前唯一的资深合伙人，是负责消费品行业的William，每个合伙人带领的是一个独立运作的团队。以TMT为例，初级合伙人石磊是团队负责人，他领导的团队成员主要集中在北京，有Principal（投资董事）胡进Peter，两位VP（副总裁）李杰伟和刘国建，一位Associate（投资经理）程红，还有两位Analyst（分析员）Simon和顾卫华，团队秘书叶辛迪Cindy等。其中，VP以上的人员可以独立跟进项目，出任所投资项目的董事席位，Associate及Analyst则负责TMT团队的行业动态分析，提供投资前期的可行性报告，以及对被投项目的日常跟进。凯盛大中华区TMT团队现在手上一共有7个在投项目，包括1个已经上市项目，1个正在准备IPO，两个发展平稳项目，另外还有3个处于比较危险状况，总投入的资金量大约5亿美元，目前账面的整体回报是1.5倍，这些都是陈平从简报里读到的。

陈平这次为期两周的行程安排，是以凯盛基金美国LP顾问的身份拜访凯盛中国，第一站是北京，接着他还要去上海和香港，最后再回到北京，结束这两周的行程。这种由LP安排人员前往基金公司考察日常运作的情况并不少见。通常作为资金提供方，需要随时了解私募基金的投资和资本运作进展并进行合规调查，凯盛大中华区平均每年都要接待三五次类似的考察。

私募基金实行的是合伙人制度。合伙人分为两大类：LP和GP（经营合伙人）。LP就是出钱的一方，可以是个人，但更多的是机构，例如退休基金、私人财团、教育基金，他们代表的是出资的一方。而负责基金日常运作的，称为GP，属于出力的一方。GP的任务就是把LP的钱投到他们认为具有回报前景的项目上。

私募基金采取的是管理费加上利润分成的模式。所谓的管理费，即凯盛基金每年向LP收取所投入资本金额的1.5%，作为基金日常运作费用。这里面包括办公室租金、差旅费、人员的基本薪资等等。而获益部分，凯盛与资金方即LP采取二八分成的模式。以凯盛基金经营合伙人GP为一方，出资方LP为另一方，所获得的利润，GP获得20%，

LP 得到 80%。

以目前凯盛 400 亿美元募资，其中 300 亿美元在投的资金体量，意味着每一年凯盛基金有 4.5 亿美元的办公经费。大中华区的业务，大约占凯盛全球业务的 25%，是凯盛美国以外投资人员规模和投资资金体量最大的一个国家。

按照凯盛创始人、基金集团主席 Andrew 电子邮件的安排，陈平周一这天到北京，周四飞上海，下周一和周二在香港，下周三回到北京，最后在北京结束他的行程。Andrew 已经将陈平的行程计划发给了凯盛基金大中华区的所有合伙人和行政总监赵慧玲，他们都知道陈平的到来。

奔驰轿车从机场高速公路下来，在三元桥绕了一个弯，驶上三环路。

陈平望着窗外，想想自己已经有半年时间没有来北京了，现在是 10 月，早上离开香港的时候还是 32 摄氏度的高温，这会儿北京已经是一派秋意盎然的景色。刚刚一路从机场高速驶过，道路两旁已经可见秋天的纷纷落叶。陈平虽然是南方人，却一直很喜欢北方这四季分明的气候。尤其是每年秋季，满地的落叶，有一种岁月在指缝间流失的真实感。他很喜欢北京秋天随处可见的落叶，印象特别深的，是北京西郊钓鱼台国宾馆围墙外，那一排排银杏树洒落的金黄。陈平曾带母亲郭玉洁来北京旅游，正好赶上秋天，他特地带老太太住在钓鱼台国宾馆附近的酒店，一大早出门散步，去欣赏长长的几排银杏树下渐次飘落的黄色落叶，体验着那种双脚踩在厚厚银杏树叶上地毯般柔软的感觉。老太太原是护理专业的大学教授，退休以后喜欢上了摄影，那天母子俩整整在那片银杏树林里徜徉了两个钟头，拍了几百张照片。

"先生，我们再有 10 分钟就到了。"前面的司机提醒道，话音把陈平从沉思的思绪中唤醒回来。陈平点了点头，拿起手机，拨通了凯盛基金石磊办公室的电话。

"您好，这里是凯盛 TMT，我是 Cindy。"话筒里传出来一个悦耳的女中音。

"你好，我是 Jeff Chen，我大约还有 10 分钟就到办公室了。"陈平说道。

"好的，陈先生。我们知道您的到来，我这里有您的行程。办公室进出要刷门禁卡，我现在下到楼下大堂等您，我穿一套浅蓝色的套裙，您应该能认出来，一会儿见。"那个自称 Cindy 的女声回复道。

"好的，一会儿见。"陈平挂断了电话。

汽车从三环路主路驶下，一拐弯驶向国贸写字楼，在大门口停下，这里是凯盛基金北京公司的所在地。

2

北京 国贸

国贸大厦写字楼入口处，厚实的不锈钢旋转门，西装革履的人流进进出出。

刚一走入写字楼的大厅，陈平就看到大厅中央站着一位 20 多岁的年轻女子，短发，身材匀称，皮肤白皙，圆润的脸上一双眼睛透出令人难忘的职业女性魅力，这人身着一套质地华贵的淡蓝色西装套裙，手里拿着手机，正朝入口处张望。陈平估计这人就是几分钟前和自己通过电话的 Cindy。对方也注意到了陈平，正快步迎上前来。

"打扰一下，"女子走到陈平对面两米处站住，问道，"请问是陈先生吗？"

陈平点点头。对方伸手接过陈平的拉杆箱，一边说道："陈先生您好，我是 Cindy，凯盛 TMT 的秘书，我带您上楼吧。"说罢，递给陈平一张门禁卡。

陈平点点头，跟着 Cindy 走向电梯。Cindy 按了电梯 22 层的按键，一边解释道："凯盛办公室原来在国贸一期，两个月前刚刚搬到这边来，很多客人不知道，还经常走错路。"

陈平笑了笑，问道："出入都要门禁吗？我记得一期的写字楼没有这么麻烦。"

Cindy 解释说："是的，这边管理严格得多。如果不用门禁的话，也可以刷脸识别。不过大部分人不太愿意录制面部信息，担心自己的隐私泄露。"

陈平知道 Cindy 说的是什么。现在有不少写字楼和物业小区，进出改为用人脸识别。这本身或许是好的创意，可以更方便使用。可是人脸不比账号密码，密码可以随时设置更改，人一生就一张脸，当你把人脸识别的信息录入系统以后，系统的信息保管是否严格，这是用户特别在意的，毕竟人脸是唯一的，不像密码能够更换或者有若干种不同组合，这也是高科技时代技术运用的一个新挑战。

转瞬间，电梯门打开，Cindy 引着陈平走入 22 层，凯盛私募基金北京办公室的大堂。

这是一个由白色大理石装饰而成的宽敞明亮的门厅，大约有 150 平方米。门厅中间最显著的位置，摆放着一块由黑色基座托起的石头。陈平知道这个东西，在纽约的凯盛办公室也有一块，形状大致相同。据说凯盛基金全球每个办公室都有这么一块石头，是凯盛创始人 Andrew 的创意。Andrew 喜欢爬山，这些年他几乎攀登了全球各个主要的山峰。这些石头就是他征服过的各大山脉的石头样本。陈平走上前一看，上面的中英文小牌写着"取自喜马拉雅 5800 米处"，标志着这块石头，来自位于中国与尼泊尔交界的有着世界第一高峰的喜马拉雅山。

Cindy 领着陈平进了一间办公室，她解释道："陈先生，石磊今天上午和客人打高尔夫球，估计要中午午饭后才能到办公室。他交代我先帮您安顿一下，这是您的临时办公室。这边是纸笔文具，笔记本电脑、电话都已经替您安装好了，电脑有 VPN，可以直接登录谷歌，也可以点击公司的内网。这是您的临时密码，我写了一张字条贴在笔记本上。咖啡、茶叶、矿泉水都在茶水间。我们办公楼里有 3 个茶水间，咖啡、茶叶、矿泉水、小吃在茶水间都有，离您最近的就在左手边 10 米的地方。不过如果您需要什么，跟我打个招呼就行，我的工位就在您办公室外面，这是我的分机号码，3608。"Cindy 手上拿着一个便利贴，顺手写上 Cindy3608，贴到了陈平临时办公室电话机的上面。

陈平点头致谢，在办公桌后面的电脑椅上坐了下来。

"陈先生，您现在需要喝点什么，茶还是咖啡？"Cindy问了一句。

"哦，我要一瓶苏打水吧。"

"好的，马上。"

Cindy转身出去。1分钟工夫，她端过来一杯圣培露苏打水，另外还拿了两瓶没有拧开的，放到陈平办公室侧面的矮柜台上，同时问道："陈先生，中午的午餐有几个选项，菜单我给您打印了一份放在您的桌上。您看您现在就点呢，还是我一会儿再进来？"

陈平瞄了一眼，发现办公桌上面有3张打印纸，分别列着就近餐厅供应的商务午餐，有粤式小炒、京味小吃，也有西式沙拉和意面。陈平知道凯盛基金在全球实行统一的工作餐福利，所有员工按照工作日午餐80元人民币、晚餐100元人民币的标准，可以自由点餐。陈平不由得从心底赞叹Cindy做事的干练。他回答说："谢谢，我习惯上吃得比较清淡。这几天的晚餐你不用帮我安排。午餐，只要我在办公室，你就帮我做主订餐，炒面、炒河粉、意面、蔬菜沙拉都可以，我不吃辣，也不吃太油腻的东西。你就看着点就行，吃的方面我不讲究排场或者高档，卫生、健康是基本要求，这方面不能凑合。"

"好的，了解了。"Cindy随手在本子上记下，接着问道，"下午您和Stone以及行政分别有大约1个小时的面谈时间。接下来我想安排您跟TMT团队的Principal胡进、VP刘国建、投资经理程红各有30分钟的面谈。还有一位VP李杰伟今天外出了，可能要安排到明天上午10:00。您看可以吗？"

"好的。TMT现在7个在投项目的公司介绍你帮我打印一份。这7家公司中比较有代表性的，帮我选两家，安排我明天去拜访一下。"

"好的，没问题，顺便问一下，您周四要飞上海，请问您对选择航空公司有什么特别的要求吗？"Cindy问道。

"这个我无所谓，不过我有国航的白金卡，所以尽量订国航的吧。"陈平回答说。

"好的。北京飞上海的航班很多，您更希望订哪个时间段的呢？"

"订一大早的吧，早上第一班最好。"

"明白了，我记下来。还有，陈先生是否方便把您国航的白金卡号告诉我？这样的话，我可以提前把您的卡号和网上值机都办妥。"Cindy问道。

"没问题，你等一下。"陈平拿出手机，找出了他的国航知音卡号，递给Cindy。

"我们这边呢，"Cindy犹豫了一下，询问道，"陈先生，我们这边Asso以上人员外出，国内短途航线通常都是订豪华头等或头等舱，不过有一些内陆航班没有头等舱的配置。请问如果没有头等的话，商务舱可以订吗？"

"啊，这个我无所谓，哪个折扣多订哪个。"

Cindy笑了笑："好的，我记下了。"

"需要我的护照号码和我的身份证号码吗？"陈平反问了一句。

"这个我已经跟纽约总部的行政确认过了，我这里有您的记录，包括证件复印件，就不用再麻烦您提供。对了，还想多了解一下您的习惯以便以后能配合您的工作，请您包涵。"

"没事，你说。"

"陈先生，如果您在开会的时候有电话进来找您，什么样的电话可以转接？"Cindy问道。

不愧是训练有素的职业秘书！陈平心里感叹了一句，他经历过几任专职秘书，很清楚什么样的服务和配合才是见功力的本事，见Cindy正拿着本子等待记录，便认真地回答道："这个很简单：老板的电话、老婆的电话，现在呢就是Andrew、Joe的电话和我太太的电话。其他的电话，只要我开会，一律不接转。"

"好的。您在北京期间，这是我帮您订的酒店，是凯悦酒店，就在长安街马路的对面，走过去大概10分钟。请问以后帮您订上海和香港的酒店，您有什么偏好或要求吗？"

"我的要求就一个，离办公室越近越好。国贸三期不是有中国大饭店吗？干吗还要订到凯悦？"

"哦，因为事先不知道您的喜好，所以我就先做了一个预订。这个没问题，我马上去取消预订，给您改订到中国大饭店。"

"好的，谢谢。凡是我的酒店预订，就是以距离为第一考量，不管在什么地方，离办公地点越近越好。"

"好的，明白了。最后一个问题，陈先生，您在北京外出用车的时候，我们这里通常有两种车型，小车和 SUV，请问您更喜欢哪一种？"Cindy 一边在本子上记录着，一边问道。

"SUV 吧，我个子高，坐在小车里总觉得憋得慌。"陈平回复说。

"对了，差点儿忘了。"Cindy 从口袋里掏出一张智能卡，"这是楼下健身房的出入卡，凯盛基金所有的 Professional（专业投资人员）都可以使用，我替您拿了一张，就在 5 楼。您如果需要的话，随时可以过去。"

"好的。"陈平接过健身卡，放到抽屉里。虽然说五星级酒店都配有健身房，但作为一名常年的健身爱好者，陈平还是更习惯到专业的健身房去锻炼。Cindy 连这点儿小事都考虑到了，陈平不禁对这位年轻的职业秘书做事的认真劲有了良好印象。

"那好，我去准备您要的材料、机票和午餐。办公室的 HR 经理知道您要来，想找您自我介绍一下，你看我让她什么时候过来？"

陈平抬起手腕看了一眼手表说："10 分钟以后吧，我先看几个邮件。"

"好的。"Cindy 说完，悄声退出去，随手把陈平办公室的门关上。

陈平喝了一口水，走到窗前。

从 22 层的高楼往外望，远处北京城的建筑高低起伏，下面一览无遗的街道上，密密麻麻行走的人群、车流，像是一幅幅缓慢移动着的动画。

陈平回到办公桌前坐下，输入密码打开邮箱，给凯盛全球主席Andrew、CEO Joe 两位老大发了一份简短的英文邮件："已抵达北京，进入凯盛北京办公室。一切都好，按计划来，详细情况几天后再报告。"

3

清华大学　阶梯教室

这是一栋刚落成不久的新教学楼，一层右侧的梯形教室，480 个座位的半圆形听众席坐满了人。

凯盛私募基金大中华区教育与医疗投资组的合伙人康怡婷 Tina，在她的 VP 李淑英 Shirley 陪同下，今天在这里举办凯盛的年度校园招聘。

作为一家大型私募基金，凯盛是为数不多的坚持每年从应届毕业生中间招聘实习生的投资公司。按理说，私募基金新人的主要补充来源于投行。私募基金是 buy side，买方代表，而投行是 sale side，卖方代表，买方代表通常需要更专业的金融知识，以及更精准的业务判断能力。因为每一项投资，少则几千万美元，多的达到数亿。一笔资金下去，短则三五年，长则十年八年。所以代表 LP 的投资经理或者合伙人对一个项目的判断、评估，就是成败的关键。就像凯盛创始人 Andrew 经常说的那句话，一个项目是否能成功能盈利，从你投下这笔钱的那一刻起，80% 的命运已经注定。相比之下，sale side 即投行做上市或者替公司发债券，挣的是融资的代理费，他们面对的项目，数量上要比私募基金多得多，但是每一个项目的分量，显然是不能跟私募投资的项目相比的。也因为这种情况，绝大部分私募资金的年轻人才，都来源于投行，或者是早期风险投资，凯盛也不例外。

凯盛之所以坚持每年做校园招聘，原因在于创始人 Andrew 的一个信念：从一张白纸开始，零干扰地培养自己的投资人才。他本人就是大学毕业从实习生做起的，在创办凯盛基金之前，只服务过一家私募公司。他很相信公司要下力气自己发掘和培养优秀的私募精英。由于凯盛是私募行业最顶级的基金公司，加上薪酬福利待遇远远超出其他同行，凯盛每年的实习生校园招聘竞争都异常激烈。凯盛的做法是：只接受全球几个国家最为顶尖的应届大学毕业生和研究生的申请。在中国，凯盛只向3所大学开放实习生招聘，分别是北京的清华、北大，上海的复旦大学。在美国，凯盛也只开放10所学校，其中有6所来自常春藤，另外加上杜克大学、加州伯克利、纽约大学和卡内基大学。其招聘流程一共要走五轮。第一轮，符合条件的申请人按照凯盛的要求在线提供个人简历和成绩单。凯盛只接受平均成绩在优秀等级以上的当年应届毕业生为申请人，而且申请人必须至少有一个正在进行或者已经完成的金融类实习项目。符合基本条件的申请人在线递交书面申请后，经过系统筛选，凯盛挑出综合评分较高的2000名应聘者，分别安排他们参加一个为时50分钟的在线笔试。根据笔试成绩，由高往下挑选500人进入第一轮面试，这是第二关。

第一轮的面试主要与凯盛的HR和各个专业投资组的Asso或者Analyst交谈，分别以电话沟通的形式进行，每位申请人被安排的一对一谈话沟通不少于6～8位，可见公司的重视程度。这一步走完以后，大概还剩下200个人，进入下一关，也就是第四关，有一个模拟项目的测试。要求申请人根据模拟项目的背景材料，用3天的时间，提交对这个项目的分析见解，以及如果你是一个投资人的话，会不会投这个项目，需要做出为什么投资该项目或者为什么放弃的阐述。

到了最后一关，则是由全球5个合伙人组成的凯盛高级投资人团队，分别对每个面试者做最后一轮的电话或面对面的面试。两个半小时的面试时间，申请人分别要与5个面试者一对一交流，5个人每人25分钟，中间只有5分钟的间歇时间，精确到以秒计算。这是要测试面试者连续应对不同问题的能力，以及是否能保持旺盛的精力。这5个合伙人来自不同的背景，所提问题的角度也截然不同。

这么五轮下来，凯盛通常在全球几千名投递简历的申请人中最后挑选出60～80名实习生，进入凯盛进行为期4个月的全职实习。实习时间结束后，最优秀的人将拿到凯盛的职位offer（录用信），通常是凯盛基金初级分析员的位置，其他人可以拿到凯盛辅导经理的一份推荐信。

可别小看这份推荐信，一封来自凯盛私募基金的推荐信，分量远远高过最好的大学或者研究生成绩单。通常有了这份推荐信，应届生申请进入投行或者 VC（风险投资）机构，都不会有太大问题。至于那些寥寥可数被留下来的幸运儿，他们成为凯盛的分析员，一下子站到了职场新人起跑线的第一排最前端。且不说凯盛给应届生第一年的基本薪资是 12 万美元，外加 30% 到 80% 的年终奖金。这是凯盛全球统一的价码，不论在中国、美国，或者德国的法兰克福，都是统一的薪酬制，更宝贵的价值还在于他们将会得到的历练与经验积累。当然，丰厚的待遇意味着额外的付出。不仅仅每个申请人需要过五关斩六将，竞争十分激烈，即便有幸被选中成为实习生或者留下来出任分析员，年轻员工们每天的工作时间，也通常是 14～16 个小时。在凯盛办公室很少看到这些年轻员工晚上 11:00 以前离开公司的，加班到凌晨 2:00 那是常有的事。很多年轻的实习生和分析员为了节省路途时间，都会在凯盛办公室附近租一处临时公寓，一回寝室倒头就睡，每天忙得昏天黑地的，其他什么事都顾不上。

今天是凯盛在清华大学面对清华应届本科生和硕士毕业生的招聘宣讲会，现场有 400 多人，黑压压的环形教室座无虚席。

康怡婷走上讲台，先用 20 分钟时间介绍了凯盛基金的基本情况、公司的投资理念、企业文化、过去几年的主要项目。接下来说道："面对今天在座的学弟学妹们，我本人在凯盛的经历或许是一个最为典型的例子。我就是在 15 年前和各位一样，坐在听众席上，听那个时候凯盛基金的老大介绍基金的发展情况，并经过层层关卡，成为凯盛基金的一员的。我是在美国纽约加入凯盛基金，先是成为实习生，毕业以后拿到了凯盛的 offer 加盟凯盛香港办公室，成了一名凯盛基金的分析员，然后 Asso、VP……一路走过来。今天我是凯盛基金的合伙人，负责教育与医疗板块。下面我想回答各位同学的问题。"

康怡婷停了一下，听众席第一排有人举手提问。康怡婷点了点头，那人站了起来，看样子是个老师："康总您好。我是学生处的老师，姓刘，想替同学们问一下，凯盛对实习生的招聘有严格的流程，经过层层筛选，留下来的人可谓凤毛麟角。请问你们选择的标准是什么？"

康怡婷点点头回答说："这么多年，凯盛不管在全世界哪个国家招聘实习生，标准都是一贯的。具体来说就是 3 个要求：基础能力、判断力和执行力。基础能力我们要求的是应聘者的学术基础，毕业生不一定来自金融专业，我们也欢迎工程、统计、医学等其他领域专业的毕业生应聘。事实上，我本人 15 年前就是以统计学专业的毕业生申请加入凯盛基金的。判断力，主要考量应聘者对一个项目，以及这个项目所处的行业背景、经济背景、市场背景的基本判断。这个判断，我们并不要求一定是对的，任何投资判断都可能出现失误，追求百分之百的准确不是私募投资的目标。我们看重的是其判断能否合乎逻辑，是否能分析出这个项目中长期的发展方向，这一点对于成为优秀的投资人非常重要。最后一点是执行力，对于刚刚走出校门迈入职场的新鲜人来说尤其关键。投资不仅仅要有眼光，更需要推进能力。要想成为优秀的专业投资经理，不仅仅要有扎实的知识储备、敏捷的思维和评判，更要看他能否把他所掌握的知识和判断付诸行动，推动一个项目的实施落地。"

观众席中央，一位穿着黑色西服的男士举手，接过工作人员递过来的手持麦克风提问道："康女士你好，我是金融系明年的毕业生，我对加入投资行业，特别是能够进入凯盛这样一流的私募基金十分感兴趣，因为这个行业汇聚的都是社会的精英。但我听说，加入 PE 需要心狠手辣，也有人说，做 PE 的一辈子都没有朋友，请问您怎么看？"

康怡婷想了一会儿，回答说：

"这位同学，你的提问让我想起不久前看的一部关于狙击手的影片，其中有一个场景我一直记着，狙击手的静止伏击。一名优秀的狙击手，需要趴在原地一动不动地几个小时，为的就是最准确地捕捉一个目标，在合适的那一秒扣动扳机。从某种意义上讲，PE 行业也是如此，很多时候需要有足够的专注度、足够的耐心，盯住一个项目，不能过多受其他因素的干扰。至于你说的有没有朋友，PE 是一个注重团队协作的行业。虽然狙击手可能是单一的行动，但他边上还是要有同伴替他计算风向风力、潮湿度等等，PE 也是如此。团队协作始终是我们这个行业不可缺少的重要环节。一个人是否有朋友，有多少朋友，我觉得这跟行业类别本身没有太大的关系。你在任何行业都能找到朋友，这是个人的风格与选择。"

前排一位长头发的女生举手提问："如今职场的竞争十分激烈，对于我们走向社会的新人来说，机会永远是有限的。我听说进入 PE 这个行业的人非富即贵，请问没有任何家庭背景的申请者，是不是成功的希望很渺茫？"

康怡婷笑了一笑，说："这位同学，你的问题提得很好。事实上，15 年前我处在同样位置的时候，也跟你一样有过类似的疑虑。关于这一点，我倒是可以用自己亲身的经历和你解释。我本人出生于中国安徽的农村，父母都是农民，我们家兄妹三人，除了我以外，一个哥哥、一个妹妹，至今都在乡下务农。我在上海读的大学，大学毕业前拿到了美国高校的全额奖学金，至于是哪所高校，这里我就不细说了，免得有做广告的嫌疑。在美国研究生毕业那年，我向凯盛基金递交了申请。当时，也是在那年的实习生招聘介绍会上，我提了一个几乎跟你提的一模一样的问题。当时是我们公司的创始人回答了这个问题，今天我可以用他当年回复我的话转述给您：Only the end-result matters。我把它意译成中文，就是我们常常说的英雄不问出处。在凯盛基金，无论是招聘新员工，还是内部的升职提拔，我们从来不考量一个人的家庭背景，我们只评估本人的能力，也就是我刚刚提到的基础知识、判断力和执行力，申请人的能力是否符合所从事岗位的要求。所以这一点你尽管放心，寒门出人才，中国社会一直有这样的故事，我相信这样的故事可以在凯盛基金得以延续。"

康怡婷充满感召力的回答打动了在场的几百位年轻学子，这些人即将离开校园步入职场，面对五彩缤纷的外部世界，大多人满怀兴奋、期待与迷茫。对他们来说，通过企业的校园演讲可以近距离地了解一家公司的文化和人才观，碰上像康怡婷这样能够设身处地回答问题的宣讲人，更让学生们能快速收获书本和课堂上没有的知识。

招聘宣讲会结束，康怡婷和主办单位的召集人握手告别，走出会场。突然她转过来，对她身旁的 VP 李淑英说："嘿，Shirley，我突然想去学校食堂吃一顿午餐，回忆一下自己的学生生活。"

"好啊，我也想尝尝。走，我们一起去。"李淑英是新加坡人，华裔背景。她在英国剑桥大学读完金融研究生后，先是在新加坡的摩根斯坦利做了3年的研究专员，后来进入凯盛基金新加坡公司当高级分析员，再升职到Asso、VP，这么一路走过来的。她也已经在凯盛待了8年。两位女士一前一后，到学生食堂吃了一顿充满回忆滋味的大学学生午餐。

4

国贸大厦 凯盛办公室

"来，Jeff，请坐。"凯盛北京办公区，TMT初级合伙人石磊办公室，石磊招呼陈平在他办公桌对面椅子上坐下。

Jeff是陈平的英文名字，这几天陈平对外以及向各位凯盛人员做自我介绍，基本上都用他的英文名，他在凯盛内网的邮箱，用的也都是Jeffchen的邮箱。陈平持有的香港居民证登记的也是Jeff Chen，所以凯盛大中华区的人们并不知道他的中文姓名，对于他不使用中文姓名的缘由更无从知晓。

Stone大约40岁模样，人长得比较胖，中等个子，方形脸，举手投足之间透出一副胸有成竹的老练劲儿。陈平走进Stone办公室的时候，留意到他办公桌后面的柜子上，摆了七八个各种各样的奖牌奖章，包括最佳投资人、泛亚太地区年度投资精英，还有两个高尔夫锦标赛的奖牌，看得出，对方是一个很在意声誉的人。

凯盛基金每位Asso以上人员都有单独的办公室，靠办公楼层外侧，紧挨着中间开放办公区"一"字形排开，每个房间大致相同，另外还有几个机动办公室，供其他地方的同事或者基金相关人员来京临时办公用，陈平这几天暂用的也是这其中的一间。外面开放的公共办公区，则是分析员、助理、秘书、实习生和行政部门员工的工位所在。

石磊待陈平坐下后，起身把办公室的房门关上，开口问候道："Jeff，你是美国LP派过来了解情况的，该不会打我们的小报告吧？"

说罢递过来一张名片。陈平接过名片一看，上面写着：石磊　Stone 凯盛基金初级合伙人。

陈平把名片收下，从西装口袋里掏出了一张自己的英文名片递给对方，算是一种回礼。

石磊接过名片一看，上面只有简单的英文姓名、电话号码、邮箱，不由得说出一句："哎，你这个名片很少见啊，这么简单，就两行字。"

陈平笑着说："这是我的私人名片，所以比较简单，没有头衔和公司名称。"

"你对中国的情况应该很了解吧？这边投资的氛围跟美国是很不一样的。"对方开口说道。

"嗯，比较了解。"陈平显然不准备就这个话题再往下聊，于是转了个题目，"Stone，谢谢你今天的时间，能不能麻烦你介绍一下 TMT 团队目前几个项目的情况。"

"好。我们现在手上在投的有 7 个项目，另外还有三四个项目正在跟进中。这 7 个项目的情况，你大致都有些了解吧？"

陈平点点头。

"这 7 个项目现在只有一家是上市公司就是优惠网，我们投的时候大概花了 8000 万美元，去年 3 月份上市，现在公司的市值在 5 亿美元左右。公司上市以来，价格走得比较平稳，所以我们也就还没有出货，这是我们 TMT 团队目前最大的一个项目，也是最有可能在短期内获得投资收益变现的。第二个比较成熟的项目丽人红娘。这个项目我们是 3 年前进去的，大约投了 5000 万美元，占公司 20%。这两年在线婚介的竞争比较激烈，丽人红娘是行业里最早的一家。我们进去之前的增长很快，最近这两年，整个行业增长速度明显放缓，这个项目我们一直希望能启动 IPO，目前还没有找到一个很好的机会。

"第三个是成为科技。这是做硬件研发的，公司规模比较小，我们大概是 1500 万美元的投入，公司设在深圳。第四家是蓝天，这是一家从事 AI 人工智能研发的企业，在苏州新加坡产业园区。这个项目最近碰到比较多的问题，主要是因为技术研发上面一直没有什么突破，拿不出一个可以在市场上叫得硬的发明或者专利产品。

"连连社交平台，这是另外一个让我很头疼的项目。它拥有的用户量很大，活跃用户已经突破一个亿，但是烧钱烧得很厉害。用户们在社交平台上做分享，不习惯于付费收费的模式，所以一直找不到一个很好的盈利点。社交平台目前在国内互联网行业很火，几个竞争对手都各自加大市场投放，如果不烧钱，公司就维持不下去，市场份额被吞食，而持续地烧钱，公司有点儿力不从心。

"第六个是四方达，在线民宿项目，不好不坏的。最后一个是做流媒体的项目，就是这个云尚，这个项目倒是比较稳定。"

Stone 一边说着，一边把连接到电脑大屏幕的 PPT 演示给 Jeff 看。陈平认真听着，不时在他随身的本子上做着记录。

这几个项目在他到来之前，他已经大概看过了，对这些项目的基本情况，他是了解的。石磊所说的优惠网是目前凯盛 TMT 在中国现有投资项目里唯一上市的项目，丽人红娘和成为科技、蓝天 AI，投入时的估值较高，进去以后，基本上就没有什么后续的发展。连连社交本来大家都一致看好，认为是最具有发展前景，能冲击成为超级独角兽公司的一个项目。但是连续几年巨额亏损，弄得大家都有些没信心了。Stone 刚刚介绍的情况，与陈平事先掌握的材料和信息，大致是吻合的。

"那您是在哪个项目上呢？" Jeff 问道。

"哦，我在优惠网的董事会上，其他 6 个项目，都是我下面的 Principal、VP 和 Asso 们分担的，其中 Principal 胡进 Peter 负责丽人和连连，VP 李杰伟负责成为和云尚，刘国建负责四方达，投资经理程红负责蓝天。下面还有两位 Analyst，都是应届毕业生招聘进来的 Simon 和顾卫华，另外还有一位 VP 在上海，两位分析员在香港，加上我和团队秘书，整个 TMT 一共 11 个人。我们现在 TMT 团队的人手不足，还需要补充一些有经验的投资 Professional，这个跟总部已经提了好几个月，但是至今没有得到回复。你知道的，他们总是很官僚。"

石磊刚刚提到的，是私募基金常见的几个职级，大学毕业生如果直接加入公司，通常是从 Analyst 做起，然后爬楼梯式地逐步进阶到 Asso、VP、Principal，平均三年一个台阶，最后的终局目标就是进 P

即成为合伙人，也就是私募基金的 GP。凯盛是大型私募基金，其合伙人级别还划分了三个层级，分别是 Junior Partner（初级合伙人）、Partner（合伙人）和 Senior Partner（资深合伙人）。

对石磊刚刚介绍时的牢骚话，陈平笑了笑，问道："以你看，这 7 个项目里面，有哪个项目值得介绍，或者推荐我去深入地了解一下呢？"

"优惠网你就不用去了，上市公司很成熟。丽人红娘和蓝天，你也就免了吧。问题太多，你去那儿一天半天的，怕是也掌握不了多少情况。我倒是建议你可以看一下连连社交。这个项目，我们一直认为是有前途的。但是目前公司账上的钱不多了，按照现在的经营数字，我们不太有把握再往前走，可是如果不提供后续资金的话，这家公司很可能就会走不下去。你是局外人，不妨从你的角度，看看有什么评论或者好的建议。"

陈平听出对方说这话带有一定的挑衅味道。他没有接茬，在本子上记下了"连连社交"，然后开口说："好的，这个项目要跟谁对接呢？"

"这是 Peter 的项目，你可以找他，让他帮你介绍一下公司的 CEO 跟你认识一下。"

"上海和香港那边的情况怎么样？" Jeff 换了一个话题。

"我们 TMT 团队在上海只有一个 VP，叫科伦，是一位德国籍华裔，从大摩过来的，香港那边有两位分析员。你可能不知道，TMT 这个行业在中国的最主要城市还是北京、杭州、深圳三个城市，其他地方基本上没有什么业务量。本来我们在香港有一个 VP，后来离职了，也就没有补充，两个 Analyst 都是本土的香港人，他们也不太习惯在内地生活，因此我们就近做了安排。"

"北京这边的人员呢？"陈平一边做着记录，一边问道。

"北京这边年轻人的情况嘛，我们这边的 Asso 程红是第二年，北京的两位分析员 Simon 和顾卫华都是刚入职的第一年。高阶人员里，李杰伟资历比较老，做了 5 年 VC，从那边合伙人职级转到我们这里，已经在凯盛干了 3 年 VP，刘国建是第一年，胡进是原来的 VP，去年刚刚升职为 Principal。我们这边管理上，Asso 和分析员基本都对应高阶投资 Professional，例如顾卫华跟随我，程红跟胡进，Simon 跟李杰伟和上海的科伦，大致都是一对一的服务关系。香港那边的两个人就是做一些基础研究。"Stone 一边说着，一边翻看自己的手机。

"我们最近几年的投资回报情况怎样呢？"陈平继续问道。在这之前，相关的这些数字陈平已经看过了，只不过他想听听石磊的介绍。

"我们大中华区的 4 个业务板块，投资回报最高的一直都是 TMT 团队。以前差不多都能维持在 18%～20%，这两年稍微低一点，但是也能有 15%～16%，这方面我觉得美国总部应该没什么好抱怨的吧。"石磊说道。

陈平在本子上记下了 15%～16%。他知道这个数字略高于凯盛全球的平均年回报率。TMT 作为一个新兴行业，原则上其回报率要高于其他行业。所以对于 TMT 来说，15% 并不是一个令人满意的回报数字。当然年度与年度之间总是会有偏差的，不能以一两年的成绩做定论。

陈平又换了一个话题："冒昧问一下，Stone，你是从 VC 过来的是吗？"

"是的。我原来在 VC 干了 12 年，前后做过 3 家 VC 公司。从种子轮到 A 轮、B 轮、C 轮的 VC 投资我都干过。5 年前加入凯盛，先是在消费品组做了 3 年 Principal，后来被转到 TMT 成为 Junior Partner。目前 TMT 团队没有 Partner 或者 Senior Partner 罩着，就是我在负责。"Stone 有条不紊地介绍着自己的履历。

"听口音，您原籍是江苏一带的？"

"是的，你很熟悉中国的情况啊，我是扬州的。"

陈平笑笑，说："接触的人比较多，大体上对各地方的口音有些判断。"

"好，那今天我们就先聊到这里。"石磊站起身来，"你一会儿可能会跟胡进他们有其他的面谈，还有你接下来要拜访项目的事情，就让秘书跟进一下。上海那边是以 William 为主的，他们消费品在上海团队的规模比较大，我们在那里只是一个陪衬，所以上海那边我估计你的重点应该不会是了解我们 TMT 的情况，祝你中国之行愉快。"石磊伸出右手。"有什么需要我帮忙的地方尽管说，刚给你的名片上面有我的私人手机号码，随时给我电话。"

"好的，谢谢。"陈平站起身来，把座椅推回原位放好，转身走出了办公室。

陈平的临时办公室紧挨着 TMT 的公共办公区。秘书 Cindy 一看陈平走出来，连忙站了起来。陈平往前走了两步打了个招呼："叶小姐你好，你不用这么客气。"

Cindy 从桌上拿起一个巴掌大小的纸质封套，递给陈平，说："陈先生，按照您的习惯，已经把您住宿的宾馆更换到了中国大饭店，就在我们办公室楼上 66 层，我替您提前办妥 Check in 了，您的行李也都给您放到房间里，这是房卡，请您收好。周四上午您去上海的航班，我已经替您订好了，是上午 7:10 起飞，您交代订早班的飞机，这是国航最早的一班。如果您觉得这个班次太早的话，我可以帮您调一下，下一个班次是 7:40。"

"不用，7:10 挺好的。"陈平回复说。

"好的，我已经帮您提前办好了网上登机手续，选的是 1A。因为纽约那边的秘书告诉我，您比较喜欢靠窗户的座位。还有，请问陈先生明天需要用车吗？"Cindy 问道。

"明天下午吧。你帮我安排一下，明天上午我在办公室见两个人，消费品的威廉和工业与制造的刘剑锋。下午我去看一下连连社交。"陈平吩咐道。

"好的。医疗组的康怡婷，她明天开始出差去上海，在上海待到礼拜五，您看？"

"那就帮我约一下，周四或者周五下午在上海办公室跟 Tina 见面。"陈平说。

"了解。"Cindy 在本子上做了个记录，接着问，"行政总监赵慧玲，今天打了几次电话，说想约一下您的时间。"

"哦，那就这会儿吧，请她到我的办公室。我去一下洗手间就回去。"

陈平转身离开，身后的 Cindy 正拨打着内线电话："是 Lynn 吗？

你好，陈先生这会儿有空……好的。"

陈平回到办公室刚刚坐下，Cindy 领着两个人走到门口。她在门上敲了敲，待陈平回复后推开玻璃门，介绍道："陈先生，这是两位同事，行政总监 Lynn 和负责 PR 公共关系的同事刘晓静。"

"二位请进。"陈平招呼着两人坐下。Cindy 走进来给两个人各自端了一杯咖啡，又给陈平添了一杯苏打水，转身把门带上悄声退了出去。

"哎，你们二位先别说话，让我猜猜。"陈平仔细看了看坐在面前的两位女同事，都是 30 多岁年纪，左手边这位成熟端庄，个子挺高的，右手边的这位一副圆形脸，两个小酒窝，笑起来甜甜的。"我冒险猜一下，猜错了的话，明天给二位买杯咖啡。"陈平了指他右手边的女士，判断说："你是晓静，对吗？"

"很不幸，陈总得破费了。"右手边的同事笑着回答，"我是赵慧玲。是不是您觉得我更适合做媒体公关？要不回头我跟晓静对调一下岗位哈。"

"不是不是，是我错了，很多时候人有一种先入为主的惯性思维。抱歉，两位女士，记下来，明天上午给二位奉献一杯咖啡，要什么样的？"左手边的刘晓静说："那我肯定要最贵的猫屎咖啡，我们楼下就有卖的。"

"好的，明天上午 9:00 准时奉上。好，那就麻烦二位美女跟我大致介绍一下这边的情况。"

"是这样的，陈先生，"Lynn 介绍道，"凯盛投资在大中华区有 3个办公室，整个行政部门基本上统一都在北京办公室。我们这边有两个 HR、两位财务、1 位 IT 技术支持、1 位公共关系晓静、4 位前台和 1个行政助理，加上我一共 12 个人，上海办公室和香港办公室分别只设1 个行政助理和两位前台，其他工作都是由这边统一负责的。"

"我问一下，每个国家都有 EIR 团队和实习生团队配置，他们的建制放在哪儿呢？"陈平一边记录一边追问道。

"哦，EIR 大中华区一共有 5 位，他们分别放在各个投资组里，TMT 目前没有，工业制造有 1 位，消费和教育医疗各有两位，他们都属于各个投资组的老大 Partner 直接管理。"

"这个和美国的情况好像不太一样。"陈平有些意外地脱口而出，把这个记了下来。

刘晓静在一边说："陈先生好，我介绍一下 PR 的情况，希望刚刚您把我猜错了不至于影响您对我工作的评估。凯盛 PR 的定位，主要是服务于我们所投资的项目。至于凯盛投资公司本身的 PR 工作，我们做得很少，直到现在我们都还没有一个凯盛的微信公众号。我们投资的项目，各自所需要的 PR 路径和侧重点也都不太一样。例如工业与制造，他们的 PR 主要借助传统纸媒、发布会、邀请记者前去参观报道等等，而 TMT 和教育医疗的 PR，则是以线上传播为主。"

陈平点点头，说："晓静，我问你一个问题，如果你不介意的话。"

"您说。"

"你觉得现在的 PR 和 10 年前相比，最大的不同是什么？"陈平开口问道。

"这个我有体会，"刘晓静回答得很明确，"我做 PR 10 多年，最近这 10 年来的发展和以前相比，不同的地方很多，但是如果要我说最大不同的话，那就是反应速度。以前我们筹办一场线下活动，它的成功与否，至少要等到一个礼拜才能看得出来，现在是好坏立竿见影，特别是在新媒体方面，往往就是几分钟、半小时，我们就知道这场造势活动的收效。负面的影响也是如此，在如今信息广泛传播，社交媒体十分发达的环境下，任何被投公司如果出现不利的新闻，5 分钟之内就铺天盖地的。比如我们消费品组投的一个项目，去年出现了公司 CEO 和一个十八线影星在酒店开房的事，被认识的人撞到了，拍了几张照片发到网上去。下午 5:00 发的消息，短短 30 分钟，观看量超过 800 万，一下子成为那一天晚上各大新媒体的热搜头条，直接导致当天晚上纽约股市开盘时公司市值下跌了 20%。"

"你这个是说到点子上了，我深有同感。"陈平点了点头，在本子上记录着。

"听说我们正在启动明年的实习生招聘？"陈平接着问 Lynn。

"是的。"Lynn 点点头，"准确点儿说，今天教育医疗组的 Tina 就在清华大学做校园招聘的演讲。"

"我们对实习生也是分到各个组的吗？"陈平注意到了这个细节。

"早些年的时候是集中在一起的，后来就改成把实习生分配到各个投资专业组分开管理，但因为我们在中国每年通常只招4～6个实习生，所以就轮着来。例如今年就是轮到重点安排给TMT组和教育医疗组，另外两个组就排到明年。"

陈平认真地听着，不停地在笔记本上记录着。只见他在实习生分组分配几个字的下面重重地画了两条横道。

送走Lynn和刘晓静，陈平站到办公室临街窗口朝外望去，深秋的北京白昼时间短，现在是下午5:00，窗外的天色已经渐渐暗了下来，夜色笼罩下的北京CBD灯火辉煌，路灯照射下的柏油马路，车流如织。

5

纽约 上曼哈顿顶层公寓

以房地产价格计算，上曼哈顿是全美国售价最高的地段，这些年随着互联网创业新贵的涌入，这个区域的房价持续增长，其高端公寓更是到了一套难求的地步。

眼前这栋12层高的褐色公寓面对中央公园，门口有保安24小时值勤，进出一概凭业主手环，如果是访客，则需要事先获得业主本人确认，且只能通过地库车道进入。好在前来这里的访客几乎每人都有私人司机，所以倒也不算个事。

这栋楼的顶层公寓，正是凯盛基金全球主席Andrew在曼哈顿的住宅。

作为美国金融界的巨头，Andrew在美国各地拥有好几处顶级豪宅，位于上曼哈顿区的这个顶层公寓，是他工作日最常居住的地方。和绝大多数投资界的大佬们一样，Andrew是一个特别在意节省时间的人。投资圈各家基金公司的大佬们流行乘坐私人直升机上下班，飞机可以直接降落到曼哈顿某栋办公楼顶层，但 Andrew 似乎并不喜欢这种张扬的做派，他的应对方式就是在距离办公地点只有两个街区处购买了这套豪华公寓，这是他周间工作日的常住地。从这里步行到办公室只要 10 分钟，甚至连私人司机都不需要，只是在周末回到自己乡间别墅的时候，Andrew 才让基金公司的司机接送一下。

这套顶层公寓位于寸土寸金的上曼哈顿区，面积 3000 英尺，绝对是纽约市区豪宅中的顶尖豪宅。它是 8 年前 Andrew 花了 600 万美元买下的，如今市值早已超过千万美元。公寓布局包括 1 个大型的会客厅，会客厅左右两边分布着琴房和酒吧、1 个饭厅、1 间硕大无比的书房、1 间健身房，还有电影放映室、带温控的酒窖，另外有 4 个卧室套间，同时还配有 1 个小型的室外温水游泳池，楼下的专用电梯直达顶层，只供这一户人家使用。

Andrew 和他现在的太太莎莉平常就住在这套顶层公寓里。莎莉是 Andrew 的第二任太太，比他年轻 20 岁，是《纽约时报》的专栏作家，主要撰写时政方面的评论，这是一份自由职业者的工作，所以莎莉大部分时间都是居家办公。Andrew 今年 68 岁，他和前妻的孩子们都已经长大成家立业，Andrew 也已经是一个有了 3 个小孙子的爷爷。他和莎莉没有子嗣，莎莉很喜欢宠物，他们俩在曼哈顿的这个公寓里养有一只德国牧羊犬。

这天下午，Andrew 在上曼哈顿公寓的会客厅接待两位客人，莎莉自己在书房写东西。过一会儿，莎莉觉得有点儿累了，站起来打开书房的房门，那边几个男人的讨论声传入耳朵。

客厅沙发上坐着 3 个人，主人 Andrew，两个客人分别是两家退休基金会的总裁，皮特和瑞德斯，莎莉知道他们又在谈融资上的事，于是就自己走向餐厅冰箱，拿了一瓶矿泉水，回到书房。

这边，3 个男人正讨论得很激烈。

皮特说道："Andrew，我们真的很希望在凯盛下一轮的募资过程中再多投入一些。我和瑞德斯，我们两家承担你募资需要的 50 亿美元不是问题，但我们最大的顾虑是，凯盛的投资战略，一直是一个全球化运作模式，按照你们的募资说明，你们还要继续维持美国市场 40%，海外市场 60%，其中中国新兴市场 30% 的配置比例，我们有些担心这里面的风险会不会有点儿高？你也知道我们退休基金对于风险的把控，还是特别在意的。"皮特说完，端起面前的威士忌酒杯，分别和 Andrew、瑞德斯碰了一下："来，先干一个。" 3 个人碰了一下水晶杯，各自将杯中酒一饮而尽。

Andrew 打开面前的威士忌水晶滗壶，替两位客人重新倒好了酒，缓缓说道："Peter，Ridos，我们在商务方面打交道已经有 30 多年了，你们两家一直是凯盛最主要的 LP，凯盛的投资风格以及资金配比是我定的，比例当然可以调整。但是在我看来，60% 的海外，尤其是把资金的 30% 用于中国市场，这依然是眼下最好的策略。"

一边的瑞德斯回应道："我们都知道凯盛是最早进入中国的美资私募基金，而且过去十几年在中国市场的表现也都十分优异。但是任何一个新兴市场，哪怕是中国这种海量级的市场，它的高速发展也不可能是持续不变的。我们都知道，中国自从邓小平搞改革开放，推行市场经济到现在，已经经历了 30 多年的高增长。如果我的记忆没错的话，中国的经济发展每年都维持在 10% 以上，相比之下，美国每年的经济增长只有 2%。也因此，30 多年前的美国的人均 GDP 是 15000 美元，而中国人均 GDP 只有 150 美元，美国是中国的 100 倍。我看到去年的数字，美国的人均 GDP 是 5 万美元，而中国已经接近 1 万美元。换一句话讲，他们在 30 多年间，把人均 GDP 差距，从 99 倍缩减到 4 倍。这显然是一个非常非常了不起的成绩，但是我们的顾虑是，这样的高增长是不是已经走向尾声。它还有可能这样持续增长吗？如果没有的话，再把这么大比重的资金投到中国市场，是不是一个不再合适的策略？"

Andrew 知道对方的顾虑所在。在美国绝大多数退休金基金、退伍军人基金、教师基金等基金会的总裁们，一方面想要寻找资金回报最大化，同时又对任何高风险，尤其是来自海外投资的风险，有一种陌生的恐惧及担忧。这些人都是一辈子生于美国长于美国，他们对美国金融界、美国实业界的运行状况可谓了如指掌，他们最为熟悉的是美国式的生意和美国式生活，他们自己和家人日常吃的用的都是美国产品，各自的朋友圈、休闲的娱乐项目，乃至他们孩子们的同学，校友，也都身处固定的精英白人圈子。这些人对于中国这个海外世界的认知，基本上仅仅停留于吃几顿中餐，偶尔逛一逛唐人街，或者坐头等舱去长城、西安旅游一趟。至于说到对于在那片东方土地上正在发生的天翻地覆的变化，这些人其实并没有太多真实的感知。Andrew回答说：

"二位，资本的追求是什么，这个我们心里都很清楚，那就是在法律允许的范围内实现利益的最大化。同时我们也都知道，实现利益最大化的前提，就是要接受风险。为什么在高风险面前，有人能够盈利，有人赔得血本无归，说穿了就是一个很简单的单词：判断。你能做出比别人更准确的判断，你就是收益者。就好比一个猎手，能够提前判定眼前的猎物要往哪个方向奔跑，奔跑的速度是多少，掌握好提前量，才能一枪击中。同样的道理，新兴市场比起美国国内投资有着更多的不可预见性，我们对于在海外新兴市场每个投资机会的判断是否准确，其成败影响远远大于同样的项目在美国市场。而每一个判断的背后是什么？人，人的能力。凯盛这么多年在中国市场能保持比较好的业绩，这里有一个我认为最重要的因素，就是我们充分运用了解中国的人和生长于中国的本地人才。只有他们才最了解那块市场的风土人情，那块市场的每个服务对象，他们都在想什么，准备做什么。你们有没有注意到这么一个现象，过去30年，有很多美国企业到中国投资发展，凡是跟人打交道的，美国企业都不成功，例如谷歌、亚马逊、沃尔玛。而成功的，恰恰是一些纯粹的制造企业，好比通用、福特、波音等等。"

Andrew的这段总结显然深深吸引了边上坐着的两位LP基金大佬，他们全神贯注地等候着下文。

"我们抛弃政策上的原因不讲，很重要的内部因素在于，作为一群听不懂中国话、看不懂中国字的美国人，我们其实很难真实地去了解那片国土上人们的思维模式和消费习惯。制造业更多靠的是流程、技术、标准化的管理，这些方面我们美国的经验很容易拷贝输出，而服务行业是要和当地人打交道的。我前年去中国出差时拜访了亚马逊中国总部，他们在中国已经 10 多年，我旁听过他们大中华区的高管例会，居然一多半是美国人，甚至连人力资源总监也是不会说中国话的 Yankee，会议的记录是英文的，看不懂英文的中国员工只好借助字典读英文纪要，真是荒唐。我记得很清楚，我那天是上午 10 点多进的公司，几乎所有的副总裁、部门总监，都在忙着和美国打越洋长途，因为要适应美国时间向总部汇报。可本来作为一家零售企业，每天上班首要的工作是安排今天销售计划的落实推进，你们看看这有多可笑！当时我向我的中国同事说了自己的感触：这是一家做消费者生意的零售公司，它在美国很成功，因为了解美国消费者，知道如何去贴近顾客。可是我怎么觉得在中国，亚马逊员工与西雅图的距离，比起与他们所服务的中国消费者更近。尽管亚马逊在美国牛得很，但是在中国完全失败了，它进入中国好些年，市场份额一年一年不断缩小，现在连个二流选手都排不上，市场份额甚至不到 1%。没人在中国打败亚马逊，是它自己把自己打败的。"

Andrew 又喝了一口威士忌，说："所以我想说的是，尽管中国下一个 10 年 20 年经济发展的模式可能不同于过去 30 年，但是它的增长速度不会有大幅的下滑，因为这个市场实在是太大了。我们说中国现在的 GDP 大约是美国的 60%，但是你别忘了，中国的人口是美国的 5 倍，它的市场容量远远还没有到接近饱和的时候。我们凯盛基金坚持加大对中国的投资，这一点我有足够的信心和把握。我们所要加强的，是更好地捕捉那个市场经济运行变化的新趋势，并且在这些变化中获得最大的利益。要做好这一点，根源于我们需要更加贴近那个市场，了解那个市场。人取我弃，人弃我取，这一直是我在过去 40 多年投资生涯的行动准则。只有你看到别人看不到的东西，只有你敢于逆流而上，机会才是你的，而收益就在这里。"

一旁的皮特点了点头，说："Andrew，你我自从 50 年前成为大学校友开始，过去半个世纪你的投资判断我一直是很佩服的。瑞德斯和我，我们两家退休基金过去 30 多年一直是凯盛忠实的 LP，我们也从中获得很多收益。这次你们新一轮的私募，你需要我们这里追投 50 亿美元，这个数额说实话我们是准备认领的，今天过来，主要是把这个顾虑跟你说一下。看到你这么坚持，我们还是会和过去一样，相信你的判断。"

"谢谢老伙计。"Andrew 点点头说。

"如果坚持 30% 的中国市场投放，你觉得最大的风险是什么？"瑞德斯追问道。

"最大的风险，除了我刚刚说的对市场的了解以外，就是我们要特别注意许多竞争对手，你们 LP 反正把钱给出去就完事了。我这里指的是私募和风险投资行业的其他竞争对手，他们都在加快对中国的布局。例如 Capital C，还有艾德基金等，他们进入中国的时间比我们晚得多，也正因为如此，他们可以采取更为疯狂的方式去掠夺市场，试图快速抢占份额。例如他们这几年在中国几乎都是见项目就投，不管三七二十一，先投 20 个项目再说。这样其实扰乱了市场，导致许多创业项目的融资叫价毫无道理地被飙高，一个 5000 万美元的 B 轮融资意向可以被追捧到 1.5 亿美元。说实话，二位，我们基金在中国投资这些年，最担心的并不是来自中国政策方面的限制，或者中国的本地基金和我们对着干，这些我们都胸有成竹，我们最害怕的是其他美国基金在里面搅局。这些人跟我们同根同源，了解我们的想法和套路，做起事来很疯狂。私募投资行业不比制造业或者其他实体行业，它们至少还有一个类似美国商会的机构可以相互制衡，我们这边呢，借用中国人的话讲，就看每个人的造化了。"两人听了哈哈大笑。

"Andrew，我问你一个政治问题。我是一名天主教徒，也是一个共和党人士，你知道在美国，我们不谈政治信仰，只谈宗教信仰。但是我很好奇的是，你本人这么多年去了中国不下几十趟，跟中国各界人士打了很多年的交道，你的评价是什么？"皮特换了一个话题。

"这不是一句话两句话能够说清楚的事。我们美国有一位尼克松时代的国务卿，他的名字叫基辛格，写了好几本关于中国方面的书，你要有空可以找来看一看。就我的体会，归结起来就是两句话。第一句，明白我们是去干什么的。我们到中国是去做生意的，我们没有必要，也不可能去评价他们的意识形态。我们是美国人，而对方是亚洲人，很多时候观念是无法统一的。就像我们再怎么喜欢吃中餐，也只是偶尔为之而已，而你要让中国人天天喝牛奶、吃牛排，他们中的大多数人也受不了。我们基督教文化习惯于唯一性，认为我们的信仰、我们的文化是最高级的，具有排他意识。而东方的文化与我们相比，则有着更多的包容度。中国两千多年来一直有一个孔夫子的中庸之道，说的就是各得其所，不偏不倚。这一点我们美国人不太能理解，正确的结论难道不是只有一个吗？在他们看来，美国人觉得天经地义的东西，中国人未必认可，就像我们的教育观，孩子成年后与父母外出就餐，各付各的账，中国父母觉得不可思议。这种唯一性和多样性的不同价值观，导致东西方之间多年的冲突和相互不理解，以前中国国力弱小所以不那么明显，2010 年以后中国 GDP 超过日本，成为仅次于美国的第二经济体，这种观念的碰撞就随处可见了。我们要唯一，对方讲多元，谁都觉得自己没错。我的第二句话是，我们没有能力或者资格去过多评论那里的体系和政治。我们要问的不是我们喜不喜欢那里的政党，而是那里的十几亿人，特别是处于最底层的农民、工人，他们是怎么想的。如果他们接受不了这种政治体系，如果他们认为自己长时间地被肆意压榨，那么你觉得它有可能持续这么长的时间吗？几十年前我们以为那是因为贫困导致的，人们在生活缺乏基本保障的时候容易屈服于强权。我们以美国人的价值观认定，只要中国人的生活改善了，他们就一定会改变政治形态，可是这样的事情并没有发生。说到底，还是我们以外人的眼睛试图去看待我们并不理解的东西。"

几个人正聊着，Andrew 的太太莎莉走了过来，说："各位，看你们喝得差不多了。我从酒窖里给你们拿来一瓶 25 年的高地威士忌，这是 Andrew 最中意的一款，让我来给先生们当一回侍应生吧。"

"你来得正好，莎莉，你是搞时政评论的，我们正在讨论关于中国的政治，你怎么看？"皮特问道。

"你们别聊政治了，能够把钱挣到手就不错了。再说我只知道美国政治，完全不懂中国政治。"莎莉给 3 个人分别更换了酒杯，倒上酒递给每个人。

"瞧，这就是我太太，永远站在我这一边。"Andrew 朝两人挤了挤眼，"你们乖乖的把钱掏出来，等着拿回报吧，别的少操心。走，我们喝完这杯一起吃饭去。"说着，他端起水晶杯示意大家一饮而尽，随后领着两位客人走向大门外的电梯。

在一旁静静趴着的德国牧羊犬见 Andrew 起身，连忙跟了上去。

6

北京 中国大饭店

离开北京一个礼拜以后，陈平再次回到北京。这次他为了避开进入市区的堵车现象，特地选择了晚上的航班。飞机是星期三傍晚从香港起飞的，晚上 10:30 抵达北京首都机场，他乘车到中国大饭店已经是 11 点多了。秘书 Cindy 已经把酒店提前预订好。因为是老客人，酒店有他的身份资料，陈平报出自己的姓名，不再需要提供那些证件、填表等手续，直接就在行政楼层入住了，这一点让陈平很满意，他是一个特别不喜欢被没有效率的琐事干扰的人。

陈平在宾馆房间里稍事收拾，来到同一楼层的行政酒廊，给自己倒了一杯威士忌，找了一个僻静的角落坐下。他想了想，拿起手机拨通了纽约的号码。现在是纽约时间上午 11 点多，正是上班时间。

电话刚刚响过两声，那边就接起了电话。"Hi, Chen，你好啊。"说话的是凯盛基金全球老大、创始人兼公司主席 Andrew，"怎么样，你现在边上没人吗？"

"没有，就我自己，在酒店的酒廊，很方便。"陈平回答说。

"好好。你这十几天的潜伏（Undercover）怎么样了？"对方问道。

"挺好的，一切都很顺利。我这十来天时间，把北京、上海和香港的办公室都跑了一遍，除了 TMT 以外，其他几个投资组也大致做了一些了解。"陈平端起面前的威士忌喝了一口。

"真有你的。你这个做法可是在我们凯盛基金 40 年历史上从未有过的，真是开了一个先例。你知道那天回家，我跟我太太莎莉说起你这个安排的时候，莎莉说她看过一个美国的专题片，叫作 *Undercover*

Boss，我还不知道有这么一个片子。后来我找出来看了两集，果然跟你的这个做法很像。"Andrew 地道的美国口音从话筒里传出。

"谢谢老板关照，我觉得这个安排对我更好地熟悉情况应该是一个比较好的切入。"陈平解释道。

"没问题，按你的意见来，你知道我是全力支持你的。家人都好吗？"

"都挺好的，太太还是在香港，我以后可能就是每周五晚上飞回香港，周日晚上飞北京。你知道北京的堵车有一点儿让人抓狂。"

"是啊，多数的大城市都这样，纽约、法兰克福也好不到哪里去，不堵车的地方就没有投资业务啊。"

"这倒也是，老板，你这个思路开导得好。"陈平回答说。

Andrew 在电话里问道："那你还是准备按原计划？"

"是的，下周一吧。"陈平回复得很干脆。

"好，我这边邮件都已经准备好了，什么时候你确定正式走马上任，电话或者短信我一声，我就通告下去。"Andrew 说。

"好的，代问候 Joe。"

对方挂断了电话。

原来，这是陈平刻意安排的一场入职前的便装寻访。陈平是中国零售管理的风云人物，曾经在线下管理过百货公司、数码零售连锁店，还当过肯德基大中华区总经理，他最近的一份职业，是中国著名的电商上市公司特购社的首席运营官，他成功地将特购社打造成最有市场影响力的在线购物中心，带领团队登陆纽交所，使特购社成为中国目前领先的一家在线零售企业。陈平半年前从特购社辞职，经过猎头的牵线，接触到了凯盛基金。凯盛的两位管理老大，创始人 Andrew 和 CEO Joe 都希望能够找一位有着行业实操背景的高管加入凯盛中国的 TMT 团队。因为 TMT 是一个高科技驱动、商业模式不断涌现的新兴行业，除了需要团队人员拥有投资方面的专业知识以外，更重要的是需要投资操盘手有较高的对行业的理解和判断能力。而这种理解和判断在新兴行业是无法从教科书，或者从理论知识那里获得的，更多需要有来自一线的实际操作经验。陈平和凯盛接触了两个月以后，决定加入凯盛，出任凯盛基金的资深合伙人，负责大中华区 TMT 团队。

陈平知道自己没有金融投资方面的背景，所以他在签订协议的时候，特地跟凯盛提了一个要求，就是请凯盛安排，在陈平正式上任之前用三个月时间在香港和纽约两地分别以实习人员的角色，到当地的证券公司补课。陈平用三个月的时间，迅速了解了资本市场投资买卖的逻辑、流程、公司估值的评估要素、上市企业股票买卖操作节点等等。这三个月对于陈平来说，仿佛有点儿回到当年的 MBA 时代，每天都是股市一开市，他就跟着券商公司的经理们，了解观摩学习，每天晚上下班以后，再恶补金融方面的各种教科书知识。好在陈平具有中英双母语的语言能力，又在大型企业做过多年管理工作，对财务数据和报表了如指掌，这些知识补充起来还比较顺利。

两个星期前，陈平向 Andrew 提出，他上任前的最后一项准备，就是要以 LP 顾问的名义，走访凯盛基金大中华区各个办公室，了解团队的情况。他觉得这是最为直接有效迅速了解目前公司运作的方法。而且 LP 顾问拜访凯盛基金办公室，一直以来都有这样的惯例，不会显得突兀。

Andrew 同意了他的请求，时间安排是两个星期，从上周一开始，今天是第二周的周三，如果一切正常的话，意味着下周一，陈平就要正式上任。届时 Andrew 作为凯盛主席和创始人，将以邮件形式向凯盛基金全球 9 个国家公司的十几个办公室，包括 400 多名职业投资人以及其他工作人员通告陈平的任职。

虽然说投资和零售管理属于不同的行业，但陈平在所属行业中具有较高的知名度，为此，在过去一个多礼拜的对外接触中，陈平特意都是用他的英文名字 Jeff Chen，连身份证件也是用他英文名字的香港证件，几乎没有向任何人提起过他的中文名字，唯一的例外是 Cindy，她手上有陈平的中国身份证复印件。但 Cindy 至今没有对他的中文名字表示过任何好奇。陈平很佩服这位女秘书的专业度，这么多年每次招聘秘书，除了敬业和专业能力以外，陈平最看重的就是一名秘书有没有守口如瓶的能力，这个要求对于年轻女孩不是一件容易做到的事情。而评价一位专职秘书是否优秀，恰恰这方面的要求特别严格，不该打听的事情不能打听，不该透露的消息不应该说出，这点上显然Cindy是很出色的。

陈平又抿了一口威士忌，静静地琢磨着。

从这几天接触到的情况来看，TMT大中华团队的运作并不乐观，手上的投资项目能拿得出手的目前没有几个。丽人红娘、成为科技，如今都是deeply underwater，即处于溺水状况，用投资的行话说，是呼吸困难的模样。从他与TMT团队人员初步接触下来，目前团队人员的工作状态也不太令人满意。初级合伙人石磊算是行业老手，但是流于轻浮，而且不是一个很勤快的人。胡进和李杰伟给陈平的感觉比较一般，他觉得两人虽然都有一定的行业经验，但缺乏对新兴行业的敏感度和发展趋势的预判能力，倒是几位年轻的Asso和分析员让陈平印象深刻。陈平觉得，接手以后最主要的重点工作，一是要迅速把现有投资中几个比较麻烦的项目做个梳理，与创始团队一起商讨扭转的方向，同时要加大对新项目的关注和投资。对于一个拥有10多人的TMT团队来说，手上没有十个八个可以拿得出手的项目，无论如何是说不过去的。

陈平注意到，几个Asso和分析员做了大量投前项目的分析准备工作，但是他们往上报的项目，最后大多石沉大海，TMT团队最近投资一个项目还是一年半以前。换一句话讲，最近一年半没有任何新的项目开张，这些都是接下来要着重解决的问题。

陈平还发现，凯盛大中华区对EIR即专业顾问和招聘的应届实习生，都是由各个投资组各自为政，分开管理，这显然也不太符合凯盛基金的惯例。EIR是英文Entrepreneurs In Resident即驻场企业家的简称，这些人能够贡献的是他们的实际管理经验和丰富的行业知识。而实习生更多的是双向选择，在培养他们的同时，发现他们未来的潜力。这两组人员如果能够统一调度，应该是一个更好的安排。不过这个状况也事出有因，凯盛基金在中国这些年都是由各个专业组的合伙人带领团队各自为政，没有一个大中华区总裁，这大概也是EIR和实习生团队没有办法统一管理的客观原因。

陈平这边正想着工作上的事，手机电话铃响了，屏幕上显示的是：

格时猎头合伙人，Rachel 卓亚琴。

陈平按了接听键，手机里传来 Rachel 的声音："Hi，陈总，我打了您两次电话，都没找到您，您现在国内吗？"

"是的，我在北京。"陈平说道。

"那您的近况怎么样？我怎么听朋友说，您可能会转到投资圈？"Rachel 问道。不愧是干猎头行业的，这个消息她这么快就掌握了。陈平说："Rachel，你放心，我这边都挺好的。有确定的消息我一定在第一时间告诉你，应该很快的。"

"好的，看样子您现在不太方便说，那我就等着您的消息咯，记得啊。"

格时猎头是陈平在原先工作中合作多年的一家专业猎头公司，Rachel 是这家公司的合伙人，他们在北京、上海、成都有办公室，而北京办公室就在建外 SOHO，离这里不远。

"哦，对了，差点儿忘了。我电话找您，是想告诉您，最近有一个私人手表收藏展在东京，不过他们准备在北京办个预展，因为手表展品不方便运到北京，北京的这个预展，现场展示的是每个款式手表的照片和视频，包括拆开以后的录像。我知道您有这个爱好，有没有兴趣去看看？"

"这个好，这个我感兴趣，大概什么时候？"

"应该是下个月吧，我记得是两周后那个礼拜的周五下午 2：00。"

"我很想去看看。"陈平说道。

"OK，那我去帮您找张票，记得工作的事一有确定消息要告诉我哦。"对方说完，挂断了电话。

7

北京国贸　中国大饭店

中国大饭店客房。

两天后的周五清晨，陈平准时在6：30起床。

早上洗漱后的第一件事情，陈平来到位于国贸三期5层的健身房，做了40分钟的健身锻炼。这个健身房的出入卡还是TMT秘书Cindy交给他的。

陈平最喜欢的项目是跑步，再加上几个下半身的负重锻炼，健身完毕，在休息室冲了一个澡，回到酒店的行政酒廊开始他的早餐，他明显感觉到自己今天的状态有点儿心不在焉，脑子里一直浮现昨天所经历的事情。

昨天是周四，陈平从凯盛上海、香港出差了解情况后回到北京办公室的第二天。下午5：00左右，负责PR事务的刘晓静发出了一个内部邮件，告知TMT所投资的上市项目优惠网销售假货事件被曝光。起因是有客户在网上购买澳洲奔富葡萄酒，客户怀疑是假货，把葡萄酒直接送到进口商那里，一查果然是假货。恰好对方是一个美食达人网红，在新媒体平台拥有超过400万的粉丝。这一下子就传播开了，有人趁机发帖，晒出了以前在这个网站购买过的壳牌机油，也被证明是假货。沸沸扬扬之下，网上声音出现了一边倒的现象，无数热帖纷纷发声讨伐优惠网的不良行为，很多人还表示要卸载优惠网的APP，从此不在优惠网上购物。

优惠网于昨天晚上6点多发了一个官方声明，表示这是一个孤立的事件，愿意承担用户的损失，并且承诺优惠网希望和广大用户一起，杜绝假货销售。但显然这个声明被网上一片声讨和责备的声音完全淹没了，几乎没有什么效果。

凯盛投资公司手上拥有2400万股优惠网的股票，是优惠网所有投资机构里单一最大的机构股东。凯盛是三年前投资优惠网的，当时的投入成本是每股3.4美元，一共投入约8000万美元的股本。售假风波之前，优惠网过去30天平均每股的市价在6美元左右，前天即周三收市价格是6.8美元。昨天傍晚开始的负面事件一传播开来，反应最快的就是资本市场。昨天晚上纽约市场一开市，优惠网的每股价格就降到4.6美元。TMT的石磊召集团队全体投资人员在办公室商讨对策。石磊觉得，优惠网目前是美国上市公司，销售假货是美国股民最为痛恨的一个行为。一旦出现销售假货现象而且被媒体曝光，企业短期内很难有翻身的机会。同时，国内现在对销售假货的打击也越发严厉。石磊决定，在这个关口应该及早抛出手上的股份，这是止损的最好办法。只要凯盛在这个项目上不至于亏损，就能守住底线。当时讨论的时候，石磊问过陈平的意见。陈平公开的身份还是一名 LP 顾问，他不好把话说得太明，加上对情况也不是很了解，只是表达了一个看法，说是不是可以再缓一缓，或者试探性地先抛出一部分。

当时团队有两种意见，一种主张趁现在还略有盈利，抓紧抛售退场，另外有几位年轻的同事，建议再等一等。最后石磊综合大家的意见，决定先把手上的 2400 万股抛出 1000 万股。当天晚上 9:00 纽交所开盘，优惠网的每股价格在 4.3 美元到 5.5 美元之间跳动。石磊决定，出货 1000 万股。

陈平经过三个月证券交易的专题培训，对股市买卖的曲线变化已经非常了解了。他看见屏幕上的优惠网价格，经过开市第一小时的下滑之后，一直维持在 4.3 美元到 4.5 美元之间上下飘动，成交量很大。正常情况下，优惠网每天的成交在 300 万股左右，昨天开盘两个小时，成交量已经达到 1500 万股。这是一个明显的市场博弈信号。昨天晚上，凯盛 TMT 团队在办公室聚集到凌晨 1:00，最后石磊给大家的意见是，等到周五，但凡价格有再进一步往下滑动迹象的话，凯盛就要把手中剩下的 1400 万股悉数抛出。

陈平一边吃着早餐，一边打开手机新闻，新闻上有关优惠网的负面消息正在更多地传出。有离职员工爆料说，优惠网对商家的扶持政策，就是广告位收钱模式，搞出很多页面位置，用 CPC 点击付费，谁出的钱高谁的商品的显示位置就能靠前。爆料还说销售假货问题在优惠网不是一天两天的事了，一直以来这个问题都存在，只不过这次被媒体曝光而已。还有一篇报道来自网站的平台商家自揭老底，说他在优惠网做了三年生意，所卖的商品都是真货假货掺着卖，比例大概是一半对一半。对来自北京、上海、广州、深圳等大都市的顾客，通常都是发正品，而对于其他中小城市或者边远省份、县里以及农村的订单，更多就用假货掺杂。这样的报道一下引起了众怒。人民网、大众网等权威新媒体都纷纷发表评论，抨击优惠网，号召大家抵制这个不良网站。

陈平正看着手机新闻，屏幕上弹出邮件信息。陈平点开一看，是石磊发的邮件，看样子他昨天晚上也没睡好。邮件要求 TMT 全体人员今天上午 9:00 在办公室开会，讨论下一步的行动。

陈平匆匆吃完早饭，回到房间。抬起手腕看了一下手表，8:30。正是上班的早高峰时段。

他想了想，拿出另外一只手机，那是他以前常用的号码。陈平用这个手机拨通了几个电话，分别是电商行业几大公司的朋友、优惠网公司所在深圳市工商局的一位处长，还有两名他在媒体界的熟人，大致了解了优惠网事件的最新情况。用 20 分钟通完这几个电话，陈平心里大致有数了。以他的判断，这是一件不好的消息，但基本上还算是一个孤立事件，对公司中长远的基本面不会有太大的影响。

陈平心里做好了启动备选方案的准备。

上午 9:00，陈平准时来到凯盛办公楼，进入会议室，只见石磊已经提前到了，看得出，他昨天晚上几乎没有睡觉，一脸憔悴的样子。石磊和陈平打了一声招呼，转身对 TMT 所有经理们说道："优惠网的情况，大家都了解了。从今天凌晨 1:00 我们离开这间会议室到现在 8 个小时过去，负面的新闻越来越多。看样子这个项目是守不住的，无论如何，我们要做好清盘的准备。我已经想好了，今天晚上 9:00 开盘的时候，只要开市价格还低于昨天的收市价，我们就在第一时间把剩下的 1400 万股全部抛出。昨天收市是 4.25 美元，以昨天的收市价格估算，如果我们把昨天卖掉的 1000 万股和现在手上 1400 万股都抛掉，平均每股按 4.2 美元计算的话，我们综合收益大概还有 20%。三年 20% 的收益，这不是一个理想的数字。但至少能够让我们守住底线，不至于连内裤都脱了。所以我要求所有人，今天晚上要做好充分的准备。晚上 8:40，我们在这个会议室集合。"

周五白天一整天，陈平按照原先定好的工作计划安排，分别和 TMT 团队的胡进、李杰伟、顾卫华，还有教育与医疗团队的 VP 李淑英进行一对一的谈话，他特别注意到 TMT 的顾卫华对优惠网持乐观态度。

陈平问他为什么觉得现在不应该卖，顾卫华说，每个公司都会经历挫折，这是一件坏事，但还不是一件让人绝望的事情，如果我们抱着一种绝望的心态去处理一件坏事的话，不是最好的解决方法。陈平记住了这句话，也记住了面前这个 20 多岁的年轻小伙子。

下班之前，陈平特意过问了一下优惠网的情况，这一个白天下来，售假事件还在继续恶化。

下午 6∶30，陈平走到楼下餐厅，匆匆在地下一层的茶餐厅点了一盘炒河粉和一碗竹荪汤。胡乱吃过晚饭，信步走到国贸三期的室外草地，拿出烟盒，点了一支烟。陈平虽然不是重度烟民，但作为 60 年代生人，他们这代人吸烟的比例较高，陈平也是其中之一。他的吸烟史最早追溯到"文革"期间他上初中的时候，但陈平从来不在室内吸烟，正常情况下每天保持着不超过 3 支香烟的总量控制。

抽完烟，小心地把烟头熄灭扔进烟桶，陈平深深吐了一口气，最终下定了决心。他拿起手机，拨通了凯盛全球创始人 Andrew 的电话。陈平知道 Andrew 有早起的习惯。"Morning，老板有空吗？"陈平问候道。

"我刚刚起床，在健身房跑步呢，你有事？"

陈平开口说道："您在跑步，那我就简洁了说，这边有个项目出了点儿紧急状况，我想跟您申请一下，提前到今天晚上就上岗。"

"好的啊，我邮件都准备好了，随时可以发出。你有什么特别需要我帮忙的吗？"对方问道。

"没有，一切都挺好的。项目上出了一个临时状况，弄得 TMT 团队有些慌张，我想我应该介入。"陈平不想在电话里说太多。

"OK，我马上把邮件发出去，你多保重。记住，不论出现什么情况，我都支持你。"

"谢谢老板。"陈平收起手机，拿出口袋里的烟盒，又点上了一支烟，在国贸写字楼外面小道上来来回回踱了十几个方步，身边穿梭往来的人群快速晃过，在这个首都核心办公区，似乎每个人都是那么地行色匆匆。

陈平用了十来分钟时间最后一次梳理了自己的思路，他确定，这是他认为正确而且必须做的事。他小心将烟头放入国贸写字楼楼下吸烟处的烟灰缸，然后拨通了行政总监 Lynn 的电话："Lynn，是你吗？你好，我是陈平。"

"您好，陈总，我们刚刚收到老板 Andrew 的邮件，祝贺您！您这次是给我们玩了一次捉迷藏。"电话里传来 Lynn 略带嗔怪的笑声。

"哈哈，这个以后再解释。你现在在办公室吗，还是已经回家了？"陈平问道。

"我还在办公室，刚刚要走，就收到了老板的这个邮件。我知道今天晚上一定是个不眠之夜。"

"好，你在办公室就好。那麻烦你和财务的同事留下来，今晚可能要干得比较晚。"

"好的，知道了。其他有什么事情要我们做的吗？"Lynn 询问道。

"我一会儿上去，再聊。"陈平说完就把电话挂断，走入电梯。

回到 22 楼凯盛办公室，一进门，陈平明显地感觉到所有人看他的眼神都不一样，有的是诧异，有的是敬畏，更多的是带着一份吃惊。陈平猜测大家都已经收到了 Andrew 发出的邮件，便没有过多理会众人的眼神，径直走到 TMT 团队秘书 Cindy 的工位前：

"Cindy，你还没走呢？"

"陈总好，刚刚邮件过来了。所以我想今天晚上可能会忙，就给室友打了个电话，今天晚上我就不回去了。"Cindy 站起身来回答陈平的问话。

陈平知道在私募公司工作的员工们，经常有突发情况要工作到午夜以后的，凯盛通常的做法是，如果加班过了晚上 10:00，男士或者有家眷的可以自己叫车回家，报销车费，年轻女士可以在附近的一家四星级酒店住宿过夜，费用由公司承担。陈平知道 Cindy 说的就是这种情况："好的，那你记得把自己安顿好。"接着吩咐道："你通知 TMT 所有人，一会儿 8:30 在会议室碰头。Stone 在吗？"

"他好像下去吃饭还没有上来。"Cindy 回答说。

"好，那你帮我给他发个短信，告诉他 8:20，在我的办公室，我跟他简单碰个头。对了，你告诉一下 Lynn，晚上 8:30，让她带着财务同事也到会议室来，你也一起过来。"

"明白。"Cindy 点点头。

"这会儿不要任何人打搅，我要一个人待一会儿。"陈平说完，头也不回地走进自己的办公室。

现在是 7:40，陈平知道自己需要再次梳理一下思路。站在办公室的窗前，眼望着户外的灯火，陈平最后一次思考着自己今天这个提前亮相的决定。本来按照和凯盛两位老板 Andrew 和 Joe 的协议，陈平要到下周一才到岗任职。换句话讲，下周一之前凯盛大中华区发生的任何事情，跟他都没有直接关系。但是昨天晚上的这个突发事件，激起了他身上那种一到危急关头总是下意识要往前冲的个性。陈平知道自己的这个性格，用他的解释，那只是一种下意识的反应，每当危急关头，自己总觉得必须站出来担当，并没有想到别的。记得加入凯盛之前，对方做过他的背景调查，其中有一项是他过往老板和同事对陈平的评价。调查报告写着：遇到事情沉着冷静；敢于担当，不怕承担风险和个人责任。上一次在纽约和 Andrew 见面的时候，Andrew 还特意把这个背景调查资料交给他过目，说这是他最欣赏的一点，没想到今天就提前验证了。

陈平突然想起很多年前的一件事，那时候他还在线下管理零售百货公司，有一次公司搞团建项目。60 多名公司管理人员在团建教练的指挥下，每人蒙着双层眼罩，在一个大型的足球场上各自分散走开，所有人都不挨着，每个人之间至少保持 2 米以上的距离，而且人群是不规则地排列。这时团建教练拿着高音喇叭，要求大家不能说话，不能出声，不能摘下眼罩，用最短的时间手拉手围成一个大圆圈。大家站在那里听到这个指令，一下就愣住了。陈平只用了不到一分钟的时间就意识到，这件事情除非有人站出来，否则就是弄到天黑也不会有任何结果。于是完全是下意识地，陈平觉得自己必须站出来负起责任，扮演一个无声组织者的角色。他摸摸索索地就近找到了一只手，拉着那只手，跟他一起摸索着找到另外一个人的一只手，他把两个人的左手和右手握在一起，在手上轻轻拍了三下，示意对方这两只手不能分开。接着他把其中一个人的另一只手拉上，再摸索着去找下一只手……就这样，陈平在人群里转了 30 分钟，终于把这个圆圈完全组成。教练在边上看到这一切，而且当时还有现场录像。在没有任何提示，也不能有声音传导的情况下，这是用时最短完成任务的团队。事后教练问他，是什么让你在眼睛被蒙住，不能出声，不能事先探知场面的情况下站出来做这件事？陈平想都没想，脱口而出：总得有人做啊。对方告诉他，能完成这个游戏的团队不到十分之一，而你们今天是破纪录的速度。

陈平依然两眼注视着窗外的灯海。

8

北京　凯盛会议室

不知道哪位秘书有心，提前把会议室的所有灯光都打开了，远远从走廊望去，宽大会议室的茶色玻璃后面，两排整齐的椅子依次排列着，像是即将开赴战场的队列。

当晚 8:30，陈平准时步入会议室。一眼望去，凯盛 TMT 投资团队的全班人马，行政总监赵慧玲、财务主管吴玉芳、PR 刘晓静，都已经安坐在场。负责教育与医疗组的合伙人康怡婷和工业与制造组的刘剑锋也都过来了。陈平跟大家点了点头，特意绕到会议室的另一侧，和康怡婷以及刘剑锋分别握了握手。接下来，他走到主持人位子坐下，开口说道：

"各位同事好！很抱歉以这样的方式做入职的自我介绍。我叫陈平，过去一个多星期和大家介绍的时候都是用英文名字，为的是不受干扰地多了解凯盛中国的运作情况。理论上讲，我下周一才算正式入职凯盛基金。不过因为有个突发事件，我决定提前，今天算是我入职的第一天，很高兴有机会与各位共事。我不是专业的投资人出身，过去几十年从事的都是企业管理，对于我来说，加入凯盛是一个全新的挑战。投资方面我还是一个新手，尽管我用了几个月的时间，填鸭式地学习了一些金融投资的知识，但在这一方面跟各位相比，显然还只是一个入门级的小白。不过关于企业的实际运作、投资方向的判断，我还是有一些来自一线实操的体会可以跟大家分享，我想这也是Andrew和Joe邀请我加入凯盛基金最重要的原因。如同各位收到的电子邮件所介绍的，我将出任凯盛基金资深合伙人，负责凯盛基金大中华区TMT团队。凯盛基金进入中国20多年，取得了很好的成绩，也是有赖各位同人的努力。最近一段时间接触下来，我觉得面对中国这个全球最大的新兴市场，我们凯盛有很多机会创造出自己辉煌的业绩。好，我的开场白就说到这里。关于我个人、我的工作，请问各位有什么要了解的，现在可以提出来。"

会议室里鸦雀无声，陈平停了一会儿，继续说道："既然大家没什么问题的话，以后大家都是同事，随时可以沟通。我们就进入今天的话题。从现在开始，我是凯盛基金大中华区TMT团队的负责人，TMT有任何成绩属于团队，出现过错，责任属于我个人，投资决策当中的任何失误或者错误都将由我承担，这一点大家尽管放心。我信奉一句话，叫作鲜花要同享，眼泪要自己流，这是一个当老大最起码的自我约束和职责。过去20多年，我都是这么做的。我请团队放心，这也将是我今后所奉行的一个基本原则。现在请大家把目前的情况说一下。"

"陈老大好。我相信我们今天主要研究的还是优惠网的问题。昨天的收市价格是4.25美元，现在离开市还有20分钟，我们需要制定策略，下一步应该怎么走。因为今天是周五，如果要出仓的话，最好在今天抛出。否则再经过一个周末，夜长梦多，市场恐怕会有更多不确定性。"Principal胡进开口说道。

"是的，我同意。"陈平接过话题，"关于市面上的声音，大家有什么消息可以分享？"

公关经理刘晓静说："我把今天媒体上的有关报道整理出一个简报，已经分发给在座的各位，相信大家都已经看到。总体上讲，今天媒体的消息比昨天更不乐观。因为昨天只是零零星星的，先是网红发表负面的评论，接下来有很多人跟帖，有人喊着要退货，有的喊着要卸载 APP，今天则有几家主流媒体发表评论，变成是一个压倒性的声音。从目前的情况来看，应对媒体信息危机方面，优惠网跟进不力，他们昨天晚上 6 点多发了一个官方声明，以后就再也没有声音，说明他们在危机公关方面还有很多欠缺。"

"说说我的判断，"陈平一看时间不多了，决定把他的意见拿出来，"以我的理解，销售假货问题不是也不可能是单独一家公司的问题，这在整个中国都存在，是一个社会问题。我们一开始是因为贫穷，大家买不起名牌货。从微软的盗版，到耐克、阿迪假货，以及各种名包名表仿造事件，在零售市场一直存在。近年来从政府层面、社会舆论层面，对于假货和盗版问题都有了越发严格的制约，假货问题得到了抑制。但是我们也都很清楚，冰冻三尺非一日之寒。不可能指望用一天，或者很短的时间彻底杜绝这个现象。在中国没有任何一家公司，至少是没有一家从事网络零售买卖的公司，敢于拍起胸脯说，它售卖的商品没有一件是假货。所以这不是一个质的问题，是一个量的问题。如果一个平台所售卖的商品有相当一部分是假货，那么这个平台无论如何是没有价值的，如果是一个孤立零星的现象，被某个网红、某几家媒体放大了，这就像有人得了一场重感冒，发烧流鼻涕，状态比较惨，但是这个人就因此一命呜呼吗？未必。所以我提醒大家，对这个事情，需要有个基本认知。做投资，在座的很多人都比我更有经验，我相信大家也都了解过，我们基金公司创始人关于优秀投资人的 3 个关键词：基本知识、判断力、执行力。我们通过对基本知识的运用，做出什么判断，随后基于这个判断的执行力，这是私募基金投资人最为重要的能力。"

陈平停顿了一下，拿起桌上的矿泉水，拧开喝了一大口，接着说："我的决定是：如果今天开盘优惠网的股价低于昨天的收盘价格的话，我们应该大幅买入。"

"买入？" Stone 惊叫了起来，众人也都露出很惊讶的神情。

"是的，买入。这是我们最好的时机。我从昨天开始，认认真真把优惠网最近三年每个季度的财务报表，逐一细读了两遍，他们的经营方向和执行力都没问题，基本面很扎实。我的结论是，这次的销售假货事件是一次公共危机，但它只是一个孤立的事件，不足以动摇这家公司的基本面。顾卫华，你是负责跟进这个项目的吧？"

"是的，我在这个项目上协助石磊。"

"那好，你抓紧联系一下我们纽约的券商，让他们和我们保持联系。一会儿 9:00 股市开盘，我们要拨通专线，随时保持畅通，做好买入的准备，不过这句话你先不要告诉券商。"

"陈老大，我们准备怎么买入呢？" Stone 问了一句，"在昨天之前，我们持有的是 2400 万股，大概占公司 22% 的股份。"

"我琢磨着，如果价格合适的话，可以增持 3000 万股，趁这个机会，成为优惠网最大的股东。"陈平直截了当回复道。

"可是买入需要现金。按照您的估计，增持 3000 万股，算上昨天我们出手的 1000 万股，那么目标就是买入 4000 万股，照现在的市值，需要大约 1 亿多美元的现金。公司规定动用 2000 万美元以上现金，必须经过纽约总部 CFO 签字确认，否则无法操作，多年来都是这样执行的。"Stone 提醒道。他并不想在陈平刚刚上任的时候给对方出难题，但优惠网是石磊个人跟进的项目，他觉得有义务提示新来的老大。

"谢谢 Stone，这个问题我想到了。Lynn，你帮我拿一张表格过来。"陈平开口布置着。

在场的每个人听到这句话，无不流露出万分诧异的神情。自从凯盛大中华区设立以来，美国纽约总部的规定就是凯盛中国各个投资组负责的合伙人签字，可以调拨不超过 2000 万美元的现金，超过 2000 万美元的必须由管理合伙人签字，而目前在整个凯盛组织架构里，全球只有 5 名管理合伙人，分别是主席 / 创始人 Andrew、CEO Joe、法兰克福的欧洲总裁、英国总裁和公司的 CFO。大中华区现在包括新加入的陈平，一共有两个资深合伙人——陈平和负责消费品的威廉，其他两个投资组的负责人——负责工业与制造组的刘剑锋和负责教育与医疗组的康怡婷是合伙人，另外还有 4 个初级合伙人，但是大中华区并没有管理合伙人。大家的担心不是没有道理的，因为美国凯盛是早上 9:30 上班，现在美国的几个大佬都还没有到公司，没有大佬的签字，这笔资金是释放不出来的。

陈平笑了笑，说："你们别看我，我还不是管理合伙人，不过我的签字他们应该会认。"说话间，陈平接过赵慧玲递过来的表格，在上面写上"TMT，2亿美元，用途：购买优惠网股票"，签上了他的名字。这个权限，是陈平在入职签约前特意向凯盛创始人Andrew提出并获得首肯的，他很清楚自己是个敢于拍板做决定也习惯于承担责任的人，但他需要充分的授权。

"你把这个传给CFO本人，同时拍照给纽约财务室，要快。"陈平把签字文件递给慧玲，又叮嘱了一句，"纽约财务室人员是8:30上班的。"

"好的，马上。"赵慧玲快速地跑出会议室。

"你们哪位抓紧把投影屏幕拉一下。"陈平交代了一句，"现在离开市时间已经不多了。"

众人看着墙上的挂钟：8:50。

秘书Cindy连忙把会议室的投影屏幕打开，快速接好插口。几秒钟的工夫，纽交所交易现场的实时动态已经展现在大家面前。上面清楚地显示，优惠网，预开盘价格：4.00美元。

8:54，距离开市时间还有6分钟。

陈平站起身来，走到会议室的一角，准备打几杯咖啡。Cindy一看，赶紧走上前来。陈平笑着摆了摆手："没事，我自己来。"他特意多打了两杯，分别放到刘剑锋和Tina的面前，端起第三杯咖啡，呷了一口，看着会议室内一片紧张的同事们，笑着说了一句：

"在座有哪位心脏不好的，要不要回办公室拿一点儿急救药过来备用。"

这话把大家逗笑了。

Lynn推门而入，向陈平比了一个OK的手势确认。陈平点了点头，说："资金确认，好，我们准备开工了。"

8:58，屏幕显示开市前的交易已经开始，优惠网交易价从4.00美元降到3.80，3.78，3.76，3.74。

9:00正式开市，价格持续向下滑动：

3.72

3.78

3.70

3.68

3.66

……

陈平两眼紧紧盯着大屏幕，举手示意："打电话，现场价，出货400万股。"

"好。"顾卫华这边用电话将指令直接传达过去。

人群中有人嘀咕了一句："不是刚刚还说要买吗？"

"欲擒故纵，好好学着。"Tina回了一句。

顾卫华快速地在电脑上操作了几下，比出一个确认手势："凯盛400万股售出，3.64元。"

400万股，是开市10分钟单一售出量最大的一笔，在这笔售出交易的带动下，优惠网股价继续下滑：

3.58

3.50

3.42

3.46

3.36

3.32

3.30

"交易量多少？"陈平问了一句。

"包括我们的400万股，总共交易量1100万股。"Stone抢答了一句。

"好的，我上一下洗手间。"陈平说着，走出了会议室。

他其实是要借这个机会确认一下自己的想法。陈平知道自己现在所处的场景，如果借用一个形象的比喻，这就好比置身于硝烟弥漫的战场上，自己手中的这把枪里只有一发子弹，他马上就要扣动扳机。作为走马上任的新人，第一天的第一个动作，如果失败，前面就是万丈深渊，绝无退路。

陈平从厕所出来，径直走到办公室外面的阳台上，把口袋里的香烟掏出来，点着猛吸了几口。"这是今天最后一支烟了。"他自言自语道。

回到会议室，只见屏幕上的价格还在不断闪烁着。优惠网的成交价目前停留在 3.3 美元到 3.5 美元块之间。

现在的时间是 9：45。

"Simon、顾卫华，赶紧帮我算一下，4400 万股买进的话，以现在的价格，大概要触碰到什么价？"陈平开口吩咐说。

TMT 的分析员 Simon 和顾卫华拿起计算器，快速计算着。

"老大，3 块 5 以下，现在总共有 5000 万股卖盘，目前排队的卖盘如果购入 4400 万股，那就要触碰到 3 块 5，其中 3000 万股在 3 块 4 毛 5 以下。"顾卫华报告说。

"再等一等，3 块 4 卖盘量达到 4400 万的时候告诉我。"陈平习惯性地站起来，走到会议室临街的窗户前，两眼注视着窗外的夜色。

会议室里鸦雀无声，只有投影仪发出的细微的机器咔哧声，空气仿佛都凝固了。

眼前投影屏幕上，即时累计的优惠网成交量急剧滚动着，价格曲线一闪一闪地上下小幅度跳动。当日交易累计栏位显示，开市以后，优惠网的股票交易数量已经达到 2300 万股。

10 分钟过去了。

"报告老大。"身后有声音传来。

"请讲。"陈平转过身来，望着端坐在电脑前的顾卫华。

"现在 3 块 4 价格线以下卖盘 4800 万股，其中 3 块 3 以下 2000 万股，3 块 3 到 3 块 4 区间 1200 万股，3 块 4 有 1600 万股。"

"电话，凯盛买入 4500 万股，3 块 4。"

"好的，了解。"顾卫华按了一下桌上免提电话的屏蔽键，在这之前他把电话放在声音屏蔽状态，这就意味着会议室里面所有的沟通交谈，对方是听不见的，而对方又时刻保持在线。"Hello，凯盛基金，买入优惠网，4500 万股，价格 3.40 美元，请确认。"

"收到，凯盛基金，买入优惠网，4500 万股，3.40 美元，确认并操作。"电话里传来对方的重复确认声，双方的通话是全程录音的。

大屏幕投影显示的是股市交易的实时同步数据，20秒后，记录显示，优惠网4500万股交割，成交价：3.40美元。

在场的所有人不约而同地深深吐了一口气。

"好了，今晚的演出结束了。谢谢大家，可以回去休息了。"陈平调侃似的说了一句。

这时，分析员Simon突然举手问道："陈老大，我想问一下，我们准备购入的时候，有卖盘报价3.3以下2000万股，为什么我们不先用3.3收一部分呢？以2000万股算如果差1毛钱的话，就有200万美元。"

"这个我解释一下，因为我们一出手，市场就会有反应。市场只要意识到凯盛基金出手买入，整个价格就会发生大的变化。所以像我们这样的公司，我们的主业是私募投资，我们不主做公开市场。偶然进入公开市场，就要一招结束战斗，不能有太多的缠斗。"

陈平回到办公室放好文件夹，拿起自己的电脑包转身下楼。在电梯口碰到了Tina，对方把他叫住："哎，Jeff，你准备回去了？"

"是啊，我就住在中国大饭店，下楼换个电梯，3分钟的工夫。"

"节省时间哈，我住在朝阳公园，离这里也不远，司机送我过去也就10分钟。"Tina和陈平一起走进电梯，"你今天这一招可够狠的，给了我们大家一个下马威。"

"哈哈，真谈不上，我这也是不得已为之。如果不是突发情况的话，我大可以多喝两天咖啡呢。"陈平试图解释。

"我问一下，你今天买入的时候不来回拉锯，决定只要出手就一次买足，这个我能理解，但是买完以后，你就让大家散开。为什么不再留下来，让大家看看走势呢？"Tina问道。

"哦，"陈平说道，"已经决定并且已经执行的事情，后面的价格变化都改变不了，所以没有必要再受任何信息的干扰。"

"那恕我冒昧，万一这个判断是错的呢？"Tina紧盯着陈平问。

"有可能。如果错了，那就用下一次正确的决定把它校正回来。不是有句话说不要为打翻的牛奶哭泣吗？"双方走到大堂门口，陈平和对方道了句晚安，信步走出。

9

北京东三环　星辰国际

今天是星期天，李淑英在她星辰国际公寓卧室的床上饱饱地睡了一个懒觉。醒过来后，伸了个懒腰翻过身趴着，松软的鹅绒被将她整个人裹得像只粽子。就这么趴着又迷糊了10分钟，李淑英这才慢吞吞地起身，趿拉着拖鞋走到落地窗前，拉开窗帘。

秋日早晨的阳光唰的一下子穿透进来，满房间都是暖洋洋的太阳味道。

李淑英有一副让人羡慕的好身材，个子不高，但玲珑凸翘，丰满的乳房、细瘦的腰线，外加一对结实浑圆的屁股，浑身散发出成熟的南方女子韵味。她喜欢北京这种四季分明的气候，尤其是北京的秋天。李淑英今年34岁，是一位新加坡姑娘，从小生活在热带海岛上，用她自己的描述，新加坡一年只有两个季节：Hot and Hotter，热和更热。她从英国剑桥大学毕业以后回到新加坡，加入高盛集团，成为高盛的一名分析师。在摩根斯坦利干了3年，遇到一个机会，申请加入了新加坡的凯盛基金。在新加坡做了两年以后，正好碰上凯盛大中华区有内部招聘的空缺，她就报名来到北京，这已经是6年前的事了。

一开始的时候，她在新加坡的朋友和闺密们，对她一个外籍女孩子只身到北京生活能否适应、是不是安全，都有一些担心。可是淑英一到这里，就深深爱上了这座北方城市，特别是北国风光多层次的立体景色，雄伟的八达岭长城，郊区高高的白杨树，故宫、天坛……几千年中华古文明的沉淀，处处让她这位来自热带海岛的东南亚姑娘着迷不已。

李淑英喜欢收藏红叶标本，那是她到北京不久就开始的爱好。这些年来，北京郊区、天津蓟县、河北保定张家口……淑英跑过不少地方收集红叶。每年秋季落叶季节，她都会事先留意天气预报，规划好路线，为的就是能采集到不同形状、不同树种的红叶。她把自己收集到的叶片都用收藏本仔细地夹好，上面标注每片叶子的树叶种类、来源地、采集的时间等等。这些年下来，淑英的红叶本子已经积累了厚厚的5大本。为了这个爱好，淑英有一年秋天还特地去了一趟加拿大，在那里待了10天，就做一件事，收集枫叶。她专门开辟了一本加拿大枫叶专册。都说加拿大的枫叶很出名，用枫树汁提炼制成的糖浆成为很多星级宾馆早餐桌上的调味品。在李淑英看来，加拿大的枫叶有一股荒野的气息，叶片宽阔，纹理清晰，不惹尘土。相比之下，中国北方的红叶叶片要小巧得多，但让她觉得更加有一股烟熏火燎的味道。

也就是从这样的爱好和收集中，李淑英慢慢了解到，枫叶只是红叶的一种，在高纬度的地带，每年秋天时节，白天缩短、夜晚延长，地表温度降低，树木开始落叶，随着叶绿素含量的逐渐减少，其他色素的颜色就会在叶面上渐渐显现出来，于是树叶就呈现出黄、红等颜色，这样的北国景象是李淑英这种从小在热带环境里长大的女生不曾经历过的。李淑英现在知道，红叶包含的范围很广，除了人们最熟悉的枫叶，还包含别的叶种，北京香山红叶的主要树种是黄栌，而香椿常见于河南、河北等地。秋季经严霜击打的香椿树，常常显得如火如荼，非常漂亮。还有辽宁本溪被誉为"中国枫叶之都"，姹紫嫣红的枫叶是其鲜明的特点……淑英准备把自己的这个爱好坚持下去，下一步她准备收集俄罗斯红叶、新西兰红叶、北欧红叶，希望等到有一天自己老的时候，能够把这些收集的红叶分门别类出一本书，题目就叫：飘零的世界。

这会儿，淑英给自己泡上一杯咖啡，在烤箱里烤了两片面包，一边吃着早餐，一边习惯性地翻看她的红叶收藏本。

淑英是第二代华裔，她母亲年轻时从福建老家——闽南南安偏僻的山村竹山村偷渡，后来移民新加坡。淑英在上大学那会儿，随着母亲第一次回到自己祖辈的故乡，那是15年前的往事了。老家是山区一个闭塞的小村庄，那时候还没有通电，也没有可供汽车通行的公路。

李淑英和妈妈一起，先是乘坐公共汽车到镇上，然后再由老家的亲戚们骑过来几辆自行车接站，她就坐在自行车的后座上进了村庄。

乡村人的待客方式实在热情。她们到达的那天晚上，由舅舅、舅妈张罗，搞了一个大聚餐，远房亲戚什么的来了20多个人，在院子里坐满了两张大圆桌，一顿饭吃了三个钟头。等到酒席散去，淑英跟她妈妈说，她要洗澡。从小在现代都市长大的女孩，每天洗澡是必需的功课。这个要求倒是愁坏了接待的舅舅一家人。农村人家没有淋浴设施，也没有在家里冲澡的条件。天气好的话，男人们就在村头的水井旁冲淋，或者跳进村外的小河里洗个澡。如果是冷天，或者每家的女眷们要在家里擦洗，大多是烧一锅热水，自己拿一个脸盆在房间里擦一下身子。这个洗澡的需求如果换一个本地客人，克服一下也就罢了，可淑英从小在新加坡生活，在这之前她见识的世界里，只有拧开水龙头冲澡，或者浴缸泡澡这两种清洗方式，从来没有见过用脸盆可以洗澡的。舅妈看这个南洋姑娘一脸困惑，就把院子侧面猪圈的水泥地冲洗干净，特意烧了一大桶的热水，招呼她女儿一起把热水桶抬到猪圈里。舅妈对她说，这个地方不会有人来的，而且现在是晚上，天黑黑的谁也看不见。"你就放心在这儿洗吧，我让他们都在屋里待着不许出门。"说罢，舅妈将院子的院门关上，把毛巾、肥皂提前放好。就这样，站在舅妈打扫干净的猪圈水泥地上，用木瓢舀起大木桶里的热水往身上浇淋，李淑英洗了一次终生难忘的乡村热水澡。热水一瓢一瓢往下流，洒到农家大院的水泥地上，微微反射着皎洁的银色月光。李淑英永远忘不了自己的这段经历，后来回到新加坡跟同学们聚餐的时候，有人问她回中国老家印象最深的是什么，李淑英就把这段故事讲出来，而且留下了一句很出名的话：我成人后第一次光溜溜地曝光，居然是献给了猪圈里的两只公猪！好在那个时候社交媒体还不发达，不然这句话很可能成为网上的热搜词。

李淑英慢悠悠地喝完了两杯咖啡，把桌上的碟子收好，给妈妈打了一个问候电话，接着走到衣柜前，拿出她练瑜伽的衣服。

淑英今天给自己安排了两个节目：上午有一个半小时练瑜伽的时间。接着她准备去一趟颐和园。趁着今天大太阳的好天气，再去寻找几片枫叶。

李淑英是瑜伽的深度爱好者，她一直很喜欢瑜伽，觉得瑜伽不仅仅有助于健身和塑形，更主要的是练瑜伽能够让她专心致志，进入一种冥想中的状态，摒除一切杂念。做投资这么多年，淑英很清楚能够不受干扰地做一件事情，是一个职业投资人必须具备的素质。

下楼来到星辰国际小区的健身会所，李淑英熟门熟路地走到操房，找了个僻静的角落，拿出手机选中播放歌曲的APP，开始了她50分钟的瑜伽训练课。

瑜伽练习结束后，李淑英来到器械室。按照她的习惯，她会先在跑步机上进行20分钟的慢跑，再做几组仰卧起坐和压腿柔韧训练，今天的健身任务就完成了。走到跑步机上扭动开关，淑英习惯性地把手机放到操控台前面的斜板上，手伸进口袋里摸索着，准备掏出无线蓝牙耳机，这才发现今天出门的时候把耳机忘了。淑英自嘲地摇了摇头，把手机APP的音乐关上，再把跑步机的速度调到8公里每小时，开始进入20分钟的慢跑。

这会儿是早上10点多，休息日，正是健身人士锻炼的高峰期，周围的人渐渐多了起来。10分钟以后，淑英已经把自己的跑步速度调到了10公里每小时。她掌握着自己的呼吸节奏，步履轻盈地在跑步机的传送带上跑着，忽然间，身后有一阵对话闯入耳朵，是两个男子的声音。

"你那边最近情况怎么样？"一个人的声音问道。

另一个人回答说："挺好的，我们上个月又开了4所学校，线上累计注册了2万个学员。"

"你这个速度还真是挺快的，现在在线教育是一个风口。特别是你们线上线下同步发力，既能够起到品牌传播的作用，又能让孩子们有更多机动的在线学习时间。"

"是的，"第二个人说，"我们这个模式最主要是要把家长们从自己辅导孩子的时间和精力中解放出来。而且因为提供的是全国性的覆盖，也便于学员选择自己所喜欢的老师。"

第一个人接着问道："今年的融资环境挺好，你们干吗不趁机融一轮呢？"

第二个人回答："现在我们还没有想融资，因为账上还有比较充裕的资金。而且我们这个行业都是预存款，资金链的压力不大。在市场投放方面，我们一直控制得比较紧。"

"有备无患哦，老兄。我听说最近又冒出来好几家模仿你们模式的，到时候免不了会有一阵市场竞争的拼杀，还是应该多备点干粮。"

第二个人接着说："是啊，我的联合创始人也一直这么提醒我，这方面我不太擅长，再说吧。来，你帮我把这条腿压住，我试试能不能把这120公斤举起来。"

完全是出于一种职业的敏感，李淑英逐渐地把跑步机的速度调慢下来，降到6公里每小时，这样她就可以改用步行的速度。透过前方的玻璃镜反射，淑英看到在她身后交谈的两名男子，就在离她运动的跑步机后面1米多处。其中有一人躺在条凳上，双腿平伸着，另外一人横跨在条凳上，压着第一个人的脚踝，躺着的男子头部上方，是一对由支架支撑着的杠铃。

"嚯"，躺着的男子双手在胸前握紧横杆，大喊了一声，奋力地把杠铃举到胸前，足足停了5秒钟，再把杠铃放回到支架上。

李淑英按下跑步机的停止键，从跑步机上走下来，正眼看了一下边上这两个正在做健身运动的陌生男子。两个人都是跟她相仿的年纪，躺着的那个人留着一头典型的北京板寸，戴着一副眼镜，坐着的那人是个胖子。

淑英走到健身房的入口处，打开存包柜，从里面掏出自己的随身小包，拿了两张名片，走回器械室，她就在离那两名锻炼男子3米处的地方站着，这个位置正好有一个练习上举的机械臂，淑英就着机械臂的立柱，做着压腿动作，一边观察着不远处的那两位男子。

大约过了10分钟，那两名男子站起身来正准备往外走，淑英跟了过去，在器械室的门口，李淑英喊了一声："两位先生请留步。"

那两个人听到声音，回过头来看着淑英。刚刚在练习杠铃的平头眼镜男开口问道："您是喊我们吗？"

"哦，冒昧打搅一下。"淑英往前走了两步，递上名片，"我是凯盛基金的投资副总裁，我姓李，负责教育和医疗领域。刚刚在跑步机锻炼的时候，无意中听到两位聊到了好像是一个教育方面的项目，正好跟我的专业有关系，我就冒昧地追上来，想打听一下。"

那两个人对视了一眼，第一个男子脱口说："这么巧。"第二个男子自我介绍道："你好。我叫齐帆，整齐的齐，帆船的帆，我是孔孟知道的创始人兼 CEO，这位是我的老同学、朋友，华强，我们都叫他胖强。"

淑英伸手和两个人握了握，说："幸会。齐总，我这么叫住您有点儿冒昧。不过您二位刚刚聊的话题，恰巧被我听到了，而我又是专门负责医疗教育方面投资的，也算是某种缘分。不介意的话，占用您 10 分钟的时间，咱们聊一会儿？"

那个叫胖强的对齐帆说："正好是一个机会啊，齐帆，你应该跟她聊聊。这样，我先到那边的游泳池游泳，齐帆，你和这位女士单独聊，一会儿我们在游泳池见。"齐帆点点头。

淑英比了一个请的手势，和齐帆来到健身中心入口处休息区，淑英用手机在自动售货机上扫了扫，取出两瓶饮料，递了一瓶给齐帆，说："我们就凑合吧，谢谢齐总，我先把凯盛基金的情况给您介绍一下。"淑英向对方介绍了凯盛的公司背景和在中国的运行情况，接着问道："齐总，您的孔孟知道目前发展到什么阶段？"

"哦，孔孟知道是我和两位联合创始人 1 年半以前开始做起来的。我们主要是做中小学生的课外辅导，针对的是中小学生作业和课外补习、辅导业务。业务线包括线上和线下。我们设立的线下补习班每天从下午 4:00 到晚上 10:00，周末全天，解决一部分家长抽不出时间、不能亲自陪孩子做作业的困难。目前主要在北京、天津、西安和石家庄 4 个城市，一共有 30 个线下授课点。另外，我们的主要业务还是在线上，学员们可以购买一对一辅导课，通过网上一对一的打包课时，例如 50 个小时、100 个小时和 500 个小时，选择自己的时间和科目。因为是线上辅导，时间和老师安排都比较灵活，学员可以自行挑选所中意的老师。我们按照不同的科目，例如语文、数学、物理等等，同时也按照老师不同的级别，乘以不同的系数，具体说，每个一对一授课辅导小时基础系数都是 1，最高级的老师，系数是 8，也就是说，如果您接受这位老师一对一的辅导的话，那么他一个小时的辅导课程，要花费 8 个计费单元。相对应地，最初级的老师系数是 0.5。其他影响收费系数的因素还包括时间段、好评率等等。每个学员首次选定一位新老师的时候，可以有 10 分钟的试听时间。10 分钟之内如果学生或者学生家长觉得不满意，可以要求终止课程，不计算费用。"齐帆介绍说。

李淑英点了点头，说："这个结构听起来很有道理，因人而异，不是一刀切。"

"是的。我原来就是自己线下办辅导课，专门辅导不同学生，我经常碰到有学员反映，同样一节课花 300 块钱，可是今天找到这个老师很不错，但是另外一门课的老师觉得不理想，都一样花 300 块钱，他们觉得不公平。所以我在创立孔孟知道的时候，就决定建立不同收费等级。打一个比方，就好比同样是一个晚上住宿，五星级宾馆和三星级酒店，他们的收费也是不一样的。"

李淑英问道："那您公司融资方面的情况方便介绍一下吗？"

"嗯，一开始是我和我的联合创始人自掏腰包 100 万创立起来的，内部以员工集资方式搞了 A 轮，大约 500 万，对外融资到现在为止，我们只走了一轮融资，B 轮，估值是 2 亿人民币，那是去年秋天的事。其实今天胖强跟我提到要不要走下一轮融资，我的联合创始人也提起过，因为自从孔孟知道开始做这件事，一年多来，市面上陆陆续续冒出了好几家同行的竞争者，他们都是以融资做市场营销，打广告，试图弯道超车。相比之下，我们做得更稳健一些。"

李淑英赞许地说："我们就希望寻找这种能够静下心来、务实的企业家。今天咱们还真是有缘分，就在这健身房不经意间认识了。坦率地说，基金需要好的项目，我们需要资本回报，同样地，创业团队不仅可以借助资金更好发力，而且寻找优质的基金特别重要，凯盛基金的品牌和过往成功案例，齐总可以先了解一下。我们不是 VC，作为私募基金，我们投资的金额更大，也更有意愿和企业家一直并肩走下去。"

齐帆点点头，说："这方面我的确知道得不多，回头我多了解一下。"

李淑英见对方表示有兴趣，决定先点到为止，说："您的同伴还在等着您，我今天就不再耽误您太多的时间。我们交换一下微信，哪天您有时间，我专程过去拜访。"

"好的，我加您。"

双方交换完微信以后，齐帆起身说道："我周一到公司后，先把公司的简介发给您，您看一下，然后我们约时间聊。"

"好的，齐总周末愉快！"李淑英挥了挥手，与对方道别。

10

北京　凯盛办公室

周一上午9:00，国贸写字楼电梯间12台电梯全负荷运行，相互交错升降，每台电梯顶部的指示灯一闪一闪的，这是一天中最忙碌的时段。

陈平早早地就来到办公室。推门进去，桌上放了两盒名片：凯盛基金资深合伙人，大大中华区董事总经理，陈平。桌上还放了一台崭新的手机。陈平打开一看，电已经充好满格，上面贴着一张字条：陈总，这是您公司手机的新号码，请留存。陈平猜测这是Cindy在周末抓紧办理的，为的就是让自己周一上班就能有公司的手机号码使用，他越发满意这位做事认真、细致用心的年轻秘书。很多人都觉得秘书工作很简单，殊不知一个好秘书，就是这样不经意间提前把事情想到并且安排好。

利用这会儿工夫，陈平处理了几个朋友问候的短信和邮件，也按照事先的承诺及时给格时猎头Rachel打了电话，告诉对方自己的新职。上午10:00，陈平走进隔壁石磊的办公室，石磊还没来，陈平在对方办公桌前等了5分钟，正准备离开，在门口与刚刚进门的石磊撞上了。

"嘿，老大，抱歉今天来晚了，您请坐，我帮您要杯咖啡。"石磊说着走到办公室门口，朝秘书 Cindy 打了一个手势："Cindy，给我们来两杯咖啡。"

石磊吩咐完转过身来，满脸歉意地说道："您看，老大，这，我真不知道您的到任。前面那两个礼拜多有冒犯，请您多多谅解啊。"

"哪里的话，这次安排其实也是非同寻常。你知道我不是专业投资人出身，转行过来心里也没底。所以就想用这个方法提前了解一下大致情况，还希望你多支持。"

"哦，这没的说。接下来您就是我们团队的老大，我们都听您的调度。"

"我们一起商量，一块推进吧。"陈平换了个话题，"你看 TMT 现有的这 7 个项目里，哪个分量最重呢？"

"毫无疑问是优惠网。"石磊回答，"尤其是上个礼拜五我们加持 3100 万股，这一下子我们就把大头都压在这个项目上，您看我是不是跟优惠网那边说一下，把我的董事席位换成您啊？"

陈平听出对方的话语是一种谦让也是一份试探，他故意停顿了一下做思考状，片刻后果断回复道："这个项目一直是你跟着的，你最了解，我看还是你继续当董事合适，我从侧面帮忙你和团队。这样的话我也可以多花一些精力在目前比较麻烦的项目上。例如连连社交平台，我对它很感兴趣，你觉得应该找哪位接洽呢？"陈平问道。

"这是 Principal 胡进分工的项目，可以让他继续跟着，材料收集和分析，几位分析员都可以参与。"

"好，那就这么安排。"陈平表示同意。

周一中午，国贸写字楼地下一层，员工餐厅。

几位年轻的行政助理和秘书们聚在一起，一边吃着午餐，一边热闹地说着话。

"我都听说了，你们那个新老大，先是潜伏过来，把公司的情况摸了一个透，然后突然牌子一亮：听着，我就是你们的老大，按我的指示做。帅呆了！"饭桌上一位脸上有对小酒窝的姑娘高声说道，她是前台接待。

另外一个人问："Cindy，快给我们讲讲，有什么秘闻没有？"

Cindy 正喝着汤，把汤勺放下，笑着说："各位姐妹，这件事其实我跟你们大家都是收到邮件才知道的，消息来源也是一样的。再说公司有规矩，不该我说的事情总不能让我犯错误吧。"

"我知道，我知道。"问话的女孩说，"我就很好奇，他是怎么想到用这种方法进行公示的，而且还是一个资深合伙人，这在凯盛历史上可从来没有过的。想想偌大的凯盛投资公司，整个大中华区三地办公室，一共就只有两名资深合伙人级别的。"

"更绝的是，过去一个多礼拜，他都用英文名字，没人会往他的中文名字那边去想。我收到邮件通知后才知道他的中文名字，百度上一查，哇，妥妥的行业大咖。"前台姑娘接过话头说道。

"是的，我刚刚也查了，微博粉丝 100 多万。"说话的是消费品团队的秘书。

"我看他今天很早就来到公司，从电梯间走进来，好帅啊，比你们那位大胡子老头帅多了。"消费品组的负责人威廉是位有着络腮胡子的美国人。

"姐妹们，这鸭汤不错，你们要不要尝尝？"Cindy 把她喝了一半的汤碗推到众人面前。

周一下午，陈平来到连连社交。

连连社交科技公司位于北京海淀区上地，CEO 李卫接待了他。陈平说："李总，你好，今天我过来连连，一方面是做个自我介绍，另外也想了解一下连连平台目前的情况。"

"陈总，您坐。"李卫恭敬地把陈平让进自己的办公室，"您可是互联网行业大佬啊，在业界的声誉和口碑，那是如雷贯耳。我曾经有两次在行业论坛上听过您的讲演。现在您加入凯盛基金，毫无疑问地一定是如虎添翼。我听说您要过来指导我们这个项目，那真是久旱逢甘霖。"

"李卫，你客气了，谈不上指导，你知道我也是做实业出身的，很能理解做企业一定会碰到各种各样的问题。我今天过来不是来做什么指导，而是以投资人的身份，了解一下公司的现状，同时也看看有什么可以一起帮忙想办法的，毕竟我们都在同一艘船上。"陈平习惯性地拿出了他随身带的记录本。

"那太好了，您知道我们连连社交做的是新媒体分享，在国内我们算是最早起来的一家。刚开始的时候，大概有1年半的时间，我们的用户增长速度和活跃度都非常良性。接下来在过去的12个月，这个赛道出现了好几家新冒出来的竞争对手，他们拼命砸市场做推广。现在我们面临的状况是，如果不持续做市场投入，我们的份额就会被对手抢去，如果要继续做巨额营销投入的话，过去这一年每个月我们平均大约有2000多万人民币的亏空，这个幅度我们有些吃不消。您也知道，我们有过三轮融资，前前后后大概筹了2亿美元，这些钱现在已经花得差不多了。账上可供支配的也就差不多5000多万人民币。如果走下一轮融资，股权进一步稀释不说，以现在的估值也不太容易找到新的投资。"李卫说着，递给陈平一份连连最新的财务报表。

"我理解。不瞒你说，这样的情况我也经历过，所以我完全能够体会到。我想问一下，现在公司的基本盘面是什么状况？"

"是这样的。"李卫解释道，"我们是做社交分享的平台。具体地说，就是由达人和素人两个部分构成，达人驱动，素人跟进。现在我们平台的月活跃人数大概是8000万，日活大概是1000万。社交平台的头部网红效应非常明显，以我们的平台数据为例，平均每天大概有80%的流量，是由最顶部的20位达人或者行话说的大咖网红所带来的，尤其是排名最靠前的5位网红，几乎占到我们整体流量的50%。而这些网红呢，大家都在抢，几个社交平台都在争夺。导致的后果就是，这些人不会花太多精力在我们平台上，他们的分享和发文发图，都是同一内容在几个平台上面一起发出，这样的话对用户的吸引力就被分散了。"

李卫看陈平认真地做着记录，接着往下说："市场投放这边，我们过去两年基本上维持着每个月大概2000万的市场投入，主要是投在各个有代表性的新媒体，通过CPC、CPM、Banner等形式，也有小部分投入在一些传统的路边广告、站台广告、收音机调频节目上面，不过这个占的比重不大。"

陈平翻看着平台过去 12 个月的一些主要访问数据、用户数据，开口说道："现阶段连连还不到用户收费或者流量收割的时候。维持流量的稳定增长是关键，但是如何用相对低的成本维持流量，这个可能是现今公司最需要解决的问题。"

"是的，陈总您一下子说到点子上了。要维持流量的增长，就得靠广告，靠头部达人的带动，但是呢，广告的投入费用就像是一个无底洞。我们前两个月试图裁减市场投入，把原先每个月 2000 万的投入缩减一半，结果直接导致我们的流量萎缩了 1/3，看来这条路走不通。"

陈平思考了一会儿，开口说："我有一个建议，你听听看。"

"好啊，您讲。"李卫把椅子往前拉了拉，拿出纸笔，感兴趣地等待对方的下文。

陈平拿起一瓶矿泉水，拧开喝了一口，缓缓说道："我来之前已经大致翻看了连连社交过去 24 个月的主要数据，你刚刚的介绍也证实了这一点，那就是，连连社交主要依靠的是头部达人网红效应，特别是排名最前面的 20 个达人。我突然有个想法，你看可不可以这样。"陈平停顿了一下，看到对方竖起耳朵，正专心致志地等待他的意见，他又喝了一口水，接着说道："我们是不是可以尝试跟排名最靠前的 10 位达人，签订一个排他的独家协议，只不过我们在名字上不要叫排他，这样容易引起同行和媒体的反感，我们把它叫作深度战略合作协议，简称深战，意思就是我跟你网红相互建立深度战略协议，要求对方在今后的 3 年内，凡是在社交媒体上新发布的所有消息，必须由连连社交独家发布。作为回报，我们一次性支付，嗯，我这边算了一下，每人大约在 200 万到 500 万之间的独家资源合作费用，另外再提供每次发文的点击计量佣金。"

陈平说着说着，自己站了起来，说："平均下来如果一个人以 400 万计算的话，我们签 10 个人就是 4000 万的费用，分摊到 3 年，每年的费用不足 1400 万。那么，这 10 个头部网红，大概支撑我们平台 2/3 的流量。有了这个流量支撑，我们的市场投入费用就可以大大压缩。

比如说，现在每个月的市场投入费用大概是 2000 万，如果我们实行这个深度战略合作计划的话，我估摸着这个部分的费用，1400 万每年，平均到一个月就是 120 万，加上点击量支付，我估计总数在 300 万左右。这样的话，公司维持现有流量的市场总费用应该能控制在每月 800 万以内，比现在的投入至少压缩一半，如果需要再有额外的流量增长，适当增加到 1000 万还是有空间的。而对于那些头部网红来说，我们一下子支付 3 年费用，也减少了他们个人收入的不确定性。"

李卫没有马上回应，显然他在思考。

片刻，李卫拿起桌上的话筒，告诉秘书，请技术部和市场部的 VP 现在过来他的办公室。陈平注意到，李卫放下电话后，拿起桌上的钢笔来回摆弄着，显然他是在消化陈平刚才的意见。

几分钟以后，市场部和技术部的两个部门老大推门而入。李卫开口说道："你们两个，赶紧给我报一下头部最大的 10 个达人流量的分布情况，越细越好，我要知道过去 12 个月，每一天，每个时段，他们所带来的流量的分布和占比。另外你们知道，这些头部网红目前在各个平台都有发文，我要头部的这 10 个人在各大平台发文数量以及粉丝数的每月数据。对了，这位是凯盛基金的董事总经理陈总。"

"好的，李总，陈总，"市场 VP 报告说，"头部这 10 个大咖达人的行业分布大概是这样，有 3 个人是明星，5 个草根闯出来的网红，包括美食网红、情感类的网红、知识类的网红，另外还有两个是知名的专家学者。10 个人里面 6 个女性，4 个男性，其中有两位是 40 岁以上，其他都在二十几岁到三十几岁之间的年龄段。具体数据我和技术部同事马上跑一遍后台，下班前可以出来。"市场部 VP 显然对用户流量的情况了如指掌。

李卫和陈平不约而同地点点头。李卫说："好的，你们先忙去吧，记得今天下班之前把详细的数据做成汇总表给我。"

两位 VP 告辞退出。

李卫站在屋子中间沉思了半天，半晌后走到陈平面前，说："陈总，我必须跟你握这个手。你这个建议太好了，一招就点到了我们的死穴。你说得对，社交平台是达人驱动的赛道，可是我们怎么就一直没有想到锁定这些达人这一招呢？只要把他们锁定，我们的流量命脉就有了。你是怎么想到这个主意的？3年，我们整整做了3年，都没有想到这个点子，你怎么用了不到半天的时间就发现了这个窍门？不愧是行业长老，佩服佩服。"

陈平心里想，我是用了30年的时间才明白这些道理的，但他还是站起来客气地说："我只是一点建议，动动嘴皮子而已。是不是管用，如何推进，还得靠你们。"

李卫紧紧握住陈平伸过来的手，说："一定管用！唉，凯盛要是能早一些有您这样有经验的投资董事来指导那不知道该有多好呢。"

两个人又寒暄了几句，陈平告辞离开。

11

北京海淀 草皮网

草皮网是凯盛 TMT 团队最近重点跟进的一个项目。

这是一家从事本地化生活服务的网络平台，业务包括本地租房搬迁、家政服务、郊游门票、生活护理、餐饮本地化等等，是分类广告在互联网时代的升级版。公司成立3年，已经历过3轮融资，现在正在进行 C 轮融资，公司总部位于北京，有 800 多名员工。

作为一家成长型的私募基金，凯盛 TMT 投资的重点，以前多在 D 轮或 D 轮以后冲击上市的 Pre-IPO 融资。但是近年在中国的主要 TMT 行业项目，各个投资公司都抢得很厉害，价格不断抬高，迫使凯盛把整个投资策略往前移，碰到优秀的 C 轮甚至 B 轮的项目，凯盛也会开始介入。草皮网准备启动新一轮融资的消息传出后，各大 VC 和几家成长型 PE 争夺得很厉害，凯盛也表示了兴趣。两个月前，陈平带着石磊和 VP 刘国建，与草皮网的 CEO 聊过一次，随后石磊和团队又入驻草皮网办公楼，对其业务模式和经营现状做了大致了解。以陈平的直觉判断，本地生活服务走向互联网化，这是一个趋势，而在这条赛道上，目前并没有特别突出的领先者。

最早跟进草皮网项目的，是石磊和刘国建，他们是通过 FA，也就是融资的中介机构推荐与草皮网接触的。草皮网本轮融资有 3 家 FA 负责跟进，凯盛接洽的这家 FA 是第一次和草皮网有业务往来，而另外的两家 FA，恰恰在草皮网前面几轮融资过程中都和草皮网有过合作。相比之下，凯盛用的这家 FA 有点儿使不上劲儿，凯盛也就慢慢地被晾在一边了，这大约是两个月前的事。

陈平到位几个月下来，TMT 团队的工作逐步走向正轨，今天上午的每周团队例会上，陈平让团队成员各自报告进行中的潜在项目进展情况，石磊介绍了他正在跟进的几个项目，只在结束时提了一句，说到第三方公司已经完成了对草皮网的 DD（尽职调查）。也不知道刘国建从哪里拿到了这份 DD 报告的复印件，刘国建补充说："草皮网这一轮融资所提供的数据，DD 调查结果证实数字是真实准确的，这个项目应该在本周最终签署协议。有好几家 VC 给出了 Term Sheet，最后胜出的应该是两家 VC 公司的其中一家，分别是兴旺科技和声锐投资，前者是本土的中国基金，后者来自美国硅谷。目前双方给出的价格大致相当，都在 6000 万到 6500 万美元，拥有公司 18% 的股份。因为凯盛对这个项目后续没有再进一步的跟进，没有发出投资意向书，所以也就不在本轮竞投名单上面。"

会上还说了其他几个项目，有一个小项目，大约 1500 万美元，投资于大数据运算，这个项目凯盛决定介入。

陈平知道，对于风险投资来说，倍数和吨位永远是一对矛盾。聚焦早期创业项目的风投公司，从天使到 VC，他们关注于项目的早期阶段，赌的是倍数，希望 100 万美元的投入能够有 20 倍、30 倍的增值回报。倍数的背后就是高风险。所以对于 VC 特别是投资 A 轮、B 轮的公司来说，投 10 个项目只要有 1 个项目能够脱颖而出，另外两个项目活下来，哪怕剩下的 70% 都失败倒闭，那它的日子还能过得很滋润，因为如果能在早期投入好的项目，数十倍的回报是完全可以预期的。

但 PE 私募基金不一样，私募强调的不是倍数而是吨位，所谓的吨位就是资金量大，回报率相对比较低，风险的容忍度也同步下调。如果说早期的 VC 投资可以容许 60%～70% 的失败率的话，那么对私募基金而言，失败率通常必须控制在 20% 以内，否则账面就很难盈利。因为体量越大的项目，通常能够获得的增长倍数也就越有限，这就是一个取舍。

倍数与吨位的关系平衡，几乎适用于每个行业。陈平有一次回老家，和年迈的父母解释这个道理，陈平举例说："就好比家里有一位炒菜阿婆，她每顿原本是做两个人的饭菜，今天中午来了客人，你让她努力一些，做出 5 个人的饭菜，这个 150% 的增加实现起来不会太过困难，但还是这个阿婆，如果她原本已经做的是 10 个人的饭菜，你让她再多做出 15 个人或者 20 个人的饭菜，那就几乎不可能了。"

因为吨位大，回报的倍数低，作为一家 PE 公司，凯盛对投资项目出错的容忍度要远远低于 VC，这也就导致很多时候，像凯盛这样的 PE 公司，对一些有发展前景的项目过于保守，不敢下手，丢掉了很多机会。最典型的就是凯盛当年在美国曾经有 B 轮投资谷歌的机会，那个时候本来可以用 8000 万美元拥有谷歌 12% 的股份，但美国团队最后评估下来没敢投，导致一个绝好的获得巨额利润的机会流失。

那么眼前的这个草皮网，是不是也有类似的情况呢？虽然说凯盛中国目前整体投资切入点开始往前移，尤其是 TMT 团队，逐渐更多关注萌芽期发展阶段的创业项目，而不是一味等到成熟阶段才入场；但是 PE 对项目的评估习惯上偏于保守，团队人员对于商业模型还有待验证、资金流持续大面积亏损的项目，还是顾虑较多。凯盛 TMT 对于草皮网本轮融资后续没有积极跟进的理由就是，目前的商业模式还不是很清晰。这种判断对其他行业例如制造业、消费品，显然是中肯的，但对于 TMT 项目则不尽然。在互联网相关的新兴业务板块投资，发现一条新的赛道，并且抢先卡位，这才是更关键的。否则等到一切都清晰了，肉早就被分食完了，最多也就剩一点儿菜汤了。陈平来自一线管理，对此更有体会。以他本人的从业经历，如果不是及早卡位，在第一时间从传统零售转到互联网零售，他和他的团队也不可能在运作特购社电商网站时获得如此巨大的成功。根据陈平自己的经验，一家企业要能在一个成熟的行业脱颖而出，至少要做到 90 分才有机会，而在新兴行业，60 分就有胜出的希望，这也呼应了互联网行业内部大家私下里说的 60 分万岁。也就是说，对于新兴行业，只要看准机会，提前卡位，哪怕商业模式、盈利路径、运营的细节流程都有待整顿，但是抢先一步就是最大的商机。

团队的人是不是还带有习惯的保守思维，会不会丢掉眼前这个好机会呢？陈平考虑再三，决定自己深入调查一下。

周会结束从会议室出来回到办公室，陈平拿出手机，在通信录里翻出来一个电话号码，这人是他在互联网行业的熟人，彭勇。

彭勇曾经是他的老部下，他知道彭勇的太太在草皮网任产品经理。电话打过去，双方寒暄了几句以后，陈平说："彭勇，麻烦你帮我联系一下，我想到草皮网去转一转，千万不要说我的身份，你就说是你的朋友，想参观一下互联网公司。"电话那头的彭勇一口应允。双方约好第二天下午，陈平直接到草皮网的公司总部找彭勇的太太。同时把他太太的名字和手机号码都发了过来。陈平放下手机，拿起座机，给秘书 Cindy 拨了个电话，让她抓紧把公司现有的草皮网相关资料整理一份打印出来。"我今天晚上就要。"陈平电话里叮嘱道。

第二天中午。

陈平特意提早用完午餐，赶在下午 1:30 公司人员回到工位上班前抵达草皮网，找到了彭勇的太太，张丽珍。

张丽珍是草皮网负责前端开发的产品经理，双方互相介绍过后，张丽珍领着陈平在草皮网内部上上下下转了一圈，随后由她张罗，陈平和草皮网的运营部、市场部、产品部、顾客体验部几个部门的一线业务经理，分别做了沟通。陈平在那里待了 3 个多小时，觉得自己仿佛回到了多年前在互联网公司担任 COO 时候的那种工作氛围。眼前的这种气场陈平能够感受到，在办公区走过的每个人，都洋溢着一股发自内心的激情，这是一个典型的充满正能量的创业公司的氛围，无所畏惧，全力拼杀。下午 5:00，告别张丽珍从草皮网出来，陈平心里有了一个最基本的判断。

陈平在楼下匆匆吃了两口晚饭，一个人乘电梯来到办公室，细细地再次阅读从昨晚开始已经读了几遍的草皮网资料。整整4个小时，陈平坐在办公桌前，几乎一动不动，他把所有的资料翻来覆去细细琢磨着，商业模式、盈利点、市场规模、可能的竞争对手，他随手在便笺上写着草皮网的各大要点，试图梳理自己的头绪。

临近午夜12:00，陈平走出办公室。经过开放办公区的时候，他留意到刘国建以及两位分析员Simon和顾卫华都还在各自的工位上忙乎着。陈平知道这就是大型私募公司的特点，年轻人加班工作到午夜是常态。他没有打扰他们，拿着公文包径直走出办公区。

隔天上午，按照工作安排，陈平见了两个潜在投资项目的客户，一个是从事多功能充电业务的，另外一个是GPS运用的项目。会面结束时已经是11:30，陈平走到Cindy的工位前问了一句："石磊和刘国建在吗？让他们来我办公室一下。"

"刘国建在，但是石总好像还没进来。"

陈平皱了皱眉头，石磊总是很迟才来办公室。按理说，公司的上班时间是早上9:30，合伙人和高级投资经理通常会晚一点到，但是大家不成文的约定，进入办公室不该晚过上午10:00，现在都11:30了。"他有没有说今天有什么安排吗？"陈平问道。

"没有，石总今天的行程都是空的，应该没有外出的日程。"Cindy小心回答。

"好吧，这样，你电话通知他们两位，中午1:30到我办公室来，要准时。"

午餐过后，石磊和刘国建来到陈平的办公室。陈平招呼二位："来，我还想听你们聊聊草皮网的事。"

"是这样的，"石磊开口说，"这个项目最早我们有关注，它是属于C轮，估值还可以，大概是3亿多美元。我和刘国建接触了这个项目以后，觉得他们的商业模式目前还不是很清晰。换句话讲，他们到底是要做流量生意呢，还是要做商家服务的生意。另外，生活服务这个赛道这几年很热，但几乎没有一家能够脱颖而出，基本上都阵亡了，所以我觉得我们还是小心一点儿，毕竟我们是PE，不像VC随随便便就可以出手。他们一年可能投 50 个项目，我们这么大的一个团队，真正投下来的，平均一年也就是两个项目。"

陈平转向刘国建，问道："你的意见呢？"

刘国建停顿了片刻，好像有些犹豫，半晌才开口说道："石老大说的担心我也赞同，只不过他们的数字还是挺漂亮的。"

"数字虽然不难看，但是没有明确的变现方向，这些数字只是靠烧钱烧出来的，又有多大意义呢。"石磊插了一句。

陈平没有表态，继续问道："这个项目，你们在周例会上说，已经到了最后的阶段，是吗？"

"是的。兴旺和声锐都盯得很紧，具体你跟陈总报告一下。"石磊说。

"目前最新动向是这样的，陈总，"刘国建显然很了解进展细节，"草皮网的这个项目呢，目前有 5 家风投公司给 Term Sheet，都不是排他。上个礼拜尽职调查报告出来以后，最主要的两家，兴旺科技和声锐投资都跟公司的创始人以及 CFO 有密切的会面，我了解到上个周末，公司主要管理团队分别和两家公司做了密谈，如果不出意外的话，我估计应该是声锐投资会进去，据说将在这个礼拜五以前宣布。我通过朋友了解到，双方的律师已经多次交换法律文件。"

陈平点了点头，说："实不相瞒，我昨天潜伏进去转了一圈。我对这家公司的气场感觉很好，觉得他们是一群实实在在做事的创业者。至于说商业模式，是的，从目前的尽调报告来看，毋庸讳言，现在的商业模式并不清晰。但是生活服务这条赛道本来就是一个完全全新的探索，如果说真的蹚出清晰的商业模式，那就不是这个价格了。大家不要忘记当年，凯盛在美国丢掉谷歌的那个教训。"

石磊和刘国建同时点点头。石磊说："好，那们我再琢磨一下吧。"

"今天先到这儿，你们随时盯紧动态，这个项目有什么新动向，一定要在第一时间告诉我，直接打我的手机。"

陈平请刘国建先离开，转过身来对石磊说："石磊，你是凯盛的合伙人，是团队的核心骨干。按理说一些小事我不应该太计较，但是我注意到，你经常早上很迟才来公司，这点我想你还是要注意一下。别忘了身先士卒在哪个行业都是管用的。"

"好的好的，昨晚上确实是搞得太迟了，我今后注意。"石磊有些紧张。

陈平拍了拍对方的肩膀，说："我也没有要求你太高，你只要能够保证 10:00 左右到公司来就行了，如果有什么事情来不了，记得提前给 Cindy 打个招呼，这样大家要找你的话也比较方便。"

"好的，记住了。那没什么事的话，我先回了。"

"嗯。"等石磊走出房间，陈平拨通了桌上的电话。"嗨，Cindy，你过来一下。"

秘书 Cindy 敲门进来，她今天身着一身粉色的连衣裙，胸前施华洛世奇水晶项链一闪一闪的。陈平抬头看了一眼，禁不住夸道："穿得很漂亮哦。"

"老大，您今天可是第三次见到我了，怎么这会儿才想起夸我呢？刚刚你就把我当成木头人了是吧。"

陈平苦笑了一下，还真是的。陈平是那种做起事情来，几乎不受身边任何其他干扰的人。所以今天他虽然已经两次见过 Cindy，也和对方交代过事情，但那时满脑子想的都是别的事情，根本就没有注意到眼前的这个人是什么穿着打扮。"好吧，我向你道歉。"陈平怕对方责备，索性一脸放松地向 Cindy 说起很多年前自己的一段真实经历。那时候他在零售门店任职经理，正埋头做报表，办公室有电话进来，陈平顺手一接，对方说要找陈平，陈平想也没想地让对方等一下，走出办公室大门，朝楼道喊着："陈平，电话。"弄得所有人都盯着他看。Cindy 听了这个笑话，忍不住哈哈大笑起来。

"麻烦你去找一下刘晓静，如果她有空的话，你让她过来一下。"陈平等 Cindy 大笑后平息下来，吩咐道。

"好的。对了老大，趁着这个机会，您跟我说说团队今年年底年会的安排。"Cindy 道。凯盛基金每年有全体投资人和管理人员外出 Outing 年会的习惯，各个投资组的秘书们是否参加，由分管的合伙人决定。

"是什么时候？"

"按照计划是四个礼拜以后，今年在普吉岛的万豪。"

"亏你提醒，不然我还真忘了。今年 TMT 团队所有人，包括实习生、秘书、分析员都参加，以我的名义邀请各自的家属或男友、女友。"陈平吩咐道。

"太好了，这样一来所有的年轻人一定特开心。"Cindy 接着问道，"需要帮您安排家属的机票吗？"

"我估计他们去不了，先定我一个人的吧。"陈平想了一下，"等手头这几件事忙完了好好放松一下，我们团队可以参加完公司的年度 Outing 后单独组织去一趟巴厘岛，那个地方游人少，玩起来更加放松，我们可以提前租好一艘游艇，带几个房间的那种，就在海上过上几天。"

"太好了，我还没有在游艇上望着星星过夜的经历呢，我记下了。"Cindy 高兴地说。

12

北京 凯盛办公室

"陈总，您找我？"

公共经理刘晓静敲门走了进来。

"晓静，你好，请坐。"陈平替对方拿了一瓶水，说道，"我想麻烦你一下，你做 PR 的比较神通广大，最近我们在跟进一个项目，公司叫草皮网，你听说过这个名字吧？"

"嗯，我大致有些了解。"

"那就好，麻烦你帮我抓紧打探一下。他们这几天有什么融资安排，已经到了最后阶段，我想知道最确切的消息，他们计划什么时候签协议，什么时候发新闻。另外，最好能够帮我找到草皮网 CEO 的私人手机，他的名字叫张启华。"

"好的，我记住了，马上跟进。陈总，我们想投这个项目吗？"

"你觉得呢？"陈平反问了一句。

刘晓静笑了笑，说："投资的事我哪儿懂啊，但我知道目前本地生活方面，这家公司挺火的。反正我自己，还有我们办公室的几个小秘书，几乎每个礼拜都会用这家网站预订美容、按摩、家政服务。咦，你这个东西好像是古董哟。"刘晓静指了指陈平办公室侧面墙上的一幅手绣，上面是人工针线绣成的一个太阳花图案，波涛汹涌的海面上，一群青壮男丁迎着太阳，奋力张帆顶着海浪向前冲击，手绣嵌在一个精制的楠木框里，下面手写着一行醒目的楷体字：迎面向太阳　赤脚闯天下。

见晓静在观赏这幅手绣，陈平走过来有些动情地说道："除了桌子上几张家人的照片，这是我放在办公室里唯一的私人物品。这么多年不论在哪里上班，我都带着它，它是我外婆在我上大学的时候送给我的，外婆亲手做的手绣，上面的这行字也是外婆手写的。"太阳花"是一首百年前传唱于我老家闽南的歌谣，讲述的是那时候家乡青年远渡重洋到东南亚谋生的艰苦过程，这个画面是我家祖上根据民谣构思而成的，由我外婆做成手绣一代一代地传袭下来。"陈平没有过多叙述自己祖上华侨商号天一信局的历史。这么多年来，家族经营的故事一直萦绕在他心里，他甚至觉得自己不知不觉间走上经营管理这条人生轨道，某种程度上是祖上先人冥冥之中的引导。

送走刘晓静，陈平站起身来，在办公室来回踱着方步。他知道，自己将要做出的决定有点儿像当年加入凯盛的时候，需要冒十足的风险。那次他力排众议，从二级市场购入优惠网股票。陈平心里很清楚，自己眼下正在考虑的举动带有一定的风险性，而这个风险与潜在机会相比，值不值得入局，这是他需要抉择的。

知识、判断、执行，这是凯盛倡导的投资三部曲，也符合陈平多年养成的习惯。面对一个项目、一项重大选择，在最后做出决定之前，他要尽可能多地去了解方方面面的信息，来回地权衡分析，只要有可能，他都会到现场看一看，亲临现场是陈平很喜欢的一个习惯，用他自己的话讲，叫作闻味道，闻一闻感受一下现场的氛围和气场。而一旦他做出决定，他就会毫不犹豫地推进实施。上一次的优惠网增持，陈平代表凯盛基金以 3.40 美元购入了优惠网 4500 万股，连同手上的 1000 万股，总共 5500 万股。市场果然如陈平所预料的，优惠网经历的那次售假事件，事实被证明是一个比较孤立的短期风波，很快，股价回弹。随后陈平拜访过几次优惠网，和团队一起讨论并实施了防止假货销售、改善商家资质认证的措施，3 个月后，优惠网的股价拉升到每股 8 美元，凯盛出手了持有股份的一半 2750 万股，已收回了当时购入 4500 万股的全部本金。剩下的 2750 万股至今还在凯盛基金账上，而凯盛依然是优惠网单一最大的机构股东。目前，优惠网的股价已经一路上扬到每股 10 美元。陈平问自己，这次还能像优惠网那么好运气吗？

陈平梳理着自己的思路，试图不要让估值去干扰自己的判断。他觉得对草皮网的基本判断是对的，这家公司如今进入一条快速发展的高速道。本地生活这个领域涉及千家万户，几乎每个人都会用到，互联网化是一个必然趋势，这个行业发展的空间大，目前起点还很低，只要团队没问题，将有机会将草皮网打造成为一个超级独角兽项目。陈平回到办公桌前，打开笔记本电脑，给凯盛基金的两位大佬写了一封邮件，告知对方自己准备投这个项目的想法。凯盛总部已经赋予陈平在大中华区对任何 TMT 项目的独断权，任何现有项目的追加投资在 2 亿美元、新项目投资在 1 亿美元以内的，陈平都可以自行决断。出于尊重，至少在程序上，陈平对于每个他决定要做的新项目，都会在签署前给两位老大发邮件告知，而且这种邮件的最后都会附上一句：如果二位对这个项目有不同的看法，请在 24 小时之内回示。

第二天，星期四下午。

公关刘晓静回复陈平，她得到的消息是，明天，周五下午，草皮网将与声锐投资签订投资协议，地点定在北辰的洲际大酒店。

晓静不愧是做公关的行家里手，不仅搞到了草皮网 CEO 的手机号码，连他的家庭地址都问得一清二楚。她向陈平递过来一张字条，说："这是草皮 CEO 张启华的私人手机和家庭地址。"

陈平接过来一看：北京，望京，华鼎世家。陈平很清楚这个小区，说来也巧，他自己在望京也有一套物业。

谢过刘晓静，陈平告诉 Cindy，请她安排当天晚上 8:00 的车子，他要用车，随即给刘国建拨了一个电话："草皮网那边有什么消息吗？"

"老大，我刚刚放下电话，正要过去找您报告呢，得到的消息是，他们明天下午签投资协议，已经提前通知媒体了，声锐，6500 万，占 18% 的股份。"

"好。"陈平心里有数了，吩咐对方，"这样，你通知一下石磊，今天晚上 8:00，你们俩跟我一起出一趟门，晚上 8:00 准时在我办公室会合。"

说完，陈平也不等对方答复，直接放下了电话。

晚上 8:00，陈平领着石磊和刘国建，乘电梯来到地下车库，司机张师傅已经把车开到电梯口等候，3 个人前后上了车，陈平把一张字条递过去，说："张师傅，麻烦你送我们去这个地方。"

司机点点头，启动汽车驶出车库，朝望京方向开去。

一路上，陈平默不作声，微微地闭着眼睛。对他来讲，这就像是临战之前最后几分钟的养精蓄锐。车子里另外两个人猜不透坐在后排座位闭目养神的这位老大想干什么，又不好多问，两人的神经绷得紧紧的。

30 分钟后，车子驶到望京华鼎世家门口，正对着沃尔玛超市。陈平掏出手机，拨通了预先存入的号码。

"您好，请问是草皮网张总吗？我是凯盛私募投资的陈平，我们见过，对。是的，记得，记得。您好，抱歉我问一下，您这会儿还在办公室呢还是回到家了？哦，刚到家呀。嗯，您看，我现在就在您小区门口，沃尔玛超市入口的人行道上，您如果方便的话，能不能麻烦您下楼，我想和您聊几分钟。"

对方说了句什么，陈平回复道："不用不用，我不上去了，这么晚打搅您，很不好意思。我知道你们明天有重大安排，所以我想抓紧时间跟您聊几分钟。好的，好的，我是一辆黑色的奔驰 SUV，您一出小区门口就能看到。是的，这个小区我很熟。我在这个小区也有一处物业，只不过现在是出租的。好的，就在南门门口，好的，一会儿见，好，谢谢。"陈平挂了电话，转过来对石磊和刘国建说："我一会儿下车，跟草皮网的张启华聊几句，你们一起下去吧，不过谈话由我来主导，你们二位在一边听着就行。"两人点点头，整理了一下衣服。

5分钟后，草皮网CEO张启华穿着一身运动装走出小区大门，陈平推开车门迎上前去，石磊和刘国建紧紧跟在他的身后。

"张总，您好，上回在您办公室见面还是两个月以前。"陈平伸出右手。

"是啊。"对方笑着说，"我还记得很深，那次您跟我分享了不少行业方面的知识。"

"祝贺您啊，融资是一个很累人的活，你们走到今天，值得祝贺。"

"唉，哪里哪里。"

"那好，我就不绕圈子了。"陈平转入正题，"今天这么晚特地过来拜访您，就在小区楼下的人行道上，我就直截了当说明来意。"

"好，您请讲。"对方大致猜出来陈平是有重要事情来找他。

"这样，我们得到的消息是，草皮网明天要和声锐签订融资协议，6500万美元，占18%的股份，我们得到的这个消息大致准确对吗？"

对方点点头，没有进一步回答。

陈平停了一下，两眼正视着对方，一字一句地开口说道："张总您看，我现在代表凯盛，向您和草皮网发个正式offer，凯盛希望投资1亿美元，占有草皮网18%股份，所有细节条件和规定与您现有的条款完全一样。也就是说，1亿美元入资，占18%股份，一个董事席位，投资回收期8年。"

其他几个人虽然大致估计到陈平今天夜间突访，可能与草皮网的融资有关，但是陈平说出这句话的时候，还是把张启华，以及站在陈平边上的石磊和刘国建都吓了一大跳。刘国建知道陈平对这个项目感兴趣，但是他没有想到陈平会以这样的方式切入。张启华更是没有料到凯盛这家全球顶尖的PE公司，竟然会用这种直接提高估值的方法硬邦邦地突然插进来。

"你，你刚刚说的是个意向呢，还是？"对方说话有一点儿不连贯，显然他还没有完全领悟过来。一下子直接溢价超过 50%，意味着在同样条件下如果拿凯盛的投资，公司账上就立即多出 3500 万美元，这可不是个小数字。

"不是意向，是代表凯盛的正式投资邀约，如果需要的话，我现在就可以马上写一个书面的文字给你，或者我们可以录音。"陈平坚定地说，"作为一家 PE 公司，凯盛更看重的是一家创业公司的基本面，以及未来的成长空间，而不是短期的价格高低。同时作为一家 PE 公司，你也知道我们拥有更为雄厚的后续追加投资的能力，这是一般的 VC 公司无法比拟的。公司的发展还要走 D 轮、E 轮，你现在这一轮如果跟声锐公司签的话，他们是大 VC，6500 万已经到了他们在单一项目的投入上限，这意味着你后面两轮可能还会有不同的投资机构进来。如果凯盛进来的话，我可以很有把握地跟你说，我们至少会跟着草皮网走到 IPO。"

"那按照您的表述，您有什么具体打算？"张启华有些回过味来了，问道。他心里想，再好的好事，也不能黄了明天的签约安排。

陈平看出了对方的顾虑，说："我的想法很简单，1 亿美元，18% 股份，所有投资条款仍沿用你现有的规定，这个协议草稿律师那里都有。你如果能提供一份复印或者打印件，我们现在就可以按照这个复印件的条款规定签字，现在就签，金额从 6500 万改为 1 亿，其他一切不变。我们可以今晚把双方协议当场签了，这样你们好重新安排明天的计划。"

"这太突然了，要不您让我跟 CFO 打个电话。"

"当然。我就在这边等着您，您慢慢来。"陈平退到人行便道的一棵大树下，掏出香烟自己点了一根。

只见张启华掏出手机，走到一旁拨了一个电话。

石磊和刘国建好像还没有从刚刚的震惊中缓过神来。尤其是刘国建，眼睛瞪得大大地一直望着陈平，他心想这个老大真是胆儿够肥的。

10 分钟以后，张启华走过来对陈平说："您这个突如其来的 offer，确实把我们吓了一跳。我跟 CFO 大致说了，不管对其他投资人怎么解释，如果能以这么好的条件融资，同等条件下，公司额外获得 3500 万美元的现金，作为创始人我没有拒绝的道理。我现在让 CFO 拿上文件，坐车赶过来，大概半个小时。"

"好的，"陈平指了指马路对面，"您看凯悦酒店就在斜对面，我们就到凯悦大堂吧等着吧。您要不要上去添一件衣服，这会儿有点儿凉。我们3个人先过去，就在大堂吧等您和您的CFO。"见对方点头，陈平领着石磊和刘国建上车，开到两百米外的酒店正门，走进凯悦大堂。

这会儿已经9点多了，大堂吧很安静，座位区空无一人。刘国建向迎上来的服务生要了几瓶矿泉水，接着忍不住开口说道：

"陈老大，我这两天心里一直在嘀咕，可能老大您会最后出手，抄后路杀入这个项目。可是我怎么也想不到您是以这样的方式切进来的，弯道超车，急停，开门上客，一脚油门走人！真是兵不血刃啊，太佩服了！这种非凡的定力、气魄，四两拨千斤的力道，真的让人五体投地。"刘国建站在座位中间的过道上，异常兴奋地比画道，还做出了手握方向盘，转弯超车的驾车模样。对他来说，刚刚目睹的这个投资邀约动作太神奇了，远远超出自己的想象："这个场景如果复原的话，一定可以拍成一个很吸引眼球的电视片。"

"事情还没有结束，这协议还没签呢，现在说这话为时过早，不过，你在投资界做的时间比我长，你应该知道，当断则断，对于凯盛这样的PE来说，选对一个好的项目的重要性，远远大过一轮估值的高低。今天多给50%的溢价，只要这个项目好，4个月就能拉升到这个价格，换句话讲，我们现在不进，下一轮的成本更高。融资价格高低，对于我们来说不是最重要的，如果项目不好的话，再便宜也是白白地往里扔银子。"

过了一会儿，张启华和草皮网的CFO两人走进大堂吧，陈平站起身来和两位一一握手。5个人依次坐定，陈平开门见山地说道："二位好，知道你们明天的一些安排，很抱歉打乱了你们的计划。我刚刚已经跟张总把我们的投资邀约说明了，二位如果没有异议的话，我现在就可以代表凯盛投资，和二位草签一个书面协议，细节的法律文件回头律师跟进。这样一来，我们就从法律上正式明确我们的投资金额以及条款，也便于你们及时调整明天的活动安排。"

张启华和CFO点点头，只见CFO从他随身的电脑包里取出两份文件，拿出水笔分别在文件上写上凯盛投资大中华区，以及代表人陈平的名字，递给陈平。陈平接过来看了一眼，只见文件上的所有内容与他原先看过的复印件是一模一样的，投资金额一栏，已经写上了"100,000,000美元"。确认无误之后，陈平接过对方递过来的水笔，在两份文件上签上了自己的名字。张启华接过来，也签上了自己的名字。

两个人交换文件，草皮网的CFO和凯盛刘国建各自保留了一份。

"好啦，"陈平招呼道，"我们一起拍一张合影吧，这个可以作为纪念。"众人围拢到一起，陈平把手机递给服务生，5个人围坐在咖啡桌旁，前景是打开的几瓶矿泉水，拍了一张合影。"后续的文件细节我请我的两位同事，石磊和刘国建抓紧跟进。张总，您如果已经预定明天要发媒体消息的话，您可以按原计划进行。"陈平站起身来和对方握手，"感谢给予凯盛基金这次的投资机会，期待我们合作愉快，一起努力，把草皮网做成一只超级独角兽。"

张启华拍了拍自己的脑门儿，朗声笑道："陈总，这会儿我都还不敢相信，我们前前后后用了45分钟的时间，就把一个历时4个月的融资项目做了180度的大转弯，创纪录吧。"

陈平笑着回答："这还不算纪录，回头有机会我跟您分享，当年我做实业，拿投资最快的纪录是15分钟。"

一伙人走出酒店，忽然张启华像是想起什么似的，急匆匆地返回大堂，片刻从里面出来，手里拿着一张收银小票："5瓶矿泉水的账单，这是草皮网本轮融资的应酬招待费，我要把它保留下来，这个应该可以申请最节省的融资公关费用纪录了吧？"

众人听了禁不住齐声大笑，欢快的笑声回荡在夜间安静的酒店上空。

13

北京崇文门 居民小区

崇文门外福兴花园小区，是上世纪90年代建成的第一批商品房小区，看上去已经有些破旧了，门口的保安耷拉着脑袋，一边打着盹，一边不时地按压操控小区大门的塑料横杆，那是用来管控外来车辆的。按说如果不是本小区的车子进出是需要登记的，但眼前的这位保安显然不想费那么多力气，他只是坐在门口的转椅上，一旦有车子驶近，机械式地按一次手上的遥控键，横杆就抬起来了。

冬至过后，北京就进入了寒冬时节。这几天骤然降温，白天气温都在零下10摄氏度。

朱羽然背着一个挎包，站在崇文门外福兴花园小区的门口，盯着进出大门的人群，不时地在小本子上做着记录。这会儿是下午5:00，冬天的北方，天暗得早，加上太阳一下山，室外的气温变得更冷了，朱羽然拿着本子的一双手已经冻得通红。

朱羽然已经连续10天，每天上、下午各两个小时穿梭在北京各个居民小区的门口蹲守着。她的任务就是要记录这个时段哪吒快递公司进出小区的配送数量，这是上面主管交办的活，说是很急。

朱羽然来自北京大学金融系，如今是凯盛基金今年招募的一名实习生。两星期前，她的主管让朱羽然马上做一份哪吒快递公司在北京实际配送量的第一手调查报告。本来这种活是可以通过第三方调查公司操作的，可是上头说第三方的调查报告不真实，可能会掺杂很多水分。作为实习生，朱羽然知道自己处于职场生态链的最底端，除了干活没有什么话语权。上头给她的任务，要求她用两周的时间，直接从市场采样第一手的抽查数据，据此做出一个量化报告，用来和哪吒公司提供的数据进行比对。

朱羽然一向是一个做事认真的女孩，她接到任务后，依照统计学的数据收集模型给自己做了一个区域划分。依照采样模型分布，她的任务是要在全市100多个小区，每个小区蹲守两个小时做实地采样，晚上回到公司再把自己的数据和桌上的数字做个比对，整理出她的分析报告。

在很多人眼里，在投资行业工作是一个十分高大上的美差，出入五星级写字楼，喝着咖啡，打几通电话，就可以在谈笑之间做出投资决定。至少在学校读书时，人们都是这么说的，可朱羽然作为实习生入职 3 个月，深深体会到实际情况远非如此。她多次听前辈说过，投资是一个从奴隶到将军的行业，如果你吃不得苦中苦的话，永远不会有出头的日子，对此，朱羽然预先是有心理准备的。可自从到了凯盛基金，实际工作强度仍然大大超出了她原来的设想。她每天晚上都要工作到午夜 12:00 以后，为了节省时间，朱羽然和其他几个实习生在办公室附近的小区合租了一套公寓。每天下班走路回到公寓，简单洗漱一下倒头就睡，周末至少也有一天是需要加班的。媒体上揭露说如今中国职场是 996，即每周工作 6 天，从每天上午 9:00 到晚上 9:00，对朱羽然来说，996 是一个很奢侈的梦想。在朱羽然的记忆中，自从来到凯盛，她几乎没有晚上 12:00 以前离开办公室的经历。她的主管要求实习生每天提供相关行业美国股市当天的情报，美国股市是中国时间晚上 9:00 才开盘的，等到开盘看了一个大致的端倪，下载几家合作调查公司发出的快报，基本上接近午夜了。朱羽然要用最快的速度，整理思路，再把数据加以汇总，写出简报并打印出来，提前放到主管的工位上，以备上面的人第二天上午一进办公室就能看到。

朱羽然并不在乎自己每天晚上要工作到这么晚，工作需要，这个她能够接受。只是据她观察，她和其他几位实习生每天熬夜写出来的简报，绝大多数时候，上面的人根本连看都不看，这一点是朱羽然自己观察到的。作为一位细心的女孩，朱羽然发现，她每天打印好提供给几位主管和投资经理的简报，当她第二天晚上更新的时候，前一天的打印件还在卷宗的原来位置，丝毫没有被翻动过的痕迹。为此，她请教过其他年轻同事，得到的答复说这是常态。同样地，实习生和分析员花了大量时间和精力写出来的调查报告，绝大多数完稿后就被束之高阁，没人理睬。更要命的是，上头经常突如其来地增加临时性的任务，而这些临时性的任务又都是在自己每天常规工作内容之上额外加进来的，就像这次的抽样调查。因为被安排做这个调查，朱羽然每天要花至少 6 个小时的时间外出，另外还有汇总数据整理，等等，而其他日常工作，一样也不能少。朱羽然觉得自己有点儿撑不住了。加上今天又是她来例假的时候，她的整个腹部沉甸甸的。

在小区门口站了 1 个多小时，朱羽然觉得体力实在不支，于是找了小区门口的一间快餐厅，跟老板要了一杯热茶，试图坐下来缓口气。

朱羽然出身于一个书香门第家庭，父母都是知识分子，父亲是物理学的教授，母亲在一间化学研究所当研究员。高考的时候，朱羽然以高分被录取进北京大学，主攻统计学和金融双学位。今年是毕业班学生的实习季，大家都说私募基金是最尖端人才聚集的行业，位于职场金字塔的顶端，于是她过五关斩六将争取到了这么一个实习机会。几个月下来，这里的工作强度实在让她有些吃不消。尤其让她觉得不可思议的是，很多调研项目事先没有经过周密考虑，往往就是上头一句话——你们两个实习生去把这个项目做一个市场调查报告，或者——给你们两天的时间，把这个行业数据搞清楚出一份简报。等他们撅着屁股，忙得昏天黑地地把研究报告拿出来后，往往再无下文。在朱羽然的印象中，过去这几个月仅仅经过自己的手做出来的研究报告已经有十几份，但是没有一份交上去以后有进一步的消息。朱羽然知道，她所在的TMT行业是一个新兴行业，变化很快，任何调查报告只要过了3个月，基本上就报废了。

朱羽然在小饭馆歇了10分钟，把热茶的钱用微信跟老板结了，谢过老板后走出小饭馆，顶着寒冷的夜色，又回到小区门口，继续她的计算。她今天的计划是要计算在两个小时的时间内，有多少哪吒快递的快递员进入这个居民小区。刚刚自己在小餐厅待了10分钟，朱羽然知道，从统计的角度，她必须再加上10分钟时间，用于弥补刚才在屋里喝茶所丢失的信息量。朱羽然刚刚从小饭馆出门前，口服了两片止痛片，这会儿觉得腹部的疼痛感不那么明显了。她强忍着做完这个小区的采样记录，然后用滴滴软件叫了一辆车往办公室走。

回到国贸，朱羽然先在地下二层的美食餐厅要了一碗兰州拉面，草草吃完以后，乘电梯来到22层的凯盛办公室，她计划用1个小时时间把今天采样的书面报告整理完，接下来还有每日股票市场的分析简报等着她。

进入办公室已经是晚上8点多了，几位实习生和分析员都还在忙碌着。朱羽然知道，凯盛人员的工作时长与职级高低是成反比的。大老板们基本上下午 6:00 离开公司，那些中间层的管理人员和投资 VP 们大概 7:00 离开，还留下来挑灯夜战的，都是这些位于象牙塔最底层的 Asso、Analyst 和他们几个实习生。朱羽然同邻座的一位分析员打了声招呼，回到自己的座位上，习惯性地打开电脑。

眼前连接笔记本电脑的 28 英寸大屏幕上跳出几个邮件，最上面的一封邮件是她主管发过来的。朱羽然连忙点开，邮件上只有两行字：羽然，哪吒项目我们决定不做了，工作先停下来，明天告诉你新的项目。

朱羽然两只眼睛紧紧地盯着屏幕，眼泪一下止不住地涌了出来，紧接着越发收拾不住，哗啦啦地直往下流，她咬紧牙关，生怕自己控制不了哭出声来，脑袋紧紧地贴在键盘上，肩膀抽搐着。

朱羽然的举动还是惊动了程红以及不远处的 Cindy。Cindy 连忙走过来："哎，你怎么了？"她关切地问道："哪里不舒服了？你说话啊，出什么事了吗？"

朱羽然趴在桌子上，依旧把脸埋在两只胳膊中间，还是止不住地抽泣着。

Cindy 回过头，对刚刚走上前的程红说："程红姐，您先忙吧，羽然这边我来照顾就行。"程红看着这个完全失态的女孩，不解地摇了摇头，走开了。

Cindy 从桌子上抽出两张纸巾，侧过身子替朱羽然擦了擦脸，低声说道："羽然，这里是办公室，你别这样，安静一点儿。你看人家好多人还在上班呢。这样，你到我那边去吧。"一边说着，一边不由分说地把朱羽然拽到自己的工位上。她们两个人的工位，就隔着 10 来米的距离。

朱羽然跟着 Cindy 来到后者的工位，眼睛红红地坐在一边低着头不肯说话。Cindy 看到这种情况，走到茶水间替她倒了一杯咖啡端过来，说："羽然，你先安静一会儿，我不跟你说话，我这边把手头的事情先忙完。你要是想和我说什么的话，随时叫我。"朱羽然点点头，手里拿着纸巾，一边擦着鼻涕，一边拨弄着自己的手指。

就这么安安静静坐了 20 分钟，Cindy 把第二天 TMT 团队的几个日程安排大致处理妥当，斜眼一看，见朱羽然还是低着头一声都不吭，便捅了捅她的胳肢窝，问："嘿，被上面剋了？"

朱羽然摇摇头。

"不是？那家里出什么事了吗？"

对方还是摇头。

"你到底怎么啦？总不能老不说话，别人想帮也帮不了你啊。"Cindy故意拿话头刺激对方。

这招果然管用，朱羽然侧过身来，拿起 Cindy 的笔记本电脑，登录了自己的邮箱账号，调出了那份邮件，说："你看。"

Cindy 看了一眼邮件，一下就明白了，说："你是为这事伤心啊。我好像听了一嘴，他们说这个项目不再往前推进。"

"那他们事先也不想好了再让我们做，这不就跟打发牲口似的嘛，我都在外面跑了整整两个礼拜，你看这手都长冻疮了。"朱羽然愤愤地伸出自己红扑扑的右手，"突然间说不要就不要了，这像话吗？"

"这事他们做得的确有欠考虑。不过你也知道，做私募这个行业，每接触 100 个项目，能有 1 个项目最后出结果就算不错了。"Cindy 小声开导说。边上还有其他人，她不想干扰加班的同事。

"项目不投这个我能理解，但这并不是因为这个项目不好，或者价格没谈妥，而是突然间心血来潮说不做就不做了，这算哪门子事嘛。"朱羽然愤愤然地反驳道。

"我给你讲个故事，这是有一次陈总跟我说的。陈总说他小时候在他们那个县城，陈总有一位叔叔是公安局的，陈总，小时候他有一次去公安局看望他叔叔，在公安局的院子里，他叔叔命令十几个抓来的小偷，每人要把左面墙根下的石头搬到右边的墙根放好。十几个人费了半个多小时，把这些石头搬到右边的墙根，然后小偷们报告说：领导，石头搬好了。这时候他叔叔就说：好，接下来，你们再把所有的石头，从右边的墙根，再搬回左边的墙根，要求所用的时间要比搬过来的时间更短，放回去的位置要和原来的位置毫厘不差。陈总说，他那个时候特别不理解，就问他叔叔，干吗这么折腾人。叔叔说：这个叫消磨锐气，这伙小偷太猖狂，你又不能打他，训他没有用，所以每天就让他们在这里给我搬石头，连续干上10天，比什么都管用。"

朱羽然听完Cindy讲的这个笑话，不禁破涕而笑，说："哼，我又不是小偷。"

"没人说你是小偷啊。我跟你讲这个故事，是想说很多时候一件看起来没有意义的事，我们能不能把它看成一件对自己的提高和锻炼有意义的事，例如你可以想想，你这10天转了北京市100个居民社区，你对北京社区一下子很了解了。这对你今后不论做投资还是做研究工作，就是一个知识的积累啊。再说了，对于自己不能把握的事情，我们去埋怨又有什么用呢？既然公司给了我们这份工作，也支付了相应的报酬，我们尽我们的能力去做，这也是一个基本的职场规范。不能要求每件事都很有意义，或者说每一件事情都能按照自己的意愿行事。"Cindy说。

"Cindy姐，我怎么觉得做投资挺无聊的，每天都是跟一堆数字打交道，你说我是不是应该考虑转行。"

"你想转行是因为什么呢？"

"不知道，我就觉得总不能老是把时间花在这种看上去没有什么意义，也没有什么效果的琐碎事情上。"朱羽然嘀咕着。

"要我说，成年人的世界，几乎每个人都是从没有意义的事情做起的。你说那些当兵的每天操练正步走，每天叠被子豆腐块，有多少意义吗？至于说到辛苦，有哪个行业不辛苦？这是一个拼命的年代，大家都在谈论内卷。有一句话说得好，怕就怕比你聪明、智商比你高、学历比你硬、各方面条件比你好的人，还比你更拼命。如果别人拼命而我们自己选择轻松的话，一时之间倒是痛快，十年八年之后呢？到时候自己都会看不起自己。"Cindy像是在对自己说。

朱羽然点点头，说："姐，你说的这个道理我是懂的。可是我总觉得，苦和累如果是有意义的，我并不怕。如果说你让我做一个什么项目最后有结果，哪怕我没有拿到奖金，但是我为这个结果出了力，我会觉得很开心。"

Cindy摇了摇头，说："生活会教育你的。刚从学校出来的时候，都很在意做事情要有意义，至于有钱没钱没关系，几年以后你就不这么想了。谋生总是第一位的啊，清高固然好，那也得先有饭吃才行。"

"可是我做了 10 多个项目，所有的报告全部都是存档，放入资料室，从此渺无音讯。"朱羽然不服气地申辩道。

"我理解你的委屈，这样白白浪费时间的事我知道有不少，找个机会我可以侧面跟陈总反映一下，大家的时间都很宝贵。虽然说分析员和实习生都是为专业投资人做服务的，但是专业投资人在提出任何研究课题之前也要琢磨一下。谁的时间都是有价值的。另外你这边有一些调研数据也可以变废为宝啊。"

"变废为宝？"朱羽然有些不解。

"是的。"Cindy 提议道，"例如说，凯盛基金不是有一个全球的内部刊物吗？两个月一期，发行给全球几十个办公室的所有投资人。就像你的这个调查采样资料，既然基本素材都已经有了，你的英文基础又很好，完全可以把它整理成一份中国快递行业的采样报告，发到内部刊物上，搞不好还会引起重视呢？都说东方不亮西方亮，为什么不可以把自己的工作成果整理出来，跟大家一同分享呢？这也是一个收获哦。"

朱羽然听了点点头，说："这是一个好主意，我也可以练一练自己的英文写作能力。"

Cindy 站起身来，说："好了，收拾一下早点儿回去吧，我陪你下楼，今晚你就别熬夜了。难得今天晚上我也没什么事，咱们一起到楼下去看一场电影。"

"我也好久没去电影院了。好，我看完电影再回来加班。"朱羽然被 Cindy 这么一开导，虽然心里还有些不畅快，但还是觉得开朗了许多。两个人一同走出办公室，乘电梯来到国贸地下二层的影城。

14

北京　凯盛办公室

"陈总，你们 TMT 也太欺负人了吧。"这天刚上班，陈平在办公室正和秘书 Cindy 核对接下来几天的工作日程安排，李淑英突然怒气冲冲地闯进来。Cindy 看到这模样，赶紧替李淑英把陈平对面的椅子拉出来，招呼来人坐下，转身走出房门，随手将办公室的门关上。

"怎么了，李小姐？"陈平有点儿摸不着头脑。

"您不会不知道吧？同一家公司，怎么能够这么挖墙脚呢，至少应该先打声招呼。"李淑英一脸愤怒，"我先声明一下，我今天冲过来找您，事先是没有跟我们老大怡婷打过招呼的，她不知道这个，所以您要怪就怪我，别怪我们老大。"

"你这么冲我吼，我都不知道怎么回事，怎么个责怪法？再说就算你要拿刀砍我，也先得让我明白个究竟吧。"见对方气呼呼的，陈平觉得有趣，故意用一副调侃的语气说道。

"您真不知道？那好，我跟您说说。"李淑英忽地从刚刚坐下的椅子上站起来，喘了两口大气，高声问道，"陈总您知道孔孟知道这个项目吧？"

"我听说过，好像石磊提过这个项目。"

"这个项目根本就不是你们 TMT 的，是我们教育与医疗组最早跟进的。几个月前我就开始盯这个项目，这两个月来我带着两名分析员，把他们公司所有的数字都分析透了，又把行业的情况做了一份详尽的报告。我们的文件档案在公司内网数据库里都有，怎么一下子变成是你们 TMT 的呢？不带这么欺负人的吧。"李淑英越说越来气，声音分贝更高了。

陈平一下子明白了几分。凯盛中国的业务是按照行业划分的，每个行业负责的合伙人各自带领自己团队做项目开发和管理，这就导致在寻找项目上难免会出现交叉碰撞，其中工业制造与其他行业倒是比较泾渭分明，凡是做基础建设、从事制造生产的，都是属于工业与制造组的范围。但是 TMT、消费品和教育与医疗 3 个组就经常有交叉或撞车的情况。李淑英刚刚提到的这个在线教育孔孟知道，大致就是这样的情形，它可以是医疗教育项目，也可以是 TMT 新科技项目，其他的例如威廉的消费品零售组，也时不时地和 TMT 以及教育与医疗组出现各自都同时看上潜在投资标的的情况。就眼前的情况来说，这个项目划归教育与医疗或者 TMT，都是有道理的，凯盛过往也出现过几次类似的先例，一般大家都遵循一个不成文的默契，就是谁最先接触，这个项目就由谁来负责跟进，除非最早接触这个项目所在的行业组决定放弃，其他行业的投资人员才可以介入。这样安排的好处是显而易见的，对于外人来说，被投企业并不知道凯盛基金的行业划分，如果出现同一家基金公司的两拨人马互相抢一个潜在投资项目的话，给人的印象是很糟糕的。

"抱歉，淑英。"陈平站起身来，给李淑英递了一瓶水，"这个事情我只是听了一耳朵，还真的不太了解，能不能麻烦你把情况向我大致介绍一下。要不我把怡婷也叫过来。"

李淑英接过矿泉水喝了一口，陈平借这个机会拿起座机，拨通了康怡婷的内线："Tina 吗？您好，这会儿您有空吗？好，那能不能麻烦您到我办公室来一下，就几分钟时间，好的，谢谢。"

3 分钟后，康怡婷走了进来。陈平起身相迎，介绍说："Tina，是这样，我今天想了解一下孔孟知道这个项目的情况，就主动询问了一下淑英。她说到的一些情况，我想请你一起讨论一下。"陈平故意把李淑英冲进他办公室朝他吼叫的过程，轻描淡写地说成是自己询问李淑英这个项目的进展。李淑英不由得感激地看了陈平一眼，她知道陈平这么做是在避免自己和直系上司之间产生误会。

陈平招呼两位在沙发上坐下，接着说："孔孟知道这个项目我们 TMT 内部曾经有提起过，但是我没有太深的了解。最近我在其他几个项目上比较忙。我刚刚跟李淑英了解到的情况是，这个项目你们组从两个月之前就开始跟进，具体的 Tina 您补充一下。"

"是的。"康怡婷回复道，"准确地讲是两个半月之前开始的，说来也巧，是李淑英在健身房的时候，无意中碰到了孔孟知道的创始人兼CEO齐帆。淑英对这个项目感兴趣，后来在我们组的例会上，淑英把这个意见提了出来，我也觉得是一个值得跟进的项目。淑英就带着两位分析员，花了将近两个月的时间，做了详尽的市场调研和公司情况摸底。最近两个月，李淑英基本上都把精力花在这个项目上。"

"嗯。那我明白了。既然是这样，按照我们内部的约定，TMT 团队就不应该越界去抢自家兄弟的生意。我们这就撤下来，放心。"陈平表态说。

"哼。陈老大，您说的倒是挺好听。"刚刚有些平静下来的李淑英听到陈平这句话，再次恼怒起来，噌的一下站起来，火冒三丈地甩出一句话，"你们都把 Term Sheet 发给人家了还说什么让给我们，这不就是唱高调演戏给人看嘛。"

"淑英！"Tina 觉得李淑英的话太过咄咄逼人，连忙试图制止。

"Term Sheet？"陈平有些吃惊。

"凯盛的 Term Sheet。刚刚齐帆，就是孔孟知道的 CEO 打电话给我，说是收到凯盛的投资邀约，还向我表示感谢，说他们那边会抓紧把相关的文件准备好，我是完全被弄糊涂了，不知道怎么回复人家。我的 Term Sheet 还没有请我们老大签字，怎么可能就发出去了呢？电话里我也不好多问，后来放下电话一查才知道，Term Sheet 是你们的石磊发出去的，人家齐帆那边怎么知道凯盛公司里面还有这么多道道？"

陈平这下全明白过来了。

凯盛公司的做法是，对外的投资项目如果投资团队感兴趣的话，可以先发一个投资意向书，也就是英文的 Term Sheet。而投资意向书通常需要经由合伙人这一级高管签字。石磊作为初级合伙人，理论上有权签发 Term Sheet。但不管怎么说，石磊在这个问题上犯了两个严重的错误：首先，他肯定知道这个项目教育与医疗组了解在先。按照内部的惯例，他是不可以这样粗暴地去抢别的投资团队正在跟进的项目的。其次，虽然他是合伙人，但现在 TMT 的老大是陈平，在出具投资意向书之前，他至少应该跟陈平打声招呼。这件事情无论从哪个角度讲过错都在石磊。陈平开口表示：

"二位，情况我大致了解了，这件事情是我们做得不对，作为 TMT 的负责人，我郑重地向二位道歉。我们做错了，这个事情的责任在我。"

"那怎么补救呢？"李淑英不依不饶地追问了一句。

"很简单，这个本来就是教育医疗组的项目。所以这个项目如果你们决定要投的话，我这边全力支持和配合。我一会儿就通知团队内部，让他们将有关的资料全部转交给你们，包括我们发出的 Term Sheet。对于外界来说，这个 Term Sheet 代表的不是个人，而是凯盛投资集团。外面的人也根本不知道什么 TMT 组、教育医疗组这些分工。我们没必要让内部细项协调的事烦扰外人。Term Sheet 还是真实有效的，只不过我们要在内部做一个结转，把这个 Term Sheet 签发编号从 TMT 组改为医疗教育组。二位看这样行吗？"

康怡婷点点头，说："还是陈总考虑得周全。"李淑英也认同这个方案。

送走两位同事，陈平拨通了石磊的手机："Stone，你在哪里？"

"哦，老大，我在外面跟一个记者谈点儿事。"

"你什么时候完事？"

"大约 1 个小时吧。"

"好，你完事以后回来，到我办公室来一下。"

放下电话，陈平叫来 Cindy，说："Cindy，请你马上查一下，孔孟知道这个项目我们这边是谁在跟进？"

"是 Asso 程红。"Cindy 显然对团队的工作分工十分了解。

"程红现在在办公室吗？"

"在的。"

"你让她马上过来。"

"好的。"Cindy 不再多问，转身离开。

几分钟后，程红敲了敲陈平办公室的门，问："老大，您找我？"

"坐吧。"陈平一脸严肃地说，"你把孔孟知道这个项目的来龙去脉跟我说一遍。"程红大致介绍了一下，情况和刚刚李淑英所说的基本吻合。从程红的介绍中陈平了解到，TMT 团队是在两个星期之前才知道这个项目并且由石磊要求程红介入的。凯盛基金内部有一个数据库，上面所有的行业信息，包括基金内部在全球各地每个行业组跟进项目的背景资料，都有储存。程红从内部资料库调出了孔孟知道的相关资料，大多数是由教育与医疗组上传的，也有小部分是以前分析员做行业分析的时候留下来的。根据这个资料，石磊做出了向对方发出投资意向书的决定，并直接签发了 Term Sheet，让程红发给孔孟知道的 CFO。

陈平静静地听完程红的介绍，吩咐说："知道了，程红，你把这个项目所有的材料，都拿到我这里。这件事情你不用再介入了，由我来处理。"

"好的，老大。"程红点点头走了出去，两分钟以后折返回来，把孔孟知道的材料卷宗放到陈平的桌上。

程红刚一出门离开，秘书 Cindy 悄声端了一杯咖啡进来，放在陈平面前。Cindy 虽然没有参与刚刚的两场谈话，但以她多年秘书职业的经验，她判断眼下有比较严重的事情发生。作为一位优秀的秘书，遇到这样的场合，她知道如果上司没有主动说起的话，自己就不应该多嘴打听，同时也要尽可能地做一些分忧解愁的事情，每个人都有发愁的时候，老板也一样。

"我把您上午接下来的两个电话会议时间调整到下午了，是与上海和香港的内部沟通。"Cindy 替陈平收拾着有些凌乱的桌子，轻声说道。这样的安排调整，Cindy 知道自己可以替老板做主，她估计陈平眼下需要一些时间。

"嗯，我得安静一会儿。"陈平像是自言自语地说道。

Cindy 接过陈平喝完的咖啡杯退出办公室，轻轻把门带上。

目送着 Cindy 离开后，陈平慢慢站起身来，走到办公室的落地窗前，凝视着远处。

今天获悉的这个消息，已经属于明显的越界干扰，不仅给其他行业组同事带来很负面的影响，更有可能严重损害凯盛基金对外融资项目的拓展，这种目无纪律的胡闹是绝对不能容忍的。虽然说现在凯盛大中华区没有总经理，由各个行业老大互相协调，沟通并不总是完全顺畅，以前也出过一些交叉碰撞的事情，但像现在事先没有跟别的团队同事打招呼，自己团队内部的负责人也不知晓，就直接把投资意向书发出去，算是比较严重的事件了。

可陈平也明白这件事情处理起来的难度。

这种彼此不干扰对方项目的做法是一种约定俗成的默契，还不是明文规定，所以如果要真的追究起来，你还不能说石磊违规，也不能拿公司的规章制度去处理。对方甚至可以抗辩说，每个合伙人都有自己的投资任务，都应该尽最大努力去争取好的投资项目。以他对石磊的了解，陈平知道如果仅仅是批评，未必能触动他的痛点，而想要借这个事件给他纪律处分，貌似又缺乏特别站得住脚的台面上的理由，这正是陈平现在苦苦琢磨的地方。

职场说到底是一伙人一同做事的场所，大家通常都会遵循一些约定俗成的规矩，而约定俗成恰恰是两个含义不同的概念。"约定"很容易理解，操作起来也简单，明文规定的东西，通常谁都不敢越界。但"俗成"就是一个灰色区域，更多时候靠的是每个人的拿捏。如果大家彼此礼貌客气，遇到模糊地带相互事先沟通，出现意见和分歧的时候大多就能够协调解决，毕竟每件事情各不相同，很难月硬性规定来约束每个细节，否则就成了流水线上的机器了。可是"俗成"的核心在于实际工作中彼此的默认，最怕的就是某个无视惯例的搅局者，不知从哪个地方就突然斜插过来，乱了大家的阵脚，而石磊的这次孔孟知道投资邀约，就是一个十足的搅局行为。

陈平这边正想着，石磊敲门进来，说："老大，您找我？"

陈平转过身来，一脸严肃地看着对方，问："孔孟知道是怎么回事？"

"哦，我昨天给他们发投资意向书了，想抢这个项目。怎么？医疗组找你告状了？"石磊没觉得有多严重。

"你觉得这样做合适吗？"陈平两眼直射对方。

石磊被陈平投过来的冷峻眼神看得有些心慌，低下头来，说了一句："可能他们会有一些不高兴吧。但是每个人做每个人的项目，公司并没有规定说不能这么做啊。"

就在石磊说出这话的一瞬间，陈平找到了教训对方的角度，一下子释然了。

"好，这是你自找的。"陈平心里嘀咕了一句，接着站起身来，一板一眼地说道，"好的，好的，的确没有规定不能这样。可以啊，我现在就签发一个内部结转，把优惠网划给教育医疗组李淑英他们。"

"陈总，这，您不能这么做，这是我的项目。"

"我知道是你的项目，提醒你一下，现有项目的行业结转，只要由行业负责合伙人确认同意就可以，没有任何规定说不可以这么做。再说，这个项目的追投是我主持的。"

这句话正好刺中了石磊。优惠网现在账面上的盈利已经超过1亿美元，石磊是这个项目的实际执行人，按照获益分配原则，合伙人在本人所承担项目的盈利部分会有较大比例分成，初算下来，石磊日后在这个项目上至少可以拿到百万美元的分润，显然他是不可能把这块肥肉让出去的。但是他心里也很清楚，项目的权限掌握在陈平手里，如果真的如陈平所说，由陈平把这个项目签发转给教育与医疗组的话，在规定上找不着漏洞。

石磊顿时蔫了下来，说："好吧，那我把孔孟知道的投资意向书撤回来。"话语里透着几分不满和无奈。

"投资意向书不用撤了，我已经决定这个项目移交给教育医疗组。"说完，陈平按下桌上座机的免提键喊来了秘书："Cindy，你把这个材料卷宗现在就交给 Tina，再次跟她说一下，我陈平向他们道歉。跟她打个招呼，找个时间，我请她们组的几个人吃顿饭表示歉意。"Cindy点点头，拿起卷宗转身离开。

陈平待秘书 Cindy 走出办公室，叹了口气对石磊说道："这件事，说到底还是责任在我，我没有管理好自己的团队。不过 Stone，我希望下不为例。以后再有类似的事情务必提前跟我打招呼，再有 Term Sheet 的 offer，请记得一定要事先知会我一声。你让我为难，最后其实是为难你自己。"最后一句话，陈平特意加重了语气。

石磊默默地点了点头。

15

福建南安 长途汽车

南安县城开往古坪乡的长途公共汽车上，李淑英一身朴素的教师模样打扮，胸前抱着一个双肩背包，坐在左边第4排靠窗户的座位上。

公共汽车上的乘客，大多是古坪乡本地居民从县城搭车返程。车厢内有整麻袋的竹笋笋干，还有人用竹笼装了几只没有卖出去的老母鸡，一派山区乡民进城归来的模样。

这些年，李淑英心里一直有一件事，是她母亲托办的。

说来这是一段上一代人心酸的历史故事。淑英母亲原名阿梅，年轻时候是古坪乡竹山村农户人家的女孩。20世纪70年代，国内正是"文革"动荡的年代，那个时候城里的年轻人中学毕业后是不能上大学或者到工厂就业的，需要响应伟大领袖的号召，上山下乡干革命。阿梅所在的竹山生产大队，也迎来了一批从城里过来的知识青年，有40多人。当时生产大队采取的安置措施是，男青年3个人一组，分别被安置到村里的贫下中农家里，和贫下中农一起生活，一起耕作劳动，而女知青则统一住在大队部，生产大队特意把队部简易的办公房腾出两间来改成女生宿舍。就这样，阿梅他们家安置了3位男知青。

知青中有一位姓王的年轻人，戴着一副深度近视眼镜，喜欢读书，还是个数学迷，没事总是抱一个小本子，自己琢磨他的数学题。阿梅说不上什么原因，就喜欢上了这个王姓知青。年轻人干柴烈火，三下两下地纠缠在一起，阿梅怀孕了。

那个时候政策上管得很严，加上农村人观念老旧，出了这种事，一定是会被追究的。那位知青害怕了，找人到市里医院开了张胃溃疡的证明逃离了，扔下阿梅不管。等阿梅的父母察觉这件事情的时候，阿梅的肚子已经微微鼓起来了，再想做什么人工流产的都为时已晚。

阿梅父母生了3个儿子1个女儿，阿梅岁数最小，父母一直拿她当掌上明珠，老父亲虽然很生气，却也心疼自己不谙世事的女儿，又怕这种事情张扬出去全家脸上无光，于是就托了一位远房亲戚，把阿梅放到离竹山村 6 里地一处深山沟的亲戚家，在那里生下这个孩子，是个男孩。

男孩出生的第三天，正好那天是农历十五圩集，亲戚把婴儿放到竹篮里，塞上 20 块钱，悄悄地放到集市广场的戏台上。当地农村一直有农历逢一逢五办集市的习俗。再后来，失去恋人又身心沮丧的阿梅和几位同乡一起，结伴经云南偷渡，从缅甸进入泰国，接着辗转到了新加坡，在新加坡安顿下来。如今 40 多年过去了，阿梅在新加坡已经立足，和一位当地华裔结婚，并且拥有了自己的一份事业，他们夫妇俩一同经营着一家旅行社，生意一直都做得很红火。

李淑英到中国工作以后，有一次回新加坡度假，母亲阿梅特意跟她说起这件事，这是李淑英第一次知道母亲的这段往事。在母亲的脑海里，这个男婴是她最歉疚最对不起的人，所以阿梅希望淑英借助在中国工作的机会，看看是否还能够找到当年她不得已丢弃的那个男婴。"他是你同血缘的哥哥呢。"母亲唠叨着说。

李淑英是个很孝顺的姑娘，知道了母亲的心事后，她便着手行动起来，在中国委托了一家当地的私人事务所，请他们代为寻找。这里有不少人家的上一代人以前当兵，在国民党逃台时去了台湾。20 世纪 90 年代海峡两岸开放，一些台湾老兵回来寻亲，需要借助中介机构帮忙打探故人消息和下落，所以古坪乡上的寻亲中介机构倒是现成的。只是母亲几乎没有留下什么线索，既没有孩子的姓名、照片，婴儿是在山区亲戚家里偷偷生的，所以也没有出生证明或者其他可以作为凭证的记录。对于日子，阿梅倒是记得很清楚，她回忆说孩子是 1974 年 4 月 5 日清明节那天出生的，两天以后也就是 4 月 7 日，农历十五赶圩的日子，亲戚把婴儿送了出去，当时在包裹里放了一张小字条和 20 元钱，还有就是当亲戚要把婴儿抱出去的时候，母亲忍不住从自己手上摘下来一枚银戒指，一起放进包裹里。

按此推算，淑英的这位哥哥，今年应该是 43 岁。母亲说，她唯一记得的，是新生婴儿后屁股上有一个一分硬币大小的褐色胎记。

"这可怎么查？"接受委托的事务所经理听到这点儿线索，有些不知所措。

算起来这件事李淑英委托事务所已经好几年了，一直没有什么进展。前不久，淑英再次联系到事务所的宋经理，把委托办理的费用从原先的 5 万元提升到 30 万，希望对方能够加大力度。为了表示自己的诚意，李淑英主动预付了 10 万元费用给对方。

这个世界还是钱最管用。李淑英这一提价，对方明显地加快了节奏。最近几个月，每个月都向淑英提供一份寻查报告。最近这次的报告，宋经理提到了一个人，这个人是在他们寻找的时间段被人捡了送到保育院，在保育院长大的。从宋经理描述的特征以及各方面的情况看，他与李淑英要找的人大致吻合。委托公司还附上了一张这个人的照片和他目前的情况介绍。按照宋经理的介绍，这个人姓田，是镇上一家汽车修理厂的维修师傅。宋经理表示希望李淑英能抽空过来现场看一下，再做商量。

汽车行驶了 4 个多小时，终于到达古坪镇（原先的乡近年改制为镇了），这是山区的一个小镇子，这些年虽然有一些发展，但依然只有几条简陋的街道，事务所的宋经理在汽车站等待淑英。

"对不起，李小姐，小镇的条件很简陋。您看也没有一家像样的宾馆，我担心这里的客栈不够卫生，您恐怕住不惯。如果不介意的话，今天晚上您就住到我家。我家就在镇上新区，我们有 3 间房，我、我太太和一个上初中的女儿。家里还算干净整洁，也有一间空房间。"双方一见面，宋经理提议说。据李淑英先前提供给对方的自我介绍，她说自己小时候是在这里出生长大的，上大学以后到深圳工作，现在受亲戚的委托，想找一位多年失散的男子。

"那就太谢谢你了。"李淑英觉得这个安排很稳妥。

"好，我们这边走。"宋经理领着李淑英，往前走了约摸 800 米，拐入一个新落成的居民小区，顺着楼道来到 3 楼，这正是宋经理的家。

放下双肩包，宋经理把情况跟李淑英做了一个简单的介绍："李小姐，情况我在给您的材料里大致都说了。这位田大哥，从各方面打探到的信息看，倒是和您要找的亲戚挺吻合的。只不过您提供的那个胎记特征呢，我还不知道应该怎么去核查。"

淑英笑了笑，她知道母亲给自己提供的这个线索实在有点儿让人难堪。怎么去看人家后屁股上有没有胎记？

　　李淑英抬手看了眼手表，现在是下午 4 点多，她问道："宋经理，要不您带我到那个修理厂外面，我们先看一眼，你看这样方便吗？"

　　"方便方便，如果李小姐现在要去的话呢，我开车带您过去。我可以找个借口，说我的这辆车子要保养，假装做个咨询，这样的话，您就可以近距离地观察一下。"

　　"好的，这是一个好主意。"

　　两个人很快来到了位于镇东南角的汽车修理厂，这是一间小型作坊式的修理厂，临街门面房，有两个人正在忙乎。宋经理缓缓地把车开进维修车辆停车位停下，对坐在副驾驶位的李淑英说："您看前面那位年纪大一点儿的，大家都叫他田师傅，就是我们要寻找的人。这间维修厂的老板平常不来，只有一位师傅带着两个徒弟在打理。"李淑英透过车窗，看到宋经理所说的那个人的背影，四五十岁的模样，正俯身在一辆打开前车盖的汽车前弯着腰忙活。

　　宋经理把车子熄了火，与李淑英一起下车走过去，问道："师傅，我这车想做个保养，能不能麻烦您先看一下。"

　　那位田师傅点了点头，用抹布擦了擦满是油腻的两只手，走过来很麻利地把宋经理的前车盖打开，抽出机油测试棍，拿起来看了一眼，用手擦了擦上面的油渍，然后将测试棍放回原处。接着趴到车子引擎底部仔细看了一圈，站起来拍了拍手，说："先生，您这辆汽车，我估计离上次保养跑了有七八千公里。粗粗看没有什么大毛病，您如果需要的话，我建议您找时间做一次更换三滤的保养，我们这边做一次的收费是 400 块钱。"

　　"好的。"宋经理故意拿眼睛瞄了一下李淑英。

　　李淑英饶有兴致地笑着问道："这位大哥，听口音您是本地人，一直干这个吗？"

　　"哦，我做这个有 10 来年的吧。以前当兵是汽车兵，复员回来就一直干这个。"

　　"师傅，这可是一门好手艺啊，没有想过传给自己儿子什么的。"

"那估计没戏，我有一个儿子上中学，这种脏兮兮的手艺，年轻人不喜欢，您看就连我这两位徒弟，干起活来都心不在焉的，总想着当什么网红，如今的年轻人哪，都不太爱干这种脏活累活。"田师傅指着里面的一位年轻人，估计是他的徒弟，叹口气，说。

"这可是技术活呢。"宋经理表示。

几个人站着又寒暄了几句，宋经理要了对方的电话号码，表示等到确定好时间，再打电话过来预约。

开车离开维修厂，宋经理问："怎么样？"

"说不上来，感觉上我都挺紧张的。"李淑英说的是大实话。自从母亲告诉她自己在中国还有一位兄长以来，淑英很积极地张罗着，渴望能早日找到这位同母异父的哥哥，毕竟两人有很近的血缘关系，同时她也有一些紧张，说不出的感觉。对于宋经理，李淑英并没有过多透露自己的底细。只说自己是从这个地方出去的，如今在深圳工作，想找一位多年前失散的亲戚。这些年不时有古坪一带外出回来寻亲的，加上宋经理他们本身就是从事这种寻人事务的机构，对于这样的事情倒也见怪不怪。

依照宋经理的建议，两个人找了一家饭馆坐下，要了几碟菜，一边吃着一边商量下一步该怎么做。

李淑英有些拿不定主意，说："从他的模样，还有你们收集到的这些线索资料，背景应该是吻合的。但是我对这个人没有任何印象，更多的也说不出什么来。"

宋经理说："如果是这样的话，下一步的关键呢，就是想办法做这个胎记的确认。"

"可是怎么做呢？这我可一点儿主意都没有。"李淑英茫然地望着对方，摇了摇头。一想到母亲交代的那个胎记的位置，她都觉得有些脸红。

"我倒是有个主意。"宋经理想了一下，突然一拍脑门儿，兴奋地脱口而出。

"什么主意？"李淑英被对方的情绪感染，迫不及待地问道。

宋经理端起桌上的啤酒杯和李淑英碰了一下，一口气喝完，放下杯子，说道："这样，今天我不是说要请那位田师傅做汽车保养吗？你还夸他的手艺好。我觉得这是一个踏实的手艺人，那干脆这么着，我呢，约个时间把车开过去请他做汽车保养，同时我说我想学一些汽车保养的基础知识，多给他 200 块钱，请他全程带着我一起换机油机滤，这我想他会答应的。那么换完以后呢，我们两个人肯定手上身上都是油，脏兮兮的，我就邀请他到镇上的洗浴中心一起洗个澡，这样既是向对方表示一份谢意，同时不就把我们要查的东西查到了吗？"

"宋经理，我真是佩服你，亏你想得出这种巧办法来。"李淑英点了点头，"真是一个好主意。"

"那就这么办。来，再干一杯。"双方再次端起啤酒杯，碰杯而饮。

吃过晚饭从餐厅出来，李淑英让宋经理独自先回家，她说自己想在小镇上闲逛一圈。

掌灯时分，山区小镇的夜生活刚刚揭开帷幕，街道两旁夜市的小商小贩们摆满了各式小摊，有卖水果的，有卖小手工艺品的，更多的是现场制作的街边小吃，人群穿梭，四处传来嬉闹的笑声和喝酒的猜拳酒令。李淑英在一个卖龙眼的小摊前蹲下，摊主是一位年迈的老妇人。

"大妈，这龙眼是您自家种的吗？"

"对的啊，"老人说一口南安口音的闽南话，淑英大致能听懂，"这可是几十年的老树了，我大儿子出生那年种下的，如今他的儿子都上小学了。"老人边说边剥了一颗龙眼请客人品尝。

李淑英挑了两串龙眼，把钱付给老人，站起身来，拿着龙眼走向路肩，送给坐在路牙上的几个小孩，然后继续朝前闲逛着，身旁有两个中学生模样的小姑娘正在争论着该买什么颜色的发卡："这个好看，红色的喜庆。"

"你太土老帽儿了，现在谁还稀罕红色的啊，我觉得要选这个浅蓝的，你看上面还有蒂芙尼的字母呢。"另一个女生提议道。

李淑英信步走到小镇尽头，往前望去，前面就是一大片黑黢黢的甘蔗园，田间微风吹拂，一派乡村静谧祥和的夜色。碎石和硬土夯成的土路两旁，不知名的野草在天空皎洁月光的映衬下，散发着千年不变的芳香。这股乡间田园花草和泥土混合在一起的味道，沁人心脾，淑英自从上次随母亲返乡时第一次闻到，就被它深深迷恋住了。

第二天，李淑英乘坐早班班车返回县城，再经泉州晋江机场搭机回到北京。

两个星期后，宋经理发来短信：经验证，那位田师傅身上没有所要寻找的胎记。

这条线索，就此打上句号。

16

北京凯盛　陈平办公室

凯盛每间独立办公室的面积大小和室内布局都大致相同，陈平办公室背面是临街的落地窗，另一面正对着楼层中间的开放办公区，是一整面磨砂的落地玻璃。

这天上午，康怡婷过来找陈平。走到陈平办公室门外，透过玻璃，康怡婷见陈平正在打电话，便走到秘书 Cindy 的工位，在 Cindy 边上找了一把空椅子坐下。Cindy 连忙起身招呼："康总，您来了，我去跟陈总说一下。"

康怡婷摆了摆手，说："不用，等他打完电话，我就在这儿歇会儿。你忙你的，不用管我。"她顺手拿起 Cindy 桌上的 *ELLE* 时尚杂志，漫无目的地翻看着，Cindy 坐回她的座位，在电脑前忙着回复几封刚刚进来的邮件。

大约过了两分钟，Cindy 的手机响起，Cindy 拿起来压低声音说道："喂，我在上班呢。"

"我知道，我长话短说。"话筒里传出的是 Cindy 男朋友赵明义的声音，"我想请你跟你父母说一下，找个托词，说我今天晚上加班，去不了了。"

Cindy 压低着声音说："明义，你不能这样。这已经是第二次预约了，上一次本来说好了要跟我一起去看我爸妈的，你临时说不去。这次我爸妈是特意来北京的，他们除了看我以外，就是想跟你见个面。时间都说好了，晚上 8：00 一起吃晚饭，你怎么能突然就不去呢？"

手机话筒里那个叫赵明义的男生回答道："我有点儿害怕，而且我也不知道见面应该说什么，我还是不去了。"

Cindy 明显地有些生气，她意识到康怡婷就在边上，不敢大声说话，扭过身换了一个角度，用很坚决的口气说道："你到底还要不要跟我谈朋友啊？""当然要了，"对方的声音传过来，"可是要见你父母，这事再缓缓吧，对不起了，对不起。"

Cindy 愤愤然地挂断了电话。

刚刚这场对话，虽然 Cindy 有意压低声音，但是办公区很安静，康怡婷就坐在边上，他们的谈话还是被怡婷完整地听到了。Cindy 放下电话，眼睛有点儿湿润润的，从办公桌上抽了两张纸巾，试图擦拭自己的双眼。

康怡婷把椅子往 Cindy 这边挪了挪，开口说："Cindy，不是我想偷听哦，不过刚刚你那个对话都飘入我耳朵了。怎么了？你男朋友是吗？有什么不开心的事跟我说说。"

Cindy 掩饰着把手纸揉成一团，捏在手心，低声回复道："谢谢康总，没事的。"

"来，这会儿我反正也有空，你就把我当成你的大姐。愿意不愿意跟我说说？"康怡婷说道。

"嗯。"Cindy 突然间觉得很委屈似的，眼泪汪汪地说，"小赵是我通过婚恋中介认识的，后来我们发展成男女朋友，认识两年多了，计划明年办证结婚。他是一个 IT 男，人什么都好，就是害羞胆小，不敢见生人。上一次说好了要跟我回家看望我父母的，车票都买好了，临时他说他不敢去，就把车票退了。这次是我父母来北京旅游，他们知道我已经谈了恋爱，很想见见我的男朋友。事先说好了今天晚上 8：00，我们一起到我父母的酒店去看望老人家，吃个饭，也算正式地见见老人。没想到，你看他这会儿打电话来，又打退堂鼓了。这……"

康怡婷在一旁听着点点头，托着腮帮子想了一会儿，对 Cindy 说："小妹妹，我给你出个招好吗？"

"嗯。"Cindy 很认真地看着康怡婷，似乎在等她的下文。

"既然人家表态不想晚上过来见面，话说到这个份上就不好再勉强了，否则容易两个人闹别扭。这样，我估摸着今天晚上 9 点多，你男朋友应该会给你打电话。他毕竟是爱你的，不出意料的话他会打电话过来，一是道歉，再有就是问一下今晚尔父母这边支应得怎样。你呢，先不接他的电话，等他第二次打来的时候，你就告诉他说你跟几个朋友在酒吧里喝酒，然后把电话挂断，不再跟他多理会。明天我估摸着他还会给你打电话，你把握好，只要是他的电话，你就不要接或者直接挂断。如果他给你发短信，你可以简单地回两个字收到，不要再有别的回复，也一定不要再联系他，你就这么坚持 2～3 天，看看情况怎么样。"康怡婷向 Cindy 传授道。

"为什么要这样呢？"Cindy 有些不解地问道。

康怡婷回答道："不瞒你说，以前我先生也有这个类似的毛病。他在研究所工作，就是那种只会做学问搞实验的知识分子，特别怕见生人。如果要拉他见生人，我得和他好说歹说，就算是求他老先生答应了，临时还给你变卦。后来我就用这样的办法对付他，不理他。这样他反倒着急了，知道你生气了。这种态度给他的信号就是，除非你改变你的习惯，否则我这个气是消不掉的。只要对方心里有你，他会自己调整过来的。"

"好的，那我听你的，就这样来对付他。"Cindy 笑了起来。

"还有，千万不要把男朋友临时变卦不来的事由告诉你父母。这种事老人家帮不上忙，让他们猜疑不安反倒不好。"康怡婷给 Cindy 出了个主意，"买点儿北京特产或者带一瓶酒，以小赵的名义送你父亲，只要准老丈人没意见，别的都好办。我估摸着你这边把男朋友冷落两天，他一定着急，到时候你就让他出面做东，宴请你父母向老人家赔罪，这样你让双方见面的目的达到了，也借机修理一下 IT 男害羞的毛病。"

Cindy 点了点头表示认同："小赵什么都好，就是胆子小。"

康怡婷见对面玻璃墙内陈平办公室里，陈平已经打完了电话，便站起身来，吩咐 Cindy："好好的，不许伤心。小姑娘碰到这种事情很常见。很多时候，爱一个男人，也要帮助他成长，谁让我们爱人家呢，对吗？"说着，她拍了拍 Cindy 的肩膀，走进了陈平办公室。

"坐，"陈平招呼道，"我看你在门口和 Cindy 嘀嘀咕咕的说什么呢？"

"陈老大，那是我们女人家的悄悄话，不在报告范围。"康怡婷说了句俏皮话，接着说道，"今天过来找您呢，有这么一个想法。我们教育和医疗口投资的几家公司都碰到了一个问题，就是现在的用户越来越多地往线上走，如何适应信息化时代的用户需求，大家普遍缺乏这方面的知识和经验。所以我想，能不能请您给我们几家公司的 CEO 们讲一堂课，这方面您是最有经验的，做过互联网大厂的掌门人，现在又是 TMT 老大。"

陈平回答说："这是一件好事。信息互联网化浪潮影响的是几乎每个行业，你这个建议很好啊，不过我想咱们是不是这样来处理。"陈平停顿了一下，依着他的习惯，走到办公室的落地窗前思考了几分钟，转过身来对康怡婷说："我们凯盛基金现有的几十家公司，无论哪个行业，80% 的企业在用户信息互联网化这个问题上，都还需要补补课，让我一个人讲固然可以，但毕竟只是一家之言，而且我的知识也未必是最新最全面的，我建议咱们是不是可以以凯盛基金的名义，组织一个互联网时代用户特征与互动的专题活动，以这么个主题办一场专题论坛，邀请我们所有被投公司的创始人、CEO 参加。我们可以在凯盛基金内部邀请几位年轻同事做分享，那些比较年轻的同事，特别是 Asso 和 VP 们，他们是最懂得互联网的，像什么社交网站、抖音哪，快手啦，直播啦，他们比我们玩得更溜。对外我可以帮助邀请几位大型互联网公司的总裁，来跟大家做一个有关用户行为和营销特点的分享，你看这样是不是效果会更好一些？"

康怡婷点点头，说："陈总，您这个主意很好啊，这样一来受益的就不仅是一家两家公司了，而且我们把这个论坛做起来，对所有被投企业来讲，也是凯盛基金投后管理的一部分。"

"是的，记得要把我们的实习生和分析员也邀请来一起筹划。他们对用户的行为特征、对市场营销的动向，有更直接的了解。这个专题论坛的组织，我提议可以请你们那里的李淑英来牵头。我和她在工作上接触过几次，觉得她具有这方面的很多专业知识，而且她的组织能力很强。"

"好的，我同意。"康怡婷点点头，说，"那陈总，您本人也要准备一个主题演讲。"

"这个没问题，我们自己的事情。"陈平慨然应允，"我想我来说一下互联网时代的场景营销这个主题吧。"

"太好了，那我这就去张罗了，有什么情况我请淑英随时向您通报。"康怡婷说。

"好的。对了，趁着你这会儿过来，我们聊一聊新一届实习生的招聘安排吧。"陈平知道，康怡婷一直分管凯盛每年的实习生校园招聘，虽然现在所有实习生入职以后，这些人的管理都划归消费品组的威廉，但招聘流程以及整个面试筛选过程，还是由康怡婷负责。

康怡婷回答道："按照惯例，我们今年应该还是主要瞄准北大、清华两所高校，今年计划招聘5～6名应届毕业的实习生。现在是统一管理，轮流分配，今年的实习生过来以后，会安排在制造组和消费品组。"

"这个我知道。"陈平说道，"我在想，咱们是不是可以拓宽一下招聘的视角。"

"您的意思是？"

"你看我们以前呢，基本上招聘的都还是金融、财经和统计数学系，这些我们认为和私募基金的业务专业比较对口的毕业生。可是我们也都知道，有关金融投资方面的一些专业知识，对于一名优秀的年轻投资经理来说，他是可以在工作中不断去补充的。而行业的专业知识呢，就不是简单地靠工作期间的补课能够完成的。我的意思是说，我们投资化学，投资药厂，投资太阳能制造，我们甚至对基础工程项目也准备介入。所以我想，我们是不是应该更多地往工科那边寻找一些实习生人才，例如电子、机械、工业自动化、电气工程等等。我想得可能不全，我是说，这些专业的毕业生我们是不是也应该考虑。尤其现在有越来越多的大学生或研究生选择双学位，就是跨两个不同的专业领域，这种人才我们是不是应该多一些留意。"陈平说出了他的想法。

康怡婷思考了一下，回答道："陈总，您这个想法倒是挺有意思的，基金公司通常只是在金融方面找毕业生，最多就是法律、计算机、统计学，很少真的往工科那边去选人的。不过您说得确实有道理，别人不说，像我们这里现在就有一个医疗项目，是做人体器官扫描的新型设计的创业公司，这里面的很多专业知识，我们团队几乎没有一个人看得懂。且不说我们团队，要是整个凯盛基金公司内部，有一个来自医疗专业方面背景的人才的话，对我们就会有很大的帮助。还有老刘那边，工业与制造，他那边更需要很多工科的专业化人才。"

陈平附和道："上个礼拜我见过一个项目，是做太阳能的，在苏州。公司有好几项发明专利，生意也已经初具规模。但是它里面的那些技术节点，我们都不了解也听不明白，所以只能依靠外部的专家。外部专家当然需要，这是我们做私募不可缺少的资源，但那毕竟是隔着一层，要是我们公司内部有些这方面的专业人才的话，势必能够在项目跟进上有不少帮助。"

康怡婷点了点头，说："好，那我回去把今年招聘的思路做一些调整，兼顾一些工科专业的应届毕业生。"

"嗯，值得尝试。"陈平补充说，"这些人进来以后，如果我们觉得满意留下来，可能要求他们去补修一个学期金融方面的专业课程，这方面我们可以弹性处理。"

"是的。"康怡婷点头同意，随后起身离开。

17

京沪高铁　商务车厢

华北平原，高速铁路路基，一望无际的两条铁轨笔直并排向远处延伸开去。

北京开往泰安的高速列车商务车厢里，陈平和张向民并排坐着。

两人是大学时代的同学和好友，毕业以后各自走上不同的职业方向，陈平多年来在企业界从事管理岗位，如今转到投资行业。张向民则在大学毕业分配的时候进了国家机关，从最底层的小科员一路做起，现在是位居最高层政府管理部门的一位正司级干部。两人虽然关系密切，但这些年彼此来往并不多，陈平知道对方所属的位子具有十分敏感的政策性，他不愿意给老同学增添任何麻烦，彼此如果聚会见面，聊起来免不了一不小心扯到一些跟工作有关的问题，让对方为难。张向民也明白陈平的这份心思，所以这些年除了逢年过节相互打个电话，便无更多的交集。不久前，张向民打电话联络陈平，说是想约他一起到外地走走，这次两人结伴出行，也是张向民的主意。记忆中这是两人 20 年来第一次结伴外出。陈平知道老同学肯定有些话想跟自己聊，于是就选好了一个周末，两个人相约一起去爬泰山。

中国的铁路运输发展真的是太快了，陈平想起 30 多年前大学毕业，从福建乘火车经上海中转前来北京报到，路上整整花了 48 个小时，张向民也是福建人，大学毕业时被分配到北京工作，当时是与陈平一起同车北上的。虽然说年轻人体能好，两天两夜的火车硬座，还是把两个人坐得双腿都肿了。到了北京后，张向民进入国家计委办公厅，陈平则在国家旅游局下属企业工作，从此一个从政一个从商，一晃眼，两人都 50 多岁了。

高速列车缓缓驶离北京南站，喧闹的车厢渐渐安静下来。

张向民坐在靠窗的位置上，他起身把窗帘拉上，低声向陈平大致介绍了自己的近况。据张向民介绍，最近政府部门准备组织一批年富力强、有多年从政经验的行政干部下企业，张向民将被任命为中国无线的总经理。中国无线是国资委直接管辖的一家电信机构，与中国移动和中国电信并驾齐驱，被视为国营通信的三驾马车。陈平用手机上网，快速搜索了一下公开资料。中国无线目前在国内拥有大约 2 亿活跃用户，3 万名员工，年营业额约 4000 亿人民币。"这是好事啊。"陈平递给对方一瓶矿泉水，开口说道，"你小子坐了 30 年的办公室，屁股死沉沉的，现在让你到企业去干一把，至少对你的健康有好处。"

张向民说："组织上找我谈话的时候，说实话我心里还是挺激动的。这么多年一直在办公室干行政，每天忙忙碌碌的，心里总觉得自己不是能够直接创造生产价值的人。能够在退休之前到企业去拼杀一把，毫无疑问我求之不得。"

"依我看，你在这家企业也就待个两三年，有个过渡，下一步应该是往部座的位置上走吧。我知道现在讲究要提拔干部，特别是高级干部的话，需要有企业历练。"陈平揣摩着说。

张向民笑笑，说："这个先不去想它吧。我现在更多考虑的是，自己怎么能够胜任这份工作。虽然说国内的经济体制改革、企业改制，这30年我都是深度参与其中，但那都是在政策的制定和分析层面，从来没有在一线的企业做过。怎么把控一家企业的经营，如何让企业能够带来更好的经济和社会效益，说说容易，你让我去做的话，还真是两眼一抹黑，心里头一点儿把握都没有。所以这次约你出来，一方面是咱们老同学难得有机会见面叙叙旧，反正我马上就是企业干部，组织关系已经不敏感了。另一方面更主要的，是想跟你取取经。在企业管理方面，我认识的老同学和朋友中，没有一个人比你做得更出色。我告诉你，前两个礼拜我特意购买了你写的关于企业管理的几本书，好好地读了一遍，还没找你报销书钱呢。接下来这两天，你就权当是师兄带师弟吧。"说罢，张向民拿起手中的矿泉水瓶子，和陈平碰了一下。

"少来。"陈平笑着碰了碰对方的肩膀，"我们这次出来，首要的目的是爬山。平常在北京也没有那么多时间，周末爬爬香山就不错了，这次能够一起爬泰山，彻底地出一身臭汗，这是难得的锻炼。至于管理一家企业，你有些过虑了。其实从本质上讲，这和管理一个行政机构道理是相通的，都是要结果。只不过你们政府部门要的结果大多是以行政命令的方式去实现的，而企业要的结果，更多考量的是推进过程中的经济效益。"

"说到爬泰山，你来过几次？"张向民问。

"泰山一直是我比较景仰的地方，自从大学毕业到现在，这应该是第五次。"

"那我比你次数多得多。"张向民说，"80 年代刚毕业那几年，我在机关当小秘书，我们的秘书处处长是一位原籍山东的退伍军官，他喜欢爬山，经常在周末的时候带我爬泰山。那个时候可没有什么高铁，坐火车要 8 个小时。我也是年轻，下午 5:00 左右出发，夜里 1:00 到泰安车站，下火车直接步行到红门，这时候还不用买票，直接爬山，赶上看泰山顶上的日出。再后来我又陆陆续续陪首长来泰山，前前后后应该有不下 20 次了吧。你知道，很多首长都喜欢爬泰山。"

陈平点点头，说："泰山自古以来就是帝王名人攀登最多的一座山峰。最早的时候有孔子登泰山，秦始皇登泰山，后来汉武帝刘彻、唐高宗李治、清朝的乾隆皇帝都登过泰山。我记得现在许多位首长也都来爬过。"

"是的。"张向民点点头说，"一方面泰山有很多人文历史的记载，再者呢，它在中国人心目中自古就有一个很特殊的地位，被称为五岳之首。五岳都是历史名山，每一座各具特色。记得书上说：东岳泰山雄，西岳华山险，中岳嵩山峻，北岳恒山幽，南岳衡山秀。自古以来，泰山被人们视为直通帝座的天堂，成为百姓崇拜、帝王告祭的神山，有'泰山安，四海皆安'的说法。泰山五岳之首的位置一代一代相传，老百姓觉得登顶一览众山小，官员们则获得一份征服感。"到底是多年机关经历熏陶出来的人，分析起这种事情，张向民头头是道。

"你爬泰山的时间纪录是多少？"陈平问道。

"我倒从来没有记过。"张向民摇了摇头。

"哈，那我告诉你，上一次来泰山是 4 年前，我和我太太，我们两口子用了 3 小时 40 分钟，当时还在山上拍了照，写下登山所用的时间作为纪念。"陈平说道，"这次咱们老哥俩就不比赛时间了，走走聊聊，来一个休闲的泰山登顶。"

"要冲刺我也没那体质了啊。"张向民拍了拍自己有些发福的肚子。

陈平接着问："你什么时候上任？"

"按照组织上的调令，下个月应该就得走马上任，但是我准备上任后的第一个月，先到各个省级公司转一圈，把情况了解清楚。"

"这是一个好主意。"陈平点点头，他不禁想起了自己刚刚加入凯盛的时候潜伏寻访的事，便把这段经历跟张向民说了一遍。对方哈哈大笑："哎，这真是一个好办法，可惜我可能用不上。"

"你当然用不了，你这张脸人家早就认识。不过那只是一个不同的形式而已，关键是先把企业的情况摸透了，才知道自己应该采取什么样的措施，下面的人和你讲问题，也就没那么容易糊弄你。"

张向民点点头，问："陈平你说，我这新官上任三把火，有什么要特别注意的地方？"

"那得先问问你自己，你觉得你最在意的是什么？"陈平反问道。

"这个问题我倒是想得很清楚，我最在意的其实就是两件事。第一，在新旧班子交换过程中不要出乱子。你知道这种老国营企业，现在班子里面的很多主要负责人，包括各个省公司的头头脑脑们，基本上都是原来总经理的人。原来的总经理因为经济问题被抓了起来，这个人在中国无线干了20年，在总经理这个位置上待了8年，根基错综复杂。所以，对他原先的旧部怎么处理？我想该撤的撤，该调的调，该降级的降级，该保留使用的谈话留用。这是一大难题，不过对这一点，我心里倒是有数的。毕竟我在机关干了这么多年，知道怎么跟体制内的人打交道。"张向民停了一下，继续说道，"我的第二件事呢，是恢复经济效益。自从原来的总经理被抓，公司被派驻工作组以后，这几个月，中国无线内部很乱，经济效益大幅下滑。今年的销售业绩指标几乎肯定是完不成的，但明年怎么办？如果局面不能快速扭转的话，今年的锅可以转到前人身上，明年我就得背这个锅了。这个材料你可以先看一下。"说着，张向民从随身的电脑包里取出几张纸递给陈平。

陈平接过来一看，是中国无线今年各个季度汇总的财务报表，以及各个主要业务板块的业绩占比和用户贡献度分析。陈平仔细地研读起几份报表，足足有20分钟没有出声。

高速列车呼啸着向前急行，这会儿正穿过一处隧道，整个车厢顿时暗了下来。陈平看完报表，把手上的几张纸还给张向民，站起身来走到车厢尽头的服务台，要了两杯咖啡，走回来递了一杯给张向民，说："要我说，我的建议就两句话：用新人走老路，用老人走新路。"

"怎么讲？"对方饶有兴致地问道。

"你看，中国无线有两万多员工，30家分公司，1000多个营业网点。主要的业务包括手机通信、无线上网、设备安装3个板块，整体业务情况是稳定的。我刚注意到，你的报表里有一个统计，就是所有员工的平均工龄超过5年，也就是说这些人基本上都在中国无线干了不短的日子，他们对于自身的业务应该都很熟悉。原来的班子烂，问题出在上面，不在具体执行和操作的一线经理和基层员工。这个时候要让业务能够尽快地回归正轨，需要从外面招聘或者调进来一批管理干部，作为新鲜血液充实进来。需要那么五六十位吧，具体数字可以再斟酌。这些人一是要有足够的行业经验或者企业管理能力，必须年富力强，以30多岁到40岁的人为主，这应该是最好的年龄段。他们和原先的班子团队没有纠葛，也不受那些坏习气的影响，给他们确定明确的奖惩责任制，让他们带队干业务，销售局面应该很快能够稳定下来，只要大的方向明确，各个业务线有人盯住，以目前的行业大盘发展趋势，中国无线年增长20%都还是很保守的数字。"张向民点点头，拿出口袋里的笔记本，认真地记录着。

"另外呢，老人走新路。无线网络的运用发展这些年一直是突飞猛进的，大多数的国营企业守着政府的金饭碗，缺乏奋进精神和忧患意识。远的不说，一个微信就已经抢去了你们无线一大半的手机业务。无线端有许多延伸运用，在这方面几大国营企业一直没有什么建树，例如无线端的即时通话、无线视频上传分享、基于无线的娱乐平台等等。这些方面你们的基础设施更为强大，内部也有很强的研发能力，中国的体制造就了许多一流人才沉淀在大型国企里面，可惜多被埋没。再加上你们有着几亿用户的天然市场覆盖，如果能够从现有的老员工内部孵化出若干个创新团队，专门致力于中国无线新业务的开发，我相信用不了很长时间，就可以见到新局面，那个时候呢，就不仅仅是你现在说的3块主营业务，可能是3+3或者3+5。你看看现在新科技运用方面出类拔萃的企业，几乎没有超过10年历史的。人家从零开始都能做出来，你们有这么好的底子，只要方向对，用好人才，突破不是大问题。"

"有道理。"张向民点点头，"你的意思是，拓展新业务恰恰要老人来做？"

"是的。因为只有老员工最了解公司的底细，知道从哪些地方寻找突破口，公司内部有什么资源值得开发。很多时候人们有个误区，说新人新思想，老人老方法，其实从管理上讲，这样的说法在大多情况下是错的。如果一个创新业务找新人来做，在中国无线这么一家大型企业，没有半年的时间，他连公司仓库的门朝哪边开都还没搞清楚呢。老人熟门熟道，只要大家把方向确定好，解决好授权机制和奖励机制，完全可以把内部人员的能量调动起来放大使用。"陈平接着补充说，"这里要特别注意从一开始就建立独立的业务单元，不要和现有的汇报体系混在一起，另外开一个炉子单独生火做饭，否则容易因为部门利益的纠葛耽误事。"

两个人说着话，不知不觉间，列车已经驶入泰安车站。

第二天上午，泰山登山步道，中天门。

陈平和张向民各自身着运动装，气喘吁吁地从石头步道走上来。"不行了，"张向民指了指前面中天门平台上的一张石桌，"歇会儿，喝口茶再走。"他一屁股坐到了椅子上，满头大汗，大口大口地喘着粗气。

"看来你还是锻炼得太少。"陈平望着肚子已经微微凸起的老同学，调侃着说，"瞧你这肚子，里面装了多少瓶茅台和五粮液。"

"你少挤对我。"张向民招呼道："老板，给我们来一壶茶。"陈平连忙从口袋里掏出一袋自己随身携带的武夷岩茶交给店主。

两人面对面坐下，边上三两结群的登山客陆续走过，无一不是呼哧带喘的。张向民喝了一口岩茶，说："好茶，真香哪，回头你送我两盒。"他接着感叹道："你看这么多人都喜欢爬山，除了运动和锻炼身体以外，爬山的确给人一种征服感。"

"你说得对。"陈平往茶壶续了开水，赞同地回应说，"我们人类作为一种动物，天生就有追求最好、发挥自己潜能的内在驱动，这几乎是一种本能，它贯穿于各个时代，各个行业。从政的希望能够当帝王、总统、总理、省长；经商呢，希望能够成为大企业家，名列富豪榜；如果你是一位网球运动员，自然也希望能够打成世界冠军。拒绝平庸是人类不分种族、不分肤色、不分年代的一个共同的特性。我们一方面羡慕休闲归隐的田园生活，但另一方面又以杰出为目标。"

张向民说："想想两千多年前，秦始皇不也就在这条路上，一步一步地往上爬，直到顶峰。"

陈平端起茶杯喝了一口，说道："我女儿明年大学毕业，最近在申请进入律师事务所当实习生。面试四轮，一轮一轮淘汰，到了最后终选环节被刷下来了。她很沮丧，跟她妈妈说，她再也不想干这个法律工作了，本来就很枯燥，费了这么多心力最终没有结果，她说她想清楚了，当律师没劲，即便进了律所，也是每天面对不同的客户，一个接着一个案子，没完没了的诉讼，没完没了的辩论。她觉得还不如当一名餐厅侍应生，或者外卖送餐员来得痛快。我跟她说，从事什么行业并没有好坏贵贱之分，但是任何行业都有优秀的，也有混日子的。做泥瓦匠能够做到鲁班那样的水平，也是人生的一份传奇。"

张向民点点头，说："哎，现在的孩子跟我们那一代是不一样的，想法太多。我儿子现在刚刚上了一年的大学，就说要休学一年，问他为什么，他说他还没想好下一步要做什么呢。哪像我们年轻的时候，好容易能够被大学录取，每天除了睡觉，恨不得把所有时间都用在读书上。"

"人的一辈子真的很短暂，你我现在都过了50岁，这种体会就更深。从娘胎里刚刚生下来，就好比贴着墙根一步一步地随着固定的时间节奏往前走。都知道前面的尽头是万丈悬崖，那是每个人人生的终点。可是当一个人小的时候，回头看自己走过的路子很短，前面还有一望无际的漫漫长路，你不觉得时间的宝贵，总觉得有大把的时间是可以挥洒的。等到过了50岁，突然间就觉得生命是如此地宝贵。这时候你看看前面剩下的道路，再回头看看你已经走过的，你发现前面的路越来越短了，但是没有人能够调整这个固定往前走的步伐节奏，这时候你一定有很强烈的紧迫感，恨不得一天当成两天使，多一些内容、多一份精彩。孔老夫子说五十知天命，真是精辟概括。现在你我都到了知天命的年龄，想想人这一辈子求什么呢？只要能吃饱肚子，剩下的就是实现自我。所以你现在转行去做企业，就是一个自我实现的好机会。"陈平知道他的这位老同学猛一下子要从机关行政部门调过去管理企业，心里还是有很多不安，便借着话题试图开导。

张向民说："我就不理解那么多贪官，你说你有占有欲，几千万、几个亿悄悄装进兜里，然后你整天忐忑不安，贪来的钱财更不敢用不敢花，那能有什么收获感？"

"可能每个人不一样吧。"陈平接过来说道，"依我看，人生最大的意义，就是在自己能力范围内追求极限。如果一生能彻底把自己的潜能调动出来，就是对生命最好的回报。一个长跑运动员，他能取得自己平生最好的马拉松成绩，一名射击选手连续 50 个 10 环命中，这就是自我实现，其他领域的界定或许不那么清晰，但道理是一样的。就像在政府机关干了 30 年，现在换一个轨道，让你去操盘一家企业，你能够把这家企业做得比前面 5 年 10 年更好，这就是最好的自我价值实现。更何况这还是为你今后在更高层面上的从政抱负奠定基础，所以你完全不用担心。"

"陈平，你是站在时代前沿的人，现在我们都在议论互联网改变生活，一家信息公司的市值几十倍于波音制造或者福特汽车，说说你的看法。"张向民换了一个话题。

"信息时代改变的不仅仅是人类获取知识和相互沟通的渠道，更重要的是，改变了人的视角。"

"视角？"张向民把老同学面前的茶杯添满，问。

"是的，千百年来，人类总是习惯于仰视和俯视，不论东方西方，这一点都是一样的，可以说它是几千年来人类从动物进化过来以后一直伴随社会进程的膜拜属性。崇尚权贵，对权力卑躬屈膝，反过来对社会地位和经济地位低于自己的人，则有一种鄙视和驱使的天然优越感。我大学主修历史，中世纪欧洲主教对信徒的奴役，庄园主理所当然地拥有佃农家女孩的初夜权，以及中国历朝历代皇帝可以随意杀人、丫鬟随处公开买卖，这些体现的不仅仅是地位财富的不平等，还有人们看待周围的视角：仰慕比自己高贵的人，看不上比自己低微的群体。

所以下跪是一种常态，几千年一直如此。自称奴才，奴才是什么？就是我是可以供你随意驱使的工具，我们之间根本不存在'平等'这个字眼。哪怕到了现代社会，有那么多明星被疯狂追捧，商场橱窗的晚礼服一定要摆放得高过人们视野的水平线，就是要制造一种仰视的氛围，让多数人觉得很难够着。"

"这一切的前提是封闭，神秘。"张向民插嘴道。

"是的，信息不通透，容易让人产生盲从，加上舆论的营造。你想想，几乎所有的独裁者，所有乐于被人追捧的明星，都很刻意要隐藏自己的动向和底细，因为一旦透明，人们发现你上厕所的姿势和别人并无两样，拉出来的屎尿也是臭的，光环就消失了。"陈平谈兴正浓，端起茶杯一口气喝完，"如今互联网时代，信息的透明、畅达和毫无传播阻碍，一下子改变了人们看待世界的角度，人类作为一个整体，有史以来第一次可以用一种平视的视角看待世界，看待周围的人和物，神秘感消失了，仰望的卑微和盲目服从也就渐渐淡化消失了，这才是时代文明带给我们最大的改变和进步。"

张向民点头认同道："这种视角的变化在各个领域都能明显感受到，以前我们以获取知识，能记住朝代更替年份、国土面积，或者若干个化学方程式而骄傲，现在一个网络搜索，10秒钟，所有的知识轻松获得，无须你死记硬背。那么在商业领域你觉得带来哪些影响呢？"

"有很多方面，例如从消费观看，人们更注重个性化消费，我认为好的就是好的，不会像上一代人那样人云亦云，一股脑儿跟风。从企业日常管理上说，有点子的人多了，命令式的管理方法越来越不好使了。"

"看来还是登山好啊。"张向民又喝了一口茶，"这里空气清新，舒展一下筋骨，脑子也清醒多了。从这里到玉皇顶，我们赛一把？"

"行，我让你10分钟，来，开始吧。"两人站起来，一前一后，加快脚步沿着登山道向上攀爬。

18

北京 凯盛办公室

新年过后，凯盛大中华区办公室的氛围突然变得有些紧张和微妙。

也不知从哪里传出来的消息，说是总部准备选拔并任命凯盛基金大中华区总裁。作为一家著名的私募基金，凯盛实行的是合伙人负责制。每个业务板块各有一位资深合伙人或者合伙人带队，由这名老大组建团队，负责所在地区该业务板块的投资业务。例如陈平现在是资深合伙人，是负责凯盛大中华区 TMT 团队的董事，康怡婷是凯盛合伙人，负责大中华区教育医疗板块。

凯盛内部的合伙人有 3 个级别，分别是初级合伙人、合伙人和资深合伙人。全世界 9 个国家十几个办公室，目前有 40 多个合伙人，其中 18 位资深合伙人，这是内部的业务职级和对应的待遇。除了这个合伙人阶梯以外，还有一个管理职务岗位，称为管理合伙人。管理合伙人更多是一个行政头衔，而合伙人、资深合伙人，则是业务职级的头衔，这就好比大学里有讲师、副教授、教授，也有系主任。

凯盛在每个国家设有总裁或总经理，是从合伙人中产生的，它的任职人员未必是资深合伙人或者管理合伙人，但是因为中国的地位实在太重要了，大中华区是凯盛全球业务除了美国本土以外，业务量第二大的国度。这么多年来，大中华区一直没有设立总裁位置，而是直接由凯盛全球创始人 Andrew 和集团 CEO Joe 共同直接管理。除了美国和中国，其他国家，例如德国、英国、新加坡、澳大利亚，凯盛在当地分别设有总裁或总经理，但大中华区总裁职位一直是空缺的。去年 11 月，凯盛创始人兼主席 Andrew 来中国检查工作的时候，有一天晚上和陈平在酒店的酒吧喝酒，Andrew 曾经向陈平透露，总部一直在考虑要任命一位大中华区的老大。因为随着中国业务的快速增长，凯盛在中国的 TMT、工业与制造、消费品、教育与医疗 4 个团队目前都已经初具规模，而且凯盛基金在中国如今已拥有 50 多个投资项目，累计在投的投资资金 80 多亿美元，是时候对整个大中华区的业务做一个整体的整合。而设立大中华区总裁，能便于协调各个部门之间的资源，对于提升凯盛基金在行业中的竞争地位，加大品牌影响力，显然有很多好处。Andrew 说的这些考虑，陈平是深有体会的。他印象最深的就是，由于各自为政，很多内部的人才被切割，效率大大削弱了，例如 EIR 团队、实习生团队。按照陈平的看法，都应该是做成一个共享的人才池，类似一个智库或者人才储备库，而不是像现在这样，分到各个行业的小团队里，导致的就是相互难以分享，如果教育与医疗团队需要找一个有行业背景的专家了解咨询，这个 EIR 恰恰又在消费品团队，那么就得向消费品团队借用，反之亦然。实习生就更不用说了，这些年轻人都具有很好的基础素质，但每个人到底适合于从事哪个专业领域还有待测试，原本可以通过轮岗的方式去双向选择，更好发挥年轻人的才华和潜力，但现在这个体制显然做不到这点。

那天 Andrew 就这个问题和陈平聊了近半个小时，他特意提到，对于如何选定凯盛基金大中华区的老大，董事会有两种不同意见。一种看法认为，大中华区太重要了，还是应该从美国挑选一位资深的凯盛老人来坐镇，也有人提出这个人选应该从中国本土产生。说到底，凯盛是一家全球视野，本地运作的基金。作为大中华区的老大，如果他不熟悉中文，不了解中国文化以及中国的社会环境，很难真正发挥作用。Andrew 说这句话的时候，用的是那种美国式的谈话方式，两眼直盯盯地看着陈平。

陈平是个聪明人，他大致明白面前这位凯盛大老板的潜台词。如果有机会能够坐上这把椅子，无论对他个人的职业生涯，还是对凯盛大中华区的进一步发展，毫无疑问都是有好处的。他心里也很清楚，这是他眼前可能争取到的一个绝好机会。和其他合伙人不一样的是，陈平来自实业界，有过 30 年的企业管理经验。所以要论对人的管理、对公司全盘运作的把控，他自信自己的综合能力要胜出其他几位现有的凯盛合伙人。凯盛大中华区除了陈平，唯一能够与他有竞争的就是威廉。威廉是一个美国人，在凯盛工作了 10 年。加入凯盛之前，他曾经是香港高盛的合伙人，会说一口流利的中文，对中国和亚太地区的市场环境十分了解。相比之下，陈平知道自己跟威廉的差距在于，对方算是凯盛的老人，而陈平加入凯盛满打满算，到现在还不到两年。在一个老牌的基金组织里，这样的资历还被认为是一个新人。近百亿美元的基金操作要托付到一个新人手里，换谁心里都会有些嘀咕。

记得那天晚上，两个人面对面坐着，聊这个话题的时候，基本上都是 Andrew 在说，陈平静静地听着，没有过多插话，只在末了说了一句："老板，我听您的安排。"陈平权衡再三，觉得不多表态就是最好的表态。

那次谈话之后，各个业务线的报告仍然按部就班地进行着，Andrew 和 Joe 也都没有再提起此事。

这两天，陆陆续续有一些传闻传到了陈平的耳朵里。听说董事会最后决定的意见，还是要从中国本土现有的合伙人里挑选一位作为大中华区总裁。陈平也知道，圣诞新年期间，威廉回了一趟美国，据说在纽约办公室活动了几天。用美国人的话讲，叫 lobby。

这边正想着，Tina 敲了敲门，走进陈平办公室。

"Hi, Chen。"Tina 打了声招呼，一屁股坐在他对面的椅子上，开口说道，"相信你应该都听说了，我估计接下来几天就会有最后的结果，你应该去走动走动啊。"

"你是指哪件事？"陈平一下子没反应过来。

"嗯，难道还有别的事不成？"康怡婷快人快语，"你看，现在凯盛中国百来号人近百亿美元的投入，确实是应该整合在一块。你是最好的人选，无论你的管理能力，你作为土生土长中国人的背景，你对市场的了解，还有你加入凯盛以来这段时间的业绩，都是可圈可点的。前段时间 HR 让 VP 以上的基金经理们对几个合伙人采取无记名全方位的打分评价，从结果上看，你的得分也是最高的，这些那几个美国大佬心里应该都很清楚。只不过凯盛终归是一家美国公司。美国老板们敢不敢下决心，把大中华区这么大一块业务交到一个中国人的手里，这就要看他们的悟性了。"

陈平站起身来，从边上的矮柜桌面拿了一瓶矿泉水递给怡婷，轻轻说了一句："我知道你是一片好意，也真的很感谢你。不过随它去吧，听天由命。"

"这个就是你的不对了，Chen。你看我在美国上学，最早加入凯盛的时候也是在美国。相比于其他中国人，我可能更了解美国人的思维方式。他们觉得争取个人利益，跟为自己所服务的公司去争取利益，道理是一样的。我还记得有一次，我那时在香港，是 Asso，面对凯盛年度优秀员工评比该不该自己报名去争取，我有些犹豫，那时候我给我的美国导师打了个电话，我导师跟我说：你不能全力去为自己的利益争取的话，那公司怎么可能相信你会全力地为公司争取利益呢？所以从某种意义上来讲，这个就是我们和美国文化的不同。我们从小被教育温良恭俭让、孔孟礼仪之道，但凡涉及个人名利、地位的，不应该自己去争去抢。您这一代人还有过'文革'的烙印，更是注重内敛和埋头做事。可是这恰恰跟美国人全力为自己争取一切机会的做派是格格不入的，他们觉得只要不犯法，我去争取个人利益的最大化，那是天经地义的。你没看他们连总统的竞选都是如此吗，就想告诉所有人，我比别人都优秀哦。"

"你老师的这句话说得好，是的，一个人如果不能全力争取自己的利益，又怎么能保证他会全力地为公司争取最大利益？这是一句值得记下来的名言。"陈平说着拿起桌上的本子，把这句话记下了。他有一个多年养成的习惯，碰到好的言论、句子，都会随手在本子上记下来。

"哎呀，你别光想着记下来这个，我今天过来要跟你说的是，你得有所行动，依我看，"康怡婷顿了一下，起身把办公室的门关上，回过头来，压低声音说，"凯盛全球，凯盛董事会，说白了就是两位老大决断的，Andrew 是创始人兼主席，以我的观察和了解，Andrew 一定是全力支持你的，但是 Joe 我就拿不太准了，你至少要争取让 Joe 不要反对。只要在管理委员会上你的提名报出来的时候，Joe 能保持中立，你的目标就基本实现了。因为如果 Joe 出面反对的话，以我对台上大佬们的了解，Andrew 也不会为这样的事情去跟 Joe 公开唱反调，毕竟在人员管理方面，CEO 的分量更重一些。目前凯盛基金的管理委员会一共有 5 个人，分别是 Andrew、Joe、CFO、法兰克福的 Durden，还有英国人 Bob，他是原来凯盛最早的资深合伙人，近期已经退休了。

这 5 个人组成的管理委员会，是凯盛基金的最高决策机构。"

"那你的意思是？"陈平静静地听着康怡婷叙述，脸色平静地问道。

康怡婷说："以我的分析，Bob 和 Durden 对这方面的决定十有八九不会发表意见，剩下就只有 3 个人，Andrew、Joe，以及 CFO Richard。Richard 主要是负责融资的，所以他更多的是跟 LP 打交道，我需要提醒你的是，威廉的老爸，在美国 LP 投资圈子里可还算是个人物，他跟我们的 CFO Richard 是否有关系这个你要考虑进去，因为 LP 的圈子太小了，大家都能串得上。我们假设说有某种关系的话，CFO 是否会倾向于威廉，那关键的一票就是 Joe。如果对于大中华区老大提名，主席和 CEO 同时倾向于你，别人也就不好说什么了，最怕的是主席和 CEO 两个人的意见不一致，这个事情就比较麻烦，有可能会被搁置下来，或者出现另外一个状况，这两个人选都不要，都放弃，再去选第三个人选。如果是那样的话，不仅对你、对威廉不公平，对凯盛大中华区的业务，也是一个灾难。但是，大佬们想问题有他们的角度，这个我还是有体会的。"在凯盛所有华人合伙人中，康怡婷是与美国同事打交道最多的一位，加上她早年在美国念研究生，又是在纽约加入凯盛，和凯盛各个层面的人都有较其他中国同事更为紧密的接触。

"你分析得很有道理，不过我确实不知道自己能做什么。"陈平说的是心里话，他本不是一个很善于琢磨人际的人，这些年下来，陈平一直是以业务能手、业务能力强著称的。

"我一时也想不到什么好的办法，就是要认真地提醒你，接下来这几天时间你要有所准备，至少要随时留意有关的消息，别只顾着待在办公室里看项目报告。我这边要是有什么动向随时和你沟通。"康怡婷站起身来。

"好，谢谢你。"

"那我们再聊。"

陈平把康怡婷送出办公室，回到自己的办公桌前，安静地坐下来，两眼盯着放置在办公桌侧面的一张照片。

那是 30 多年前，他大学刚毕业的时候和母亲以及外婆的合影。母亲郭玉洁是她最为敬重的人，过去几十年母亲受过很多苦。由于她的出身是福建龙溪著名华侨商号天一信局的后人，有着海外背景、资本家女儿、"臭老九"等多重身份，在"文革"期间多次受到冲击。50年代，母亲在厦门的正南大学护理系任教，"文革"期间被下放到农村务农，陈平和妹妹的少年时代，有多半是在乡下度过的。改革开放以后，父母的问题得到政策落实，母亲恢复教授职称，回正南大学一直工作到65岁退休，现在母亲已经是80多岁的老人了，与父亲一起住在厦门，偶尔回流传村的天一老宅居住，那是陈平外婆郭月从小生活的地方，母亲的童年时代也有许多时光在那座充满故事的老宅里度过。

"文革"结束后，1977年恢复高考，陈平那年夏天中学毕业，正在乡下务农，母亲第一时间把他叫回来，要求他无论如何要赶上高考这班车。陈平那时候还很不情愿，是母亲几乎强制地把他从农村的知青点拽回来的。因为这么一个举动，陈平的人生轨迹就此改变。

陈平足足发了10分钟的呆，拿起办公桌电话，吩咐秘书Cindy过来。

"陈总好，有什么吩咐？"Cindy拿着本子走进办公室。

"我今天下午是不是有外出的安排？"

"是的，今天下午按照计划，您2:00要去连连社交，然后下午5:00的时候，有一个正在跟进的投资项目的CEO到公司来和您有商务会面，6:00您安排和他一起晚餐。"Cindy熟练地回复道。

"这样，你把这两个活动推到这个礼拜五或者下周二吧，你看一下那两天哪天有空就插进来。同时你给对方打个电话，说我身体有点儿不舒服，今天下午要去一趟医院。"

"好的，没问题。老大，您身体真的不舒服吗？要不要我帮您联系诊所？"Cindy问道。

"不用，就是感觉胸口有点闷，想透透气。你跟司机说一下，让他开一部车到地下车库，把钥匙交给你就行了。我下午不用司机，我想自己开车出去转一下，吃完午饭就出发，你安排一下。"

"好的。"

"等等。"陈平叫住正准备出门的Cindy，"下午没有特别重要的事情，就不要打我电话。任何人问起，都说我去医院看病了。"

Cindy 望着陈平严肃的神情，刚想张口问点什么，还是忍住了，她使劲点了点头，说："了解。"

19

北京 北四环行车道

吃过午饭，陈平自己开着车，从国贸出来，上了北京四环线，一路向西朝香山驶去。中午时分，路上几乎没有拥堵，陈平把车速提上来，难得体验了一把驾驶的快感。陈平年轻的时候喜欢开快车，曾经和几位朋友一起特意到德国不限速的高速路段飙过车，这些年都在大都市生活，基本没有多少开快车的机会了。

香山是陈平在北京期间最喜欢的一处登山处。前前后后加起来，陈平来过这里上百次。他对从东门到鬼见愁的几条登顶路线途中要经过的每一个节点都非常熟悉。记得以前在线下零售公司任职的时候，陈平曾经发布过一个内部悬赏，类似擂台赛，任何员工从东门进入，爬山到达山顶的鬼见愁，只要用时在 30 分钟以内的，他奖励一只 Polar 牌的运动手表，记得前后有 6 个人完成这个目标，拿到了陈平赠送的手表。陈平个人纪录最快的时间是 28 分钟，不过那是十几年前的事了，以他现在的体能，正常情况下他可以用 40 分钟的时间爬到峰顶。

陈平今天爬山的速度比往常慢得多，他想让自己安静下来想一想。上午康怡婷说的那些话，对他有些触动。他知道自己应该能胜任凯盛基金大中华区总裁的职位，也知道这个职位对于个人自我价值的实现，毫无疑问是一个大的飞跃。退一万步讲，即便自己没有获得这项任命，凯盛大中华区有一个统一的主持人，对于基金的发展也是一件好事。如果是威廉来充当这个角色的话，以陈平这 1 年多来的接触，他觉得他的这位美国同事很专业，做事也认真，但总感觉到对方还是缺乏较强的协调能力。威廉喜欢直来直去，这是典型的美国风格，碰到不满意、不开心的事情他可以拍桌子，可以把协议的草稿撕掉，做一个投资人这或许不是一个大的缺陷，但是如果走上管理一个国家总体业务的领导岗位，陈平就不那么肯定了。基于他 30 年的管理经验，他知道管理最难的是怎么能够把不同性格、不同做事方式的同事、上司、下属糅合在一块。虽然说物以类聚人以群分，但管理的难度，在于能够把不同背景的人融汇在一起，创造出一加一大于二的产能。这一方面威廉的能力，陈平心里是有些疑问的。

康怡婷今天说到的如果提名时 Joe 的态度如何，很可能影响到人选的走向，关于这一点，陈平觉得怡婷的分析不无道理。自从加入凯盛基金以来，陈平对处理和两个老板的关系，一直是比较小心谨慎的。例如只要他向美国总部发邮件报告工作，他从来都同时发送给 Andrew 和 Joe。大凡工作上的事情，他几乎从不单独给他们中的任何一个人发邮件或短信，避免不必要的猜忌和误解。论这两个人的影响力，毫无疑问 Andrew 是最为核心的老大，他作为凯盛基金的创始人，从凯盛成立的第一天开始就一直在公司。Joe 在美国是公务员出身，加入凯盛之前当过美国财政部次长，对美国政商两界了如指掌，接触面极广，很善于抓住各种机会，对人的判断，也有他独到的见解。这几年，凯盛基金的日常管理，Andrew 已经慢慢往后靠，Joe 的作用越发明显。从陈平与这两人的关系上说，陈平最早是和 Andrew 接触的，入职前的面试和谈话主要也是和 Andrew 对接的，虽然说决定招聘陈平是 Andrew 和 Joe 两个人共同的决定，但他心里很清楚，Andrew 对自己的这种行业背景更感兴趣，是他力主邀请陈平加入的。

入职 1 年多来，陈平跟 Joe 面对面见面、开会讨论，前前后后加起来有 5～6 次，但至今好像还没有过私下一块喝酒聊天的经历，不像他和 Andrew，见面时总要一起在酒吧喝两杯，陈平还去过 Andrew 在上曼哈顿的家，与他们夫妇一起吃过饭。另外陈平也知道，凯盛大中华区的威廉不仅在凯盛已经待了很多年，而且威廉的父亲长期在美国金融界任职，行业内有很多关系，具体细节陈平不是很清楚，但他能感觉到，威廉的父亲是威廉的一座靠山。

陈平一边汗流浃背地爬着山，一边梳理着自己的思绪，不知不觉间已经登上了鬼见愁。他觉得自己还是没有理出个头绪来。最后陈平问自己，如果是威廉或者别的人坐上了这把中华区总裁的交椅，从最坏的角度考虑，他会不会被迫离开凯盛。他的判断是否定的，可能以后业务开展起来会受到一些制约，因为到现在为止，任何项目，陈平都可以自己拍板，最多就是给 Andrew 和 Joe 发个邮件报备一下。迄今为止陈平在所有项目上的决定，两位大佬都是全力支持，从来没有反对过。当年陈平加入凯盛的时候，在所有的入职条款里，陈平要求加上去的一条就是，他自己对 TMT 项目的投资拥有独立的决策权，包括调用资金的权力。这也是为什么在他刚刚入职的第一天，优惠网事件突发时他能够在 5 分钟之内调动 2 亿美元。至今，这个权力在凯盛基金大中华区是从未有过的，当时一下子就把所有人镇住了。那么如果来了一个新的大中华区总裁，毫无疑问自己头顶上多了一个紧箍咒，这个……陈平站在山顶，望着远处依稀可见的国贸 CBD 高耸的楼群，依然想不出更好的解决方法。

"那就不去想它了。"陈平自言自语道。从鬼见愁慢慢地经过后山往下走，下午温暖的阳光，晒得浑身软软的。

从香山返回，陈平回到国贸把车停好，去了地下一层的超市，自己买了一些日用品和两瓶勃艮第红酒。

走回中国大酒店的房间，陈平放下购物袋，连澡都没洗，就直奔健身房去了，在那里待了 40 分钟，跑步加动力单车，直到练得筋疲力尽，才回到中国大饭店的顶层套间，痛快地洗了个澡，叫了客房送餐服务，打开新买的红酒。

饭后，陈平看了一下手表，才 7:30。本来正常情况下，这会儿陈平应该还在办公室。他习惯每天晚饭后要工作两个小时，处理一些邮件和阅读报表。今天好像没有那个心情，于是他打开电视机，随意调台，选了一部电视连续剧，斜靠在套间的沙发上心不在焉地看着电视，不一会儿，房间的座机电话响了。

陈平本不想接听，觉得可能是宾馆打过来的服务电话。因为陈平是这里的 VIP 客人，宾馆经常有值班经理打电话过来，询问是否需要一些额外的服务，例如熨衣服、送附近影院的电影票等等。电话铃声响过几下停了，不到 10 秒钟，又再次响起。

陈平只好站起身来，走到侧面书桌前拿起话筒，话筒里传来一个清脆的女声：

"陈总吗？你好，这么晚了冒昧打搅您，我是淑英。您方便吗？我想现在跟您见个面。"

"现在吗？"陈平有些意外。

"是的，我刚刚一直打您手机，可是没有接通，后来我没办法就问了 Cindy 您房间的号码。我跟 Cindy 说有特别急的事，Cindy 就把您的房间号码给我了，请您别见怪。我现在就在饭店的楼下大堂。"

"好，那你等我两分钟，我就下来。"陈平放下电话，换了一件衣服往电梯间走去。他这才意识到刚刚健身时把手机调在静音模式，却忘了调回来，自己今天是有些恍惚了，这种情况以前很少发生。

一出电梯，陈平看见李淑英挎着一个手包，正站在大堂中央。他连忙走过去招呼道："Shirley 你好，找我有事吗？"对方点了点头。"那我们找个位子坐吧。"陈平准备往大堂咖啡厅方向走。

"不用啦陈总。您要不介意的话，我们到外面走走吧，就 10 分钟时间。"李淑英说道。

"那好。"陈平掉转了个方向，领着李淑英从侧门走到宾馆的后花园。

李淑英随着陈平刚刚走上宾馆花园的步道，便急匆匆地说："陈总，事情比较紧急，所以我才直接来找您。"

"你说。"陈平注视着对方。以他对 Shirley 的了解，这个新加坡姑娘如果不是万分紧急的事情，一定不会大晚上地跑到他住宿的酒店来的。

"是这样，我有一个在英国剑桥上学时候的同学，算是我的闺密吧，她是美国人，现在在 Visions Fund 上班。"李淑英开口说道。

"Visions Fund，是不是我们的一家 LP，中文叫维世？"

"嗯。"李淑英点点头。

陈平知道维世是美国的一家养老基金，也是凯盛私募基金的十几个 LP 之一。

李淑英接着说："就是维世，消费品合伙人威廉的父亲，以前曾经在维世任职，现在是另外一家 Fund in Fund 的基金董事，位置类似于凯盛基金的管理合伙人。我听我的同学说，威廉的父亲老威廉联系了他以前维世的同事，今天动身去纽约拜访凯盛 CEO 和 CFO，我估摸着老威廉这趟出门，跟他儿子威廉想要的那个位置有关，所以我就赶紧过来告诉您一声。"

陈平感激地看了对方一眼，问："Shirley，这消息可靠吗？"

"绝对可靠，我这个同学就在维世负责与各个基金的联系对接，维世合伙人的行程她都了解。本来我也不是特意要打听什么，我们闺密之间经常有联系，前段时间我提到我们凯盛大中华区可能要任命一位总裁。刚刚和她电话闲聊的时候，她突然提到这个信息，因为她也知道威廉在我们这儿。我把事情串起来，觉得他父亲这次特意叫上维世的老同事结伴去纽约拜访，有些不同寻常。想一想还是赶紧过来跟您说一声。别的忙我估计帮不上，就是通报一下消息罢了。"李淑英说。

"Shirley，非常感谢，这至少让我不至于像一个瞎子。"

"那好，陈老大，我找您就是这事，那我就先回去了。"李淑英准备告辞。

"要不要喝杯咖啡再走？"陈平邀请道。

"不了，我那边还有一大堆事，得回办公室去。"

"那你小心一点儿。"

送别李淑英，陈平感到自己身上那股子争强好胜的劲儿被激发了出来。这两天风言风语的各种消息，包括今天上午康怡婷跟他说的那些话，他虽然琢磨了半天，还是觉得应该听天由命，该来的就有，如果没有得到这个机会，也不至于是多大的损失。现在听到这个消息，说明对手已经在加紧行动，如果他一点儿努力都不去争取的话，很显然就会让一个机会白白浪费。况且应对竞争，迎战接招，本来就是陈平身上鲜明的个性，他决定要有所动作。

怎么做呢？

陈平从口袋里掏出香烟点着了一支，在宾馆的花园步道来回踱着方步。直接找两位大佬？不行，这显然不明智；拉票？不妥不妥，他入职时间还不算很久，管理合伙人的另外几位他也都还不是很熟悉；LP 那边找人捎个话？不，也不合适。

陈平清楚自己不是一个工于心计的人，这些年从事企业管理，更多时候他是以业务能手和富于建设性的经营智慧取胜的，怎么通过人际关系为自己争取有利，这种事对他来说有些茫然不知从何处下手，他来来回回独自在花园步道走了差不多半个小时，依然没有想出好的办法。

咦，突然间灵光一闪，陈平想到了一个主意。他连忙拿起手机，拨通了 Rachel 的电话：

"美女，还没休息吧？"陈平问道。

"没呢。刚吃完饭，正躺在沙发上看电视。陈老大有什么指示吗？"话筒里传来略带调侃的声音。

"嗯，这次真的有事要请你帮忙。"

"等等，我把电视关掉。"瞬间，话筒里电视的声音消失了。"你说，什么事。"Rachel 一副正经起来的口气。

"亚琴，我就直截了当了，我最近想做一点儿公关的事，是关系到我个人的。还记得你上回替我找过那个私人收藏手表的拍卖会？东京的拍卖品在北京的巡回展览？"

"哦，我记得。这个圈子我比较熟，因为工作的关系，我知道很多老板和投资界的大佬、高管们对于收藏品都感兴趣，所以我一直有留意这方面的动态。"Rachel 回答说。

"好。我想麻烦你抓紧帮我问一下，最近这段时间在美国，记住啊，只要美国，在美国有没有类似的私人收藏品的展览或者拍卖。要求是不对外公开，只凭邀请信参加的那种。"陈平说出了他的诉求。

"这个没问题，你知道我们公司在中国台湾、美国、日本都有办公室，这方面的信息大家都会随时互通，我马上帮你问。"

"好，那就拜托你帮我抓紧一下，我这事情比较着急。"

"好的，放心吧，有没有什么需要特别留意的方向呢？" Rachel 问道。

"方向，应该还是跟中国有关的吧，比如说中国的字画、瓷器，中国的古玉古玩，等等，西洋的东西就算了吧，我们感兴趣的还是跟中国有关的东西。"

"好的，明白，我这就帮你打听。听你的口气是挺急的，我也不多问为什么。现在是北京时间晚上 8 点多，我现在给中国台湾、日本和美国打电话，时间上都还方便，我争取明天中午以前给你一个初步的回复。" Rachel 一副干脆利落的口吻。

"好的，谢了。"

"嗯，客气了，我先挂了。"

20

北京 凯盛办公室

Rachel 果然是个办事很有效率的人，第二天上午 11 点多，陈平刚刚参加完一个内部的项目评估讨论回到自己的办公室，Rachel 电话就打过来了。"嗨，陈平，赶巧了，我帮你问到了一个特别好的机会，我估计跟你所要寻找的意向很吻合，这个应该是最合适不过的了，也是运气好，赶巧了。"

"好啊，你快说说。"陈平有点儿兴奋。

"是这样，我们中国台湾分公司给我消息，有一个原来蒋介石蒋中正的侍卫长，姓吴，他跟着蒋中正 30 多年，直到老蒋最后去世。老蒋去世以后这位吴侍卫长就和家人移居到了美国，四五年前过世。他的家人正准备张罗一场吴侍卫长生前收藏品的拍卖会。您也能估摸得到，他跟着老蒋 30 多年，肯定有不少好东西。拍卖会的收藏品主要有三大类别，一是中国的名人字画，包括张大千、齐白石等等，第二部分是中国的瓷器，主要是明清两代的瓷器，第三部分就是中国古代的青铜器和一些杂项。据说总共有 400 多件商品，初步的估值在 6000 万～8000 万美元。拍卖会在纽约举办，因为吴家后人不想过分张扬，就决定用私人拍卖会的形式，严格控制邀请人数，一共邀请 200 人现场参加，不接受在线竞拍。邀请参加的都是收藏界、实业界人士，同时还有 10 位全球著名博物馆的收藏买手，包括台北博物馆、纽约大都会、东京都博物馆等等。他们家人特别要求不做任何公开宣传报道，也不让委托的拍卖行对外公开这个信息。这点我能理解，你想想看，这些收藏大多数是侍卫长生前各路人马巴结他的，他的后人想把这些东西卖了变现，自然是希望做得低调。"

陈平一下子意识到这是一个绝好的机会，连忙说："嗨，Rachel，这个消息太好了，你能帮我找张票吗？"

"我已经在替你张罗了，费了点儿周折，不过现在已经帮你弄到一个位子，是我们台北办公室老大把他自己的票让出来给你的，我说是我最重要的朋友和客户，一定要他把位子让出来。不过这里有个条件。"对方迟疑了一下。

"你说。"

"是这样，因为是私人拍卖会，所以要求每一个确认参加的人，需要提前交付 20 万美元的保证金。这个保证金如果到时候因为有什么原因不能参加，只能退还一半。如果届时出席，不论是否竞拍，这个保证金全款原路返还，竞拍的钱也不从这个保证金扣除。"

"这个流程我了解，没问题。"陈平参加过几次私人拍卖会，知道这个惯例。

Rachel 电话里说："你要是确认的话，我就把这个位子留给你，你方便告诉我参加人的名字吗？或者你以后再告诉我也可以。"

"就现在吧，你有笔吗？"

"有的，你说。"

"参加的人名字叫 Joe Hosfield。"陈平把名字报了过去。

"好的，记下了。我这就帮你安排好，确认信回头由主办方发到你的私人邮箱。"Rachel 说道。

"太谢谢你了，Rachel，我欠你一个大大的人情。"

放下手机，陈平自言自语道："柳暗花明又一村。"他知道这是一个绝妙的方法。

两星期后，凯盛基金全球主席 Andrew 和 CEO Joe 联名发出一封内部邮件：

> 各位同事，经凯盛基金管理委员会决定，凯盛基金大中华区设立总裁职位，任命陈平先生为凯盛基金大中华区总裁，同时升职为管理合伙人，全权负责凯盛基金大中华区公司及北京、上海、香港 3 地办公室统筹管理和项目审批。

21

北京　凯盛办公室

陈平任职总裁后的第一场合伙人会议，周一上午 10:00 在凯盛基金北京办公室一号会议室举行。

陈平知道，自己当前首先需要解决的问题，是要对大中华区各个投资组和支持部门的架构做一次全面调整，进而更好地发挥年轻员工的积极性，同时抓紧对现有项目及时做一次清理整顿。

一号会议室是凯盛基金的主要会议室，所有的重要会议都在这里召开。会议室装潢得富丽堂皇。14 把椅子，全部是黑色纯牛皮手工制作，从意大利原装进口，这些椅子分列于棕色实木长条形会议桌四周，透着一股古典风格的豪华。陈平坐在主持人的位置上，放眼望去，凯盛基金大中华区的所有资深合伙人、合伙人、初级合伙人、行政总监，以及香港、上海两地的分部负责人，今天悉数到场。秘书 Cindy、PR 刘晓静在后排的位置上，拿着笔记本电脑正准备着做会议纪要。

"各位早上好。今天是我就任新职以后的第一次合伙人会议。"陈平环视场内鸦雀无声的人群，开口说道，"谢谢大家的信任，作为管理合伙人，我认为我的主要职责，不是自己投几个好项目，而是怎么支持帮助在座的各位，支持整个凯盛大中华区团队投出好项目，取得更好的投资回报。服务好大家是我工作的主要职责，希望在接下来的时间里我们能够更好地形成团队力量，也诚恳地希望大家能够全力支持我的工作。"

陈平停了一下，多年来主持会议的经验，他知道怎样把握好会议进行的节奏和讲话的语速。喝了一口水，陈平继续说道：

"今天我想讲3件事。第一，关于人员的安排。我们都知道，由于凯盛基金大中华区长久以来是由4个团队3个办公室各自为政，虽然每个小团队各有自己的风格和特点，但是整体的协调性一直有些问题，从现在开始，我们要形成合伙人例会制。每个双周一上午10:00，在这个会议室，是所有合伙人的双周例会时间，参会对象是所有合伙人、总监、公共经理、上海和香港的负责人，请大家尽量安排到场出席，上海、香港的两位负责人可以电话视频拨入，如果有个别合伙人出差不在北京的话，必须电话接入。这个双周例会主要是报告新项目的跟进情况以及现有项目的动向。请每位合伙人提前做好准备，每人10至15分钟的陈述时间。

"同时，我决定把基金公司现有的5位EIR和8位实习生，从各个团队里抽调出来，他们不再隶属于各个投资组，整合起来成为EIR团队和实习生团队。这两个团队，EIR团队由威廉负责统一管理，实习生团队由Tina负责。两个团队的工作内容，实习生采取轮岗制，原则上每个实习生在我们的4个投资团队里，至少应该轮岗两个行业，便于我们的实习生们掌握更多的知识，也让我们从更多的角度去考察实习生。这件事情从本周开始安排。麻烦HR发一个通知，请Lynn跟进一下。

"第二件事，关于我们投资团队人员的晋升。我们现在的做法是，从分析员，到Asso，再到VP，Principal，最后到初级合伙人，每个台阶我们现在是3年制。换一句话讲，一个最优秀的年轻人才，从毕业加入凯盛干起，一路走下来，到成为初级合伙人，最快也要13至15年时间。这种安排虽然说是行业的惯例，也是凯盛基金通常的做法，但在今天快节奏的时代，这样的熬年头，显然不利于我们更早更快地发掘和使用年轻人才。所以我跟美国两位老大报备了一下，从现在开始，凯盛基金大中华区每个职级的晋升时间改为 2+1 模式。也就是说，上述几个职级的任何一个台阶，工作满两年如果表现优秀，可以提前晋升到下一个职级，两年以后未获得晋升，在这个职级仍然可以继续工作 1 年，直到 3 年期满。如果 3 年期满经过评估，仍然不适合晋升的，公司将予以淘汰。实行这样的方式，一个大学毕业生进入我们的公司，从分析员做起，表现优秀的话，最快第 9 个年头就可以成为我们的初级合伙人，而如果从外面引进一个 Asso，他有可能用 6 年或 8 年时间成为我们的初级合伙人。这样做的最大好处就是避免我们合伙人团队的年龄普遍偏大。我们现在整个中国团队合伙人，包括初级合伙人的平均年龄是 43 岁，这个对应我们所投资的正在快速发展的中国市场，显然是不匹配的，尤其是 TMT、消费品、教育医疗，大量需要的都是年轻人才，他们对趋势发展的敏感度更高，动向更了解。基金应该尽可能地去发掘并且运用这些年轻的人才。今天在座的威廉是我们公司最为优秀的合伙人之一，他从大学毕业进入投行，后来加入凯盛，到现在 17 年的时间。即便如威廉这样优秀的人才，也要整整花 15 年时间才能走到合伙人台阶。如果时光倒退 20 年，这或许是合理的，但在今天的环境下，我们需要更快速地提拔新人，目标是让年轻的毕业生加入我们公司，能够用 10 年甚至更短的时间成为能够独立带领团队的合伙人。这是我今天要宣布的第二项决定。同样地，这件事情，也请 Lynn 和 HR 同事抓紧颁布并跟进一下所有的评估流程。评估的方法仍然不变，只是在时间维度上，缩短 1 年。

　　"第三，对现有项目的梳理。目前整个凯盛基金在中国的项目，我计算了一下，总共是 52 个项目，投入资金 83 亿美元。这 52 个项目里面，目前已经上市的有 7 个项目，准备上市的还有 10 个项目，剩下的都还在更早期阶段。还有近 10 个项目，我们已经投入 5 年以上的时间，没有什么进展。我希望对投资 5 年以上的所有项目，做一个专题报告，逐一分析，请各位行业老大梳理一下自己行业 5 年以上的项目有哪些，做一个详细的项目报告。我们接下来安排两次例会，逐一地把项目过一遍，该转让的转让，该追加的追加，该加强企业管理的加强管理，最后该停的也可以喊停。要把我们有限的时间、精力和资金用在我们认为可以脱颖而出的项目上面。这里特别要提到的一点就是，EIR 在美国凯盛扮演了非常重要的角色。我们的 EIR 不仅仅是充当投资经理们的顾问，更多的是能够深入到项目当中去，充当项目的临时 CEO、临时 CFO、临时 COO，尤其是在很多项目创始人经验不足、比较年轻的情况下，我们的这些经验丰富的 EIR，可以发挥很大的作用，就像刘剑锋这里的王总，原先是李宁公司的 COO，在制造业干了 30 多年，对于制造业，对运动用品、运动服装产业，那真的是了如指掌。这样的人才，我们要把他们用好、用足。

"另外，我顺便跟大家报告一下，我本人直接负责跟进的项目现在有 3 个。这 3 个项目呢，我将在今后的 3 个月逐渐转手给 TMT 的新同事，我本人将来不再直接负责任何具体项目，也不会参与项目本身的分红收益。今后如果有合适我的新项目，我还是会以投资人的身份参加。一旦这个项目投入以后，我在这个新项目上维持 6 至 12 个月，之后我会转给别的同事。"

陈平最后的这段话，大大超出在座所有人的意料，因为按照凯盛的利益分配，合伙人负责的具体项目，其本人收益可以占到基金 GP 方项目收益的 6%～8%，剩下的则由凯盛 VP 以上投资人按不同职级和年资比例分配。虽然说作为资深合伙人，陈平参与利益分配的比重高于其他低阶的合伙人，但如果陈平本人把自己的项目收益贡献出来，就意味着他在这个项目上的个人收益没有了，两者相抵，陈平的收入未必会增加。陈平显然看出了各位的顾虑，他解释道："大家放心，我饿不死的，更何况我既然坐到这个岗位上，我的责任就是让大家有肉吃，只要每一个人的碗里有足够多的肉，那我再从每个人的碗里抠一块肉也就够我吃撑了。"

陈平的这个表态，让在座的人对这位新任总裁多了几分敬意，尤其是威廉，他本来是很想得到大中华区总裁这个位置的，当他得知陈平升职的消息时，心里有些不爽。今天陈平刻意地把 EIR 的管理权限划归到威廉名下，客观上算是给了威廉一个小小的礼包，也比较巧妙地平衡了这层关系。

"还有最后一点。"结束讲话之前，陈平停顿了一下，说道，"我有一个小小的要求，叫作报忧不报喜。什么意思呢？就是各位你们所负责和承担的项目，有任何好消息，你们可以自己消化，自己分享，也可以在例会上跟大家报告，你们各位行业老大自行把控。但是如果出现坏消息，那么一定要在第一时间告诉我，Lynn，还有 PR 的刘晓静，我们几个人必须在第一时间掌握对项目不利的任何信息，包括负面新闻、什么绯闻、公司财务状况出现漏洞等等。坏消息是不能等的，更不会自动消失，我希望能够改变以前职场上习惯的报喜不报忧的做法。反过来，我要请各位报忧不报喜。功劳是你们各自的，出了问题大家一起来承担。需要扛炸药包的话，我来跟大家一起扛。这是我的职责，也是我今天作为大中华区总裁给每个人的一份支撑。"

会议结束后，陈平走到康怡婷的办公室，递给她一块古董的劳力士女表。

"送给你的。我的一点儿收藏爱好，跟你分享一下。"

"哈，谢谢老板，听说您喜欢收藏古董手表。"

"一点儿小爱好。"陈平顺口说道，他其实是想借这个方式，对康怡婷在争取大中华区总裁事情上给予的提醒，含蓄地表示一点儿谢意，但又不想把话说得那么透。

双方坐下来，陈平开口说道："Tina，我想跟你商量一点儿人事上的事。"

"您说。"

"你看好石磊吗？"陈平直接问道。

"石磊我还算了解。基本面不错，人很聪明，就是有点儿自负，做事比较粗心。怎么，您有什么想法？"

"我想把石磊挪一下，让他到你这里来，还是做他的初级合伙人，向你报告。你可以试着把日常的一些管理工作，由他替你分担一些，便于你下一步的发展。何况 TMT 和教育医疗本身就比较近。"

"这个倒是，我对这个安排没有什么意见，而且我是女的，跟他配合起来相对比较容易一些。"

"好，谢谢你。不过呢，我给你一个人，就得同样向你要一个人。"陈平用平静的语气说道。

"我就说呢，您一上来就白送我一个人，我正在纳闷哪会有这样的好事。您说，看中谁了？"

"淑英。"

"您的眼光的确毒辣。"康怡婷笑了起来。

"你先说说你怎么看淑英？"

"淑英身上有我当年的影子，泼辣，风风火火，而且她是新加坡人，既熟悉中国文化，又没有我们本土中国人身上的那些虚情假意的东西，做事非常职业，是一个很有前途的苗子。她现在差不多在 VP 这个岗位干了 3 年。"

陈平询问道："我想把她直接提拔为初级合伙人，到 TMT 来独当一面，你觉得呢？"

"能力上没问题，只不过你要从 VP 跳过 Principal 直接进 P？"康怡婷有些疑惑地问，稍微熟悉私募基金人员架构的人都知道，这可是一个天大的台阶。

"是的。TMT 需要一位合伙人职级的人来领导这块业务，正好石磊走开了，这个位置就空下来了。现有 TMT 团队内部，我觉得还没有一个人能够胜任这个位置，胡进倒是有可能胜任初级合伙人的角色，但还需要历练一段时间。如果你支持的话，我想把 Shirley 直接晋升为初级合伙人，调到 TMT 团队。"

"这可是一个天大的好消息，我为她高兴，我支持你的这个想法。"康怡婷表示道。

"好，那我们不谋而合，不过淑英的这个消息还得你来提议，由你出面跟她本人说。因为这是破格升职的好事，而你是她的带队老大，所以这个功劳应该归功于你。"陈平很认真地说。

"干吗归功我啊，是你提议的，再说你是大中华区老大。"康怡婷似乎有些犹豫。

"我是老大，但我就是一个支持的角色，你们每个人都做好了，我就没事干了，那不就轻松了吗？"陈平说得很坚决。

"美国那边呢？"

"美国那边的两个大佬我来疏通，估计问题不大，你先提动议，我来往上面推进，一旦确认，我第一时间告诉你。"

"好的。"康怡婷感叹地说，"我觉得你今天会上的这些安排很好。以前吧，我总觉得凯盛基金好是好，就有一点，你知道我们怎么说来着？资本主义制度下的大锅饭。就是大家都在这边混年头，不生不死的。凯盛基金本身是一个老牌号，有钱有实力，待遇也好，大家在这边反正使个六分七分劲就行了，真正玩命干的还是少数。"

"是的，所以我才想到，像淑英、胡进这些比较年轻的同事，要大胆地把他们用起来，让他们去挑大梁。当然了，也包括你。"陈平故意点了一下。

"我不年轻。"

"你怎么不年轻？你看跟谁比了。你要跟我比的话，你得叫我叔叔才是。好，那就这么说定了。哦对了，我再次提醒你，回头你跟淑英说的时候，千万要说是你的提议，不能说是我的主意，记住了哦。"

"好吧，我听你的。"

陈平站起身来，和对方握了握手，转身走出办公室。他要抓紧时间写个邮件，把这几个人选的安排跟美国的 Andrew 和 Joe 做个确认，以便尽快推进新的组织架构。

22

北京凯盛　陈平办公室

两星期后，北京凯盛办公室。

陈平坐在自己的办公桌前，两手在笔记本键盘上敲打着，正处理几份被投公司的邮件。桌上的电话响了，陈平拿起电话，是赵慧玲。

"陈总，您好，我是 Lynn。我想约您 10 分钟时间，您什么时候有空？"

"你现在过来就可以，我一个人在办公室。"

赵慧玲走了进来，递给陈平一个有机玻璃的奖牌。

"这是什么？"

"祝贺老板。这是《财富》杂志社评选亚太地区年度最佳私募基金，今年这个奖颁给了凯盛大中华区，这是我们第一次拿到《财富》杂志这么有影响力的亚太区大奖。我是上个礼拜代您去参加的颁奖典礼，还有 20000 美元的奖金。"

"这是一个好消息。"陈平说，"奖金就找个时间搞一次聚餐大家好好地搓一顿吧，千万别忘了上海和香港的同事。最好等我们有哪个合伙人去上海和香港出差的时候，由合伙人出面代表公司，跟大家一起吃顿饭。"

"好的，老板，还是您想得周到。"Lynn 把奖牌放到边上的柜子，转过来，说，"我今天找您呢，主要是怎跟您商量一下，您秘书的事。"

"秘书？"陈平好像一下子没反应过来。

"对啊。你出任凯盛基金大中华区总裁以后，您秘书的职位一直还空缺着，都是 Cindy 在顶着。您看您有没有准备把 Cindy 调过来，还是另外招聘一位？"

陈平想了想，开口回答道："Cindy 还是在原来的岗位上比较好，她和 TMT 团队彼此都已经很熟了，我把她抽出来，再给 TMT 配一个新人，团队也会比较生疏，而且李淑英刚刚到 TMT 不久，最好不要影响她和团队的正常工作开展。"

"那我们就给您安排一位新人。您有什么要求吗？或者看中了公司内部的哪个小姑娘？"Lynn 问道，"具体的要求您先跟我说一下，我来负责跟进。"

"要求嘛，就是那些，你也都知道的，嘴巴要严，做事要细致，手脚勤快，比较好的英文基础。我再加上一条，不能过于张扬或者轻浮的个性。不过，"陈平想了想，招呼还一直站着的 Lynn 在办公室沙发上坐下，自己也面对着对方坐定，思考着，"Lynn，我觉得我不需要一个专职秘书吧，貌似也没有那么多的事情。"

"老板，您这话说的，您是凯盛基金大中华区的总裁，这么一个大佬级的人物，没有一个秘书哪行啊？再说，会议的议程安排，您每天的时间协调，一大堆您出行管理上的事情，总得有人跟进啊。过去这段时间其实一直是Cindy帮您招呼着，我觉得那只是一个权宜之计。"Lynn有板有眼地说道。

"这倒也是。等等，你让我想一想。咦，有了，咱们现在还在公司上班的有几个实习生？"陈平问道。

"现在还在公司的实习生一共6位，北京办公室有4个，上海有两个。"

"Lynn，你看这样如何，你把在北京的那4个实习生挑两个给我介绍一下。我跟他们都见过，但是一下子名字还真的就想不起来了。"

"嗯。"Lynn想了一下，说道，"有一个叫朱羽然，是一个女生，北大金融系的。这个孩子大家一致评价都很不错。金融知识基础扎实，逻辑思维能力强，做事特别认真不马虎，分析报告也写得好。而且更难得的是，她特别地刻苦，也经得起委屈。上次好像一件事情她的指导经理错怪了她，她自己都没有抗辩。过了好长一阵子她的指导经理才反应过来，那件事不是她的错，小小年纪能够有这种容忍度真的不容易。另外一个叫陈颂，也是女生，清华的硕士生。从小就是从双语学校一路过来的，父母是海归，一样具有很好的分析能力，还特别肯钻研。"

"你说那个朱羽然是不是那个个子高高、比较瘦的那个？"陈平搜索着自己的记忆，好像Cindy提起过这个人，有一次扫街市调的事她吃了些苦头。

"对，挺瘦的，估计也就是100斤的模样。"Lynn点点头。

陈平说："你能让HR给她布置一个作业吗？不要说是我安排的。作业就这么一个题目。"陈平站起身来，走到自己的办公桌前，拿起桌上的笔，在纸上写了两行字，递给赵慧玲。"就这个题目，只需要500字。等她写完提交以后，你打印一份交给我。"

"好的，老板，您有什么打算呢？"

"嗯，我是这么想的。这个我们俩先讨论一下，还不是最后决定。你建议说我需要一位秘书，确实有道理，总得有个人帮我协调一些事情，但是如果安排一名专职秘书，我觉得很浪费。所以我在想，有没有可能从我们的实习生里面选一个人到我这里来，职位不叫秘书，叫业务助理，她协助我处理日常事务的同时呢，还兼着 Analyst 的工作。这样的话，既不会影响本人往投资的专业方向发展，又能兼顾我这边的日常事务，时间分配上，我估计是三七或者二八开，我真的没那么多需要别人帮我张罗的事。当然，这个角色需要能够在两个不同性质的工种之间灵活切换，助理的事情杂、不固定，分析员的任务单一、专注，这就看具体人选是否有这个意愿。不过我觉得，如果是一个有志向的年轻人，她应该能够接受这个挑战的。"陈平说出了他的想法。

"那当然好了，"Lynn 赞同地说，"如果能够有机会一走出校门，就直接成为凯盛基金大中华区的总裁助理，那履历可是漂亮得很，哪个年轻人都巴不得有这机会。要是把这个位置当成门票，我直接就能卖出 20 万来。"Lynn 和陈平相互熟络了，便随口开起玩笑。

"漂亮的履历只是包装给人家看的，说到底，她自己还是要有真本事才行。其实我这么想，最主要是觉得不要去设一个并不饱和的岗位，人员精简才是最重要的。"

"好，那我就按照您的意图去安排。我把作业布置下去，看她做得怎样，我再交给您过目。"

"记住哈，千万不要透露说是我布置的作业，免得小姑娘紧张。"

"老板，您这个不露声色的套路从哪里得来的？当年您加入凯盛，就和大伙儿玩了一次便衣渗入。"Lynn 说道。

陈平笑了笑，突然想起来，开口说："对了 Lynn，你刚刚说到 Cindy，这个秘书确实很优秀，而且她在我们公司应该是做得比较久的了。"

"对，"Lynn 点点头，"Cindy 在凯盛已经干了 6 年，是现有 4 个行业团队里资历最老，也是表现最突出的秘书。"

"你看是不是可以给她做一次特殊的调薪？"

"这个没问题，老大，您拍板就行。"

"嗯，还是要跟李淑英打个招呼，毕竟现在是她管理的人，但 Cindy 原来在我下面干过，我还有一些话语权吧。"陈平斟酌道。

"看您说的，您觉得要调整多少呢？" Lynn 问道。

陈平想了一下，说："我的建议是 30%。你找淑英商量一下。如果淑英同意的话，我们就按照这个来处理。"

"好的，我今天就落实这两件事。"

"谢谢 Lynn。这个奖牌造型好精致啊。"

一个礼拜后，朱羽然成为陈平的行政助理，同时兼任 TMT 投资团队重点专题的分析员。

23

北京 凯盛办公室

一转眼，李淑英转调到 TMT 团队已经 8 个月了，6 个月前，经纽约总部批准，李淑英升职为凯盛初级合伙人。

这几天淑英的心情很郁闷，整整有一个星期，她连平常每周 3 次的瑜伽锻炼课都心不在焉的。

一切的起因就是海天科技。海天科技是她转岗升职后主持投资的第一个项目，由李淑英本人负责。该公司设在广州，是一个从事在线出口的贸易网站，创始人名叫朱鹏发。朱鹏发原来做过十几年的 B2B 外贸出口，应该说在这个领域还是有经验的。他把原先的班底做了一个整合，主要面对欧美市场，出口中国南方沿海省份外贸工厂生产的家具、儿童玩具、居家用品和小五金工具。凯盛基金是在公司的 C 轮融资进去的，投了 2000 万美元。当时做项目评估的时候，凯盛团队觉得，中国是世界著名的加工制造中心，中国的外贸出口走线上跨境零售是一个全新的尝试，在这条赛道上有很大的上升空间。加上背景和尽职调查做下来，创始人与他的团队都有多年的行业经验。这个项目在内部讨论的时候，TMT 团队内部是有一些不同意见的，陈平曾经从侧面提醒说，创始人团队都是一些做传统贸易出身的人，他们对互联网的用户获取以及线上的营销缺乏经验。李淑英坚持认为这是一个可以做的项目，所以大家也就没有太多反对。毕竟这是李淑英转到 TMT 团队自己主持的第一个项目，陈平也抱着多鼓励多支持的态度，认可了这个投资。

没想到凯盛投资半年多来，情况发生了变化。先是国外的电商巨头，例如亚马逊、易趣网都纷纷开辟专门针对中国供应商向海外个人用户销售的频道，这些国外大型网站，在欧美地区拥有海量用户、成熟的运作模式，以及良好的市场营销能力，一下子把海天国际原先刚刚建立起来的几百万用户抢走了一大半。同时在内部管理上，海天科技拿到凯盛的投资款以后，立即在美国的旧金山、加拿大的多伦多、意大利的米兰，扩建了 3 个大型仓库。同时把国内准备销往欧美市场的产品集中海运几十个货柜，储存到当地的库房。按朱鹏发的意思，他觉得现货供应可以大大缩短用户订单的送货周期，也节省每个小订单单独发往国外的快递成本。这个逻辑听上去是对的，但是如今订单量继续下滑，导致的是海外 3 个库房租金和日常运营成本开销巨大。库存商品严重积压在海外，公司面临严重的资金周转困难。目前公司账上只剩下不到 200 万美元，勉强还可以维持 2 至 3 个月的运转。本来按照凯盛基金的投资惯例，对于 C 轮项目的后续融资，他们是会跟进的。但是海天科技当下的运行状况，淑英和她的团队实在不敢再往里头扔钱。为这件事情，李淑英找过陈平，陈平给她的建议是让她直接找创始人团队沟通一下，做一个 Down Run，就是公司估值做一次内部贬值处理，在这个基础上，凯盛可以适当小规模地追加投资，先帮助海天渡过眼前的难关。上一轮凯盛基金投入 2000 万美元，获得了 20% 的股份。这次如果对方能够接受用上一轮一半的估值，凯盛还可以再投入 800 万美元，以此再获得 16% 的股份。前提是海天科技的团队，必须在运营的策略上有一个大的调整，同时接受凯盛基金派遣 CFO 或财务总监，负责监管公司的财务收支。李淑英按照这个口径跟海天公司沟通了两次，为此她还特意到公司位于广州的总部逗留了 3 天。但是对方显然不愿意接受凯盛的这个 Down Run 方案，认为在估值上至少要和上一轮持平，也就是行业所说的 Flat Run，而且也不同意凯盛派人介入海天科技的财务管理。从某种意义上讲，这就把凯盛逼到了墙角。因为海天科技现有的 3 家机构投资方，凯盛投入的资金量是最大的，另外两家加起来也就只有 300 万美元。最让李淑英受不了的，是海天科技的这个朱老板时常有一些非常轻佻的动作，每次跟李淑英见面，对方总喜欢捏捏她的肩膀、蹭蹭她的胳膊。好几次还表示想约李淑英一起去唱卡拉 OK。李淑英做了这么多年的职业投资人，一路走过来，各种各样的老板也见了不少，像朱老板这样公然对商业合作伙伴提出性暗示甚至性挑逗的，她还是第一次碰到，本能地非常反感。但李淑英实在不愿意接受在这个项目上退出认赔。一方面 PE 公司通常投入的资金量都比较大，对失败项目的容错力远远不像早期的风险投资。早期风投是广泛撒网，而 PE 更多的是集中精力做几个项目，尽可能减少失败率，因为一次失误可能就要背负很重的财务负担。再者，这是李淑英转到 TMT 团队出任初级合伙人后的第一个项目，如果做砸了，势必对她今后的职业发展，有很多不利的影响。

当海天科技拒绝李淑英的提议，淑英向陈平汇报这件事的时候，陈平倒是建议她考虑就此打住："该认赔就得认赔，把精力节省出来用到其他项目上，做出更优秀的业绩表现来弥补这个空洞。"李淑英实在很佩服陈平的这种豁达和胆识。经过几次大家一起讨论项目的取舍和跟进，陈平的商业判断力和处理事情的推进能力都让她深感折服。她也明白，说到底自己还年轻，不像陈老大经历过很多风雨，遇到挫折可以举重若轻，李淑英还是不愿意就此罢手。

凯盛基金大中华区在陈平的领导下，短短 1 年内，已经有几个项目脱颖而出，整体的收益水平还是相当可观的。对李淑英来说，她从小就有一股不服输的个性，更有一种做事要一鼓作气的劲头。如今要半途而废，她一直觉得说服不了自己。讨厌的是，这个项目如果继续跟进下去，不仅淑英和团队内部负有项目的业绩表现和财务数据的压力，更重要的是，她实在不想跟这个朱老板再打交道。今天中午，李淑英收到美国总部发给大中华区所有合伙人的邮件，说凯盛基金全球 CEO Joe 两个礼拜以后要来中国考察，要求每个合伙人提前把手头的项目都准备好，到时候 Joe 将要和每个合伙人一对一讨论。李淑英负责的 TMT 团队目前全部加起来，大概有 12 个项目。比较麻烦的项目有 3 个，其中李淑英最头疼的，正是这个海天科技。

李淑英在办公室望着天花板发愣，就这么一动不动地呆坐了半个小时，决定还是要找老大陈平聊聊，再听听他的意见。她把装有海天科技的材料文件夹拿在手里，走到陈平办公室，陈平正在打电话，示意淑英先坐下。

"好的，对，对，行，那你那边也先准备一下，到时候我们一起去机场接他吧，嗯，回头见。"陈平放下电话解释道："是威廉，他在出差，我跟他通了一个电话，安排 Joe 的中国行程。"

李淑英点点头，说："老板，我还是想就海天科技的事情来找您聊一聊。"

"好的啊，来，坐下慢慢聊，有什么新的进展吗？"陈平递给李淑英一瓶矿泉水。

"没有，我就是这里卡住了，想不出什么好的招数，但又不甘愿认输。"李淑英指了指自己的脑袋。

陈平宽慰地说道："淑英，我觉得你在这件事情上有点儿钻牛角尖，陷进去了拔不出来。你知道我们做投资的，就跟打仗一样，没有百战百胜的常胜将军，总有失败的时候。论投资的经历我不如你丰富。但是，我这么多年在企业管理中碰到的问题，总结出来最重要的一点就是，在还有可能挽回败局之前，我们尽我们的所能去努力。但如果我们判断这一战败局已定，我觉得还是应该及早放弃。我还是那个看法，有限的精力，要集中在我们认为最有价值的项目上面。至于你所担心的脸上挂不住的事情，这个我可以帮你托着点儿。没事，我是个老江湖，脸皮要比你小姑娘厚得多，也不用涂粉。"陈平说完开怀地笑了起来。

李淑英被陈平情绪所感染，也笑了出来，说："老板，能不能跟我分享一下，您这么多年最惨的走麦城经历是什么？"

"那多了去了。我就给你讲一个例子。2003 年的时候，我还在管理线下零售，我们在青岛看中一块地，来来回回讨价还价将近半年的时间，最后决定把这块地皮买下来，我们要在这里盖一个青岛市最大的购物中心。合同签了，买地的钱花出去了，设计图纸做好了，当地的团队也开始招聘人，工程队入驻了。"

李淑英静静地听着。陈平停了一下，仿佛他自己也回到当年的那个场景中：

"地基开挖以后，所有的土建、市政管道、电力扩容，各队人马都热火朝天地干着。开干3个礼拜后，现场工程队的总监来电话告诉我，他们往下挖着的时候，突然发现地下有国防电缆。我当时就傻眼了，国防电缆，这都是有明确标志的，为什么购地时各种图纸、文件，都没有告知呢？总而言之，这个地是不能挖的，国防电缆，法律上明文规定禁止触碰，而我们要盖的是5层楼的购物中心，以及配套的高层写字楼，这样的建筑设计不深挖地基根本不行。怎么办？当时公司内部有两种意见，一种意见认为我们把5层楼改成两层楼，做成一个轻便型的购物中心，这样还能勉强地把房子盖起来维持住这个项目。我持反对意见，我认为这就是我们的教训和学费，我们就得承担。如果盖成一个不伦不类的卖场，日后无论是扩容，还是整个商圈的后续经营，都会出现大问题。于是我就向董事会承认失误，因为我是公司的运营总裁。报请董事会批准后，我们立即停止一切建筑施工，扣除前期的投入，再把这块地皮贱卖给别的公司。因为这个时候大家都已经知道下面有国防电缆，所以地价卖不上去。我们一共亏了有1亿多吧，我自己罚了半年的薪水。"

"那你那个时候的反应是什么呢？"李淑英好奇地问道。

"反应很强烈啊，我足足有1个多月，澡也不洗，饭也吃不香，平常的锻炼也不去。每天开起会来也都是无精打采的。倒不是心疼自己的那点儿罚款，那是我自愿受罚的。我是绕不开这个结：自己从事管理多年，怎么能这么蠢？直到有一天老板把我叫去他家里，喝了一顿酒。我跟了他那么多年，这是第一次他邀请我到他们家。喝酒的时候，他就跟我说了一句话。他说，你们都是读过书的，肚子里装了很多洋墨水，不是有一位管理名家叫卡内基的说过一句话吗？叫作不要为打翻的牛奶哭泣。老板是军人出身，只上过初中，他比我大15岁。那一瞬间，我豁然开朗。其实人最重要的不是失败或者犯错误，而是面对挫折，如何重新来过。自己要告诉自己，再好的演员也有演砸的时候，再优秀的管理者也有失算的时候，再精明的投资人也有看错项目的时候。我今天跟你说这些，就是想告诉你，自从我进入投资界，我就只相信一句话：做出了的决定，就不要再为自己曾经做的决定纠结，往前推进。如果事实证明它是一个错误决定的话，那就只能靠下一次做出更好的决定来弥补它。你们都在称赞我刚加入凯盛第一天投优惠网的事，我告诉你，当时我心里的压力很大，那可是我入职的第一天啊，就要做出不合常规的投资。我最后是这么说服自己下这个决心的：万一失败了，拿出下一个胜利来弥补。"

听了这话，李淑英眼前浮现出两年多前，陈平刚刚加入凯盛基金第一天操盘买入优惠网的事，那件事在凯盛内部，几乎都成了经典般的传奇，她认同地点了点头。

"我听说那个姓朱的老板还经常毛手毛脚的？"陈平问道。

李淑英诧异地看了陈平一眼，说："这种事您也知道？我可从来没有跟任何人提起过。"

陈平笑笑，没有直接回答淑英的问题，转而说道："本性难移。如果这个人有这种臭毛病的话，他不仅仅对你，对他手下的员工、商务伙伴，还有别的投资人，也会有类似不礼貌的挑衅。"事实上，陈平已经通过格时猎头卓亚琴那边得到了一些消息，包括侧面了解了朱鹏发个人以及他的现有团队，不过他今天不想太多地谈这个。见李淑英还是有些担忧，陈平交代说："Joe 两个礼拜以后就过来，你向他做项目Brief 的时候，TMT 的 12 个项目按投资金额和时间顺序介绍。Joe 重点要了解的是目前有问题的一些项目，你把另外两个项目跟进情况如实地做一个汇报，海天这个项目你就一句话带过，你就说我交代了这个项目接下来由我本人来跟进，你不用细说。"

李淑英点了点头，犹豫了一下还是张口问："老板，也许我不该问，但您准备怎么说呢？总不能要您替我来背这个黑锅吧。"

"大中华区的所有项目，最后的责任人说到底都是我，因为每个项目最后签发的人是我，更何况这是 TMT 的项目，准确地讲，TMT 也是我的娘家。我人在其位，就得谋其政。"陈平心里已经开始在盘算如何处理海天项目的后续事宜，如果实在找不出突破口，他也想好了要怎么跟 Joe 解释，无论如何他不会让李淑英承担这个责任。因为他知道，对于一个刚刚被提拔为初级合伙人的年轻人来讲，第一炮没有打响，对她今后职业生涯的影响有多大。

李淑英谢过陈平，从座位上站起来正准备离开，陈平交代了一句："淑英，你现在就可以回复海天科技，告诉他们凯盛不准备做任何追加投资，把这个态度跟对方表明了，同时你留意一下朱老板他们资金的变化情况。等到他们的流动资金少于 100 万美元的时候，你告诉我一声。按照他们现在的消耗量，除非有新的资金进来，我估计最多也就是 1 个月的时间，他们就到临界点。"李淑英点了点头。

24

北京　郊外农庄

北京东郊，虽然与市中心只有 30 公里的距离，但这里的景色和高楼林立的北京国贸商圈全然不同，眼前除了四周绿色的苹果园，就是这栋带有点西式风格的两层建筑。

Joe 是这个周一来到中国的，几天下来，他与所有合伙人一对一地过了一遍现有的项目，重点了解问题型的项目，果然问到了海天科技。这天傍晚，陈平在北京东郊一家意大利农庄设宴招待 Joe，对方把这个话题提出来。

陈平解释道："海天科技应该算到我头上，所以我请李淑英在汇报时不必多介绍。这个项目是我认可的，当时团队内部虽然有一些争执，但是总体上对跨境出口贸易这个领域，大家还是有信心的。"

"这个项目不是 Shirley 在负责吗？"Joe 喝了一口意大利内诺酒庄的基安蒂葡萄酒，问道。

"她是 TMT 的新人，这个项目是我签发的，所以不应该由 Shirley 来负这个责任。"陈平对这个话题早有预料，用一副很平静的口气回答说。

Joe 点了点头，说："我想，你是在保护你的团队。"

对方一句话点醒了陈平，他意识到这正是一个机会，连忙接过话头，不失时机地跟进了一句："就像在所有人面前，如果大中华区的运作出了什么问题，你不也一样在保护我吗？"

这正是把控拿捏谈话分寸的技巧。

一句话让 Joe 感到很开心受用，说："是的，我对你们每个国家的总裁总经理，一直都是爱护有加。"

陈平决定让这个话题点到为止，就把题目一转，说："明天你还要忙一天，后天就是周末了。我想陪你去天津转一趟，那边有几家比较货真价实的中国古玩店，值得看一看。我们可以当天往返。"

Joe 马上来了兴致，说："好啊，这个我喜欢。对了，上次纽约那个吴侍卫长的私人拍卖会，我还没来得及谢你呢。"

"这谈不上，我知道你喜欢这个，正好有朋友推荐。"

"是的，你知道吗？那一次的私人拍卖会真是件件珍品。我一口气买了 6 件宝贝，回家被我太太骂了一顿，说我把过去一年分来的红利，全部都花出去了。"

陈平说："那你应该跟太太说，损失的是一年红利的短期现金流，几年以后你将给她带来的可能就是 20 倍的回报。你告诉太太，这是一项很有'钱途'的长线投资。"

Joe 拿起一根雪茄点上，调侃地回复一句："我们挣的所有钱，只要够维持自己和家人的生活，别的就是闲置了。要么用于兴趣爱好花掉了，要么就存起来，可我们做投资行业的人都是不存钱的。"

"是啊，如果花在简单的兴趣爱好上，花完可能就没有了。你这个周末去观赏古玩，一方面满足自己的兴趣，同时如果满意的话买几件，又能达到增值的目的，这是一举多得的事。"

接下来 1 个多星期，陈平都陪着 Joe 在北京、上海、香港 3 地办公室，把大中华区的所有项目做了一个总体回顾，分别面谈了十几位公司合伙人和高阶投资经理。显然 Joe 对中国凯盛基金最近 1 年的发展是相当满意的，不仅仅这一年凯盛在中国各个投资项目的账面浮盈较一年前上升了 25%，手上还有几个很不错的项目马上就可以上市。Joe 回美国前拍着陈平的肩膀，说："Chen，我们选你是选对了。好好干，有任何需要协调的直接找我。"

送走了 Joe 以后，陈平还是惦记着海天科技的事。对于这个项目下一步怎么走，他心里已经有了一个备选方案。

这一天，他特地来到卓亚琴的格时猎头事务所，按照事先约好的时间，找到了亚琴。"嘿，你这个大老板，可是难得到我们这个小庙里走一趟啊。"陈平还是第一次来卓亚琴的办公室，只见小小的长条形办公室布置得典雅洁净，办公桌上放着一块醒目的泰山石敢当。陈平走过去细细端详这块石敢当，问道："亚琴，你也喜欢爬山？"

"是啊。徒步、穿越、爬山，都是我的爱好。我听说你是登山健将来着？"

"得了吧，哪是什么健将，就是活动活动筋骨而已。"陈平接过亚琴递过来的咖啡，喝了一口。

"那等哪一天有空，我邀请你，我们一起去小五台徒步一趟。"卓亚琴热情邀请道。

"好的啊，我听说那条线路不错，还真没去过。"

亚琴点点头，说："我是在上大学的时候跟几个同学一起去的，十几年前的事了，很想再去走走，不过要计划至少 3 天的时间，带上睡袋。而且一进去以后就没有手机信号，你这么大的老板能受得了？"

"有什么受不了的，这个地球离开了谁都照样转。那我们初步说定明年开春吧，五一节前后，但是要避开长假期，否则路上人太多。"陈平说。

卓亚琴翻了翻桌上的日历，说："那我们就初步预定明年 5 月的第二周，说好了啊。"

"好，我记下来。言归正传，今天我来找你主要是有件事想请你们公司帮忙。"陈平在卓亚琴办公室小圆桌边的椅子上坐了下来。

"你说。"卓亚琴拿过来笔记本电脑，坐到陈平对面。

"这样，你帮我找一个小的团队，Base 在广州，最好是包括 CEO

或者总裁、CTO 或财务总监，以及一个懂互联网市场营销的 VP。这几个人的背景要求呢，一是要懂互联网，最好能有比较好的英文基础，熟悉国外社交媒体。第二个要求是接触过商业，有过进出口经验的人选更好。还有很重要的一点就是，他们至少在这个行业有 5 年以上从业经验，已经成为公司高管或者自己曾经做过类似的企业，对于接手一个全新的项目，以股东和创始人的身份去操盘一家互联网的外贸企业感兴趣，并且愿意全身心投入的。公司的名字你猜一猜就好，现在还不方便透露。"亚琴一边记着一边点头。等陈平停下来，才抬头问了一句：

"怎么？你现在管投资了，还干这个？"

"做个准备吧。有些事情我现在还不能说得太多，但是我需要这么一个 3～4 个人的团队。对了，补充一点，年龄不要太大，介乎 30～40 岁是一个最理想的年龄段，性别不限。"陈平叙述道。

"要长得和你一样帅吗？"亚琴俏皮地问了一句。

"这个猎头费由凯盛支付，因为这几个岗位的薪酬结构比较特殊，是以基础工资加上较大比重的公司股权作为薪资结构的，薪酬的现金部分比较低，这样一来猎头费也就不好用通常的 25% 年薪来核算，不然你们就吃大亏了。我们取个平均值，这几个岗位，C 轮公司的核心高管，年薪在 100 万～150 万，我们找个平衡点，4 个人的猎头费，打包 100 万吧。"

"好的，我亲自跟进这个项目。"卓亚琴点头应允。

回到凯盛办公室，陈平径直走到 TMT 团队秘书的工位前，说："Cindy，你看看李淑英在不在？如果在的话，你请她 10 分钟后找我一下，带上海天科技的材料。"Cindy 点点头，拿起桌上的电话。

10 分钟以后，李淑英准时走进陈平的办公室，问："老板您找我？"

"关于海天科技的事，有什么进展吗？"陈平抬头问道。

"上次按照您的要求，已经把我们不准备追加投资的消息明确告诉了海天科技董事长兼 CEO 朱鹏发，他们的资金量我也按您的要求每个礼拜监控。上周的周报显示，他们应该还有 120 万美元，已经非常接近您所说的临界点。"淑英准确地说出了陈平所关心的财务数字。

"好。你跟海天的朱鹏发约一下。明天上午吧,明天上午11:00,我想跟他通个电话,用我们的小会议室,你也参加。"

"好的。"李淑英本来还想问点儿什么,见陈平没有进一步说明的意思,告辞退了出去。

送走李淑英后,陈平打开电脑,开始处理他的邮件。

第二天上午11:00,李淑英和陈平一前一后准时来到凯盛的小会议室,李淑英拨通了朱鹏发的电话。

"您好,是朱总吗?"李淑英开口道,"我是凯盛基金的李淑英,我们凯盛大中华区总裁陈平先生跟我在一起。他跟您约的今天11:00电话会议,我现在是用免提,请问您现在时间可以吗?"

"我可以。"电话里面传来一个南方口音,听上去似乎并不热情。陈平朝李淑英点了点头,将坐着的椅子往前挪了挪,以便让自己更靠近会议电话的麦克风。

"朱先生您好,我是陈平。海天科技的情况,我们团队的同事都跟我说了,我基本了解你们目前的运作情况。我想今天就不跟您过多寒暄,直接切入主题吧。这样,海天目前的股份结构,是凯盛拥有20%的股份,其他两家风投分别拥有12%和10%,剩下的58%的股份,您和其他两个联合创始人拥有48%,团队期权10%。我说的这个数字没错吧。"

"是的。"对方短促地回答说。

"这样,我现在代表凯盛基金,向您发一个正式的offer。我们有意作价300万美元,收购您和其他两位联合创始人手上的股份,占公司股份总数的48%。现金买入,资金可以打到您在国内或者国外的任何一个账号。如果您想保留一部分股份的话,只要您和联合创始人持有的股份不超过10%,我们可以做等比例调整。我想请您考虑一下,是不是对这个并购邀约感兴趣。"陈平一字一句地说着,他故意放慢语速,为的是让坐在一旁的李淑英能够记录下来。

"哎陈总,我觉得奇怪了,你们不是说不追加投资的吗?怎么现在说的又跟以前不一样？"透过免提话筒，朱鹏发问道。

"朱先生，我这里跟您说的不是投资，我说的是收购，凯盛有兴趣收购您和您其他创始团队手上的股份。如果您同意的话，凯盛基金将拥有整个公司大约 68% 的股份，由凯盛基金选派经理人继续海天科技的后续管理运作。"陈平以他平稳的男中音解释道。

电话里朱鹏发回答："陈总，我听说你以前也是企业大佬级的管理人物。你应该知道做企业是如何地不容易，你用这样的方式来压价，简直就是趁火打劫。半年多前你们 2000 万美元投进来，占了我 20% 的股份。你现在用 300 万就想收我 48% 的股份，这不是张开血盆大口，活生生地占别人的便宜吗？"

"朱老板，话不能这么说，此一时彼一时。半年多前，当我们决定投资海天科技的时候，我们认为这是一个有前途的行业，我们也认为创始人团队具有把这个项目往前推进的能力。但是事实证明，我们当时对团队的判断有偏差，这个我不想怪你们，泼出去的水是收不回来的，愿赌服输。我们现在有两种选择，一种是就此打住，我们认赔退出。另一种，就是我刚刚给您的这个 offer。您也有两种选择，一种是在没有后续资金支撑的情况下，您最多还能维持 1 个多月时间，1 个多月以后，公司破产清盘，您和您的创始人伙伴分文没有。另一种选择，就是接受我的 offer，联合创始团队可以拿到 300 万美元的现金，你们可以拿这笔钱做新的项目，开拓别的事，那是你们的自由。"

"陈总，你这话说得很咄咄逼人，而且貌似有点儿太欺负人了吧？"话筒里朱鹏发的声音明显地透着不高兴。

陈平没有理会对方的态度，继续说道："买卖买卖，愿买愿卖，我不强迫你，你也无法强迫我。我出价，你觉得合适你卖给我，你觉得不合适，你也可以卖给别人或者自己留着，根本谈不上欺负人。要说欺负人的话，我倒想提醒一下朱老板，身为创始人，在工作环境里欺负女孩子，试图占人家女孩子的便宜，这算不算欺负人呢？"

"你说什么？"对方变得有些恼怒。

"我今天不跟你聊这些事，我们还是把话题拉回来。我给你的这个 offer，今天是星期三，到本周周末之前 300 万收购 48%，这个 offer 有效。今天这个电话你可以录音，我也可以书面确认，我说的这个话是算数的。但是过了这个周末。从下星期一开始，如果你还想考虑的话，我这个 offer 就变成是金额减半，换句话说 150 万收购你们 48% 股份。要是下星期还没想好，那也没问题。只不过如果到了下下周，从下下周一开始，我 offer 的价格就在下周 150 万的基础上，再减半 75 万美元。你考虑一下吧。有什么不清楚的地方，你可以随时找李淑英或者找我都可以，我先给你我的电话号码。"

等陈平把自己的手机号报过去，电话那一头悄然无声。陈平也不再出声，两边都这么静静地候在电话机旁，各自都没有说话。过了 3 分钟，陈平开口说道："朱鹏发先生，我建议您好好考虑一下我的这个邀约。我认为这个方案对您和团队，对凯盛基金都是一个多赢的结局。好，我们今天就先聊到这里，随时保持联系，再见。"说完，也不等对方回答，直接把电话挂了。整个电话会议大约只持续了 10 分钟。

李淑英的脸上，从惊奇、不可思议，到兴奋、敬佩，这边陈平刚按下电话连通键，李淑英就忍不住地站起来，隔着椅子冲陈平竖了一个大拇指，说："老板，你太猛了，这是杀手招啊，您怎么想到这一点的？"

陈平平静地说："杀手招谈不上，本来我们其实不至于要把对方逼到这个角落的。因为被投方不是我们的敌人，大家可以一起做事，碰到难关一同渡过。但是这个朱鹏发确实有点儿不地道，做人做事都很差劲。这个项目如果由他继续操盘的话，估计是要毁掉的。赛道本身不错，如果我们用比较低的成本接手过来，重新组一个团队，事情还有回升的希望。再说以他这种生意人出身的本性，300 万美元摆在他面前，他不会无动于衷的。我们知道他的初始投入也就是 500 万人民币，所以我们给的这点儿钱不能让他发财，但也算是对他的一个基本回报，总比一分钱都拿不到要好。"

第二天一早，陈平刚刚走进凯盛的办公区，李淑英已经坐在接待前台的位子上等着他。一看陈平走进来连忙起身迎上前去，高兴地说："对方同意了，300 万美元，48%，他一个股份都不留。"陈平点了点头：

"好，到你办公室说一些细节吧。"说罢走进李淑英的办公室。

"淑英，你把股权购买的流程抓紧在内部办妥，先把协议起草好发给他们，然后该签字的签字，该打款的打款。接下来这里面有一个最重要的环节，就是时间。现在公司账上的钱已经不多了。从现在开始，所有对外支付的每一笔钱，在这个过渡期都要有你的签字才可以，因为我们是大股东。同时你抓紧跟格时猎头的卓亚琴联系，你找一下Cindy，她那边有卓亚琴的电话。你跟进一下，我几天前已经跟卓亚琴说过了，请她们负责物色一个核心管理团队，3～4个人，这个团队的面试由你来主持，我就不参与了，团队成员是基础薪金加上海天科技股权的报酬架构。我们的目标是组建一支有战斗力、有外贸和互联网营销经验，特别是懂得线上海外零售市场操作的团队。等这个团队招募进来以后，由他们接手海天科技的管理，我们把买过来的股份，无偿出让20%给新团队。这样新团队的核心人员就成为拥有20%股份的公司股东，大家实现利益共荣，这么运作我认为是最好的。必要的时候，下一步可以联系一些主要的海外网站或者在线交易的平台，类似易贝网这类的，问他们是否感兴趣少量持有股份，我们不需要他们的资金，但是他们必须以等价的方式，优先给我们一些海外用户的流量。我相信这几步做下来，海天的项目很快就会翻盘的。"陈平说出了他的设想。

"好的。"李淑英很认真地记下了陈平所说的话，接着打开抽屉，摸摸索索地找了半天，拿出一个信封递给陈平，"送给您。"

"这啥东东？"

"这是我私人收藏物，您看看。"

陈平一打开，里面是两片经过精心压制的红叶。李淑英解释道："收集红叶是我的爱好，这两片红叶有一片是我在北京第一次采到的，来自香山。另外一片则是我第一次去加拿大多伦多郊区采的，来自多伦多湖。都是特别有意义的纪念，今天送给您，谢谢老板。"

"好。我收下了。"陈平转身走出了李淑英的办公室。

25

北京凯盛 李淑英办公室

"叮"，李淑英办公桌上的手机响了一声。她打开一看，一条短信跳入眼帘：小姐，今天晚上，在你床上会有两只蟑螂在你的被窝里滚动，趴在你的肚脐上磨牙，然后钻进你的肚脐眼和胳肢窝，等着吧哈哈。

李淑英不禁打了一个寒战。

这已经是两天来她第二次收到这个陌生电话的短信了。第一次说是要在她的浴室里放一条蛇，李淑英当时吓坏了，拿起手机回拨过去，号码处于关机状态。李淑英试图平静了一下心跳，拿起办公室的座机，再次拨通了这个号码，话筒里传来的依然是关机的提示音。

淑英不知道自己该怎么办好，一个下午在办公室都心不在焉的。快下班的时候，她决定还是就近订一家宾馆，她不太敢再回她自己的公寓过夜。

表面看来，李淑英跟其他国内的白领并无不同，说着一口南方腔的普通话，待人接物也都有理有节，但作为一个从小在新加坡长大的华裔女孩，她知道自己有一些地方跟中国大陆员工还是不太一样的，例如饮食，她不像很多中国大陆员工喜欢吃麻辣烫、烤肉、羊肉串，那种烟熏火燎的气味她不太接受。李淑英一直保持很清淡的饮食习惯，平日三餐以素食为主，只偶尔吃一点儿荤食。要说习惯方面最大的不同，是她眼里不能容沙子，凡是在公共场合碰上不文明、不守规矩的事，李淑英总是忍不住地要上前纠正。她是一位坚定的环保主义者，最容不得看见人们对环境的肆意践踏。李淑英每年都要特意安排，报名参加几次志愿者活动，利用休息时间到北京的各大风景点和公园捡垃圾。有一次她乘车外出，在八达岭高速公路上遇到堵车，所有的车辆都一辆挨着一辆堵在高速路上动弹不得，排在她车子前面那辆车，车上的司机和乘客显然是在吃快餐，只见那辆车不时从车窗扔出来垃圾，先是扔出两个快餐的包装盒，接着把一瓶喝完的饮料瓶子也从车窗往外扔。李淑英见状直接打开车门，走过去把对方刚刚扔到地上的垃圾捡起来，一甩手直接扔回那辆车里。李淑英平常下班走回公寓路上，如果看到有被人遗弃在马路边的可乐瓶、塑料袋，她总是不辞辛苦，弯下腰把这些东西捡起来，再放入路边的垃圾桶。对于李淑英的这些做法，凯盛的同事们表示赞赏，同时也觉得这种事情实在是太多了，根本不是个人的力量能够管得过来的。李淑英对这种说法不以为然，她经常反驳道："如果大家都不做，那么这类事情就永远不会有被制止的时候。"在李淑英眼里，她也很不理解很多中国同事为什么一方面抱怨着北京的天气污染，城市不像日本、新加坡那么整洁；但另一方面，又可以对眼前随处可见的不文明行为熟视无睹。

李淑英还有一个长时间保持着的习惯：纸品和废物回收。凯盛基金几乎每天都会收到各种各样的快递，有公司业务的往来信件材料，更多的是同事们在网上购物的快递盒、快递袋，每天下来，这些包装都在前台靠墙的角落堆成小山一般的等候处理。淑英只要有时间，就会过去把这些废弃的快递纸箱、塑料袋，一个一个整齐地归整好，扎成一袋一袋，再用笔在上面写上"可回收物"四个字，请保洁阿姨分门别类放到应该放的地方。或许是因为她一直坚持这么做，影响了周围人，慢慢地，凯盛基金的很多同事也都渐渐养成了一个习惯，收到快递以后，大家都会自觉地把快递纸盒、塑料袋折叠好，整齐地放在屋子一角，这渐渐地成为公司的一个习惯。

不过她的这些做法跟眼前收到的这个恐吓短信显然没什么关系，李淑英有些害怕。

这天晚上，在临时入住的宾馆末上翻来覆去，李淑英还是没有琢磨出个究竟。一想到短信上所说的那个场景，闭上眼睛，就觉得自己的被子里面有两只蟑螂在窜来窜去，浑身不由得一阵阵哆嗦，到了凌晨3点多还是没办法睡着，最后实在不得已，只好起来吃了一片她应急状况下备用的安眠药，才算勉强地睡着了。

第二天早上9:00，李淑英醒过来，习惯性地拿起手机。一看上面又有一条新短信，还是先前发过来两次恐吓短信的同样号码，短信写道：我知道你昨天没有回去，害怕了是吧，你躲不过的，16 号楼，806，我对你的行踪掌握得一清二楚，不会放过你的。

李淑英真是有点儿害怕了。她在北京没有什么朋友，认识的熟人里一多半都是凯盛的同事。想了想，李淑英拿起电话，拨通了刘晓静的手机："晓静，你到公司了吗？"

"嗨，Shirley，早，我刚刚上楼。怎么，你有事找我？"

"嗯，你现在方便吗？"淑英觉得自己说话的声音都有点儿颤抖。

"方便，你在哪儿？"

"我住在碧湖宾馆，1202 房间。你过来我这里行吗？"

"你怎么去住宾馆呢？出什么事了？好，你在那儿等着我，我马上过来。"

放下电话，李淑英走进洗手间，抓紧冲澡梳洗，凯盛办公楼离碧湖宾馆只有不到 10 分钟的步行距离。

这边李淑英在洗手间匆匆忙收拾了一下，房间的门铃响了，刘晓静身穿一身藏青色的西装，挎着一个黑色的香奈儿包站在门口。望着一脸憔悴的李淑英，晓静不禁尖叫起来："天哪，淑英，你怎么把自己整成这副模样。"

李淑英将刘晓静让进屋里，随手把房门关上，说："晓静，我碰上一个特别无厘头的事，不知道该怎么办好。"说着把手机递给对方，上面有 3 条短信。"这个骚扰的事情大概 5 天前就开始了。最开始的时候，我回公寓，发现我的门锁打不开，钥匙怎么都放不进去，不得已，我叫来了开锁师傅，开锁师傅告诉我，说是有人恶作剧，把一根牙签塞到了大门的钥匙孔里，我当时还想，可能是哪个小朋友捣蛋。第二天再回公寓的时候，门把上挂着一个塑料袋，里面是一坨大便，恶心死了。接下来，接二连三地收到这个恐吓短信。"

刘晓静分析道："看来是有人盯上你了，你得罪什么人了吗？"

"没有啊。你说我的生活半径就是公司、公寓，基本两点一线，接触的除了公司同事，就是基金的一些投资对象。且不说我和他们都没有私怨，这些人我想也不至于做这么下作的事。再说他们也不知道我公寓的具体地址啊。你看这个人对我住在几楼几号都了解得这么清楚，也有我的手机号码。"李淑英说着说着，眼眶都有些湿了。

刘晓静递给她一张手纸，说道："以我的判断，做这种下三烂的事的人，通常都是一些流氓地痞小混混。按理说你跟这些人不会有交集才是啊。对了，你有没有得罪过你们小区的工作人员，例如保安、快递员或者保洁阿姨什么的。"

"没有啊，你知道我对陌生人一向是很客气的。再说我一个新加坡过来的外人，做事情我是处处小心的。"

"这倒也是。"刘晓静知道李淑英是一个待人很友善的人。她想了想，建议说："这样，淑英你先收拾一下。我陪你下去一起吃个早餐吧，我今天也还没吃早餐。然后你把这个手机号码给我，我抓紧看看能不能找到人帮你查一下这个号码的号主。你也再回忆一下，是不是还有什么事能联系得起来？要不你今天就请一天假吧，别上班了。"

"不了。"淑英拿起挎包往外走，"公司那边还有一大堆事呢，该干的活还得干。谢谢你过来，早餐我不想吃了。"

刘晓静点点头，说："也成，那我们下班以后见，我会帮你抓紧的。"

两个人约好今天下班以后在国贸地下一层的日本餐厅见面，就各忙各的去了。

下班以后，李淑英来到日本餐厅，见刘晓静已经在餐厅一角的方桌旁坐着等候，边上还有一位男士，她并不认识。

刘晓静站起身来招呼李淑英："来，介绍一下，这是我大学的同学，梁伟国，他现在在中国移动上班，是中国移动的营销总监，我请他帮忙查了一下。他有一些建议，或许能对你有所帮助。"李淑英朝两人点了点头，称谢后坐下。

梁伟国开口道："李小姐，你的这个手机号码，晓静给了我。你知道我们内部对追索手机的号码号段来源是有一些信息保密规定的。在规定允许的范围内，我抓紧帮你查了一下，现在知道的是，这个号码的号段来自河南省洛阳，是洛阳下面的一个乡，手机号是从当地销售网点贩售出去的，但是没有登记。我们这些年虽然开始陆续实行手机号码实名制，但也就是在大中城市，边远的地方做得并不彻底。往往是经销商们随便拿一个身份证，一下子买掉 200 个号码，至于这 200 个号码最后卖给谁、使用人是谁，我们就无从查证了。可以告诉您的是，这个号码是两个月前购买的，在这之前没有使用过，也没有任何通话记录，给您发的这几条短信，是这个号码唯一使用的，就这么几次。"

"你们不能把这个号码做封号停用处理吗？"刘晓静问了一句。

梁伟国说："理论上是可以的，但如果要这么做，你们必须先报警，由公安出面来提要求，我们才能操作。不过我觉得这也不是一个最好的办法，因为不管谁使用了这个号码，它只是一个陌生号，你即便把它停用了，使用的人也可以随便更换一个别的号码。所以现在问题的关键是要找到这个人，而不仅仅是停用一个号码。"

李淑英点点头表示理解，她对这种事显然没什么主意。

一旁的刘晓静说："依我看呢我们还是去报警，一来这件事情有个记录，我们也都放心一点儿。再者或许公安那边有他们的什么侦破办法呢。"

梁伟国接过话头："我也觉得应该报警，毕竟这种事情越早重视越好。"

李淑英一副孤独无助的样子看着面前的两个人，想了足足 1 分多钟，点了点头，表示同意。

晓静说："那我们赶紧吃个饭，饭后就去报警吧。伟国，你就不用去了，今天谢谢你的帮忙。"

"哪的话，有事你随时叫我。"说完，梁伟国起身离开。

刘晓静和李淑英匆匆吃过晚饭，来到了附近的派出所。刘晓静替李淑英把情况跟接待的警官大致说了一下，警官拿出本子，准备做报案记录，问了一句："报案人的身份证我看一下。"李淑英掏出护照递了过去。

"哦，是外籍啊，那这个是属于涉外案件，你等等啊。"说着他走进里屋。片刻，屋里走出来另外一名年龄稍大的高个子警官，自我介绍说："我是姚警官，负责涉外案件。"姚警官招呼两人坐下，拿过李淑英的新加坡护照，快速地做了一个复印登记。这边刘晓静又把前前后后的经历重新复述了一遍。姚警官说："从你们现在描述的情况来看，这个是属于恐吓，还没有实际伤害的举动。理论上讲呢还很难构成犯罪。我们现在所能做的，就是把情况记录下来，我们会通知星辰国际小区物业的联防联控，请他们安排物业特别留意一下这几天在你这栋楼里走动的陌生人群。从这边展现的线索来看，这个骚扰人对于你的行踪显然是很了解的。"

"不要不要。"李淑英急急忙忙地摆手插话道，"我不要有专人来盯我的楼群，我觉得这样让我感觉更不安全。"

姚警官有些不解地望着李淑英。

一旁的刘晓静心里明白，李淑英作为一位客居异乡的单身女性，显然不想让太多的人知道这事，更不想惊动小区闹得满城风雨。于是她提议说："姚警官，您看要不这样好吗，我们现在就在您这里先备个案。我呢，先陪我这个同事回去，你们就先不用做动作了，这边有什么情况我们会及时跟您联系，这是我的手机号码。"

姚警官点点头，随手递给两个人一人一张名片，说："这是我的联系电话，24小时开机。如果再碰上你们觉得危险的情况，一定要第一时间打电话给我。"

"好的。"

两个人走出派出所。刘晓静自言自语地说道："一定要揪出源头，源头。淑英，你再想一想，过去几个月，你没有跟谁有过争执？"

"真的没有啊。"李淑英一脸茫然地靠在马路边的栏杆上，一边仔细回忆着，一边喃喃自语地说道，"我从昨天开始就一直在想。我最多也就是在办公室因为工作的事情跟个别同事有拌嘴，那些应该不是事啊。"

"不是这个方面的。你再想想，比如你外出散步、坐公共交通、买菜什么的。"刘晓静在一边启发说。

"买菜。咦，不会是那件事情吧？"李淑英突然想到了什么。

26

北京国贸 人行道

经过刘晓静的再三提醒，李淑英这会儿回忆起来，会不会跟那件事有关呢？

大约两个月前，有一次李淑英下班走回小区，在小区门口看到一个穿着很邋遢、外地人模样的男子，举着两个鸟笼，每个笼子里分别装着几只鸟。正当她经过那人的时候，听见那个人吆喝着："纯野生的红头长尾巴山雀鸟，清蒸补气啊。"

淑英停下脚步，看见笼子里关着10多只山雀鸟，心中觉得特别不忍，于是就跟吆喝的人说："先生，这些野生动物是受环境保护法令保护的，您不应该把它们抓出来卖钱，这样多残忍啊。"

卖鸟的人笑嘻嘻地说："我这是赶巧了碰到它们，第一回逮鸟，这位小姐您看看，多漂亮的鸟啊，看这羽毛。这样，您要是觉得不忍，您就花钱把它买了去。"

"我不要。"淑英还想说服对方，"先生，您不能这样贩卖野生鸟类的。"

"你要不想买就走开，怎么这么多事。"对方见李淑英没有购买的意向，不耐烦地说道。

李淑英觉得这是一个不可理喻的人，也就没有再多搭理，径直往前走去。已经走进小区门口，李淑英想了想，心里感到一丝不妥，于是折返回来，朝那个吆喝的男子开口问道："你这几只鸟总共要卖多少钱？"

"每只100，如果打包拿走的话，800块钱，连笼子一起给。"

淑英耐着性子说："这位先生，这样您看行吗？我付您1000块，但是您得答应不再去做破坏野生动物的事。"

"好的好的，我答应，一定不再干这个了。"对方一看眼前这个气质不凡的女子愿意出高价一口买下，当即换了一副笑脸。

李淑英拿出手机，用微信转账把钱付了，让对方跟着自己回到她的806号公寓，把鸟笼放下。

李淑英将这两个鸟笼在自己的阳台上放了两天，还特地去超市买了一些鸟食，把几只鸟都喂得饱饱的。趁着周末天气好，打开鸟笼的窗口把十几只鸟都放飞了。鸟笼也被她小心地放到可回收的垃圾桶处理了。在李淑英看来，这件事情就到此为止。

又过了1个多礼拜，有一次李淑英回家的时候，在小区门口再次碰上同样的那个人，只不过这次他兜售的不是鸟，是手上拎着的乌龟，李淑英见两只乌龟被他用绳子串起来，倒着挂在自行车的车把上，那两只乌龟伸长了脖子耷拉着，一看就是被悬挂了多半天的样子，李淑英有些生气地走过去大声说："这位先生，我跟你打过交道，你不是说好不再做这种伤天害理的事吗？"

对方认出了淑英，说："小姐，你今天要不把这两只龟买走吧，我给你便宜点儿。"说着就要解开自行车车把上系着的乌龟绳子。

李淑英连忙退了两步，说："你别动，我今天不买你的龟。但是我还是要告诉你，这种事情是不能做的，这些都是自然界的野生动物，它们都是受法律保护的，你这么做是犯法的。"

"嘿，你还真的就是管得宽。"对方说着，一边推着自行车离开。

事情也是巧了，又过了1个星期，周末的时候，李淑英到附近的菜市场买花。这个菜市场的花卉品种多，里面有几个摊位是淑英固定购买的摊点。李淑英买了一束百合花，从菜市场门口走出来，一抬头，只见门口的地摊上蹲着几个没有铺位的小贩。按照菜市场的管理规则，正规的小贩必须进到菜市场大门以内设摊销售，每个商贩都要缴纳一定的摊位费和个人身份证件，菜市场实行统一的商贩管理，而蹲在门口的这些，基本上都是那种游贩，既不愿意缴纳摊位费，卖的东西也不正规，打一枪换一个地方。通常见得比较多的，就是那些贩卖各种盗版的DVD、盗版小说、游戏碟的，还不时有人出售仿冒名牌的旅游鞋。李淑英在门口的地摊上，一眼看到那个被她在小区门口撞到两次的小贩正蹲在路旁，在他前面放着两只网罩笼住的动物，前面有一个纸板，写着：野生穿山甲，独一无二。李淑英有些气愤。她想自己第一次碰到对方的时候，花钱把那些本来不能卖的野生鸟儿买了下来，自己做了放飞，原以为对方能够收手，第二次再碰到他贩卖乌龟，李淑英已经很恼火了，当时就出面制止。今天这是第三次，她觉得自己不能再听之任之。于是李淑英拿起手机，拨通了110，把自己所看到的情况和所在的位置做了一个简单的描述。

放下手机，李淑英在不远处安静地站着等候。不一会儿，来了两个警察，李淑英朝警察招了招手，快步走上前去，把两个警察引到这个小贩面前，小贩抬起头来一看，两个警察正站在他面前，边上的这个姑娘他认识，小贩一看情况不妙刚想跑，没料到被警察直接给摁住了："叫什么名字？""我姓范。""身份证。"

姓范的小贩把证件掏出来递给警察。警察接过来看了一眼，训斥道："卖野生穿山甲这是违法行为。穿山甲是国家二级保护动物，这个你知道吧？"

"我，我这是第一次。"小贩小声辩解说。

"不对。上个礼拜，你就在前面星辰国际小区门口，贩卖野生的乌龟，当时我就劝阻过你。"

警察呵斥道："你这是明知故犯，而且就在北京CBD，市中心闹市口，公然干违法的勾当。"警察招了招手，喊过来两个闻声赶来的城管队员，连人带货带走了。

李淑英觉得自己做了一件正确的事情。但是现在看来，唯一能够想到可能以这样的方式恶心她的人，大概就是这个人。

"哎，你愣什么神呢？"边上的刘晓静看着李淑英呆呆地望着眼前的路面，捅了捅她问道。

"你不是一直在问我有什么关联吗？特别是你刚刚说到菜场，这让我想起来，会不会跟那件事有关。"李淑英接着把她的这一段遭遇说了一遍。刘晓静听完，大声说道："唉，你早说啊，八九不离十就是这小子使的坏。在你看来呢，你是好心。先给他钱劝他不要做违法犯罪的事情，可是他不听。您这是大小姐啊，高级白领，他一个走街串巷的小混混，你们思路怎么可能在同一个频道上。在他看来，你断了他的财路，你还报警了，说不定警察关他几天，还得罚他一笔钱呢。他又知道你住在哪里，那他还不找你拔拔创。"

"拔创？什么叫拔创？"李淑英不解地问道。

"这个你自己百度去。我现在先不跟给你解释这个词了。好，现在既然有这个线索了，我们就比较好办了。"刘晓静开始琢磨下一步。

"那要不要我们回去见刚刚做记录的那个警官，把这个情况说一下？"李淑英开口问道。

"你让我想想。"刘晓静是一个从小在北京长大的姑娘，她显然比李淑英更有对付这种事情的经验。刘晓静摇了摇头："这个时候你回去找警察，就像他刚刚说的，没有造成实质的伤害，所以警察即便能够把这个人帮你找到，他们也奈何他不得。很多时候，对付下三烂的办法，就得比他还下作。"

李淑英一脸不解地望着刘晓静，完全不明白对方在说什么。刘晓静拍了拍李淑英的肩膀，说："这样吧淑英，你既然找到我了，就是把我当成好朋友。这件事情，你就交给我处理吧。说句大白话，这种事情你这个新加坡姑娘还真是对付不来。今天晚上你也别再租什么破宾馆了，赶紧把房间退了，回你的小区。我保证你一定不会有事，你那纯粹就是心理作怪。要不我今天晚上也不回家了，我陪你，在你的公寓住一个晚上。"

"那倒不用。我知道我自己是心理作用。"李淑英被对方说得有些不好意思。

"就是就是。你看你做起投资来叱咤风云的，怎么碰上这么一点儿小事就慌了呢。来来来，我们一起去办退房手续吧。"刘晓静说完，拉着李淑英的手朝前走去，先是到了宾馆把房间退了，又陪着李淑英一起走路回到星辰国际的公寓，里里外外地检查了一遍，确定没有任何异样。刘晓静还是有些不放心地问道："淑英，你确定晚上不用我留下来陪你？"

"不用不用，我应该能行的。再说两个女生住一起，你对我性骚扰怎么办？"淑英这会儿情绪放松了些，竟然开起玩笑来了。

"好吧，摸你屁股的事回头我再找机会。你看，所有的门窗我都帮你检查好了，也都锁好了，没有人能够进来。你们这边的保安是很好的，每栋楼下面都有24小时的保安，还有电子监控，这个你尽管放心。一会儿我出门，你就把房间的门锁上，实在睡不着，那就吃1片安眠药。反正你这两天都是吃安眠药的，也不在乎多吃一天两天。剩下的事情交给我。最多3天时间，我一定把这个事情替你处理好，你放心吧。"刘晓静起身告辞。

"那你准备怎么处理呢？"李淑英点点头，带有几分疑惑地问道。

"我自然有我的方法。之所以现在不告诉你，是怕会把你这个大小姐给吓到。放心，只要你不知道我是怎么处理的，万一追究起来，也就跟你没有关系。好了，那我走了，记得把门锁好。"说完，刘晓静走出李淑英公寓的房门。身后一声咔嗒声音传来，李淑英急忙忙地将房门从里面锁上。

刘晓静从星辰国际小区的大门走出来，给大刘打了一个电话。大刘是服务凯盛基金北京办公室车队的车队长。凯盛资金并没有自己配置司机班和车队，采取的是协议用车的做法，固定有3家汽车服务公司常年为凯盛基金的经理们提供用车服务。大刘所在的这家迅得汽车服务公司，凯盛是他们业务量最大的一个客户，常年有5辆小轿车、两辆SUV为凯盛服务。基金公司对于支付服务费和各种账单历来都是最慷慨的。例如行业上的规矩是，租赁公司派车外出按小时计费，等候期每小时支付与实际使用时间同样的费用，一小时180元。很多公司或用车单位为了节省，经常是上午出门去一个地方以后，就把订单停了，等几个小时以后要用车，再重新发一个新的订单。这样的话，客户的费用是节省了一些，但是对于汽车服务公司来讲，不仅收入减少，还要空车跑一个来回。迅得的大刘团队服务凯盛公司这么多年，这种事情从来没有碰到过，凯盛的基金经理出门，半天甚至一天，可能就在一个办公楼里待着，而司机如果全天等候，费用照计。所以如果说凯盛是迅得车队的大金主，倒是一点儿也不夸张。

"大刘。"电话一接通，晓静这边开门见山，她跟大刘认识五六年了，"你现在有空吗？好，那麻烦你开车到公司来一下。"

办公室里，刘晓静把李淑英遇到的情况跟大刘做了一个介绍。大刘是一个复员军人，以前是野战部队的一个炮兵班长，老家在北京延庆，长着一副强壮的身体，还有一些武艺身手。

大刘听完晓静的介绍，开口说道："找到这个小子并不难。知道他姓什么，大致长什么模样，这些你都描述了。而且他的活动半径也就在这块地方。那你准备怎么收拾这小子？"

"你有什么意见？"晓静问道。

大刘说："就像你刚刚说的，这种事情警察出面是解决不了问题的，因为他没有实质性的伤害。可是这小子要不给他一点儿颜色看看。他再这么去骚扰你的同事，一个从外国过来的女孩，人家女孩子肯定受不了，那也会影响咱们国家的形象不是。这样，我找上一个哥们儿，稍微收拾他一下。你放心，我会拿捏好分寸的，不会下手太重。"

"把他吓到就行，你可别太莽撞哦。"刘晓静叮嘱道，"对了，这个事情跟凯盛无关，算是我个人请你帮忙的人情。"说着从抽屉里取出两条中华烟，递给对方："我知道你好这个，拿着吧。"

"哎，这怎么好。"

"记住啊，纯粹是我私人请你帮忙的，情分记到我刘晓静头上，跟凯盛无关。"

大刘点点头，说："这个我明白，一定不会把凯盛扯进来。你放心吧，交给我了，你就等消息吧。"

两天以后，大刘给刘晓静发来短信：事情已办妥，已经把丫轰出北京。

看到这个短信，刘晓静连忙打电话过去。

"嗨，大刘，你的短信我收到了，谢谢你，你是怎么办的呢？"

"哎，反正办妥了就是，过程您就别了解了，省得把你们这些大小姐高级白领吓到。"电话里传来大刘爽朗的笑声，看样子他对这事办得很满意。

"吓到我那倒不至于，你就跟我显摆一下嘛，反正今天是大太阳天，你就照直了吹。"刘晓静拿出北京姑娘的调侃劲儿，"我不会跟人家新加坡姑娘说的，但你得大致跟我絮叨絮叨。"

"行啊，以后找机会细聊哈，反正你交代的这个事情我都办好了。你告诉你那个同事放心，从此她见不到这个人了啊。不过你别误会，我没那个啥，他还活得好好的。只不过是吧，呃，擦破点儿皮，擦破点儿皮，就像人都会一不小心绊个脚什么的。"大刘还是很小心地不想在电话里说得太多。

原来大刘那天从刘晓静这里出来以后，很快就打听到了这个姓范的活动半径。听说他被公安关了两天，放出来以后心里很恼火，觉得这一切倒霉事都是因为那个星辰国际小区的女士带来的麻烦，这几天他一边还在继续倒腾卖野味，一边盘算着要拿几只小动物放到星辰16号楼806去吓唬吓唬女屋主。像他这样的小混混，最多也就是干一点儿吓唬人的小伎俩，再多了，他自己也不敢造次。

大刘抓紧时间找了一位他以前的战友，现在在北京东郊一个美术馆库房当保卫队长。两人商量好对策，提前打听好了范混混的行动路线，找到一个机会，各自开了一辆车提前在通州的一条乡村小路上等着。

一会儿，一辆白色小面包车开过来，大刘他们俩早已经在路边候着，两辆车一路尾随过去，在一处没有过往车辆和行人的僻静小道岔口，一前一后把面包车别住了。大刘下车走到面包车驾驶座侧面，一把拉开后排车门。范混混正准备开口骂人，大刘容不得他说话，拿出早已备好的锁自行车用的塑料包皮铁链子，一下子勒住对方的脖子，把铁链绕到驾驶座位后方的靠枕上："小子，手机、身份证，拿出来。"

对方的脖子被勒得喘不过气来，满脸憋得通红，哆哆嗦嗦地从口袋里掏出手机、身份证。站在大刘边上的战友接过来看了一下身份证，确认眼前这个人是他们要找的人无疑，接着又用手机拨了个号码。大刘训斥："不对，你丫挺的还有一台手机，赶紧拿出来。"那人指了指面包车副驾驶座前面的储物柜，大刘的战友绕到面包车的另一侧，打开车门，从储物柜里掏出了一台很破旧的手机，在屏幕上翻了翻，看到了发出去的几条短信，他朝大刘点了点头。

大刘吩咐战友把手机收下，开口呵斥道："姓范的，你在星辰国际小区做的那点儿破事被我们查到了，你发恐吓信的手机、你的身份姓名、原籍地址，现在都在我们手里，依你看，今天是公了还是私了？"

"是是，是我的错，大哥，大哥您饶命，我错了，大哥，再也不敢了，一定不敢了。您看，怎，怎么私了吧？"范混混想起不久前刚刚被巡警关了几天禁闭，心里不禁哆嗦。

"好，要想私了的话也好办。那台手机我们拿走了，那是你作案的证据，你的身份证我们也拍照了，还有你的这台手机号码，你的活动路径，我们随时可以找到你。你呢，从现在开始滚出北京，不准再在北京混，尤其不准你进入朝阳。别的地儿你爱去哪儿去哪儿我管不着，但是你不能在这里。记住了，离开北京，离开朝阳。"

对方连忙点头，说："记住了，记住了，大哥，我一定照办。"

"你这种人是记不住东西的，得来点儿实质的你才能长记性。"说着，大刘从口袋里掏出一把瑞士军刀，翻出折叠钳子，毫无预警地突然照着对方左手的无名指咔嚓一下，剪掉了一小截。

"啊，我，我，我的手。"对方疼得大叫起来，手指上顿时鲜血直流。

"放心。今天只剪了你小半截手指头，一点儿皮肉伤而已，死不了人。这下记住我说的话了吧，重复一遍我听听。"大刘说着，又把套在对方脖子上的链子紧了紧。

"呼哧，呼哧，大哥，您，您要求我不能，在北京朝阳区，不能在北京。"对方呼吸困难，不连贯地说道。

"好。记住今天我说的话。什么时候你敢再过来一次，那下回咱们就直接奔大拇指去了。"大刘说着拿起瑞士军刀，在对方的大拇指上敲了几下。

"呀，疼，疼，疼死我啦。"

两人见目的已经达到，便收起链子，开车离开。

27

北京 凯盛办公室

经历过上一次的恐吓短信事件，李淑英决定还是要给自己放一个长假，让自己调整一下。她是一个很注重个人隐私的女生，所以这件事情除了帮助她的公关经理刘晓静，其他的人她都一概没有告知，包括陈平。

李淑英回新加坡休息了 3 个星期的年假，这是她加入凯盛以来单次休假时间最长的一次。从新加坡回来，李淑英给同事们带来一大堆精美的糕点。上班第一天回到办公室，和陈老大打过招呼，她就开始忙起来。

TMT 投资组的顾卫华已经从分析员升职为 Asso，现在正跟着李淑英在孔孟知道的项目上。孔孟知道最近这段时间发展得异常迅猛，注册人数以每月 30% 的速度递增，连续几个月的预收款和实际销售金额都远远超出年初的预算。孔孟知道主要切入的是中小学课外辅导，特别是小升初、初升高，以及所有家庭最为关注的高三高考备战这 3 个重点复习阶段的辅导。对于这样的生意结构，李淑英有点儿担心。她觉得在线交易不能一味地只追求针对升级考试的准备。如果以现在的情况，90% 的业务量来自小升初、初升高以及高考的这 3 个业务板块，风险太大。为此，她跟 CEO 齐帆提过几次，齐帆答应要考虑做适当的调整。但是从报表上看，李淑英知道对方没有什么后续的动作跟进。10 天前李淑英在新加坡休假的时候，从新闻里读到一个报道，说是教育部下了一个通知，为了保证中小学生有更多的休息时间，防止学习任务过重的现象，对于所有除了高三毕业班以外的课外辅导课一律叫停。换一句话讲，不允许任何形式的针对在校中小学学生的学科课外补习。这一下子就切断了孔孟知道大约 2/3 的生源。几十所线下实体辅导学校，平常熙熙攘攘的教室一下子冷清下来，家长们纷纷要求退款。线上的情况也好不到哪里去，因为自从教育部发布通知以后，有关部门也出台了相应的跟进措施，强令各个在线教育网站和网店，对非高考的辅导课程，一概做下架处理。从李淑英这会儿在办公桌前翻看的数据报表看，过去一个星期，孔孟知道的授课时长减少了 70%，另外有超过 3000 万的预付款退款。

预付款从财务上属于应付项，预付款退款影响的只是公司的现金流，孔孟知道目前的现金流倒是没有大的问题，但是业务量的下降，要支撑全公司近 800 位专职讲师，还有两千多位在线兼职教员的薪资，这是一笔不小的开销。李淑英知道孔孟知道目前处于一个十分危险的关头，她已经约好了齐帆，准备今天下午到公司去跟几个高管一起商量对策。

中午匆匆吃过午饭，李淑英要了一辆车，来到位于北京五道口的孔孟知道公司总部，齐帆和几个负责商务、教学，以及网站运营的副总裁已经在会议室里等候。李树英跟大家打过招呼，坐了下来。

会议开始，齐帆说："谢谢凯盛的李总今天过来一起参与我们的讨论。大家把情况先介绍一下吧。"

分管商务的副总裁王茂华清了清嗓子，站起来点开他面前的笔记本电脑，把事先准备好的 PPT 投放到大屏幕上，大致从授课时长、学生上课人数，以及费用开支各项，做了一个简要的概述。王茂华所说的情况，跟李淑英在办公室看到的数据基本吻合。淑英等对方介绍完，开口问道：

"齐总，各位老总，有什么应对的意见吗？"

齐帆说："我们准备做这么两步策略调整。第一是裁员，现有的800 名教师，大约需要裁掉 500 名，先渡过这个难关。第二，加大对高三毕业班辅导课的市场投入。对于这方面的生源，我们要多做一些营销。目前这一方面的业务，我们的市场占有率大约是 30%，我们应该用接下来几个礼拜的时间提升市场占有率，目标是提升到 50% 以上。"

分管师资的副总裁罗川接过话头："按照齐帆的意见，我们已经初步做出了调整方案，刚刚已经邮件发给在座的几位高管和人力资源总监。等齐帆把方案签发后，我们就可以实施。"

李淑英在今天过来之前，心里其实是另外有一些建议的，早在这次教育部禁令发布之前，她就对业务结构有些担心，也一直在替孔孟知道寻找其他业务转型的方式。不过今天在场的有五六个人，李淑英觉得自己不便多说，毕竟自己是投资人的身份，企业管理上的事还是要仰仗团队的决策和执行。她想了想，对齐帆低声说了一句："齐总，你们先开会吧，我到楼里随便转转。一会儿等你们会开完了我到您办公室跟您单独聊聊。"齐帆点了点头。

李淑英从会议室走出来，在办公楼四处闲逛着。她很熟悉这种快速成长的创业公司规模上升得很快但往往衰败也快的现象，在挫折的时候能否把人心稳住，能不能面对困境迅速找到解决方法扭转局面，对于创业公司是至关重要的。都说10个创业者有11个能够在顺风顺水的境况下打出漂亮的战役，但是10家创业公司可能只有1/10的创始人和团队能够在逆境中找到突破口，这里面更多的是意志力和沉着冷静的应对。虽然说上一次的那个恐吓事件把李淑英吓了个够呛，但是在职场上，李淑英显然是一个沉着老练的职业投资人。她在办公区域来来回回转了五六圈，回到齐帆的办公室坐下来等候。

不一会儿，齐帆推门进来。两人打了一声招呼，齐帆一脸的沮丧模样，开口问道："李总，你是不是有什么意见想跟我单独聊聊？"

李淑英知道对方眼下面对着巨大的压力，她点了点头，拿起眼前的矿泉水，拧开喝了一口，接着说道：

"齐总，做企业您肯定比我更有经验。只不过因为我们做投资的，可能见到过各种各样的项目。孔孟知道目前经历的，其实算不上创业公司的特例，而是通例。各家企业虽然各自的情况不同，但大多数或早或晚都会面临意想不到的挫折。凯盛基金和我本人对投资孔孟知道，对这个项目，这个团队，或者更直接地说，对您本人，有充分的信心。所以我今天过来，首先要给您表个态，不管再大的风浪，我们都和您站在一起。在董事会上，对于管理团队的决定和做法，我一定是帮忙补台的定位，而不是指责。"

齐帆听完松了一口气，说："太感谢了，我还想你们过来是要兴师问罪的，那我们一起来共渡难关。"

"是的，用我在北京学会的一句北方人喜欢说的话，叫作我们是一根绳上的蚂蚱，谁也逃不脱的。"李淑英停了一下，接着说，"齐总，刚刚在会上，你们团队提出的这两个方案，我个人觉得并不是最妥当的。为什么呢？你看。"

李淑英斟酌了一下字眼，说："这个时候，大面积的裁员虽然会减少一些费用，但势必导致人心惶惶，剩下的人干起活来心里也没底。再说了，孔孟知道要发展，肯定是需要更多人才的。今天我们把人裁了，过几天等我们业务发展再来重新招人，这就免不了还得再折腾一遍，浪费不少精力和费用。再说关于加大对高三的投入，这肯定是一个必须做的项目，但是在目前这个大环境下，我们的竞争对手也都会瞄着高考辅导的这块蛋糕。大家在这里拼命地抢，一定会成为一片红海，导致的结果必然就是营销的费用急剧上升，说不定大家还会打价格战。"李淑英知道这样的说法对方能听得进去。

"你说的没错，"齐帆点点头说，"原先我们针对高三的辅导课，线下一小时280的报价，在线辅导标准报价是200，现在对手都已经砍到150，甚至120了。"

"是啊，"李淑英表示认同，"所以这项工作要做，但它不是解决眼下困境的根本办法。"

"您有什么建议呢？"齐帆显然被李淑英的话题吸引了。

"我在想，咱们是不是可以探索新的领域，例如中小学的兴趣辅导，这个并不在教育部的限制范围内，比如中国的书法、学琴、手工制作等等，还有就是英语口语班，我们不能做英语考试辅导，但是我们可以开设口语班，把它做成是培养才艺和兴趣的课程，与升学考试无关。这样既可以规避教育部的限制，也有利于培养孩子全面发展，与教育部的要求是一致的，这是一个方面。另外一个呢，就是成人的在线辅导。成人在线辅导在西方社会非常成熟，是一个运作多年的业态，国内以前只有官办的电视大学，民营机构接触的很少。我一直觉得成人在线教育是一个大的趋势，这是一块大蛋糕，它可以帮助很多人解决随时充电补充知识的需求，通过开辟成人在线教育，给学员足够的课程选择和时间空间的弹性，我想这个领域比中小学的在线交易将来会有更大的空间，这里面可以做的事情很多。例如以我们办公室来说吧，很多人其实不知道怎么去用好 Excel，怎么做一个好的 PPT，这方面的在线培训目前没有人去碰，有问题的人碰到困难，只能自己去百度，费时间，又未必能真正找到他所要的知识点。我觉得这是很大的一个蓝海，更不用说还有很多兴趣爱好的专业知识，比如说给喜欢登山的人开课，告诉他怎么做一个专业的登山客。喜欢跑步的，教他怎么保持步伐韵律，像我这种喜欢练瑜伽的，我就一直希望有一个在线的瑜伽课程，能够一点一点地辅导我。"李淑英一口气把她想了好久的建议说了出来。

"这真是一个很好的主意。"齐帆有点激动地站起来走了两步，"我怎么从来就没有想过这个思路？"

"那可能是因为您原先是做中小学教育出身的，所以您自然地会更加注意发挥自己的知识点，这个很正常啊。就像我刚刚说的这些，您让我说说可以，让我真的上场操作，那肯定不行。"李淑英谦逊地说道。

"执行力和推动那是我们的特长。"齐帆表示，"谢谢李总这么好的建议，我整理一下，下周开一次董事会，我们定一下新的运营策略，接下来我亲自带队做业务转型。"

28

三亚　海边酒店

中国最南端的旅游城市三亚，阳光、海水、沙滩，嬉笑打闹的孩童，挽手低语的情侣，一片休闲景象。

凯盛基金多年来一直有年度 Outing 即远足的惯例，以国家为单位，组织员工每年开展一次带休闲度假性质的团队建设。这个传统的团建项目在凯盛大中华区，通常都安排在 12 月中旬，圣诞假期前，地点选择在中国南方或者东南亚的旅游城市。今年的 Outing 选择的是三亚，预定丽思卡尔顿度假酒店。

和往年不同的是，今年凯盛大中华区的年度 Outing，公司邀请大中华区全体人员及家属参加，而不仅仅像以往那样，只是 professional 有资格，其他的行政人员和助理们，除了担任会务，通常不在邀请之列。全员参加的这个主意，是陈平的决定。而且陈平还特地让行政颁发了一个邮件通知，要求所有的 professional 去 Outing 的机票全部乘坐经济舱，行政助理等支持部门人员则乘坐商务舱或头等舱。

陈平觉得，Outing 团建是一年一度公司全体员工相互沟通交流的好机会，不应该人为地排除支持部门的同事。至于航班舱位的选择，他认为投资经理们一年到头出差无数，都是头等舱商务舱，让他们乘坐一两次经济舱，是一种接地气的体验，而把头等舱的机会让给支持部门的同事们，则是对默默无闻做后勤保障工作团队同事的一份奖励，给他们更好的休假体验。于是人们就看到这样的场景，从北京飞往三亚的航班上，老大们挤在后面的经济舱，小秘书和助理们则端坐在前舱宽大的头等舱位子上，舒适地享用着免费饮料餐食。

Outing 在三亚总共是四天三夜，周三上午分头出发，周六晚上返回各自的所在地。

当陈平决定邀请全员参加的时候，一开始行政总监 Lynn 还有一点担心，她的顾虑是如果全部人都走开的话，万一临时有什么事情，没人张罗。陈平回复说，如今网络时代信息沟通非常方便，办公室的电话都可以接转到每个行政相关人员的手机上，有什么事情都能在线处理。"所谓需要在办公室守着一个人才觉得更稳妥的想法，"陈平对 Lynn 解释道，"这或许还是工业时代的思维，那时候信息不发达，人如果不在办公室，有事情的话无法及时联系处理，这样的情形现在已经不复存在了。"Lynn 觉得陈平的意见有道理，就把这个方案确定下来。很多小助理一听说自己可以参加年度的 Outing，还可以公费报销头等舱的机票，都兴奋得不得了，不少女孩子提前半个月就开始准备着自己 Outing 的服装和拍照用的各种装饰品。

与这些后端支持部门人员兴高采烈的心情状态不同，一线的投资经理们，有些人心里是忐忑不安的，因为元旦一过，每年 1 月就是凯盛基金年度考评季。凯盛公司逐级对所有职业投资人过去一年的投资表现，量化数据，逐一进行考评，优秀的获得加薪升职，表现不理想的，除了拿不到年终奖金，还有可能被劝退或者内部降薪降职。所以职业投资人在 Outing 这几天的心情并不那么放松。

因为是带休假性质的活动，商务方面的安排并不多，总共只有两次与投资方面有关的聚会，分别安排在周四上午和周五上午，一次是挑选凯盛基金过去一年表现突出的几家被投公司老总前来做业务分享，另外一次是视频连线会议，请几位经济学家介绍中国宏观经济以及投资环境的最新情况。除了这两次与投资业务有关的会议之外，其他的节目，就是自愿参加的形式，包括沙滩排球、迷你型铁人三项赛、德州扑克擂台赛、烹饪厨艺比赛、化装舞会等等，每天晚上都还有不同主题的晚宴，以及专题的文艺活动。

对于从 TMT 转到教育与医疗组的石磊来说，这次的 Outing 显得格外紧张。过去一年，他所直接负责的项目并没有突出的表现，而石磊在初级合伙人的这个位置上已经待了 4 年。按照凯盛内部管理规则，如果今年再不升职的话，就会面临着降级甚至被辞退的结局。私募基金是一个不进则退的行业，没有任何公司会长时间养着一名业绩不突出的职业投资人。石磊知道自己的这个年关不好过，他也很清楚陈平这位新任总裁对他的印象不佳。但是目前石磊并没有找到更好的去处，他还得在凯盛这棵大树底下继续乘凉。石磊心里清楚自己需要在凯盛大中华区的主要核心管理层中，寻找能够替自己说话的人。

算来算去，最有可能帮得上他的，就是消费品组的威廉。

威廉是石磊加入凯盛时的第一任老板，石磊在消费品组做过几年的 Principal，双方一直保持着比较密切的关系。威廉是美国人，他是不吃送礼那一套的，所以一直以来，石磊在关系的维系上更注意的是投其所好，例如邀请威廉一起打高尔夫，去酒吧喝酒，对付美国人，这样的路数挺管用的。

Outing 活动的第三天，周五晚上，是公司内部组织的德州扑克擂台赛最后一轮的决赛，参加这项比赛的一共有 40 多人，前面两天比赛下来，经过数轮淘汰，决出了参加决赛的最后 6 名选手。

晚上 10：00，在丽思卡尔顿酒吧边上的小房间，擂台赛最后一轮的决赛开始，石磊和威廉都进入最后决赛的 6 人名单。

比赛由外聘的专业裁判主持，采取淘汰制。到这会儿已经进行了两个多小时，牌桌上只剩下 3 个人：石磊、威廉和工业与制造组的一个 VP 曹中华。各自面前堆放着手上拥有的赌注筹码，石磊的筹码加起来大概有 35000。威廉有 40000，曹中华大概还有 10000 筹码。德州扑克的淘汰制，就是赢家把对手面前的筹码都赢下来，直到最后一人胜出。

这圈牌发下来，石磊拿到的是一对 10，一个红桃 A，还有一张梅花 6。在等待第五张牌河牌的时候，威廉把他面前的筹码往前一推，All in（全押）。石磊知道自己一直在等待的机会到了，他眉头紧皱，做出纠结深沉的思考状，半晌把全部筹码推向牌桌中央：Call，跟。

曹中华弃牌。

河牌翻出来了，是黑桃 J，威廉把手中的牌翻了出来，和桌面上的两张 K 形成三条。石磊把牌仍然扣着直接塞到用过的牌池里："祝贺。"说罢，一副沮丧模样站起身来。

这就是石磊等待的机会。他心里所谓的机会，不是想赢得眼前的这堆筹码，而是用一种很巧妙的方式，让威廉在今天晚上的德州扑克擂台赛上拔得头筹。在等候河牌的时候，以他的判断，自己手中有一对 10，一张 A 和一张 6，对方敢于在转牌时 All in，通常来讲，至少有一个三条，或者两个对子，而自己要赢得对手，在最好的场景下，河牌是 10，自己也只有 10 的三条，即便在这种情况下，能战胜对手的机会也是很渺茫的。但是德州扑克讲究 Bluffing（诈唬），自己大可以说，自己使用的就是 Bluffing，这番心计别人是揣摩不透的。

"恭喜威廉，我们一会儿酒吧见。"石磊一脸垂头丧气的神情离开牌桌，走进隔壁的酒吧，要了一杯龙舌兰酒。他知道，自己刚刚这把牌输给威廉，如果不出意外的话，威廉应该能够在今天的德州扑克擂台赛上获得台主称号。凯盛基金每年对于年度内部德州扑克擂台赛的冠军，都会颁发一个大大的奖杯。一会儿威廉如果拿到这个东西，一定会很高兴，这是一个石磊希望利用的机会。

果然，大约 20 分钟以后，酒吧隔壁的房间人声鼎沸，有人在鼓掌，喝彩声随之传过来。再过几分钟，只见威廉抱着一个金灿灿的奖杯，笑眯眯地走进酒吧，把奖杯往吧台上一搁，对侍酒师说："来来来，我现在要请客，请给酒吧里的每一个人都端上一杯波本威士忌，我来埋单。"

酒吧里有十几个人，基本上都是凯盛基金的同事，大家纷纷鼓掌，向威廉道贺。石磊走到威廉身边，给了他一个熊抱，说："祝贺你啊，老大。这是你的第几个奖杯？"石磊知道威廉以前赢过。

"第三个，前面两个都放在我办公室呢。"威廉一副满足的神态。

"来，干。"石磊举起酒杯，和威廉碰了一下，对方一饮而尽，欲转身离开。

"哎，不行不行，"石磊一把拉住，"按照中国的习惯，碰上这样的大好事，应该连干三杯。来来来，大家一起庆贺。"说完他一挥手，几个同事连忙凑上前来。石磊吩咐侍酒师："你帮我们摆上20个杯子。这里有10个人，每人至少两杯任务，我们大家要一起祝贺威廉。他是我最好的领导和老板，快点儿来，大家一起乐和。"

威廉显然来了兴致，脱掉外衣，把衬衫的袖口一挽，兴致勃勃地站到吧台前面，和石磊并排，招呼着大家一口气干完了眼前的20杯威士忌。

"我们来玩左轮转吧。"石磊提议道。他领着在场的几个年轻同事在一张圆桌前分头坐下，喊过来侍酒师："再给我们拿4瓶威士忌。"

所谓的左轮转，原先是俄罗斯人发明的一种带有赌博性质的游戏。大家各自出钱，放到中间，用一把左轮手枪，里面装上一颗子弹，每个人轮着朝自己的头扣动扳机。后来有人拿这个做了改良，还是一把玩具型的左轮枪，里面装上一颗橡皮糖。一圈依次轮流转下来，每个人都朝自己的太阳穴扣动扳机，如果你正好打中自己，那橡皮糖就会贴到你的太阳穴上，被打到的人要连喝3杯酒。这是一种不醉不止的游戏，很有刺激性，酒吧间喜欢靠这种游戏多卖酒水。

六七个人轮番地喝着比画着，不时地有人喝醉趴下，还有闻讯赶来凑热闹的其他年轻小伙子陆续加入。1个小时后，人渐渐多了起来，整整坐满了3张桌子。喊叫声此起彼伏，全场气氛在酒精的强烈刺激下，嗨得都快要把玻璃震碎了。

这会儿已经是夜里12点多，一伙人前前后后喝了10多瓶威士忌，侍酒师说所有各个品牌的威士忌都已经被喝光了。这帮意犹未尽的玩家就拿龙舌兰酒替代，一副不把所有人醉倒绝不罢休的样子。最后闹到凌晨2:30，在场所有人无一例外地，全部趴倒。石磊迷迷糊糊地告诉侍酒师，请他叫凯盛行政部人员过来结账，因为这伙人的花费金额，已经远远超出了房间记账签单的上限。

石磊在地上倒了大约 20 分钟，觉得有点儿口渴，坐起来想喝口水，看到威廉趴在自己边上的地毯上，好像吐了，他连忙走到酒吧洗手间洗了把脸，又喝了一口水。拿着水杯，扶起威廉，让他喝了。这会儿威廉醒过来了，有些不好意思地说："我其实没醉，就是困了。"

石磊借机在威廉边上席地而坐，说道："我看您清醒得很，来来来，您先喝口水。"他扶着对方一口气把水杯里的清水喝完了："老大，我特别怀念在你手下干活的日子，没有你就没有我 Stone。你是我的老大，凡事还得请你多罩着我。"

威廉回答说："你放心，Stone。你是我招进来的，不管出现多大的事，我都会支持你。来，干。"他一边说着，一边端起水杯试图找石磊碰杯。

石磊连忙扶住威廉歪歪斜斜的上半身，接着说："老大，我担心我这个年关可能不好过，陈总一直看我不顺眼，实在混不下去如果要被降级的话，我就还申请回到你那里替你效力，行吗？"

"行，没问题，你别想那么多，不会降你职的。管理会上我会帮你说话，放心。"

"好的，有你替我撑腰，我心里就踏实了。"说罢，石磊扶着威廉站起来，两个人跌跌撞撞地走出酒吧，朝客房走去。

同一时间，酒店室外露天钢琴吧，李淑英和 TMT 团队的 Asso 程红正进行年度谈话，不久前，淑英已经提报陈平批准，程红将从下一年度起晋升为 VP 副总裁，这一级可是私募行业职场上的一个大台阶。一旦进入这个职级，就意味着已经成为高级投资人士，可以在更大程度上自主决定一个项目的取舍，从收益上看，VP 以上级别的专业投资人有资格参与基金公司的红利分红也就是行话说的 carry。凯盛实行的是全球红利池激励体系，就是说全世界各个国家和地区的年度获利统一进入资金池，所有 VP 以上人员按不同职级的比例分配。这个做法与大多数其他基金不同，同行的常规做法是每个国家各自为阵，凯盛的全球红利池分配，客观上有利于相互间资源的协调和支援，但也不可避免地带来惰性，某个人哪怕不努力，全世界任何一个角落的利润他也可以分一杯羹，内部有人戏称这样的红利体系为"资本主义的大锅饭"。陈平上任后推行的每个职级升迁 2+1 模式，就是试图解决这种混年头的低效现状。

"Shirley，我自己总结了一下，过去这一年有两个本来可以报批的投资项目跟进不够及时，导致机会错过了。还有就是我们手上的丽人红娘项目，这个我是协助胡进的，这个项目有几个创新方案，团队都只是长时间停留于讨论没有向前实施，这件事我有责任。"程红显然为今晚的年度总结谈话做足了准备。

李淑英十分欣赏对方这样的态度，她自己也一直是这么做的。很多时候员工在与上司进行年度总结的时候总喜欢说成绩摆优点，其实那些东西你不说出来对方也很清楚，但如果利用这个机会把过去一个阶段的不足或者缺失直言不讳地说出来，不仅能给上司留下诚恳、严肃认真的印象，也往往能让你的上级在落笔写你的评价报告时多一份宽容。

深夜的三亚海边，清风习习，两位女士毫无困意，兴奋地交谈着下一个年度的投资设想。

29

新加坡　香格里拉大酒店

卓亚琴是猎头行业资深人物。大学毕业以后，她进入一家外企科技公司，做了 5 年的 HR，从人资助理干到总监。后来出来自己成立猎头公司，主要针对高科技、零售和文化教育的高端人才招聘。两年前，卓亚琴把自己的猎头公司并入格时猎头集团全球网络，成为格时猎头大中华区分部。公司的业务线也拓展到电信、金融投资相关的招聘服务。卓亚琴和陈平认识多年，以前陈平在零售行业担任高管的时候，卓亚琴是陈平所在的那家公司最重要的招聘伙伴之一，替陈平的管理团队招聘过几十位高端人才。如今陈平加入凯盛基金，先是管理 TMT，进而成为凯盛基金大中华区总裁，卓亚琴与凯盛的业务往来也日益频繁。凯盛基金本身的招聘业务量倒是不大，因为私募行业的人员流动是很有限的，新人录用有很多都是从应届毕业生招聘或者由候选人直接投递简历，但凯盛大中华区现在投资近百个项目，几乎每个公司都有常年的招聘需求。所以在正常情况下，每一年凯盛被投公司的猎头订单，少则几十单，多则上百单，是格时猎头在大中华区最重要的客户之一。卓亚琴本人是一个很精干的职业管理者，有早年的 HR 经历，接着又做过这么多年的猎头工作，她特别善于把控一个候选人的特质。在她看来，每个企业都希望找到最优秀的人才，而每个候选人也都认为自己是最优秀的。以卓亚琴的职业经验来说，匹配才是最为关键的。往往一个沉默寡言的人，对于一家公司来讲是一个缺点，但是对于另一个雇主来说，恰恰就是对方所需要的。所以着力做好猎头工作的关键就是要彻底了解招聘方和应聘方双方的准确需求，尽最大努力去提升匹配度。对此，卓亚琴有她自己独到的办法。虽然公司有数据库，那上面对于每个职位，每个候选人都有长达 10 几个维度的描述，并且附上各种详尽的矩阵图，但是卓亚琴还是更多地相信自己直观的判断。

例如上一次，凯盛基金要组建海天科技管理团队，她很清楚陈平需要什么样的人才，以海天科技当下的状况什么样的人接手能迅速发挥作用，这种对于招聘企业需求的准确把握和对其人才选择方向的清楚判断，成为她筛选候选人的基础，所以短短十几天时间，卓亚琴就把一个 4 人团队配置整齐，客户对此十分满意。事实证明，他们几个人选进入海天科技以后，公司的经营状况很快得到扭转，据她所了解的信息，3 个月以后，海天科技已经基本走入正轨，凯盛追加了新一轮 1500 万美元的投资。

卓亚琴还是一位消息灵通人士。做她们这个行业的，第一时间掌握企业动向和人才流动的信息，往往是在竞争中先行一步、占据销售主动的关键。由于工作的关系，卓亚琴这些年接触的都是企业老板、董事长、各大公司的 O 级别高管，可以说，她所碰到的都是人才中的精英。因为她的消息灵通，在北京高级金领圈，卓亚琴有"人才路透社"的称谓。

在卓亚琴接触的所有人中，陈平一直给她留下特别深刻的印象，不仅仅在于陈平做事的干脆利落，从不拖泥带水，对人对事的判断准确，敢于及时拍板，还有这个人身上洋溢的那股子阳刚之气。陈平不是一个很喜欢与人周旋的人，说话点到为止，但总是富于哲理性，让卓亚琴折服。上次陈平打电话给她，请她帮忙张罗在美国的私人收藏品拍卖会的事，可以算是陈平第一次请她个人帮忙。也因此，陈平答应作为回报，将受邀出席格时全球年会并发表主题演讲。卓亚琴把这作为一个重大消息在内部做了沟通。今年格时集团的全球年会定在新加坡举行，为期两天。有一天的时间是各个国家公司分别报告这一年的工作总结，另外一天，则是邀请各行各业的著名人物发表主题演讲。卓亚琴把陈平的演讲排在了第二天的最后一节，算是压轴戏。

陈平要讲的是经济快速成长环境中的人才需求与匹配。卓亚琴知道，这个题目对所有与会者来说都非常感兴趣，而陈平作为以前的企业高管，是管理行业的领军人物，如今他是凯盛基金大中华区老大，正是做这个主题演讲的最合适人选。陈平答应了她的安排，卓亚琴把陈平的机票、酒店，都提前订好了，并亲自陪同陈平，一起从北京飞往新加坡。

对于自己能够有两三天时间与陈平相处，卓亚琴有些兴奋和期待，她心里也说不出个所以然来。

格时集团年会如期举行。第一天是内部会议，陈平说他要去新加坡凯盛基金走访几位同事，亚琴就替他安排了一辆车，让他自行活动了。据她所知，新加坡是凯盛基金全球化进程中进入亚洲的第一站，主要负责东南亚地区的投资业务，在橡胶提炼、石油加工、船舶运输方面有不少投资成绩，不过最近 10 年，随着中国经济的崛起，大中华区的投资分量远远超过其他亚洲分部。

按照格时集团的议程安排，年会第二天将由特邀前来的数位全球各个行业知名企业家和总裁发表主题演讲，听众除了格时集团各国参会代表 100 来人以外，新加坡商会组织了当地的商界人士以及主要媒体的记者参加，香格里拉酒店主会场 500 席座位座无虚席。

　　下午 4:00，陈平开始了他的主题演讲，在礼节性地对主办单位和来宾致以问候之后，他开口说道：

　　"人才无疑是经济发展的推动力，这一点无须我们在这里论证，从今天这么多人对这个话题感兴趣，我们就能确定，全球经济发展从来没有像现在这样，高度依赖人才的作用。数据表明，美国 500 强企业 CEO 过去 30 年平均个人薪酬收益增长了近 10 倍，很多人质疑同一个时间段的企业升值并没有这么高，是否意味着高端人才的巧取豪夺？抛弃收入差距与收入平等这样的社会话题不讲，这种快速增长的薪酬结构，客观上表明大企业对优秀管理人才的需求更为迫切，而供给出现短缺。

　　"我不是军人出身，但我喜欢阅读军事方面的书籍，我曾经在一本书里读到过一段谈论如何评论战争状态下的将领能力的话，让我印象十分深刻。它这样写道：古往今来，不管哪个朝代、哪个国家或地区，随便找一个人都能带领几百人打仗，好的军事将领，带领几千人、上万人也没问题，但通常最多三五万人就是上限了。能指挥 10 万以上的将军，那都是天才。我记得这本书解释说，10 万人甚至几十万人组成的军队，在古代冷兵器时代，排起来走路就得十几里地，打仗攻城，可能前面仗都已经打完了，后头的人还没走出军营呢。再有步兵、骑兵、弓箭手、长矛手多兵种的配置，粮草给养调度，所有的一切全凭一个脑袋的决断，没有特殊才华的普通军官根本驾驭不了。

　　"同样地，过去 30 年信息化时代的快速到来，企业需要应对的是不断高速变化的市场环境、随时改变的用户需求、层出不穷的新兴科技，还有越发复杂的法令条规、不同地区企业运作的管理要求、员工雇用的烦琐规定，也就是说，大型企业的领导者，如今需要的是复合型人才，不再是 100 年前你可以像洛克菲勒有超人胆量，像爱迪生有发明绝招，就能领导一家知名企业。那么，这种复合型人才，从资源的供给上，本身就相较于单一性人才，例如计算机开发主管、财务主管、市场主管等更加稀缺，况且我们沿袭下来的教育，从大学到研究生，也多着力培养的是专业知识为主的专才。当然专才无疑是需要的，但今天绝大多数企业，都严重缺乏有综合管理能力、能够驾驭如今复杂多变经济环境的复合型人才。我个人的判断是，在今后几十年，这样的人才缺口还会进一步加大。用我刚刚讲到的军事指挥的例子来说，这就好比我们需要准备星球大战，但我们找不到能以宇宙为背景舞台的指挥官。

"经济快速成长环境中的人才需求与匹配另外一个明显的问题是管理人员的年轻化进程。过去 30 年，我们经历的社会发展速度是过往几百年上千年的总和，但我们的人才观依然停留在几百年前的观念上，我们还是习惯于中小学 12 年，大学 3 到 4 年，研究生 1 到 2 年，我们还是觉得企业管理要多设几个台阶，每个台阶有几年的门槛，这样当一个人从拉车夫的角色熬到坐车人角色的时候，大概和我现在的模样差不多，开始两鬓发白了，这一点是几乎所有企业在管理方面的严重滞后。当下时代，学习不再是一次充电满格，然后一生慢慢使用的场景，企业也不再是今年只是去年 90% 的重复加 10% 优化的概念。试问 AI 智能开发运用，今天在座的有几个人能说明白？又有几个人懂得如何搭建数据区块链？如果我们都不懂，我们一方面必须进入这个市场，另一方面又要求那些懂行的人向我们这些不懂的人报告，那结局将会如何？在中国互联网界现在有一个说法，叫 35 岁淘汰，这话说得有点儿极端，但至少在新兴行业，一个人如果 35 岁还不能崭露头角，那他基本上难以有大作为。中国人喜欢尊称医术高明的医师为老中医，我这里要加一句注释：这里的'老'是一份尊称，类似于英文的 Sir，而不是指年龄。扁鹊、华佗都是少年成名的，花白胡子走街串巷的那充其量只是混饭吃的江湖郎中。"

……

陈平的演讲获得了巨大成功，格时集团全球主席特意在陈平演讲结束时登台向陈平致谢，并且送给陈平一瓶自己珍藏多年的来自加州纳帕河谷的赤霞珠红葡萄酒。集团主席事先向卓亚琴了解过，知道陈平对葡萄酒情有独钟。

谢过格时的几位高级管理成员，陈平走出会场，正准备回自己的酒店房间，卓亚琴在过道里把他拦住了。"陈总，我没有经过你的同意，擅自更改了你的行程。一会儿这边的事情都结束了，我在这里也没什么其他的事。所以我想邀请你，咱们过海到圣淘沙去，在那边休息一天。"

陈平有些意外，因为他们现在住在新加坡市中心的香格里拉酒店，而卓亚琴所说的圣淘沙，是位于新加坡岛南面的一个面积小巧的度假小岛。"那里基本上都是游人的地方。"陈平脱口而出。

"是啊，我知道。你平常都那么忙，我们回程的机票已经订好了，是明天晚上走，既然今天这边事情都做完了，你该拜会的商务同事也都拜会了，我想你不是一个购物达人，与其在市中心再待一天，干吗不趁这个空隙到小岛上换换空气呢？我知道你是海边出生的，应该对海有一种别样的心情。"卓亚琴说完，也不由陈平反驳，直接说道，"我去定个车子，20分钟后我们在lobby见，你把房卡直接留在房间里就行，不用办check out，有工作人员会统一办理。"说完挥了挥手，从过道的楼梯下楼。

陈平想了想，没再多问。

当天傍晚，陈平和卓亚琴两个人来到了圣淘沙酒店，这是一个纯粹的旅游度假村，不过现在正是旅游淡季，入住的人不多。度假村的前面就是一望无尽的大海，平缓的沙滩，蔚蓝如缎的海水，卓亚琴说要邀请陈平游泳。两个人各自回房间换上泳衣，在海里游了近1个钟头。陈平从小在海边长大，水性极好，各种泳姿对他来说是信手拈来。卓亚琴就差得远了，她是在游泳池里学的游泳，一进入海洋，那和室内泳池是截然不同的两回事，每当一个浪头袭过来时，卓亚琴根本不知道怎么对付，一不小心就呛了几口水，咸咸苦涩的海水把她折腾得够呛。陈平试着教她如何回避浪花，特别是在自由泳伸臂换气的时候，要根据海浪的势头调整节奏，卓亚琴试了几次，还是没有掌握到要领，只好改成蛙泳，她先小心翼翼地走到没及嘴巴位置的海水处，转过来背对着海浪往岸边回游，这才不至于呛到海水。

两人游得都有些累了，走回岸上，卓亚琴提议说："你把今天我们老板送给你的那瓶酒贡献出来尝一尝吧，反正你带到飞机上也不方便。"

陈平笑笑，说："这礼物我都还没焐热，你就紧赶着要回去了？"

"就是要，见面分一半。"卓亚琴眨了眨眼睛，"一会儿沙滩上面的意大利餐厅见。"

陈平回到度假村酒店的房间，淋浴完毕，走到阳台上抽了一支烟。他感觉有一点儿迷乱，亚琴邀请他过来这里度假，是临时心血来潮呢，还是早有计划？陈平想不出个究竟，便告诉自己放松，这是度假时光，哪怕只有一天。他这边正望着夕阳西下的美丽海景抽着烟，房间的电话响了，是卓亚琴的声音："一会儿下来穿得好看一点儿哈，可以给你拍几张照片。"

陈平放下电话，从衣柜里拿出两件短袖T恤比画了一下，最后选了一件白色的Polo衫。

来到意大利餐厅，卓亚琴已经在餐厅里等候，她换了一件米色的连衣裙，在夕阳的光照下显得楚楚动人。两个人分别点了鲜煎三文鱼和牛小排，另外各要了一盘蔬菜色拉，陈平请侍应生把那瓶纳帕葡萄酒提前打开。

卓亚琴说："我知道你是一个资深的葡萄酒行家，能给我介绍一下这款酒有什么特点吗？"

陈平说："纳帕河谷位于加利福尼亚州纳帕县，受山脉以及临近太平洋风向和潮湿度的影响和作用，这里的土壤很适合种植优质葡萄。这一地区葡萄藤的漫长生长季的特点是白天阳光充足，温暖、干燥，夜晚凉爽，为葡萄的成熟提供了一个理想条件。纳帕河谷种植的主要葡萄品种包括赤霞珠、品丽珠、佳美和歌海娜，我个人觉得它的赤霞珠最为经典。今天这款酒我以前听说过，这是第一次品尝。如果没有猜错的话，这款酒的主要特点是酒体醇厚、浓郁。"陈平端起侍应生倒好的酒杯喝了一口："嗯，入口比较顺滑，带有樱桃、红醋栗、蓝莓和李子的香气，还有明显的后香。要是拿它和其他产区的单一葡萄酒相比的话，差别会更加容易感觉。"

卓亚琴一边听着一边拿起酒杯抿了一口，好像没感觉到对方说的那些味道。

"哈哈，你这个品酒的方法不太正确。"陈平端起自己面前的酒杯，解释道，"品尝葡萄酒不能小口抿，这样尝不出味道。应该大口喝一口，让酒体充满你的口腔，不要咽下去，让酒体在你的口腔四周转几圈，充分品味它的香气，然后再喝下去，像这样。"陈平举起酒杯，喝了一大口，把嘴巴做成一个圆形深吸了一口气，再借助气体在口腔里让酒液转了几圈，发出咕咕的声音，最后一口咽下。

卓亚琴看着陈平的示范，试着做了一遍，似乎找到了一点儿感觉。陈平举手叫来了侍应生，用英语问道："您这里有澳洲的赤霞珠吗？""有的，单一款的有奔富407。"侍应生回复。

"那是一款很典型的赤霞珠单酿，帮我拿一瓶，直接打开，再给我们两个杯子，谢谢。"陈平说："你一会儿比较一下，差别就很明显。刚开始品葡萄酒的时候，可以有两种方法，要么同时对比不同的葡萄酒品种，要么同一品种不同产区的，这样就能很快找到特点，就像你们女士比较香水，不也是得多试几款才能分辨吗？"

卓亚琴说："一下子开两瓶酒，我们喝得完吗？"

"喝完喝不完没关系，我们不是买醉，是品酒，需要有一点儿比较，来，你试试这款，这是帕克评分92分的澳洲产奔富赤霞珠。"

卓亚琴按照陈平的建议交叉地品着两款葡萄酒，试图寻找它们之间的区别。

"你今天的主题演讲很精彩哟，我们老板都跟我说他参加过无数次主题演讲，很少能听到这么有深度的人才分析。"卓亚琴停了一下，转个话题问道，"陈总，我知道你对中国文化有很多钻研，童年时代经历过'文革'，还有多年在东西方企业实际参与管理的经验，你怎么看信息时代对80后、90后这两代人生活的冲击？"

"这个话题有点儿大，你不会要写论文吧。"陈平端起酒杯喝了一口。

"我不是个会写东西的人，但我干猎头这么多年，都是和人才打交道，我能感受到现在新一代职场人的价值观与上一代人，也就是你这代人有很多不同，但是你要让我一句话总结的话我还真是说不出来，所以想听你讲讲。"卓亚琴柔声说道。

"我是唯一有幸在半辈子的生活经历里同时跨越农业时代、工业时代和信息时代的一代人。人类文明几千年，到现在无非就是这么3个时代，正好都被我赶上了。农业时代是简单再生产，年复一年，一代一代，都是重复以前的东西，从规模到形式都基本不变。我小时候在老家乡下田间种地，用的木犁、镰刀，这些工具都已经沿袭上千年了。工业时代是机械化，流水线，专利发明，带来的是扩大再生产，规模加大，成本下降，生产力逐年提升，我们每个人到百货公司买衣服，给孩子上学添置作业本，它们都是靠工业化大批量制造出来的，用来满足无数人的日常需要。工业时代在生产力方面无疑是一个质的飞跃，但直到工业时代，资讯的传播基本上还是单向的、滞后的，容量也十分有限，一张报纸、一家图书馆，再怎么完善，都不可能提供每人需要的所有资讯，更没有办法实现实时和在线多群体互动。而如今进入信息时代，它给予我们的不仅仅是资讯获取的新方式，财富创造的新途径，更重要的是带给了人类前所未有的平视视角，由于信息的通畅透明，人们可以自由发表自己的看法，独立拥有个人价值观。我有一个观察，以前我做电商网络销售的时候，我发现网上卖家拍摄服装图片视频，与传统百货公司高高在上、仰望星空的冷艳模特不同，网上用的大多是邻家小妹的展现风格，用这样的方式表示这衣服就是为你打造的，上面的这个小妹和你是一样的，你穿上去一定好看。这种展现形式折射的是一种与过往历代仰视名人截然不同的文化价值观，更是这一代人远胜于上一代人最为闪光的亮点。"陈平概括着说。

　　"嗯，你说得不假，如今人们更加自我，有自己独立的评判意识，但我一直不太理解现在的网红现象。以前我们说追星的大多是年幼无知以及文化水平低的人群，可是你看现在，多少办公室白领，都一个个甘愿追捧心目中的网红，都被叫成脑残粉了还扬扬得意的，不理解。"卓亚琴摇摇头。

　　"追星成为一种普遍现象，而且在追逐光环的兴奋状态下不管不顾的，有两个原因，一是大家有钱了，你别这么瞥着看我，是的，你想想，如果一个消费群体连三顿饭都吃不饱，哪有那个精神头追星当粉丝？"

"这倒是客观事实。"卓亚琴表示认同。

"第二个原因呢，"陈平思考了一下，显然在斟酌字眼，"我们千百年来主仆分明的等级观念不可能在短时间内彻底消亡，哪怕信息时代唤醒人们的自我意识，仰视或者俯视这种习惯性价值观不是一天两天就能彻底消除的。我们有几千年的封建历史、官宦文化，无数人被训练成要么当别人的主子，要么给别人当奴才，很多人买东西不是为自己消费花钱，是为了面子掏腰包，为了让别人高看自己，这说白了就是一种奴性思维。我邻居有位老板娘买车开宾利，告诉我这样才有派头，我几次都有点忍不住想提醒她，这款宾利车是给拥有戴着白手套司机的人配置的，不是让你自己开车上下班的。说到底，跟风文化与个人崇拜一样，不太可能一下子消失。我小时候经历过'文革'，我们这一代人对于疯狂个人崇拜的迷信行为特别有体会，我上大学那阵子读过一首朦胧诗《致橡树》，至今记忆犹新：我如果爱你，绝不像攀援的凌霄花，借你的高枝炫耀自己；我如果爱你，绝不学痴情的鸟儿，为绿荫重复单调的歌曲。……我必须是你近旁的一株木棉，作为树的形象和你站在一起。根，紧握在地下；叶，相触在云里。每一阵风过，我们都互相致意。这是舒婷的诗。"陈平叙述着，仿佛面前展现着老家厦门的海滨道上，几棵并肩而立挺拔橡树的画面。

"你说的这一点我很有体会，就好比你我互相欣赏，但我们是彼此独立的个体，不存在互相依附。而你说的这种仰角膜拜思维，恰恰解释了直播带货的畸形现象，主播圈一大堆粉丝，54321，喊几声，商品秒没，其实粉丝们根本不知道，他通过主播推荐掏的腰包，有一半以上的钱不是买了商品，而是进了主播的口袋，这体现的恰恰就是你刚刚提到的仰视文化痕迹。"卓亚琴斟酌着陈平的话。

"习惯于被洗脑，甚至喜欢被洗脑。我们中国人很勤劳能干刻苦，但我们又特别容易被忽悠，煽动情绪，你看看欧美的奢侈品，有一个算一个，都是靠中国市场发大财的，但你还不能说什么，愿打愿挨的事，与其他人无关。"

"说到喜欢，我知道你一直喜欢手表，能问问为什么吗？"卓亚琴换了一个轻松的话题。

"机械表最让我沉迷的，是它小小空间展现的精湛工艺，要把那么多零部件装到一个表壳里面，让各个部件完全靠着弹簧或者摆动的发条驱动，齿轮依次咬合，小针推动大针，最后分秒不差地计算出时间，这才是真正见功夫的手艺。"说到自己的个人兴趣，陈平一下子很兴奋。

主菜很快吃完了，两个人继续面对面坐着品酒闲聊，卓亚琴不时拿起相机拍摄各个角度的照片。陈平一边喝着酒，一边轻松地向卓亚琴回忆自己小时候在田间地头下河摸鱼、捉蜻蜓、用稻草烤麻雀的趣事。卓亚琴是山西大同人，也说了一些北方小孩在寒冷的冬天怎么玩游戏的事情，双方都说得津津有味的。不知不觉已经过去两个钟头，月色笼罩在沙滩上，洒落一地银色的光芒。两人面前的两瓶酒还剩下半瓶。

"来，"卓亚琴招呼着，把剩下的半瓶酒倒入各自面前的酒杯，对侍应生说，"Waiter，我们结账。"她在消费单上签了自己的名字和房号，然后站起身来，端起装满酒的杯子，递一只给陈平："走，我们去沙滩散步。"

两个人一前一后往沙滩上走去，度假村的意大利餐馆位于沙滩边上，从这里走到沙滩只有不到50步的距离。今晚是月圆之夜，风平浪静的海面上，波光粼粼地反射着银色的月光。海面像绸缎一般地微微起伏，伴随着一阵一阵轻微的涛声。

卓亚琴一手拿着酒杯，把拖鞋脱下，光着脚在沙滩上走。陈平看她自顾自地往沙滩深处走去，不禁有点儿担心，连忙从后面紧追几步跟上。"亚琴，你小心。"

卓亚琴转过身来，举起酒杯跟陈平的杯子碰了一下，说："Cheers！For this relaxing night。"说完仰起脖子，一饮而尽。陈平见状，只好也把自己杯子里的酒一口气喝完。卓亚琴把陈平的空酒杯接过来，随手扔到沙滩上，接着紧紧抓住陈平的手腕，朝沙滩远处忘情地跑去。

空无一人的海滩上，月光映射出两条长长的身影。

30

广州　高新技术开发区

高新技术开发区位于市南城乡接合部，是一片有着 50 多栋独立小楼的互联网创业孵化园，园区西南角一栋 3 层写字楼，就是凯盛投资的海天科技公司所在地。

自从新的管理团队接手海天科技以后，公司的局面得到了迅速扭转。凯盛基金在收购原有创始人的股份之后，通过猎头招聘组织了一个懂得线上外贸零售生意的专业人才团队负责管理公司，并从凯盛拥有的股份里划拨了 20% 作为团队的股权激励。新的团队接手 10 个月以来，海天的线上外贸零售，基本保持着每月两位数的增长速度，现在已经实现盈亏平衡。

新任 CEO 宋晓兵之前在美国著名的网络零售商易贝网做过 6 年的销售总监，他和团队对于如何把中国的产品卖给海外消费者驾轻就熟，除了营销资源的运用与线上流量投放，他们还及时根据海外用户的消费习惯调整了产品结构并保持每月数百款新品的上架速度，及时捕捉不同季节的销售热点，在前不久的圣诞新年营销季中，海天的圣诞装饰和礼盒销售，突破每天两万张订单的规模。

这天的公司董事会讨论年度规划，针对新一年的公司发展，宋晓兵提出了希望拓展线下内销市场的设想。

陈平是海天董事会成员，海天董事会目前一共 5 个席位，组成人员分别是公司 CEO、CFO，凯盛拥有两个席位，由陈平和李淑英出任，还有一名董事来自另一家风投公司。对于宋晓兵的想法，陈平是十分赞同的。中国历来有外贸商品转内销的独特商业形态。外销产品在款型、设计和质量把控等方面都很受国内消费者的欢迎。这种现象源于海外市场对流行趋势更为敏感的反应，国内强有力的制造能力以及外贸企业严格的质量监控。只不过长期以来，所谓外贸转内销大多是零敲碎打，基本上是由小个体户或者零星的小店主跑到中国南部沿海工厂，批发一些尾货、仓库积压或者断码的产品，有什么卖什么，缺乏系统的货源组织，也没有销售延续性。中国制造业一向以价廉质优闻名，中国也是全球最大的生产基地，缺乏的是品牌和销售通路。经过几十年改革开放，许多生产企业已经拥有雄厚的产品研发能力，从最早的 OEM 即来料加工，转变为 ODM 即输出自行设计的产品，现在又恰逢政府倡导供给侧改革。如果能够将优质的外销产品，借助海天科技的实际销售数据，从中挑选适合国内消费者的产品，在包装和工艺上做一些调整投放到国内市场，应该是一个很好的商业机会。宋晓兵提出用中国智造这个主题词，陈平也十分认可。他觉得这个提法言简意赅，表明了海天从事内销商品的着眼点是带有 IP 即知识产权元素的产品，绝不仅仅是那些杂七杂八的劣质地摊货。

宋晓兵解释说，他们计划将海天科技外销商品的六大类上万款产品做个筛选，优先推出最受欢迎的几个小类目，例如家居用品、室内装饰、文具玩具类商品等，至于西方消费者乐意购买的花园工具、园艺、户外石雕木雕等，并不适合内销市场。

陈平最担心的其实是现有团队开展这项新业务的自身短板，具体地说，一是商铺资源，二是经营人才。他知道从事线下连锁型零售，从商圈界定、选址、租赁谈判，到卖场的布局、货架道具规划，以及现场销售管理、库存周转，等等，这里面的道道甚多。海天现有的人才结构更擅长的是线上销售。而线上销售与实体门店管理有诸多不同，例如怎样优化现场管理能力是其中最重要的一项，再有就是库存管控。线上就那么两三个集中的仓库，而线下则大不相同，理论上讲有 100 家店铺就会有 100 个仓库。商品都分别存放在不同门店，一家门店畅销的商品在另外一家门店很可能出现滞销，这种现象在线下零售卖场并不奇怪。如果处理不好的话，就会导致大量的库存积压。哪怕你发现一家店出现商品滞销，再试图将库存从 A 店调到另外一家 B 店，也势必导致很多额外费用。

董事会批准了海天科技管理团队新年度着重拓展国内市场的计划，根据团队的财务模型测算，他们预计用 1 年的时间，在全国各地开设 200 家中国智造的实体门店，整体的投入资金大约需要 2000 万美元。

董事会结束后，宋晓兵邀请陈平到他办公室一对一商讨。

"陈总，您不仅仅是海天的投资方代表，还是多年零售行业的长老。海天下一步做国内市场，我很想听听您进一步的建议。"宋晓兵开口说。

"宋总提出的这个拓展国内实体新零售的方向，我是双手赞成的。我现在比较顾虑的是：人才和资源。海天科技的基础是主打海外零售市场的电商企业，如果我们全凭自己动手，一点一点往前推动的话，速度会很慢，而且这里面有很多沟沟坎坎，免不了有一个艰苦的试错校正过程。你也知道互联网讲究的是一个'快'字，我们现在说把外销商品引向内销，这个业态目前看来还是一个蓝海市场，但是只要概念一提出来，这个行业的进入壁垒并不高。我同意你的判断，既然决定要做，就必须用最短的时间建立起我们的防火墙，防止竞争对手快速卡位，而这个竞争壁垒的关键，就是能够按计划快速开出 200 家店。"

宋晓兵在一旁点点头。

陈平继续说："如果我们要在一年之内开店 200 家，除了资金方面的需求以外，还有一个很大的问题——如何寻找商铺资源。因为实体店毕竟不像电商，电商的关键在于摸索盈利模式、用户营销形式，一旦这些关键点明确，增加几台服务器，多做一些线上的投放就能把规模做起来，实体门店靠的是一个一个店铺的选址，一家一家门店的日常经营维护，我们需要找到能够快速发展的实体零售模型，否则拓店本身就是一个瓶颈。"

"我想陈总您应该有进一步的建议？"

陈平从椅子上站起来，来回踱了几个方步，坐下来说道："我一直在琢磨，海天准备做线下对内零售业务，肯定需要启动新一轮的融资，大致的估值刚刚董事会上也都讨论过了。我有这么一个建议，这一轮的融资，是不是可以考虑重点寻找战略投资人，往这个方向走？"

"战略投资人？"宋晓兵有点儿茫然地看着对方。

陈平知道宋晓兵是线上销售的职业经理人出身，在融资方面并没有太多的经验。于是他耐心地解释道："宋总，企业融资有若干种方式，我们常见的通过财务投资人注资是其中的一种，例如凯盛就是财务投资人，他们给资金，占有公司一定比重的股份，他们的优势主要是资金体量，还有后续的投资跟进能力。还有一种投资我们称之为战略投资人，例如一家大型的互联网公司，拥有很大的流量，可以借助其流量影响力进行项目投资，你的前东家易贝网就有过不少战略投资的案例。战略投资人本身具有资金以外的其他资源可以共享，所以通常来讲，战略投资人给的价格会比较低，打个比方，按照我们现在的估值，如果海天科技出让 20% 的股份，找财务投资人的话大致可以获得 3000 万美元的融资，而战略投资人大概只会给你 2000 万美元，就是这么一个道理。它的价值有一部分体现在其资源的共享运用上面。"

宋晓兵在本子上认真地做着记录，继续问道："那么我们从哪里去寻找合适的战略投资人呢？"

"这个你我分别都可以在朋友圈打听一下，不过我认为最好的办法还是要找 FA，融资中介。"陈平回复说。

"FA？"

"是的，FA 就好比买卖房屋的房地产中介，他们对各个领域都有深入了解，只要我们给 FA 明确的方向指令，让他们去寻找合适对象，特别是合适的战略投资人，要比我们自己大海捞针来得有效。"陈平知道，如果这个项目需要寻找财务投资机构的话，以凯盛基金对行业动态的了解，可以直接询问潜在的投资方，或者也可以继续由凯盛领投，但对于战略投资，涉及的是不同的实业界，基金公司并不擅长。

"那这里面的费用情况呢？"宋晓兵脱口而出，这是典型的管理者成本意识，陈平很喜欢对方在意融资成本，相比于其他几家公司的 CEO，宋晓兵是一个对各项费用把控很紧的人。

"收费情况以我们现在这样的融资规模，大概是融资额的 1.5%，也就是如果融资 2000 万美元，大概是 30 万美元的费用，不过这笔费用，凯盛可以承担一半。"陈平试图减缓对方对于费用的顾虑。

"好，那我们就开始行动，我这边抓紧做一个关于公司情况的简介，以及我们下一步拓展国内市场的融资计划书，我估计这个周末就能完成，我们一起努力。"

"好的，宋总，可能要注意一下，在这个计划书里不宜太多地去披露我们在国内市场准备怎么做，只要说明我们的大致意向就可以了，主旨就是准备利用海天科技现有海外销售的经验，借助中国供给侧改革的政策红利，拓展国内市场。其他经营细节包括商品类目、选品原则、营销策略等一笔带过，因为商业计划书通过 FA 可能会撒到不同人的手里，这是你要特别小心的，防止有人左手拿了你的计划书，右手就自己当一个天使投资人另起炉灶先做起来，这样的例子不少见。任何新项目，当它尚在孵化，特别是还在一个概念阶段的时候，最需要保守秘密，因为这个时候它基本上没有任何防御能力，就像一个刚刚降生的婴儿。"陈平特意叮嘱道。

"这个提醒太及时了。"宋晓兵点头致谢。

回到凯盛办公室，陈平叫来程红和朱羽然，向他们简要说明了海天科技的情况："程红，你跟海天那边联系一下，把相关的资料要过来，找两家 FA 公司，把海天下一步准备寻找战略投资人的意向告诉他们，让他们抓紧动作起来。羽然这边，请程红指导你做一个关于中国外贸产品内销零售市场的报告，我们主要是想了解这个业务板块的市场容量、主要用户分布，以及目前有没有大型的 player，即参与者。就我所知，这个领域目前还处于一个碎片化状态，但我们还是要了解清楚。你如果忙不过来，可以让第三方调查公司帮你做一下，争取一个礼拜完成。"

朱羽然一边在小本子上记录着，一边点头。

陈平像是想起什么似的拍了一下脑袋，说："差点忘了，Cindy 上次跟我反映过，你们经常被要求做一些调查报告，后来就束之高阁。这个现象需要改善，我们现在已经要求所有投资经理在提报调查报告的时候必须有一个书面陈述，说明为什么要做这个调查，标的是什么。包括今天我要你们做的这个事情，一会儿程红你也填写一个书面表格，通过这样的措施，让我们内部工作尽可能走向流程化，减少随意性的资源浪费。"

程红和朱羽然点点头，两人转身离开。

31

北京 凯盛办公室

几天之后，程红反馈说，FA 中介推荐了一家潜在的战略投资人：欢乐家居。

"欢乐家居。"陈平自言自语道。

对于这家公司，陈平本人是有所了解的，它的公司总部位于上海，目前在全国拥有 1000 家连锁家居建材商城，主要经营商用住宅的装修材料、各种居家用品、家具以及软装修。老板丁建国最早是知青出身，从上海到陕西上山下乡插队 10 年。回到上海以后，先是在上海郊区的青浦县国营家具厂做了几年工人，后来辞职自己出来单干，从一个家具小门店做起，30 多年间成为位居全国家居建材零售行业第二位的领头企业。

欢乐家居是一家并未上市的私人企业，丁建国和他的家族拥有公司 95% 的股份，另外 5% 由公司内部的高管和员工持有。程红介绍说，欢乐家居自身如今正面临商品结构老化的问题，所以他们也在寻找新零售下的发展机会，他们对 FA 介绍的海天科技融资项目很感兴趣，欢乐家居自身又拥有实体门店方面的资源和资金实力。而对于海天科技而言，如果能够借助欢乐家居现有的实体销售通路资源，势必将大大加快中国智造这个概念的拓展速度。

陈平同意程红的意见："你抓紧推进吧。先把能聊的细节都谈好，约个时间我和他们见个面。"

"嗯，我这星期都在跟进这事，估值和融资规模都谈得差不多了，我想约您和他们的投资总经理见个面？"程红问道。

"可以，就在北京吧。"

"老大，您要有思想准备，他们这种传统零售公司还是挺讲究排场的。"

"入乡随俗。"

几天以后，北京东四环丽思卡尔顿酒店，商务酒廊。

陈平在程红的引导下走了进来。"倪总你好，不好意思让倪总从上海特意飞过来一趟。"陈平握住对方的手，热情招呼道。倪总是欢乐家居投资部的总经理。

"陈总客气了，能够和凯盛这家一流的私募基金合作是一份荣幸，有助于提升我们欢乐家居的品牌影响力。"对方客气着说。

"一起合作，一起赚钱。"陈平笑着回答。

程红招呼倪总和他的助理，4个人一起走入行政酒廊里侧的商务包间。程红知道对方在意商务会面的排场，这是许多实体经营企业比较在乎的，于是特意将今天的会面安排在这个高档场所，而且还按照打听到的客人习惯，事先让人安排了最上等的云南普洱茶招待。

4个人在沙发上依次坐下，倪总开口道："陈总，那我们就直接进入正题。海天的这个项目，我们基本上都已经了解了，公司内部的投资意向比较明确，细节大致上也跟程红之前都沟通妥了。我们的想法是，出资3200万美元，拥有海天公司32%的股份。"

陈平点了点头。目前海天的股份结构是宋晓兵几位管理团队成员拥有20%的股份，剩下的80%为机构所拥有，以及预留的员工奖励期权，机构股份里面最主要的股东是凯盛基金，大约是46%，另外还有两家前期进来的投资机构，两家合起来如今占20%的股份。按照董事会的事先约定，为了保证管理团队有足够的收益，本轮融资管理团队的20%不参与稀释。

以刚刚倪总提出的这个方案，如果占比32%股权的话，意味着欢乐家居将成为海天科技单一最大的股东方。

"3200万美元，32%，换句话讲，你们寻求大约40%的折扣率。"陈平报出了一个数字。

"是的。"对方点点头道，"这个数字我们跟程红大致算过了。我们作为战略投资，获得市场价格40%的折扣，作为回报条件，我们将向海天科技开放全国的1000家门店，供海天选址用。他们可以在一年之内，从中选择200个店址经营中国智造，以同等商务条件优先入驻。"

"是我们。"陈平笑着纠正了一句。

"哈哈,陈总说得对,我们就能在1年内开出200家中国智造门店。"倪总抿了一口刚刚冲泡的熟普,不禁点头赞许,"好茶。单单就我们提供的这个资源,如果货币化的话,大约值1000万美元。"

陈平知道对方说的数字并不夸张,这里面包括选址成本和时间成本,他想了一下,提议道:"倪总,我这里有这么一个方案,您看行不行?按照您说的3200万美元,32%,我们同意。只不过分成两个阶段执行。第一阶段,欢乐家居投2000万美元资金进入海天公司,占有20%的股份。除了创始团队,其他的现有股东同步稀释。第二阶段,我们以1年为期,只要在12个月之内,欢乐家居能够帮助海天科技完成200家门店选址,那么凯盛愿意以这一轮融资的估值,向欢乐家居另外出让12%的股份。这样两边加起来你们就拥有32%股份,成为单一的最大股东。"

"陈总的意思是我们2000万美元购买新股,1200万美元1年以后买老股?"

"大致是这个想法。"陈平解释道,"这样对海天、对欢乐家居来说都好,海天的股份不会再被进一步稀释,而你们1年后用今天的估值获得12%,这里有很大的实惠,你知道只要这件事如期实现,海天的估值至少能增值1倍。何况我们量化的对赌标的,只是协助海天完成200家门店的选址,这对你们来说并不是什么难事。"

倪总思考了一下,拿出手机跟陈平打了个招呼:"抱歉,陈总,我需要打个电话。"

"您慢慢来。"陈平向对方比了一个请便的手势。对方走出商务包间,来到商务酒廊大厅的另一角落,拨通了电话。

几分钟后,倪总回到房间,向陈平和程红点点头,说:"二位,刚刚我跟丁老板电话汇报过了,老板同意你们的方案。现在是不是就可以着手准备法律文件?"

"可以啊,这个比较简单。双方都有指定的律师事务所或者法律顾问,让他们着手就行。倪总今天就回上海吗?"

"是的,我今天就是特地飞过来跟陈总见个面,晚上8:00的飞机回去，希望陈总有机会到我们公司看一看。"

"一定会的。倪总，还有一个事情要一起商量一下。"陈平知道这是一个不容易的话题，他刻意将它留到会谈的最后阶段提出，"海天科技目前是由管理团队负责经营的，虽然凯盛是大股东，但是我们只是财务投资人，不会去越俎代庖。公司经营方向的把握，一直是以管理团队为主，这次融资我们不让团队参与稀释，也是要最大限度地保障他们的利益。欢乐家居进来以后，海天总共有 5 个股东方，不算管理团队的话，那就是欢乐家居、凯盛基金，还有其他两家风投。那么公司后续经营方面的决策以谁为主？出现意见分歧的时候，我们必须有一个机制能够保证公司的日常经营不会受太多的干扰，这个问题你怎么考虑？"

"那肯定是按照股权的拥有比例执行投票啊，谁占多少股份谁就有多少话语权。"

陈平思考了一会儿，缓缓开口说道："倪总，你知道我们面对的是一个早期发展项目，这个时候保证管理团队有足够的话语权，对于这个项目的成败特别关键。美国有 A 股、B 股的做法，目的就是能够赋予管理团队更多的决策权。这个项目是不是也可以采取这种做法呢？"

倪总明确表示否定："所谓的 A 股、B 股做法我是知道的，这一点在欢乐家居行不通。我们这些年投资的项目，大大小小有几十个，从来都是同股同权，按照股份的实际持股比例，拥有董事会席位和股东大会的投票权，所以这点我们恐怕无法让步。"

陈平知道这个事情不是对方能够决定的，便岔开话题："我们先让两边的团队把投资协议的细项着手做起来，你们尽职调查如果还有什么需要补充的随时告诉程红。关于 A 股、B 股设置和决策权问题，我们分别再考虑一下，找时间再碰。"

"好的，那我们今天就先这样，期待合作成功。"双方站起来握手道别。

1 个星期以后，程红告诉陈平，欢乐家居的投资意向协议都已经准备就绪，但是对方依然不同意 A 股、B 股的提议。

"程红，你帮我约个时间，看看什么时候方便，我想去拜访一下他们的丁总丁老板。"

欢乐家居那边的回复很快就过来了。对方表示，这个周五在宁波，有一家欢乐家居新店的落成典礼，它将是欢乐家居的第1000家开业门店，具有特别的纪念意义，所以丁老板会亲自出席开业剪彩典礼。陈平连忙吩咐助理朱羽然，预订了周四飞往宁波的航班。

周五上午，陈平搭车来到庆典现场，这是位于宁波新城区交通主干线的一个综合购物广场，命名为宁波欢乐家居商城。商场前面的停车场彩旗飘扬，两道由五色气球组成的拱门耸立在广场的进口和出口处，广场中央临时搭了一个台子，红色背板上面金色的楷书字体写着：欢乐家居第1000家旗舰店启航仪式。

上午10：00，庆典仪式开始。

欢乐家居的老板丁建国、公司总裁、宁波市赵副市长、市商业局廖局长4个人一同走上主席台，在司仪的引导下，共同剪开了迎宾员布置的彩带，广场四周顿时鞭炮声响起，锣鼓震天，主席台两侧的舞狮队伍杀将出来，在明媚的阳光下尽情舞动，衬托出一派欢乐景象。随后是劲舞表演时间，司仪同时宣布请嘉宾入场参观。

陈平佩戴着嘉宾徽标，随着剪彩后的人群往前面商场的入口处走去。

进入商场室内，陈平瞅准了一个机会，快步走到丁建国身边，递上名片自我介绍道："丁总您好，我是凯盛基金的陈平，祝贺您的第1000家店顺利揭幕，这是一个大喜的日子。"

丁建国接过名片，从自己的西装口袋里拿出一张名片回递给陈平，一边说道："陈总，幸会。凯盛基金我知道，我们双方正在洽谈项目投资的事。他们说您今天要过来跟我聊一聊。"

"是的，我看您的行程安排得很满，不知道是不是有10分钟的时间？"

"没问题，我们边走边聊吧。"丁建国很和蔼地说道，领着陈平在前面过道拐了一个弯，来到一个人流较少的角落。

陈平知道这是谈话的好机会，连忙说："丁总，这个项目的投资协议条款基本上都已经起草好了。现在就是关于公司的管理权问题需要请示一下丁总。我们凯盛基金希望能参照美国的做法，把海天的股份分成 A 股 B 股，就是说管理团队拥有 A 类股，其他人，包括凯盛、欢乐家居和其他两家风投，我们都拥有 B 类股。两边的价值是一样的，只是在投票权上有所区分，A 股的现有持有人每股拥有 10 份投票权，B 股只有 1 份投票权。当然这里有个前提条件，A 股的特殊投票权益仅限本人，不能转让。A 股持有人只要把股票做任何转让，就被视同为 B 股。这个设计其实是要保证团队有足够的经营决策权。"

"这个他们跟我说过了。"丁建国显然对情况已经很了解，他沉思着说道，"我大概能猜到这么做的主要原因。但是你知道我也是做实业出身的，我投资一家企业，如果没有足够的话语权，对于我们来讲这个风险太大。"

陈平接过话题："丁总，您是零售行业的大佬，也是我们的前辈。40 年前，您从零开始创办欢乐家居，从最早的一间 100 平方米的小家具店，一步步扩展到如今拥有 1000 家大型连锁、营业面积超过 2000 万平方米的行业龙头。如果我没有猜错的话，这个成功的关键，除了大环境以外，最主要的就是您的领导能力和精准的商业判断。"

"你说的这个倒是不假，别的不说，这 1000 家门店的选址，除了有那么少数几家在 2015 年我因为生病住院两个月不能参与外，其他门店的选址确定，全部都是我到现场蹲点、勘察，最后拍板决定的。包括公司到现在都没有上市，也就是要最大限度保证我的经营理念能够不受干扰地贯彻下去。"

"是的，也因此成就了欢乐家居的发展辉煌。海天科技他们的强势在于对外销商品以及围绕这些商品的供应链管控，以及拥有用户消费习惯等方面的经验。您或许知道这个公司本来已经要关门倒闭了，我们把企业盘了下来，物色到合适的管理团队，交给他们全权打理，很快扭转了局面。我们现在看到了通过把外销产品向国内进行内销拓展、主打中国智造的机会，希望能和欢乐家居联手，借助欢乐家居的卖场资源，用最快的速度把这个新业务做起来，这里面最主要的商业判断和决定，我建议还是应该交给小宋和他的团队，毕竟他们比我们更了解这个业态。"

丁建国表示认可："你这个意见我赞同，只不过我们也要考虑他们毕竟是年轻人，你也知道互联网的人做起事情来大手大脚的，如果我们完全放手，所有事情都让他们干的话，有可能会失控。毕竟，我们的资金是一分一毫抠出来的，比不得你们私募基金财大气粗。"

"丁总，您这是笑话我，欢乐家居善于节省各项费用，这是业界的模范，大家都有目共睹。您的担心很有道理，我们投资机构也不能白白地浪费资金，但是我想我们完全可以在董事会上通过年度审计，以及年度财务预算的监控来制约团队。"

陈平说完，丁建国没有再接话茬，他自顾自地在卖场过道来回踱着方步，全然不理会两边穿行过往的人群。陈平知道对方是在思考，于是就站在原地，一动不动地等候着。眼前这位白手起家的企业家两鬓发白，60 多岁略显干瘦的模样，但他走起路来步履坚定，谈话思路清晰，他在做着决定之前的权衡。

大约 10 分钟后，丁建国走到陈平面前，与陈平面对面站着，开口说道："我同意你的方案，给创始人 A 股特殊投票权，但是有效期只能 3 年。3 年以后，A 股、B 股同权。"

陈平伸出自己的右手，和对方紧紧相握。

32

北京国贸　中国大饭店

中国大饭店客房。

早上 6:30，陈平床头的闹钟准时响起，把他从熟睡中唤醒。

陈平习惯性地拿出放在床头的手机。晚上时段，他的手机固定设置为夜间静音模式。

陈平看了一眼手机屏幕，有 3 个未接电话和 1 条短信。陈平翻了一下，发现 3 个未接电话都来自美国纽约，是 Andrew 打来的。再一看短信也是 Andrew 发的，只有一行字：陈，见到消息以后，请立即给我回电话。来电时间显示分别是北京时间的凌晨 5：30、6：00 和 6：20。陈平连忙起身，走到卫生间快速洗了把脸，刷了牙，正准备拨电话，房间的座机电话响了。

陈平拿起来一听，是赵慧玲的声音。

"陈总，我是 Lynn，我在宾馆的楼下大堂，刚刚到。我知道您的习惯是早上 6：30 起床。昨晚半夜大老板 Andrew 来过电话，说有急事要找您，让您赶紧给他回电话。"

"好的，知道了。"陈平回复道，"我也刚看到短信。你在楼下等我一会儿。我马上给 Andrew 去个电话，一会儿在大堂跟你碰面。"陈平说完，挂断了电话，拿起手机，习惯性地走到房间的窗前，站着拨通了 Andrew 的手机。

电话响了两声，那边接了起来。现在是纽约时间晚上 6：40，陈平估计对方应该还在办公室。

"Andrew，嗨，我刚醒来看到您的短信，Lynn 跟我说您找我。"

"是的，有一件很紧急的事情，你们那个 Stone 出麻烦了。"

陈平不由得皱了一下眉头。

对方接着说："Stone 要出逃你知道吗？"话筒里，对方在"出逃"两个字上重重地停顿了一下。

陈平对于 Stone 最近想跳槽的事有所耳闻，但是最近两个星期有几个项目都在做季度总结，弄得他特别忙，对详细情况不是十分了解，只好模糊地说："我不是很清楚呢。"

"嗯，我估计你也忙得顾不上。他现在是在 Tina 那个组对吗？"

"是的。"陈平回答道。

"情况是这样的，我这边得到确切消息，你们的 Stone 要跳槽到 KW One，已经和 KW One 签好了入职协议，应该下礼拜就会过去。"

"腿长在他身上，我们也拦不住，随他去吧。"陈平顺口说了一句。这小子，果然还是要另攀高枝了。

"没那么简单，"话筒里传来 Andrew 严肃的口吻，"他走不走是他的决定和选择，关键是他要把你们的启明项目带给 KW One。"

"什么？"这回轮到陈平紧张了。Andrew 说的启明项目，是凯盛大中华区最近跟进的一个重点项目。这是一个 AI 智能汽车的开发项目，在中国是第一家进入这条赛道的团队。自从美国的特斯拉电动车做起来以后，中国的智能汽车创业市场一下子热乎起来，几家传统的车厂纷纷杀入这条赛道。而这个启明智能汽车项目，是由原先浙江一家汽车厂的厂长、总工程师、主设计师几个人牵头创立的，业界对它的前景普遍看好，这个项目还得到了当地政府政策和资金上的支持，凯盛中国把这个项目作为重中之重，已经跟进了大半年的时间。

因为项目要求的资金量比较大，首期资金就需要 2 亿美元的投入。据陈平所知，凯盛的投资邀约函两个礼拜之前就发过去了，对方也基本上接受，现在双方律师正在紧锣密鼓地推敲协议文本的细节。在这个关口上，石磊想把项目带走，作为见面礼献给新的东家，无疑是釜底抽薪。

"Hello，你在吗？"

"我在。"陈平连忙把思绪拉回来，"老板，谢谢您的消息，我们这边一点儿风声都没有。这是我们工作做得不细致。这样，您给我一小会儿时间，我马上了解这件事情。纽约时间今天晚上，我给您一个回复。"

"好的，那你抓紧处理，这个项目不能出差错。我一会儿要和几个基金的投资方有一个晚宴，时间比较长，可能接不了你的电话，你有什么进展，及时给我发短信或者邮件，我收到后会在第一时间回复你。"Andrew 叮嘱道。

"好的，谢谢老板。"陈平等对方把电话挂断，才慢慢地放下手机。他脑子里快速地运转着，盘算着怎么处理眼下的这件事。

陈平很快地换好衣服，乘电梯下楼，行政总监 Lynn 已经在大堂等着他。陈平走上前去打了声招呼："你给工业与制造的老刘、教育与医疗的 Tina 两个合伙人打电话，让他们赶紧过来，我们碰一下情况。"说完头也不回地走出宾馆大堂，朝前面的写字楼走去。消费品组的资深合伙人威廉正在休假中，所以陈平没有打算知会他。

一边走着，陈平一边掏出手机连着打了几个电话，他是在趁着这会儿大家都刚起床的当头，电话证实一下这个消息。

10 分钟后，陈平与 Lynn 一前一后进入办公室，刚刚过来的路上，Lynn 趁着这个当口帮他买好了早餐，陈平吃着三明治，一边想着下一步的对策。

不一会儿，两位合伙人陆续都到了。Lynn、刘剑锋、康怡婷 3 个人在陈平办公室的沙发上坐下。陈平把刚刚获悉的消息简单叙述了一遍，接着说道："这件事情，无论如何必须马上应对，分两步走。第一，我亲自出面，今天就飞杭州，启明公司的总部在杭州，Lynn，你赶紧帮我订一张机票。第二，从现在开始，把 Stone 在公司的邮箱暂时关掉，他的公司手机停机。如果 Stone 问起，就说是我下达的命令，有什么事等我回来再说。还有，这个消息先不要过多地散发出去。老刘，你认识启明的 CFO 对吗？"

刘剑锋点点头，说："对，我们以前见过几次，凯盛和启明最早接洽还是两年多前。这个项目我记得当时在合伙人会议上大家还讨论过，后来因为觉得他更偏向于新科技，那时 Stone 还在 TMT 组，就把这个项目移交给了 Stone，后面的跟进就都由石磊全权负责。"

"我知道。"陈平快速吩咐道，"麻烦你给他们的 CFO 打个电话。就说我要去杭州跟他们见面聊一聊。可能的话呢，请他安排我和 CEO 今天见个面，最好就在今天中午。他们如果有别的会议安排，你帮我挤一挤时间，哪怕一起吃个简单的工作午餐也行，半个小时就够了，我今天下午飞回来。"陈平知道临时想要插队约见对方的 CEO，时间协调上或许有困难，特意说了个很弹性的方案。

"明白了。这会儿他们应该还没上班，我差不多等 9:00 上班时给他们 CFO 电话。"

"别等到 9:00，你最好现在就打，和对方解释一下，就说是我临时的行程安排，请他务必帮个忙。"陈平是实业管理出身，知道关键时候争分夺秒有多重要，况且多数高阶管理人士每天一上班进入办公室后，就有无数个会议和秘书早就安排好的各种会面安排，往往连插个电话的空当都很难。

"好，这个你交给我吧，我这就办。"刘剑锋点头说。

"好的，那我现在就出发了。Lynn，你抓紧给我订票，离现在 1 小时后最早一班飞杭州的飞机，机票信息发短信给我。"说完，陈平站起来，拿出抽屉里的护照，快步走出办公室。

当天中午，杭州启明公司总部，陈平和启明的 CEO 朱华、CFO 任杰中在一间小会议室一起用工作午餐。

朱华说："谢谢陈总今天特意过来。您刚刚说到的情况属实，KW One 对投资这个项目表示兴趣，而且他们表示可以用同样的条件马上签约。"

陈平知道启明公司的 CFO 任杰中有过在投行工作的经验，他在飞机上已经想好了突破口："朱总，任总，对于启明这样重量级的项目，我想公司要考虑的不仅仅是资金注入的问题，谁的钱都是钱，更重要的是基金的信誉以及过往的业绩表现。凯盛作为进入中国最早的一家私募企业，过往的投资记录是可圈可点的。Stone 虽然说是代表凯盛跟启明接触这个项目，但是背后有凯盛的一整套团队，包括老刘、我，还有美国总部的全力配合，我们公司的主席 Andrew 都很关注这个项目。今天我特意飞过来就想跟几位沟通一下，我们希望能够尽快把这个项目签下来。"

朱华表示："Stone 给我们的消息是说，他希望把我们作为 KW One 进入中国的第一个项目来重点运作，到时候在中国和美国同步举行新闻发布会，把这个消息放出去，将是一个很好的 PR 公关宣传。而且 KW One 是一家常青公司，他们没有回溯期的限制，不像凯盛，你们给我们的回溯期是 6 年。"

"这个我解释一下，"陈平接过话题，"您的 CFO 一定知道，基金通常都需要有一个回溯期。Evergreen 常青基金只是投资行业很小一部分的做法，事实上它更适合于传统的制造行业，对于新科技行业其实是不太适用的。因为像人工智能汽车这样的立项，能否冲出去，3 年左右时间就可以定胜负了，我觉得我们给出 6 年的时间应该是足够的。如果二位觉得在时间上希望做些延长的话，我们基金最长的投资期是 10 年，可以把这个条款修改为 10 年，这个我现在就可以应允。另外我想再强调一点的是，这个项目启动以后，需要调取方方面面的资源来帮助启明尽快地把项目推向市场，凯盛在中国有 20 多年的投资记录，经我们基金投入，已经上市和正在运作的公司加起来近 200 家，这 200 家企业我们可以通过凯盛的内部力量，让他们都成为启明公司上下游的合作伙伴，甚至成为启明将来产品的第一批用户，这些都是不可多得的资源。我估算一个初步的数字……"陈平停了一下，显然在计算一个大致数字："这 200 家公司目前的员工总人数超过 50 万人，哪怕有 2% 的潜在用户，也是 1 万个单元的销售机会。"

朱华显然被陈平说的话打动了，点了点头。

CFO 任杰中插话说："这个项目前前后后，都是 Stone 在跟进，他为这个项目花了很多心血，可以说没有他的全力推进，我们就拿不到资本方 2 亿美元的投资意向。现在 Stone 推荐我们用 KW One，如果我们拒绝了，情感上有点儿说不过去。"

陈平停顿了一下没有接话，他留意到对方 CEO 座位前放了一盒烟，判断他也是个抽烟的人，于是说道："朱总，咱们到门口抽支烟透透气？"

"好的。"CEO 表示同意。

两个人走到户外，陈平接过朱华递过来的香烟点着，深深地吸了两口，吐出烟雾，缓缓地开口说道："朱总，您做了很多年的企业管理，管过几万名员工。跟您一样，我也管过多年的实业，以前管的是上万人，现在只管百来号人。做管理我最痛恨的，不是一个员工另择良木而去，人各有志，如今都是企业和员工双向选择的年代，只要有更好的发展，我们衷心为他祝福。但是最让我反感的，是员工离开东家的时候，挖老东家的墙脚，把项目带走，把人才挖走，这就跨越红线了。就好比这里是一座房子，你不想住了，想挪到别的地方没问题，但是你在走之前偷偷挖走了这个房子的一根柱子，让这间房子变成危房，你能容忍这种行为吗？"

朱华点点头，深有同感地说："是的，我最痛恨的就是这种没有操守的人。"

"我直白地说，Stone 就是这样的人。"

这几句话显然打动了朱华，对方当即表示，准备遵守和凯盛的投资协议，不再考虑接受 KW One。

从启明公司出来，陈平掏出手机。刚刚在飞来杭州之前，他曾给 Andrew 发过一个短信：飞赴杭州，情况后报。项目可以丢掉，做法必须制止。对方当即回复：完全同意。这会儿陈平抬手看了一下手表，现在是下午 2:00，纽约时间是凌晨 2:00 了，于是就给 Andrew 又发了一条短信：项目基本挽回，人员处理后续跟进中，准备从杭州飞回北京。

Stone 显然听到了风声，一整天都没有露脸。当天从杭州回来，陈平就叫来行政总监 Lynn，告诉她起草一个告示，凯盛公司决定开除石磊，并对他这种违反职业操守的行为，通报各相关投资公司。陈平叮嘱说："Lynn，你把通告起草完以后，先发给石磊一下，提前告知他，让他心里有个准备。"

第二天一早，石磊来到凯盛办公室，走到陈平面前。

"陈老大，这个事情我做得可能有点儿不妥。不过大家都在这个圈子，得饶人处且饶人。您要开除我可以，反正我跟 KW One 也已经签了入职协议。但通告同行的事是不是别做了。您这么做就有点儿过了吧，把人家的后路都堵死了。"

陈平回答说："不是我堵你的后路，是你自己把自己的后路堵死了。所以这件事情我们只能秉公处理。你应该知道那句话：Do not burn the bridge，别过了河就自己把桥烧了。"

石磊见陈平不为所动，换了一个口吻说："要不这样，我就自己的错误做法向公司道歉，但是您高抬贵手，千万不要通告同行。投资界这么小小的一个圈子，您真的把通告发出去，我就彻底没法在这个行业混了。求您帮帮忙吧，行吗？"

陈平想了一下，同意了对方的意见，接着补充了一句："你的这个道歉必须是以公开的形式，至少要在你个人自媒体微博微信账号上挂出来 10 天。如果你能做到这一点的话，我们可以撤回通报的做法。"

Stone 点头同意，称谢离去。

就这样，石磊离开了凯盛基金。

33

深圳宝安　优惠网

最近，优惠网碰上了一件麻烦事。

优惠网是一家在中国起步较早的网上零售平台，目前的活跃顾客已经达到两亿人，因为它是一家综合类的销售平台，类似线下的购物中心，在平台上面大约有 80 万个活跃卖家。长期以来，优惠网实行的是对商家免收服务费的政策，通过降低买卖双方的交易成本，刺激在线零售业态的发展。对于优惠网来说，广告收费是其最为主要的收入来源。

这个政策执行下来随之出现的问题是，利润率比较低的商品类目，例如米面粮油、日常生活用品，以及数码电器类商品，难以支撑日益上涨的广告费用。因此这些类目的销售比重受到了挤压。那些高利润的商品，例如服装、箱包、鞋帽、化妆品等等，拥有很大的利润空间，可以大幅地投放广告，从固定位置的广告，到付费点击广告，这些商品的销售商家们都是广告支付的主力。然而对于线上零售平台来说，广告收入固然重要，维持平台在线销售商品的多元化，特别是通过生活用品和数码类产品销售吸引居家生活用户和男性用户，恰恰是维系平台长远良性发展的必要措施。权衡之下，优惠网决定从今年 3 月 1号开始，对卖家实施新的收费政策。具体的做法分成两个环节。一是基础服务费，所有的商家，每 6 个月固定缴纳 15000 元，另外一项是商品的交易佣金，统一设定为 3%，同时把付费广告的展现位置，优先固定在商品列表页面的前 5 款商品展示，借助手机浏览大数据分析，采取千人千面的展示方式，以此提高关键词的广告容量。

这个政策在优惠网内部讨论了几个月，没有对外露出风声，突然间就颁布实施了。这一来引起许多卖家，特别是那些大卖家的强烈抵制。卖家们最大的意见是，原先的广告收费是一种自愿行为，现在则变成一种强迫行为。从卖家的角度，他们觉得无数卖家在优惠网上做生意，促成优惠网从一个不知名的新网站，成长为今天线上零售的主要购物平台。而优惠网做大了以后，回过头来开始薅羊毛。他们觉得自己成了牺牲品。不少卖家纷纷打电话、写邮件，甚至组团前往公司总部表达抗议。优惠网的态度很强硬，认为这是公司货币化进程必然要走的步骤，所以没有让步的表示。就这样，双方僵持了十几天时间。这天上午，大卖家自发组织的卖家同盟突然宣布罢市，大约有6%的大卖家在各自的网店上挂出"收费不公暂停营业"八个大字，这些店铺不再接受顾客的问询和订单。

虽然说6%的卖家相对于整个平台商家数所占的比重并不是很大，但是零售行业都有所谓的二八法则效应。少量的卖家占据着绝大多数的销售份额，以优惠网为例，如今参与罢市的这6%的卖家，几乎都是平台销售份额排名最靠前的，它们大致占据平台日常交易总额的50%。这样一来，不仅仅优惠网当天的成交金额急剧下滑，而且由此引发的舆论关注，无形中使得优惠网刚刚开始颁布的这个收费政策，成为一次公关事件。

今天是礼拜三，陈平正好在上海的凯盛办公室出差，中午时分接到情况通报，他连忙给优惠网的CEO韦明华打了一个电话了解情况。对方显然对大卖家会采取公开罢市这样一种过激的方式表达抗议的举动准备不足，这也是大多数互联网年轻管理者常见的通病，当他们准备出台一项政策的时候，缺乏足够的预案和应急措施。本来作为投资人，陈平觉得自己不应该太多介入被投公司的日常管理。但是在和对方电话沟通中，优惠网的CEO韦明华一再恳请陈平能够马上来公司一趟，抽时间和团队一起讨论应变措施，对方知道陈平有20多年的商业管理的经验，希望能借助他的经验来协助优惠网管理层处理眼前的困局。陈平答应了对方的请求，随即更改自己下午的行程，搭乘航班紧急赶往位于深圳的优惠网总部。

下飞机以后，陈平直接叫了一辆车来到位于宝安区的优惠网总部大楼。只见楼里乱成一团。现在是晚上7：00左右，CEO韦明华一见到陈平，就迫不及待地介绍了眼前的最新情况，接着问陈平有什么好的建议。

陈平听完对方的情况报告，提出了他的第一个建议："我觉得以现在的情况，如何商量和调整平台的收费政策是下一步要讨论的，当务之急是要把眼下的危机处理好。我建议由您以CEO身份出具一个声明，表示从现在开始，暂缓实施新的收费政策。先把局面稳定下来，让罢市的卖家平息他们心中的不满，同时在声明中告诉所有的卖家，平台是基于服务买家、卖家的线上交易场所，我们致力于最大限度保证买卖各方的利益最大化。"陈平停了一下，补充道："作为CEO，您可以做个表态，承诺今后平台的任何收费规则的调整，都会事先做出公示，听取各方意见，必要的时候将采取大家投票的方式来决定。"

　　CEO韦明华同意陈平的意见："我马上安排这个事。"

　　"先安抚人心，卖家是要做生意的，罢市无非表一个姿态，他们每停业1小时，就损失1小时的销售，这方面的账他们自己会算。"陈平说出自己的判断。

　　趁着韦明华张罗准备发布CEO公告的这会儿工夫，陈平走到公司开放办公区、在运营、市场、营销、技术各个部门转了一圈，前后用了1个多小时。等他再回到韦明华办公室的时候，韦明华和公司的几位副总裁正在办公室讨论着，见陈平走进来，韦明华起身说："陈总，您提的那个建议，我们已经在30分钟之前发布了，同时我们各个品类的运营同事也都给今天参与罢市的卖家逐一去电话或者微信联络到他们，现在大约已经有一半的罢市商家恢复了运营。"

　　陈平点了点头，说："商人逐利，这些人都是要做生意的，不到万不得已他们也不会用罢市这种极端的办法，这样只能造成两败俱伤。"

　　韦明华接着说："我们几个人一直在反省，这个事情现在看来确实是我们的考虑欠妥。谢谢陈总的指点，您得再给我们一些启发，下一步应该怎么做？"

　　陈平谦逊地说道："作为投资人，我们的主要职责是支持企业创始人、CEO，以及核心管理团队的决定和日常运营。在这个基础上，我可以提几点建议供大家参考，但决定权在几位手上，你们只是把我的看法当成一个讨论方案，不要忘了，韦明华是CEO，各位是管理层，千万别让我做越俎代庖的事。"

见众人都点头，陈平接着说道："互联网有两个现象，我们制定任何管理规则的时候要尽量考虑到。第一，头部效应。做买卖的销售集中在头部商家，做流量的点击率集中在头部网红，做视频直播的观看量也都高度集中在头部几个达人身上。这种行业状况势必导致，80%以上的参与者，不论是卖家也好，自媒体发布消息的素人也罢，他们更多的是一种兴趣和参与，他们在这个过程中其实并没有多少真正的利益收获。从平台方面来讲，我们又不能没有这些人，我们离不开这些中小商家，这些小体量的自媒体爱好者，因为这些人虽然交易的比重不大，粉丝数不多，但是他们支撑了整个平台的框架和容量，使平台的内容丰富，商品琳琅满目。用通常的话讲，他们使得这个场子很热闹很丰满。因此我们制定任何收费项目的时候，千万不能一刀切。10000块钱对于那些超大卖家来讲可能只是九牛一毛，而对于中小卖家，可能就是他们不堪忍受的重负，这是第一个特点。"

"第二个特点就是要尽量减少强制性的收费，以及强制性的规则，除非是涉及政府规范的，例如不能上传黄色、反动的东西，不能销售假货，等等，只要不是法律明文禁止的，我们的管理重点应该从强制转变为引导。以这次的收费改革作为一个例子，我理解随着平台运营的深入，优惠网的纵深发展，我们需要有足够的货币支撑来维持平台的日常开销并产生利润，但是具体到收费的设定，其实我们可以用引导的方式，做得更聪明一些，例如……"陈平停了一下，他今天在飞往深圳的飞机上，就一直在考虑这个事情。

陈平走到办公室墙壁的白板前，拿起一支黑色的书写笔，边写边解释道：

"我们是不是可以考虑更为弹性的收费形式，并且在这同时推出针对扶持优秀卖家的激励政策。例如我们收取佣金的设置不宜做一刀切，我们都知道不同的商品类目，其毛利结构是不一样的，如果一刀切的话，就会导致很多低毛利的商家无法忍受。所以交易佣金应该是以不同的类目区分，按不同的佣金百分比，最低的例如手机充值、购买游戏点卡、预订机票等等，这些是平台的服务性类目，可以给无数用户带来方便，给平台带人气，对于这样的交易，我们可以只象征性地收取非常低比例的佣金，例如 0.1%，一次 200 元的手机充值收取 0.2 元的交易佣金，这样谁都不觉得是个负担。接下来像米面粮油这些超市类的民生必需品，也都属于低毛利的，我们可以规定 0.5% 这样的低佣金。反过来，高利润的商品类目，像服装、箱包、化妆品，我们可以往更高的幅度设置，例如 6%，因为这些商家完全能够承受较高的佣金比例。线下购物中心经过多年的实践，对于区别对待不同商家、不同位置，从事不同业态销售的商家一直有不同的收费结构，这是线上平台应该借鉴的。

"再有，我们可以考虑推出一个资质认证或者平台推荐的展示模块，每个类目设定一个总量控制，例如一个类目只收纳 100 家。进入这个资质认证或者平台推荐的商家，首先必须经过资质调查，具有良好的销售信誉，好评度高于整个平台的平均数，具体的标准我们可以让销售的同事测试一下。符合资质认证平台推荐条件的商家，必须支付较高的推荐费或者认证费，但这个是自愿的，任何符合条件的商家如果不愿意参加，我们不强迫。但是由于这种推荐和资质认证，对潜在购买用户有很强的吸引力，所以我估计大部分商家只要能够入围，他们是愿意交这个钱的。在这个基础上，我们还可以设定一个商家的进阶激励，这是我刚刚在来深圳的飞机上想到的。我们把所有的卖家设定为 1 级到 9 级，可以参照中国围棋九段的做法，就是一段、二段、三段，由此类推到最高是九段。以每个季度作为一个考评周期，任何商家只要在这个周期里，其销售金额、新品更换速度、用户的响应速度、好评率等各方面表现能够超过它自身上一个季度 30% 以上，平台就给它一级的进阶，进步 50% 以上，两级进阶，以两级为封顶。请注意这不是以商家所处的绝对位置或者绝对表现值，而是以它自己跟自己上一个季度相比。之所以要这样设计，就是要避免超大商家永远处在 8 级、9 级，而小商家由于自己的销售体量不够、很难成为高等级卖家的寡头现象，销售过度集中在极少数大卖家身上对于平台长远的健康发展并不是一件好事。对于进阶的卖家，平台适当给予一些流量补贴，通过这样的措施来引导更多的中小卖家能够提升自己的等级。当然有进阶就有降阶，如果商家在过去一个季度的表现，跟自己上个季度相比下降了 30%，那它也就相应地被降级处理，而对于降级商家，在这个季度内，将没有资格参加平台发起的任何促销活动。"

陈平一口气把他的想法说了出来，最后强调："我说的这几点，只是初步的一个想法，具体的，团队可以再讨论。不论最后的方案是什么，一定记住在推出之前，在平台上先进行公示，邀请所有的卖家参与。"

韦明华点点头，说："谢谢陈总的建议，这样的思路，的确有助于引导平台交易和我们的收费朝着更加良性的方向发展。"众人随即热烈讨论起了实施细节。

讨论完毕，陈平独自悄悄地走到运营部的开放办公区，上百名年轻员工正在各自的工位上紧张忙碌着，键盘的敲击声、压低嗓门的交谈声不时响起。陈平很迷恋这种挑灯夜战的工作场景，这是自己十分熟悉并且曾经多年置身其中的创业团队氛围。不远处一位年轻女员工站着办公，看样子是个网页美术设计师，只见她戴着耳机，一边在屏幕前修图，一边随着耳机的音乐节奏左右晃动着身体，仿佛周围的一切都被她置于身外。陈平受到这个紧张忙碌场面的感染，再次深深感叹互联网是一个能让无数人奋力拼搏的现代竞技场。

第二天上午，陈平搭乘航班回到北京，两天以后，他在北京办公室收读优惠网销售日报，注意到其平台销售和卖家活跃度已经回到正常值。

34

福建厦门 高崎机场

在这个世界上，除了自己的小家庭，母亲是陈平最为牵挂的一个人。

老太太郭玉洁将近 90 岁了，一直住在老家福建厦门。陈平这些年因为工作的关系，在不少城市居住过，先是上海，后来广州、中国台北、香港，也曾经在欧洲的法兰克福待了两年，好几次都问母亲是不是可以跟他一起生活一段时间，母亲好像总是故土难离。目前陈平自己的小家安顿在香港，母亲和父亲留在福建老家。每年陈平都在春节过年的时候，带着全家人一起回老家，跟老人家一起过年。

刚刚意外传来，陈平的弟弟打电话过来，说老太太昨天在阳台踩着板凳上去晾衣服，一不小心摔了下来，摔得不轻。

老人到了这个年纪，最怕的是伤筋动骨，老太太这一摔把骨盆摔裂了，当即就被紧急送到市立医院，直接住进了骨科病房，现在就在医院病床上待着，不能动弹。

陈平接到这个消息，第一时间就通过手机微信跟母亲做了一次短暂的视频沟通。老太太躺在床上，脸色苍白，显然被这次的摔伤整得不轻，父亲和弟弟在边上陪着。陈平向老太太安慰了几句，接着单独询问他弟弟母亲治疗的最新情况。弟弟回答说，母亲的片子已经拍出来了，现在正在商讨下一步的诊治方案。主治医生叮嘱家属说要做好半身瘫痪的心理准备。因为这一摔是动到了骨盆。以她年近九旬的高龄，很可能没有办法康复。陈平听到这个消息，当时就愣住了。他知道母亲一辈子是个很注重个人形象的人。她年轻的时候赴英国留学，主修护理专业，后来成为正南大学的护理系讲师、教授，在护理方面，母亲应该是最有经验的。很难让她接受自己半身瘫痪、长久地瘫在床上，让别人端屎端尿那样的窘况。虽然眼下正是凯盛基金最忙的时候，手头上有几个项目正接近 close（完结）阶段，陈平还是决定要请假回家照顾老太太。他匆匆忙忙给凯盛主席 Andrew、CEO Joe 写了一封邮件，大致说明了自己的情况，提出需要请事假 20 天回去照顾老人。接着，陈平给威廉打了一个电话，请他在这期间代为管理凯盛大中华区的日常事务。因为现在在凯盛大中华区，除了陈平以外，威廉是唯一的资深合伙人，所以如果陈平休假，其职务通常都是由威廉代理的。接下来，陈平又给几位合伙人发了邮件，说明自己有一些私人事务要处理，请假 20 天，要求各位抓紧推进手头的事情。邮件发出后，几个合伙人纷纷打电话过来询问情况，陈平一一回复。

助理朱羽然替他订好了当天傍晚北京飞往厦门的航班。陈平把自己的行装匆匆收拾了一下，在去机场的路上给太太打了个电话，说自己接下来两个礼拜可能要专心忙着照顾老母亲。

晚上 10:00，国航飞机降落在厦门高崎机场。刚走出机舱，陈平打开手机，就接到了 Andrew 的电话。从时间上算，现在是纽约早上时间 10:00，估计对方已经收到了他的邮件。

陈平按下接听键，Andrew 问道："Chen，你现在在哪儿？"

"我刚刚下飞机，在我老家的机场。"

"你的邮件我收到了，有什么需要我帮忙的吗？"Andrew 开门见山地问。

陈平说："目前还没有。从现有的情况看，老人家是骨盆摔伤，医生觉得如果做手术的话，我母亲这么大年纪了风险太大，他们不太敢操作。但如果不做手术的话，很可能导致我母亲半身瘫痪，这个我担心我母亲不会接受，她本人就是一辈子教护理专业的老师。"

Andrew 说道："Chen，你听我说，接到你的邮件以后，我已经打了几个电话，我这里有一个建议方案供你做参考。"对方顿了顿继续说："你知道我们凯盛在美国投资了好几个医疗方面的项目，包括康复项目。其中有一个项目是 10 多年前我本人操作的，那是一家专门做老人运动康复的综合性私立医院。我认识那里的几个骨外科专家，在美国是一流的。你考虑一下，我知道中国这方面的医疗水平还不如美国。如果能够找两个美国专家给你母亲做手术的话，应该会有一些帮助。"

陈平听完对方的介绍，觉得有一些道理，特别是如果能够借助康复专家的治疗，让母亲不用长久卧床的话，那是最理想的结果，他发自内心地回答说："谢谢老板，您还这么费心。"

"先别谢我，治病救人的事情比什么都重要，尤其是你自己的母亲。我刚刚已经跟其中的一个医生通过电话了。他告诉我，像你母亲这样上了年纪的老人家，其实是可以考虑在受伤的骨盆周围加固几个细小的钢钉，帮助支撑骨架，有利于恢复身体的运动。因为老太太不太可能再从事什么激烈的运动，所以这样的方法对于满足一个老年人日常的正常行走是没有问题的。这个技术在美国也是比较新的一门技术，我说的这个医生，他叫乔治，他已经做过十几例这样的手术了，成功率很高，而且他经手过的这十几个病例里面，有几个也是 80 岁以上的老人，跟你母亲的情况很相似，你要不要考虑一下？"

陈平说："好的。这真是一个好建议，一下子开拓了我的思路。等我一会儿到医院和医生商量一下，我再回复您。"

"等等，"Andrew 接着说，"问题在于，如果要做这个手术，你不太可能把老人从中国送到美国来，路程太远我担心病人的身体受不了。有一个折中办法，你可以考虑把老人家接到香港，你老家离香港应该不远吧？"显然，Andrew 对中国的地理位置还是很熟悉的。

"不远，也就 1 个小时的航程。"

"那还好，你可以考虑把老太太转到香港去，找一家香港的私立医院安顿好。我这边可以请这两位医生从美国飞到香港去做手术。他们的飞行安排我这边来解决，这里有很多航空公司的航班每天飞香港，实在不行的话，我们也可以租用一架商务飞机，把医生运送到香港，无非就是花点儿钱，这都不是问题，我来安排。你抓紧考虑一下我的方案，如果可行的话，尽快告诉我或者我的秘书，我们马上协调行程。"

"好的，好的，再次谢谢老板，真是让您费心了。"陈平满怀感激地放下电话，走到候机楼外面。

出口处陈平见到了他弟弟，陈平和弟弟一起坐上汽车，直奔市立医院。

陈平随着弟弟走进病房套间的里屋，见母亲已经入睡，父亲和弟媳正坐在病床一侧的沙发上。陈平比了一个"嘘"的手势，请大家不要惊动老太太，几个人起身走到外屋，顺手把里屋的房间门关上。

陈平问道："这边的情况有什么新的变化吗？"

弟弟说："前面的情况已经跟你大致介绍了，片子也都拍好了。现在医生倾向的意见是保守治疗。因为母亲年纪这么大，心脏也不太好。做手术，尤其是骨盆手术是个大手术，他们担心有风险。"

"这里的主治大夫给出的判断是，手术不成功导致下半身完全瘫痪的概率比较大。"弟媳妇在一边补充道。

"爸爸，您看呢？"

父亲有些犹豫地说："你们都知道你们的母亲一辈子都是爱干净的

人，让她从此就这么一直躺在床上，我担心她的心理承受不了。"

陈平同意："我也有这个考虑。母亲是护理专业出身的，一辈子干净整洁。虽然现在年岁大了，但她最不能忍受的就是瘫痪后长年累月地躺在床上，直到生命的终结。"陈平接下来把 Andrew 在电话里介绍的情况跟父亲和弟弟弟媳做了一个解释。父亲说："你这位美国老板说的这个意见，如果他们有成功案例的话，倒是应该考虑。"弟弟有些犹豫："风险还是有点儿大，再说怎么把老人家折腾到香港去？"

陈平说："关于风险，最坏的结果是手术失败，从此不能站立，这个和保守治疗差不多。至于去香港，这倒不是大问题。我们可以跟航空公司提前联系一下，预订几张头等舱的机票，让他们把前面第一排的座椅先拆了，我们抬着老太太的担架直接放到飞机上，这个应该是可以解决的，现今航空公司都有一些人性化的服务。"

一旁的弟弟和弟媳听完后，分别点了点头表示认可。

陈平看大家没有明显的反对意见，说道："那就先这么定下来吧，我跟弟弟过去找主治医生聊一下。"

两天以后，陈平连同市立医院骨科的主治医生罗大夫，一起陪母亲踏上从厦门飞往香港的航班。因为是提前沟通好的，航空公司特地把头等舱左侧前面第一排的两个位置拆掉，几名航空公司的地面服务人员一起帮忙直接把担架抬入机舱，四周用临时支起的布帘拉上。陈平和主治医生罗大夫就坐在老太太担架后面的座位上。

市立医院骨外科主治医生罗大夫那天跟陈平讨论治疗方案，当陈平提想安排转移到香港请美国骨外科专家手术的时候，罗大夫表示赞同。罗大夫很年轻，30多岁，也是从美国留学回来的，他知道美国方面提出的这个诊治方案是可行的，而且他也很希望借这个机会做一次学习观摩，于是就自告奋勇地要求跟着陈平，陪同病人去香港，路上也有个照顾。

飞机呼啸着腾空而起，陈平望着窗外万里晴空，思绪不禁回到30多年前。

陈平的祖上是侨商家庭，外曾祖父管理着一家在福建南部很著名的华侨企业——天一信局，信局主要从事侨汇侨批和华侨物资的运送。天一信局传到陈平外婆这一代是第三代，他外婆把天一信局扩展为天一贸发，主要从事茶叶和当地特产的出口生意，当时许多福建的茶叶都是经由天一贸发出口到东南亚乃至欧洲一带的。在解放战争期间，由于战乱，加上官府盘剥，外婆郭月关闭了天一贸发，带着母亲过着相依为命的生活。母亲年轻的时候，曾赴英国伯明翰大学就读，主修护理专业，回到厦门以后，进入正南大学任护理系教师。新中国成立后，母亲从讲师、副教授、教授，一直到出任护理系的系主任。"文革"期间，母亲因为华侨商人的家庭出身和海外留学背景，受到了很多冲击，先是被关入牛棚，后被下放到农村小学当杂工。"文革"结束后落实政策，母亲才回到原来的正南大学护理系。

郭家原先在龙溪流传村的天一信局及郭府老宅，解放后被查封，全家被评定为华侨地主，赶出老宅和信局旧址，所有的家私、牌匾、信件，还有外婆拥有的金银珠宝，也都被一概充公。后来"文革"动荡，当时串联的红卫兵更是将天一信局定为四旧产物。天一信局原先建筑上的所有雕塑、镌刻，上面布满的西洋风情图案，一律被激进红卫兵和乡里的工作队当成反动文化的象征，悉数捣毁，连天一信局墙上挂着的几个牌匾，也都被砸得一干二净。"文革"结束后，90年代恢复华侨政策，才又把老房子还给了郭家后人，不过已经是空荡荡的几间破屋子了。

母亲郭玉洁回到正南大学后，在那里一直干到70多岁才退休。她和陈平父亲在厦门有一套住宅，是计划经济年代由大学统一分配的，后来住房改革，老两口买了下来，两个人自己住，陈平的弟弟在厦门工作，时常都会过去和老人相聚。母亲也和父亲一起不时地回流传村的天一老宅住一段时间，那里距离厦门只有40分钟的车程。

二十几年前外婆还健在的时候，陈平在天一老宅待过一段时间，那时候老宅刚刚归还回来，外婆急忙忙地回去整理，从垃圾清扫，到重新装修，外婆都要亲自动手，后来外婆就一直住在天一老宅，直到98岁过世。这里承载着陈平对外婆和母亲的深刻记忆。

陈平出生在厦门，"文革"开始的时候，因为父母那时候正受到冲击，陈平就由外婆领着，回到流传老家，在那里上农村小学。那时候老家的房子已经被分出去了，作为"黑五类"后代，外婆和陈平在老家并不受欢迎，他们没有资格入住自己的祖屋老宅，在乡下也没有单独住所，只能借住在一位远方亲戚家的一间小屋。外婆年轻经商的时候有不少伙计，他们知道自己的老东家回来，不时前来探望，悄悄地给他们送点米面、红薯。就这样，外婆领着幼小的陈平和妹妹，吃着百家粗粮，度过了最艰难的年头。

不过那时候陈平年纪还小，对于住不上好房子，三顿接济不上倒不是很在意，少年时代的陈平是一个非常调皮淘气的男孩，喜欢打架，爬树掏鸟窝更是在行。陈平不爱读书，每个学期刚开始，新课本一发下来，就被他拿去卖给学校门口的小贩当包装纸，然后拿着钱偷偷买烟抽。那阵子父母都被关牛棚，陈平也就几乎处于自由自在的涣散状态。外婆已经年纪大了，身体也不好，她对陈平特别偏爱。陈平的童年、少年多半都是跟着外婆长大的，直到外婆过世。少年时代的陈平谁都不怕，甚至还敢和贫宣队顶嘴，唯独对外婆，他一直是服服帖帖的。

后来恢复高考，陈平考上大学。毕业以后，按照那个时代统一由国家分配工作的制度，陈平被分配到了国家旅游局下面的国营旅行社干了几年。后来听从母亲的意见，陈平考取托福，自费到美国攻读工商管理研究生，从此走上了商业管理这条路。

这些事情仿佛历历在目，一转眼，30多年过去了。外婆已经过世，母亲也从那位在讲台上教课授业，神采奕奕、学识渊博的女教授，变成今天满头白发、年近90岁的耄耋老人。

陈平把目光从飞机的舷窗上转回来，望着面前躺在担架上沉睡的母亲，不由得在心里默念道：无论如何，要帮助母亲渡过眼前的这一关，让母亲重新站起来。

人总是一代对一代，一代人服务下一代人，等到下一代成长了，老一代人也就韶华远去。在这1个小时的航程中，陈平想到了自己的外婆、母亲，以及现在正在国外大学求学的几个孩子。

香港圣约翰私人医院。

整个行程衔接得很顺畅。陈平的太太在香港这边已经把医院的入住手续都提前办好了，凯盛主席 Andrew 也提前预约好了两位美国医生的航班班次，一切都安排妥当。在陈平陪母亲入住圣约翰医院的第二天，两位美国骨外科专家准时抵达香港，接下来就是一通的拍片检查、会诊。

手术安排在入住后的第四天上午 10:00 进行，整整持续了 5 个钟头。两位美国医生、香港圣约翰私立医院的一位骨科医生、麻醉师、陪陈平一起来的市立医院罗大夫，还有一名护士兼任翻译，6 个人包租了圣约翰医院设备最好的一间手术室。医院对这次的手术也格外重视，事先征得两位美国医生的许可，对手术进行了全程录像，他们说可以作为以后的教学观摩。

手术结束后，陈平和太太陪着母亲在圣约翰私人医院住了 10 天，市立医院的罗大夫第二天就自己搭飞机先回厦门了。

两位美国专家返回美国之前，留下了几个处方药和后续康复的指导意见，上面有接下来需要使用的两个疗程的用药，以及下一步的康复说明。按照美国医生的意见，手术 5 天以后，病人可以在护士或者家属的陪伴下，慢慢地用拐棍尝试做康复性的走动。先是每天两次，每次 10 分钟，逐渐加大到每次 30 分钟。美国医生叮嘱说，一定要让病人早活动，不要怕疼痛，在运动中实现康复特别有利于病人身体的早日复原。按照美国医生的估计，整个康复疗程大约需要 4 个月，但半个月后就能恢复正常的行走，1 个月以后可以自己上下楼梯。

陈平母亲郭玉洁是护理专业出身，对于怎样调节自己的身体有足够的经验，从手术后第五天开始，每天都定时在病房室内杵着拐棍艰难挪动着步子，一开始的时候，10 多分钟只能往前挪两到三米的距离，浑身大汗淋漓，疼痛得浑身发颤，但老太太一直不让别人扶着，坚持要自己支撑。

在圣约翰医院前后住了两个星期，母亲郭玉洁在大儿子陈平的陪同下回到闽南老家。

35

上海虹桥机场　候机休息室

虹桥机场内海南航空候机休息室。

李淑英身着米色羊绒衫、藏青色的长裤，正聚精会神地坐在休息室临窗的长椅上，膝盖上放着笔记本电脑。淑英认真地阅读着打开的文档，不时敲打键盘做着笔记，全然没有被周边不时走过的其他客人干扰到她的工作。李淑英善于在公共场所把自己置身于不受干扰的真空气场，这是她大学时养成的习惯，那个时候每天都有很多时候需要在公共场所，例如食堂餐厅、地铁车厢、教室走廊等地方读书、做作业，她也因此练就了一身可以使自己不受周边环境影响、干扰专心致志做自己事情的本事，一点儿都不受周边喧闹声音的影响。这种能力，在她后来这么多年的投资生涯里，带给了她很多益处。李淑英有不少关于项目考察报告的阅读和回复，都是在飞机上或者机场的候机大厅完成的。她曾经开玩笑跟同事说，自己最得意的是一边开着电视，听着古装肥皂剧对白，一边写项目报告。

李淑英这次从上海飞往厦门，是要去考察一个健康体检项目，这个名为恩铭的体检公司是 10 年前由台湾商人在福建创办的中高端私人体检服务机构，现在已经扩展为连锁经营，在福建、广东、江西几个省份陆陆续续开设了 10 多家专业化的医疗体检中心。随着国内民众生活水平的提高和健康意识的增强，定期的医疗检查或健康检查，并提供专业化的养生意见，成为很受欢迎的新兴服务项目，有不少企业把定期组织全员的健身体检作为一项重要的员工福利。

恩铭体检在这方面起步早，管理有序，服务良好，无疑是这个领域的佼佼者。由于李淑英是从教育与医疗团队转到 TMT 的，对于医疗方面的行业情况比较熟悉，因此凯盛内部在项目协调会上，就把这个项目推荐给了 TMT，并决定由李淑英负责跟进。淑英面前笔记本电脑里打开的就是凯盛基金内部几位分析员所做的关于健康体检的市场调查，以及恩铭健康公司近几年的经营情况，洋洋洒洒 300 多页。这份报告，李淑英已经看过几遍，这会儿，她趁着登机前的工夫，想把此行需要了解的问题再做一次梳理。

笔记本电脑屏幕右下方一个小小的红灯亮了，提示电源不足。李淑英连忙按下存档按钮，同时从随身的电脑包里取出电源线。她抬起头来，左右张望了一遍，试图寻找电源插头。放眼扫过去，左右椅子都没看见有任何插座，于是她站了起来，来回走了几步寻找着，终于在靠边的墙角处看到了几个电源插头。休息室紧挨着墙角位置的椅子上坐着一位男士，身着灰色西装，显然也是商务旅客，那个人坐在那里正翻看着自己的手机。淑英走上前去，说：“不好意思，先生，打搅一下。”

对方抬起头来。淑英指了指边上的电源插口，问道：“我想用一下这个电源，您方便跟我换一个座位吗？”

“当然没问题，你用。”对方爽快地答应道，同时站起身来，拿起放在一旁的电脑包，把座位让给了淑英。

李淑英点了点头，轻声道谢，她把电源线插好，连接到笔记本上，坐下来打开笔记本电脑，继续工作。

可是李淑英仿佛没有进入原先的工作状态，刚刚短短的两句对话，那位男士的神态，似乎让淑英有些痴迷，自己也说不清为什么。她不由得侧过脸朝右边张望着，正巧刚刚挪到一边离他 3 个座位的那位男士也朝左边望着，两个人的目光交织，淑英不好意思地微微笑了一笑，连忙把眼神移开。

“我这是怎么了？”淑英自己嘀咕了一句。

前些年，李淑英有过一位恋人，对方也是新加坡人。两人在剑桥大学的新加坡同乡会上认识，双方谈了几年恋爱。淑英那时在新加坡的大摩工作，后来转到凯盛，她的男友则进入新加坡政府财政部任职。两个人本来已经到了谈婚论嫁的时候了，后来淑英决定来中国大陆发展，男方本人和他的家庭都一再劝阻。淑英仍然执意要北上，她身上有一股子强烈的探索未知的冒险精神，而男方显然是一位比较图安稳的温和人士。后来李淑英到了北京，双方的联系就渐渐淡化了。再后来，淑英了解到，前男友有了新的女朋友，而且成家生子了。李淑英这些年则一直保持着单身状态。在她看来，情感这东西是凭感觉走的，实在勉强不来。如果遇上了，她会全身心投入地疯狂去爱，没有机缘的话，七彩人生无非少了一个颜色，也依然多彩缤纷。可是刚刚几分钟前的那一眼，突然间让她有一种梦幻般的感觉，她似乎感觉到眼前的这个人令自己一瞬间怦然心动。

"我怎么回事？"淑英握住拳头，狠狠地捶了捶自己的脑壳。"我这大白天的异想天开，做起白日梦来啦。"李淑英试图驱散自己的这份胡思乱想，重新聚焦到笔记本屏幕上，打开公司邮箱，准备回复邮件。

"小姐您好，您是去厦门吗？"几分钟后，淑英听到脑袋顶上有一个声音在询问，不像是服务员的声音。

她把头抬起来一看，就是刚刚给自己让座的那位男士。"你好，是的，我是去厦门。谢谢您把这个电源的位置让给我。"淑英话说得有点慌张。

对方笑了笑，说："您别误会，我不是来讨表扬的。我是想说，如果您去厦门的话，我刚刚收到手机短信，厦门机场那边有雷阵雨，航班预计要延误1个小时。"

淑英连忙打开手机，发现自己的手机屏幕上也有一条内容类似的短信。对方随手递给她一瓶矿泉水，说："喝口水吧。"

淑英点了点头，伸手去接矿泉水。对方在把水瓶递过来之前，细心地把瓶盖拧松了再交给她。

就着这个当口，李淑英认真看了对方一眼。这是一位30多岁的男性，方形脸，浓密的眉毛，大眼睛，1米8的身高，西装下结实的肌肉隐约可现，操一口南方口音的普通话。对于南方口音，李淑英觉得亲切，因为她从小在新加坡长大，那里的普通话都带有很重的中国南方腔，以至于这些年在北京工作，她经常被人家误以为是香港人，或者台湾人。

"我姓叶，在厦门工作。"对方说着，递过来一张名片。淑英接过来一看，名片上面印着：叶俊生，厦门宏远服务有限公司。

"您好，叶先生。"淑英猜到对方和自己是同一个航班，本来应该回敬对方一张名片，不过想了想，还是忍住了，"我姓李，您请坐。"接着，她打开矿泉水瓶喝了一口。

叶俊生在李淑英边上的空座上坐下。"李小姐很敬业，候机的时候还在忙工作。"

"习惯了，不然的话等飞机太无聊。我的上班时间大概有1/4都是在途中，这段时间如果不利用起来的话，就白白浪费了。"

对方点了点头，换了一个话题："您对厦门了解吗？"

"去过几次，谈不上熟悉。我是新加坡人，在北京工作。不过我的祖籍是福建，以前跟我母亲回过两次福建老家。商务出差也到过几次福州和厦门，但基本上都是匆匆忙忙的。"

"那您去过厦门的什么地方？"

"我去过鼓浪屿、厦门植物园、集美学村。"淑英回忆着说。

"那些都是著名的景点。不过这些年，厦门岛上有一个民俗打卡点，叫曾厝垵，您要是有时间，我倒是建议您可以去看一看。"对方很热情地推荐道。

"哦，那是什么地方？"

"有一点儿像成都的那个宽窄巷子、上海的城隍庙，就是那种古文化的一条街。虽然说旅游开发得有些过度，但还是能够看到很多原汁原味的当地民俗风情。"

"这个想必会有意思。我找机会去看一看。您知道新加坡牛车水最早做起来的时候，大家也担心不伦不类的，把一个古老文化的东西做得过于现代化，但是慢慢地，大家也都习惯了。因为如果不整治的话，再好的文化，破破烂烂的也没有人去。"

"是啊。厦门最有特色的还是闽南的各种小吃。"

李淑英接过话题："这个我倒是知道，在新加坡有很多饮食其实都是从福建传过去的，例如海蛎煎、炒米粉、竹笋炖老鸭汤，还有厦门肉粽。我特别喜欢厦门肉粽。虽然也知道那里面的咸蛋黄，还有红烧肉，胆固醇高，还有许多脂肪，对女生减肥和保持身材不是一件好事，但每次只要吃到肉粽，我总是控制不住自己。我记得我吃得最多的一次，一口气吃掉 5 个肉粽，吃完都走不动路了。"

叶俊生听了大笑道："完全想象不到你能吃5个肉粽。"

李淑英笑了笑，她自己都觉得很意外，怎么跟一个刚刚见面5分钟的陌生异性聊起自己的喜好，有些不可思议。她一向不是一个喜欢和别人聊自己的人。"所以嘛，我每次大吃大喝一顿以后的第二天就会上游泳池多游20个来回，减少点儿负疚感。"

"您喜欢游泳？"

"对，从小就喜欢。新加坡靠海，又是热带，游泳是很普遍的运动项目，不过后来工作，条件不允许，就改成到健身房锻炼了。您呢？"

"我喜欢骑自行车。每个星期固定有3次的自行车锻炼。我现在住在厦门岛内，就沿着厦门滨海路骑上20公里，大概1个小时。厦门不像北方，一到冬天地冻天寒的很难做户外运动。在这里，跑步、骑车、游泳基本上是一年四季都可以进行。"

两个人就这么坐着天南地北地聊着闲天。不知不觉到了登机时间，广播提醒登机，李淑英跟对方道了别，收拾好笔记本电脑，走出休息室，径直来到登机廊桥上了飞机。

客机腾空起飞，正是夕阳西下的时候，云端之上，天际线一片红霞。李淑英坐在临窗位置上望着机舱外的天空，不知不觉回忆着刚刚与那位陌生人的闲聊，她仿佛排遣不散与对方交谈时的场景，此时满脑子里还是那位名叫叶俊生的男士的画面，还有他的神态。淑英几次忍不住想回头搜索一下，看看叶俊生是否就在周围座位上，终于还是控制住了自己的冲动。

以前在电影里看过类似的情节，难道这就是描述中的旅途邂逅？

"别再胡思乱想了。"李淑英跟空姐要了一杯葡萄酒，一口气喝下去，戴上眼罩，迷迷糊糊睡着了。

第二天一早，李淑英坐上恩铭体检公司总经理派来的商务车，来到了恩铭公司。公司办公楼位于厦门湖里区，这是一个新开发的产业园区，恩铭体检在这里有一栋3层的独立小楼，大约1000平方米。1层、2层是办公区，3楼则是恩铭体检的化验室。李淑英和总经理在大堂入口处见过面，总经理是一位40多岁的福建人，姓谢。淑英和谢总互相寒暄了几句，谢总经理领着她先来到了3楼的化验室参观了一遍，然后和李淑英一起走向2楼的小型会议室。按照议程安排，今天上午淑英与恩铭体检的高管将在这里见面开会，并听取公司的业务介绍。

李淑英跟着谢总步入会议室的时候，恩铭体检的几位高管已经在屋里等候。谢总说："李小姐，我来给你介绍一下我们公司的几位高管。"

李淑英拿出自己的名片，一抬头，猛地发现对面人群里的第三位，就是昨天飞机上邂逅相遇的叶俊生，一下子心跳加快。显然对方也认出她来了，脸上流露出一股诧异和惊喜。

李淑英连忙让自己平静下来，跟在谢总身后与眼前的五六位高管逐一握手，交换名片。当她走到叶俊生面前的时候，双方没有过多的寒暄，双手递给她一张名片，李淑英看到名片上面写的是：恩铭体检营销总监。

上午的会议持续了两个小时。临近中午的时候，谢总说："李小姐，就在我们公司的内部餐厅随便用个午餐吧。"

"谢谢总经理。"李淑英点点头。

"那我就请我们的财务总监张总，还有营销总监叶总两个人陪你午餐，其他人大家都先忙吧。不好意思，我今天下午要出差去福州，所以下面的安排我就不能陪你了。对这个项目有什么需要进一步了解的，你直接跟我们财务部的张总，或者我的秘书陈小姐联系就可以。"谢总交代说。

"好的好的，多谢您谢总。"淑英觉得对方姓谢，和"谢谢"两个字连起来说有点儿拗口，便调整了一下字眼。

谢总点点头，和李淑英握了握手，起身离开。

李淑英一行3人从楼梯走到一楼的内部餐厅，找了一张桌子坐下，张总替淑英倒了一杯热茶，转身去张罗饭菜。借着这个当口，叶俊生开口说道："李小姐，真巧啊。"

"是啊，我真的一点儿都没有想到在这里能见到您。"李淑英笑了笑，她自从上午开会前见到叶俊生，心里一直有股莫名的兴奋，"怎么你昨天给我的名片跟这个不一样？"

"哦，我解释一下，昨天那张名片实际上是我们的母公司，就是恩铭体检的母公司，我们对外营销经常都使用母公司的名义签商务协议，所以我更多时候就用母公司的名片，在我们这里，管理人员都是一身两职，当然只有一份薪水。哇，这次真是太巧了。"叶俊生开怀大笑起来，"您看昨天在候机室我还给你介绍过几款厦门小吃，我刚刚已经交代我们的张总，他现在就是去张罗几样有特色的地方小吃请您品尝。您不是说喜欢吃厦门肉粽吗？有一家最出名的肉粽店离这里不远，我让司机去买 10 个回来，大概 15 分钟就能送到。"

"10 个肉粽？我得游多少圈才能找补回来。"李淑英有些嘴馋了。

"一会儿吃完午饭以后，按照我们厦门这边的习惯，大家都要午睡一会儿，所以张总会让您在隔壁的休息室休息，下午公司将安排您参观我们附近的体检中心，我们在厦门现在有 3 处营业点。午饭后我就不陪您了，李小姐。"

"叫我淑英或者 Shirley 吧。"

"好的淑英，您要是今晚有空的话，我请你去吃厦门小吃。"叶俊生提出邀请。

"晚上我倒是没有什么安排，也借机做一回观光客，我们在哪儿见面呢？"

"您住哪儿呢？"

"哦，我住喜来登。"

"那您看这样好吗？晚上 8：00，我到喜来登大堂接你。"

"好的，好巧啊。"李淑英不禁再次感叹道。

"我这有您名片上的手机号码，一会儿我加一下您的微信。"

当天晚上，李淑英换上一身休闲装，在喜来登大堂与叶俊生会合，两人坐上出租车，很快来到厦门中山路的小吃一条街。

叶俊生领着淑英穿行在人声鼎沸的夜市中，一边走着一边做着介绍："这条小吃一条街，有 10 来年的时间了吧。一开始基本上是以厦门的小吃为主，后来生意越做越红火，所以省外各地的小吃也都涌进来，你看这里有西北的羊肉串、兰州拉面，日本的章鱼烧，台湾的新竹贡丸。"

"我记得前面就是中山路？"李淑英与对方并排走着，不时左右环视，饶有兴趣地张望着。

"你说得没错，中山路就在我们的右手边，中山路是厦门老城区最古老的一条商业街，有100年的历史了。中山路的这一头连接到海边，通往鼓浪屿的轮渡码头，另外一头就是中山公园。"叶俊生对周围的历史民俗非常熟悉，充当起了临时导游。

两个人一边走着一边看着，李淑英问道："看样子你经常光顾这里？"

"我是常客，基本上每个礼拜都要来一到两次。昨天我跟你介绍过我喜欢骑自行车，通常我骑上1个小时的自行车，然后就拐到这里吃个宵夜。这样的话，锻炼达到了，再大快朵颐把自己招待一番，一举两得。"

"哈哈，这是一个不错的主意。"

两个人说话间走到一处小吃店门口，叶俊生招呼淑英在户外露天的一张小方桌前坐下，说："他们这一家的白灼章鱼做得特别地道，我隆重推荐你尝一尝，今天晚上就不再请你吃肉粽了。"

淑英点点头说："闽南海鲜是很有名的。"

叶俊生跟店家点了几样菜，要了两瓶啤酒，打开替淑英倒了一杯，说："先说好，今晚我们不谈工作，不谈项目融资的事。"

"好的，完全同意。"李淑英赞同地点点头，她很喜欢对方的这个提议。李淑英经常在投资项目的考察中需要和潜在的被投方管理人员用餐，她是一个泾渭分明的人，很不喜欢利用吃吃喝喝聊投资的事，虽然她也知道中国大陆不少人有这个习惯。在她看来，公务是公务，休闲是休闲，这也是她这么多年从事投资行业一直坚持的原则。对方的这个提议，让她不由得对眼前的叶俊生多了几分好感。

叶俊生端起酒杯和淑英碰了一下，喝了一大口，接着说："其实在中华菜系里，闽南菜谈不上有太高的知名度，外省人记得住的，大概就是福州菜的佛跳墙。中国菜还是粤菜、川菜、鲁菜，可能还有沪菜成气候。福建虽然也有所谓的闽菜，但是闽菜其实没有形成很完整的菜系，相比之下，福建尤其是福建南部闽南地区的小吃最有特色，这里面我可以给你念叨很多好吃的，比如说五香肉卷、沙茶面、炒米粉、土笋冻、海蛎煎、五香排骨等等。在福建闽南，后来又传到台湾，这些小吃遍地都是。更难得的事，你花很少的一点儿钱，就能尝到美味佳肴，好比今天晚上，如果不算饮料的话，我们两个人吃下来可能就两三百块钱。"

李淑英深有同感道："是啊，我从小在新加坡长大，在没有来中国大陆工作之前，大部分的时间都是待在新加坡，在新加坡的时候我也很喜欢去吃各种小吃。新加坡的华人小吃，其实大多数是从福建小吃沿袭过来的，再经过一些改良。你刚刚说的那些炒米粉、五香排骨，还有这个海蛎煎，在新加坡也都有。我还记得有一段时间我特别喜欢吃的就是芋头红烧肉。"

"芋头红烧肉，这条路上有一家做得特别好，你等等。"叶俊生说着站起来，朝马路对面挥了挥手。对面一个小伙子快步走过来："叶先生你好，有什么吩咐？"

"你们家的那个芋头煲，你给我弄一份过来好吗？"

"好的，你稍微等一下。"小伙子点头应允。

叶俊生重新坐下来，向李淑英解释道："这边的各个店家大家相互都很熟悉，如果是常客，店家们认识你，需要吃个什么的不一定按照菜谱来，交代一声就行，或者哪怕他店家没有这道菜，也可以从别的店做好了端过来，这是在大饭馆里体会不到的。"

"嗯，这个场景真的很像我以前在新加坡的经历。"李淑英开心地拿出手机，对着前后左右猛拍了几张照片，"回头发给我妈妈，她肯定很开心。"

"你一个热带长大的女生，跑到北方生活，气候上能习惯吗？"几样菜肴都上桌了，两人吃着，叶俊生问道。

"还真有不少人问过我这个问题。"李淑英夹了一筷子海蛎煎，美美吃了一口，放下筷子，说，"南方的好处就在于一年四季气候都很舒适，但是北方那种冷冽的冬天，冰雪覆盖的世界，季节分明的气候，实在是有一种令我着迷的气派。冬天的冰，秋天的落叶，春天的树木发芽，每个季节都有一份不同的窗外世界，我挺喜欢的。要说不习惯嘛，唯一不习惯的就是北方的干燥，尤其在北京。有一个笑话，说在北京生活，女士可以用馒头当防狼武器。把馒头在阳台上放几天，硬得跟砖头似的，揣在手里完全可以当防身工具。"李淑英显得很放松，和对方无拘束地聊着。

叶俊生听着笑了起来："哈哈，跟你说个有趣的事。我去过几趟北京，他们北方人说话的那个北京腔，我觉得挺好玩的。有一次我问出租车师傅，怎么学北京人的发音，我特别想学一学北京话带儿音的腔调，例如什么什么儿。司机师傅告诉我，很简单，你要去什么地方就在说地名的时候加一个儿腔，北京人管这叫儿化音，什么地儿？这就对了。"

李淑英点点头，目不转睛地看着对方，等待下文。

"结果第二天，我要打车上机场，从宾馆门口一上车，出租车师傅先问我，先生您去哪儿，我连忙清了清嗓子，师傅您好，我要去机场儿。那个师傅愣了半天没听明白，我赶紧又重复了一遍，还故意把儿的音拉得很长，机场——儿。对方直瞪瞪地看着我，回答说：没这地儿。"叶俊生说完这段笑话，李淑英笑得都快喘不过气来了。

回到喜来登，李淑英洗漱完毕，自己倒了一杯酒，坐到房间沙发上发呆。过去这1天半时间，她仿佛情不自禁地陷于一种无法言状的兴奋状态，这可是多年没有过的感觉了。

36

福建龙海　流传村

陈平母亲郭玉洁从香港做完手术回来，就回到位于龙海流传村的天一老宅，在这里继续她的康复锻炼。

老太太不愧是护理专业出身的人，她知道以她现在这样的年纪，不能指望像年轻人那样，借助器械来做骨科的复原，但她同时知道美国医生的叮嘱是很科学的。如果因为怕疼不抓紧走动的话，后续的康复将会变得非常困难，甚至可能错失重新站立走路的机会。美国医生给她开的药物，除了特别用于增强骨密度和补充骨头钙质的以外，还有几种药物是缓解疼痛的止痛药。郭老太太知道，止痛药都有一些副作用，所以，她只在第一个星期服用了一个疗程，接下来就不再继续吃止痛药了。

从回到老宅的第一天起，郭玉洁给自己制定了很细致的康复安排，她将每天走路的次数固定为4次，上午和下午分别各有两次，每次30分钟。前面两个星期，老太太都是拄着拐棍，在老家1楼房间外面的走廊上拄着拐杖来回挪动，两个星期以后，她开始试着把拐杖扔掉，自己扶着墙一步一步艰难地往前挪小碎步。每一步的挪动对这样一位刚刚手术不久的80多岁老人来说，都异常艰难，因为手术后的骨盆还不足以支撑一个人的重量，哪怕有拐杖或者借助走廊边上围栏的助力。但郭玉洁是一个意志力非常坚强的人，虽然小儿子特意替她雇用了一位当地的护理，每次郭玉洁走动的时候，护理小妹都在边上陪着她，但是老太太从来不让护理扶着她走，而是自己咬着牙根，一步一步向前挪，豆大的汗珠子顺着两鬓往下流。一开始的时候，每挪动一步都要停下来大口大口喘气，慢慢地，她可以走上五六步再停下来歇一口气。每次康复运动对她来说都是一次体能和意志力的挑战，30分钟的走路锻炼下来浑身湿透，必须马上冲一个热水澡，这个时候就需要护理在一旁帮忙照料。

就这样坚持了4个星期，老太太已经可以自己慢慢地走到老宅的院子外面，同时试着上下楼梯。小儿子特地带她到市立医院做了一个复查，拍了几张片子，医院的罗大夫看了以后，很惊奇地表示，像郭教授这样高龄的老年病人，骨盆手术以后1个多月能够恢复到这种状况是一个很了不起的进步。陈平也把弟弟扫描拍过来的片子发给了美国的手术医生，美国医生随即回复邮件表示，对康复状况十分满意。

这一次从意外摔伤到治疗的经历触动了郭玉洁，她近来时常忍不住地回忆起自己这一生的经历。年轻的时候自己与母亲一起生活，先是在龙溪老家，后来到鼓浪屿上学。中学时代经历过日本人的占领，为了逃避战乱，从鼓浪屿跟着母亲郭月，还有那时候的郭府管家郭贺，随着逃荒人群回到流传老家。抗战以后只身前往英国伯明翰大学攻读护理学位。学成归来以后在正南大学任教，这一晃60多年过去了。解放以后曾经有几十年极左思潮盛行，由于出身于华侨商人家庭，又有海外留学背景，郭玉洁经历了许多挫折，尤其是在"文革"那个动荡年代被折磨得够呛，有整整12年时间不被允许上台授课，白白耽误了大好的年华。好在后来政策调整，自己的晚年过得比较安宁。如今下一代都五六十岁了，孙子辈也大都已经长大成人。这一阵子，她总是回想起自己在伯明翰的时光。

郭玉洁在英国伯明翰上学的时候，结识了一位从中国浙江过来的留学生，叫魏建平，是主修心脏外科的。当年郭玉洁在伯明翰大学护理系攻读学士学位，最后一年需要到医院完成3个月的实习，玉洁联系了伯明翰的罗伯特医院作为自己的实习基地。而魏建平主修心脏外科，和郭玉洁同一年毕业。两人都是学医的，又都是从中国过来的学生，彼此之间可以沟通和交流的东西比较多，于是两人就结伴一起到罗伯特医院实习。那段时间，两个人每天上午一同从学校出发，到医院做一整天的实习工作，傍晚再回学校，如果是值夜班，就得在医院过夜。和玉洁不同的是，魏建平在医院实习期间，几乎没有太多的机会参与心脏科治疗。他所主修的是心脏外科手术，心脏外科是一门全新的学科，在全英国也只有寥寥几个医生能做这门手术。他之所以转到伯明翰大学来，就是因为伯明翰医学系的知名教授詹姆斯先生，是全英国数一数二的心脏外科手术权威。魏建平在伦敦上学的时候，他的老师推荐他转学过来，成为詹姆斯的学生。詹姆斯做心脏外科手术，通常两个月才会安排一场。每次詹姆斯的手术，都有他的学生以及医院的助理，好几个人坐在手术室临时搭建的观摩台见习。除此之外，平常魏建平更多的时间，是待在外科门诊，协助处理一些外科创伤方面的治疗，外科是所有科室里最费体力的。在他们实习那阵子，有一次因为外科科室有几位医生请假，魏建平连着排了3个大连班，身体终于撑不住了。

所谓的大连班就是在本来应该上 8 个小时的一天内，一口气上 12 个小时，然后第二天没有休息，再上 12 个小时，连着上 3 天。到了第三天下班回来，魏建平的身体一下扛不住病倒了，发烧烧到了 39 摄氏度。玉洁知道以后，赶紧带着魏建平去医院的门诊看病。因为是同行，门诊医生在给魏建平开药的时候特别谨慎。医生向玉洁交代说，魏先生的病情，是由于过度疲劳导致身体的免疫力下降，再加上现在季节更替，被流行感冒的病毒传染，引起并发症。如果要好得快，最有效的方法是服用退烧药。但是英国医生对于开退烧药一向比较慎重，因为退烧药含有抗生素，容易引起人体内的菌群失调，伤害正常机体功能，造成人体免疫力的下降，所以医生把退烧药开好了，只是叮嘱玉洁，是否要用这个退烧药，由玉洁自己决定。当然了，医生也嘱咐道，如果魏先生身体发烧在两天之内不能降下来的话，那无论如何只好用退烧药，否则连续的高烧，会影响到他的大脑神经，那就是一名年轻有为的心脏外科医生的大忌。

　　玉洁扶着魏建平回到了伯明翰大学宿舍，照料好魏建平在床铺上躺下。魏建平的学生公寓，和郭玉洁所住的公寓楼只相差 50 米，他的宿舍是独立的单人房间，大约 10 平方米大小。玉洁把魏建平安顿好以后，从宿舍里拿了一个大铁桶，跑到护理系的实验室，装了一大桶的冰块回来。

　　这也算是在护理系上学的一点特权吧。护理系的实验室常年都备有很多冰块，里面有一个大型的制冰柜，制作冰块用于实验室的各种需要。玉洁跑回房间，用毛巾裹住冰块，放在魏建平的额头上，试图用物理降温的办法把魏建平的高烧降下来。她把毛巾裹着的冰块在病人的额头放好，同时又扳了一下病人的身子，让魏建平面朝天花板平躺着，解开他的上衣，再拿另外两条毛巾，蘸上冰水来回地搓揉魏建平的胸部和腋下。玉洁相信这种物理降温的办法副作用最小，而且最有效。整整一个晚上，魏建平发着高烧迷迷糊糊的，那天晚上玉洁没敢离开魏建平的宿舍，她知道高烧不退的危险，每隔半个小时，玉洁就给魏建平换一次冰块，重新擦洗一次他的上身。如此来来回回折腾了大半个夜晚，总算在第二天凌晨把魏建平的体温降了下来。

退烧后，郭玉洁陪同魏建平在校园散步，两个人聊到毕业后的去留问题。郭玉洁告诉对方，她家里就母亲一个人，无论如何要回去陪母亲。记得当时魏建平叹了一口气，说："国内内战打得厉害，特别我是搞心脏外科的，估计得留下来才能继续专业的发展。"

郭玉洁当即表示赞同："你搞的这个是尖端专业，应当留下来发挥你的特长。"对方本来试图建议玉洁一同留在英国，但见她意向坚定，就不好再坚持了。

不久后，两人同时在伯明翰大学毕业，双方各奔前程，算来已经是 70 年前的往事了。

这天上午，郭玉洁沿着老家围墙外面走了 40 分钟。近两个月下来，她觉得自己的骨盆已经大体恢复得差不多了，如今走起路来虽然速度缓慢，但是已经基本没有大碍，上下楼梯也都大致能够自如。她知道关节活动的关键是上下运动，只要自己能够自如地上下楼梯，那就意味着这个康复已经接近尾声。

今天天气很好，老宅院子里透天的天井内，太阳暖洋洋洒落下来。中午过后睡个午觉，郭玉洁给自己煮了一壶咖啡，端着咖啡玻璃壶和一个杯子，坐到院子里晒着太阳，又想到了魏建平。

郭玉洁是 1948 年从英国回国的，回来以后不久，厦门解放。由于当时特殊的历史原因，郭玉洁和魏建平，以及其他英国同学，一概都失去了联系，这一中断就是几十年的工夫。直到 10 年前，有一次流传村的村长到县里开会，带回来一封信，上面只是简单地写着福建，厦门龙溪，天一贸发行，请转交郭玉洁女士收。村长解释说：因为上面没有具体地址，这信是几经中转才送到县办公室的，天一贸发行早已在解放前夕停业，如今还知道那段历史的人已经不多，龙溪县也已经改了名称。县里的老人隐约记得流传村有天一信局的旧址，见村长过去开会，特意问询，村长才知道这事，把信件带了回来。郭玉洁接过来一看，是一个厚厚的信封。打开信封，里面只有简单的一张信纸，中英文手写的两行字：郭玉洁女士，我是魏建平。一直希望能够联系到你，这是我在英国的地址和电话，如果这封信能送达你手里，希望能和您联系上，建平。下面是地址和联系电话。信纸之外还有另外一个信封，玉洁打开那个信封，只见信封里面又是一张内容几乎一模一样的手写信笺，同时再套着一个信封……如此一层一层地套下去，就像俄罗斯套娃。郭玉洁把这个一层套着一层的信件逐一打开摆到桌上，整整5封信，分别写于50年代，60年代，70年代，80年代和90年代。看得出，对方整整用了40多年时间试图和她联系，每次发出一封信件，收信方没有下落，信就会被退回原处。过几年发信人就重新写一张纸，填上信封贴上邮票，再把原来的信件放到新的信封里一起寄出，如此循环。这封前后跨越40多年的信件，让郭玉洁很是感慨。后来她与魏建平联系上了，从交谈中郭玉洁得知，魏建平在英国留下来以后，一直从事心脏外科的手术工作，如今他是英国心脏外科学会的终身荣誉顾问，是全英国最权威的心脏外科专家，获得英国女王颁发的爵位，在整个英国医学界享有非常高的地位。

自从10年前彼此联系恢复后，两位多年的学友时常都有书信往来，不时也相互打打电话，但是一直都没有再见面。魏建平几次邀请郭玉洁去英国走走看看，郭玉洁总推辞说自己年纪大了，洲际旅行太折腾，一直没有应允。这次的摔伤事件，倒是唤起了郭玉洁重返英国走一趟的念头。

郭玉洁把咖啡杯放到一边，拿出纸笔，开始写信：

建平：

近来都好吗？不久前，我做家务的时候，不小心把自己摔了，好在现在已经基本康复。

你几次邀请我去英国看看，我离开英国已经60多年了……

才写了几行字，郭玉洁突然把笔放下了，心想这都什么年代了还靠这个，祖上创立天一信局已经是100多年前的事了，这一封信从老家寄到英国半个月的时间，再等对方回信，一来一回1个月的时间就没有了。别这么老套了，还是打个电话吧。

郭玉洁盘算了一下，现在是下午4:10，应该已经是英国那边的上班时间了，她记得魏建平跟她说过，每天上午 9:00 都会准时前往他的私人诊所兼办公室，在那里待几个钟头，会见医学界客人，接受个别病患的预约，中午过后就离开办公室了。郭玉洁走回房间，从抽屉里翻出魏建平的名片，同时拿出了小儿子替他购置的手机，回到院子的藤椅上坐下，拨打名片上的电话。

电话响了两声，随即有人接听："Hello，这里是 Doctor Wei 的诊所，请问有什么可以帮您？"一副熟悉的英式口音从话筒里传来。

郭玉洁说道："Hi there，你好，请问魏建平先生在诊所吗？"

"魏爵士这会儿在办公室里，不过他正在打电话。请问您是哪位？"

"我叫玉洁·郭，从中国打来的。"

"是国际长途吗？请您等一下，不要挂电话。"电话那头出现静音，过了两分钟，魏建平的声音传过来："是你吗？玉洁。"

"是我，建平。你瞧我还是改不过来，应该叫你魏爵士。"郭玉洁半开玩笑地说。

"玉洁，你别取笑我。好久没有你的信息，最近都好吗？"魏建平问道。

"我这边挺好的，就是前段时间不小心摔了一下，但是都基本上康复了，没什么大碍，你那边呢？"郭玉洁把自己摔伤的经过简单说了几句。

魏建平一听有点儿着急，说："哎，这么大的事，你怎么没早跟我说呢？"

"没事，我这边都挺好。"郭玉洁笑着回答。

"等等，你还是那个电话号码吗？要不我给你挂过去。"

"不用不用。"郭玉洁阻止道，"现在中国的经济条件挺好的，长途电话也不再是什么很昂贵的费用。"郭玉洁记起以前几次跟对方通电话，对方总是让她把电话先挂断，他再打过来。10 年前挂往英国聊 10 分钟的电话费，大约就相当于一个普通工人半个月的工资，现在的情形大不一样了。她接着补充了一句："这电话是孩子们帮我添置的，没问题，我们可以放开了聊。"

"那就好。"魏建平说，"我这边都挺好的，上个月在美国待了 1 个月，公私兼顾，参加了两个学术研讨会，接下来就是自己开着车，由我女儿陪着，到处游山玩水。你的摔伤真的都康复好了吗？"对方还是有一些关切："要不要也该轮到我来照顾你一回？你还记不记得，大学毕业实习我发烧那次，是你一个晚上没睡觉，帮我拿冰块退烧的。"

"都70年前的事了，你怎么还记得？"郭玉洁想起刚刚自己还在回忆的事，不禁有些怅然。

"我当然记得了，可以说那是这么多年来我印象最深的一次。"

"我本来就是学的护理，那是我的专业。对了，我今天给你打电话，是想问你一下，你不是一直想邀请我去英国走走吗？我现在有点儿心动了。"郭玉洁说。

"那太好了。我都给你提了多少次了，你一直不肯动身。你能过来转转，这太好了，你计划什么时候来？"

"我这边随时都可以。今天打电话呢，一来就问问你时间安排上方便不方便。如果你这边可以的话，我就让孩子们帮我张罗那些签证文件的事了，你知道我从1948年回到中国以后就再也没出过国了，这种出国手续上的事，我还真的不知道该怎么办呢。"

"哦，这个你放心。"魏建平解释说，"我这边给你出一个函件，叫作商务邀请函，带有担保的意思。我让这边办公室的人今天就办好直接国际快递寄给你，这些都很简单的。"

"那好。就先谢谢你了，现在是9月初，如果顺利的话，我们就先预定10月中旬走。"郭玉洁提议说。

"好的，我这边没问题。你一旦行程确定以后第一时间告诉我。对了，你还是不习惯用电子邮件吗？"对方询问道。

"找时间真的得好好学一下，我还一直没有用电邮的习惯。不过我这里好像有你的邮箱，我可以让孩子们把行程准备情况随时发给你。"

"好的。到时候我把刘一鸣一起叫来，他还一直说起你当年帮助他到市立图书馆找资料写论文的事呢。"魏建平说的刘一鸣是当年一起在伯明翰大学上学的另外一位中国留学生，后来也在英国待了下来，"我们一起好好聚聚。我和你可是整整有70年都没见面了。记不记得那时候我们一起在伯明翰大学打篮球？"

"记得。"郭玉洁想起自己还有一张和魏建平一起打球的照片,可惜"文革"期间被查抄丢失了。

"那个篮球场现在还在,到时候我陪你一起去看看。"

"看看可以,打球是打不动了。"郭玉洁调侃着说。

"打不动就摆个 pose 也行。"

很快,魏建平那边就把办理英国签证所需要的一些资料通过 DHL 快递了过来。里面是一份带有担保性质的邀请函,还有对方替郭玉洁购买的在英国的医疗健康和旅行保险。魏建平特地手写了一张字条:玉洁,你请孩子们带着你,拿上这份邀请函和保险单,到英国在中国的领事馆办理商务签证,上面有我的电话和所有的联系方式,如果有任何问题,领事馆会直接给我打电话的。

郭玉洁找了个时间,把自己决定去英国以及魏建平发来的签证邀请函和儿子陈平简单说了一下。陈平为母亲的这个决定感到高兴,他决定陪母亲一起去办理签证。

定好时间,陈平陪同母亲乘飞机来到广州,因为离厦门最近的英国领事馆在广州。陈平事先联系了广州的一家中介,请对方代为安排当地的航班接送,以及在领事馆提前预约等事宜。陈平和母亲在广州白云机场降落后,当地中介小齐很利索地把他们送到凯悦大酒店住下来。小齐介绍说:"陈先生,您持有香港护照,所以您不需要签证。郭教授的签证申请,按照您的要求,我们准备办理商务签证。商务签证最主要的是对方的邀请函,还有本人的资产证明。本人资产证明方面,我们现在已经有了郭教授的银行账单,这个够用了。英国那边的邀请函您带来了吗?"

陈平将魏建平的邀请函出示给对方,对方看了一眼,点了点头,说:"材料都齐了,那我们明天上午去办理吧。我一早过去先预约 Express 就是快速通道然后再来接你们二位。"陈平起身致谢,同时把代理费通过手机转账一并支付了。

第二天上午 10:00,小齐来到凯悦大酒店接上陈平和老太太,乘车来到英国领事馆。

领事馆外面密密麻麻地排着一条长队，有近百人。小齐领着陈平和老太太，走向侧面的另外一扇小门。他低声解释道："这边是 Express 通道，因为收费高，人比较少。"

陈平点了点头，这边只有四五个人在排队，小齐是一个很会办事的人，他走到队伍的最前头，跟门口执勤的武警解释了两句，意思是说后面办理的这位老人家 80 多岁了，能否让她优先通过安检，武警点了点头。小齐对陈平说："陈先生，那您陪郭教授进去吧，我就在这里等着二位。"

"好的，那我们一会儿见。"陈平说着，扶着母亲郭玉洁过了安检，进入签证大厅。

陈平在大厅的机器上取了一个等候号码，招呼母亲坐下等待。签证厅的布局有些类似银行营业厅，大厅中间是几排供客人等待用的椅子，前面一长排办事窗口，用玻璃幕墙隔着，幕墙后是一个个独立的经办柜台，陈平快速数了一下，大约有 6 个柜台正在接待中，前来办理的客人们多为年轻人。

不一会儿，屏幕显示轮到他们的号码。陈平陪同母亲走到柜台前，对方是一位很年轻的英国小伙子，小伙子看了一眼郭玉洁递过来的申请表和护照，开口用英语问道："郭女士去英国是有商务活动吗？"

郭玉洁用一口极为流利的标准英式英语回答道："准确地讲，也不能算商务活动，我是伯明翰大学的老校友，想回去看看母校，也拜访一些老同学。"这口标准的英式英语一说出来，办事的英国小伙子不禁抬头看了一眼眼前的老太太。他点点头接着问道："请问您要办理商务签证的话，应该有英国那边出具的邀请函。"

"哦，有的，邀请函在这儿。"郭玉洁把魏建平寄过来的邀请函递过去。英国小伙子接过邀请函仔细读了一遍，脸上突然露出一副非常诧异的表情，他抬起头来再次细细打量着郭玉洁，说道："二位请稍候。"接着就站了起来，径直走进里面的一间小屋。

郭玉洁和儿子陈平面面相觑，不知发生了什么，只好安静地坐等着。

几分钟以后，小屋里一位中年男子走了出来，但是他没有走向办事柜台，而是从侧面打开一扇门，直接走进办事大厅，来到郭玉洁和陈平两个人的面前。对方自我介绍说："我叫安德森，是英国驻广州领事馆的副领事，二位请随我来。"说罢，将两个人让进了领事馆的办公区，直接来到他的办公室，招呼两人坐下。

陈平有些惊讶，他扶着母亲在椅子上坐了下来。只见面前这位自称安德森的领事馆副领事忙乎着替他们两人各自端上了一杯现磨咖啡，随后开口说："这位女士，您姓郭，对吗？"

"是的。"

"郭教授，您好。"对方以一种十分谦恭的语气说道，"您刚刚向我们出示的这份邀请函足足把我吓了一跳。"

"为什么呢？"老太太很慈祥地望着眼前这位有些兴奋的领事官员。

副领事安德森站了起来，回答说："郭教授您大概不知道，魏建平爵士在英国可是非常知名的人物啊。这么说吧，中国妇科有林巧稚，中国传染病学有钟南山，那么魏建平爵士在英国的知名度，就好比我刚刚说的这两位最知名的中国大夫。"这会儿，这位英国领事馆的副领事激动得已经不说英语了，直接用中文表述："他是女王陛下授勋的爵士，获得英国皇家医学协会终身成就奖。多年前我父亲的心脏外科手术就是魏爵士亲自做的，父亲至今健康，一多半要感谢爵士的妙手回春。由他签发的邀请函，在我们这家领事馆还是第一次收到。这封信在我们这里的分量，超过哪怕是一份部长甚至首相的邀请函，您知道首相就干几年，爵士是终身的。"说完，他自己都笑了起来。

郭玉洁自己也没想到他的这位老同学在英国有这么大的影响力，受到眼前这位副领事兴奋劲的感染，不禁笑着点点头。

安德森副领事接着说道："郭教授，能够办理魏建平爵士邀请的客人来英国的签证，那是我职业生涯的光彩，您等一下。"说着，他拿起郭玉洁的护照，在电脑前快速做了信息录入，接着从打印机打出了一张签证贴纸，直接贴在护照上，递给郭玉洁："已经办妥了，这是我的名片，有什么需要我们提供协助的请随时吩咐。期待您早日访问英国。"

"谢谢安德森。"轮到郭玉洁用英文向对方道谢。

两人正准备起身离开，安德森问道："郭教授，我冒昧地有一个请求。我能够拿着魏爵士的这份邀请函跟您一起合张影吗？我想留作纪念。"

"当然没问题。"

"太好了。"说着，安德森把手机交给陈平，陈平接过对方的手机，拍摄了副领事拿着邀请函与母亲郭玉洁的合影。接着，安德森亲自领着郭玉洁和陈平，一路护送他们走出领事馆大院，在院子门口与两人挥手道别。

门口马路对面的小齐正耐心等候着，看到陈平母子在一位英国官员模样的人的陪同下走出院门，有点儿奇怪。待上前一看，陈平手里拿着一本护照，不禁心底往下一沉，护照没有被收走，难道申请出了意外？于是也顾不得寒暄，主动伸手接过护照，翻开一看，上面一张崭新的签证贴纸。小齐顿时惊呆了，张大嘴巴竟然半天没有合上。

37

剑桥大学 学生宿舍

与有着 800 年历史沿袭的剑桥大学相比，剑桥大学商学院，中国人通常翻译为"嘉治商学院"（Cambridge Judge Business School）从年资上只能算是十足的小后生，它成立于 1990 年，以主要捐赠人 Judge 爵士命名，商学院的教学大楼完工时，英国女王伊丽莎白二世曾亲自光临剪彩。商学院位于校园核心地带康河河畔，中国近代诗人徐志摩的抒情名诗"再别康桥"描述的就是这个风景如画的校园景象。

临近傍晚，商学院研究生宿舍，年轻小伙子陈亦然短衣短裤，正趴在床上给父母发邮件。陈平夫妇育有两子一女，陈亦然是陈平的大儿子，他已经在英国生活了 7 年时间，从高中阶段考入伦敦私校，便开始了他的独立生活历程，之后大学 3 年是在英国完成的，如今正攻读最后一个学年的硕士研究生学位，主修金融与投资专业。

陈亦然对于英国的留学生活适应得很快，这得益于他从小接受的就是中英双语教育，而且从小学一年级开始就在香港的私立学校住宿学习，相比起其他的亚洲学生来说，陈亦然的英语水平和独立生活能力都要强得多。

剑桥大学毫无疑问是首屈一指的世界名校，在这里就读的几万名本科和硕士学生来自全球近百个国家和地区。商学院的研究生院生源构成，英国本国人、欧美白人大约占了八成，剩下的就是穆斯林学生、亚洲学生和少量的非洲学生。虽然这些年来华裔研究生的比例逐年上升，但总人数还是有限的，因此来自中国大陆、中国香港、中国台湾和新加坡的华裔学生互相感觉都比较亲切，这里有一个剑桥商学院华裔研究生会，总共大约有百来位说中国话的同乡会员。

陈亦然写完邮件，合上笔记本电脑，一转身从床铺上下来，伸了伸有些发麻的胳膊，坐到书桌前准备开始他的兼职网页设计。小小书桌的一角，摆着一个8英寸镜框，里面是一幅镶嵌的手工刺绣"太阳花"图案，那是奶奶郭玉洁在陈亦然临来英国前送给他的，陈亦然一直带在身边。绣花图案上面，一轮高挂的太阳，一艘航行在茫茫大海上的帆船，几位身强力壮的男子正奋力拉扯着风帆，画面展现的是闽南华侨下南洋谋生的故事，源于一曲民谣曲调"太阳花"。

陈亦然勤工俭学是从大学本科一年级开始的，当他一考入大学的时候，父母就与他约定家里只承担他的上学学费，其他费用，包括住宿费、生活费等需要陈亦然自己通过打工的形式自行挣钱解决。一开始他有些不以为然，觉得家里不至于缺这一点儿钱，而且周围的中国留学生的所有费用都是由父母全包的，后来慢慢了解到当地大学生们几乎都是财务上独立于父母，哪怕家长资助，大多也是以借款的方式，他逐渐明白了父母亲希望从一开始锻炼自己谋生能力的苦衷。大学一年级的时候，他先是在学生食堂打零工，后来申请到了伦敦一家旅行社的网页平面设计工作，这是他中学时代的美好，这份兼职工作是以完成的页面数计酬的，时间上很机动，适合于像他这样的学生，于是他就一直坚持下来，算起来已经干了4年了。

公寓门外有人敲门，陈亦然起身把门打开，只见大陆广东籍校友郑亚民站在面前，他们俩是好朋友。陈亦然见对方一脸沮丧的模样，本来想开玩笑的俏皮话到了喉咙口连忙咽了回去，点头示意，让郑亚民进来。

郑亚民一屁股坐到床铺边上，懊恼地说："哥们儿，我可倒霉透了。"

"怎么了，什么事啊？"陈亦然递给对方一听啤酒，问道。

"你知道最近不是中美贸易战吗？我父母都是在江门做外贸塑料玩具的，过去这一年外销市场因为美国那边提高关税，订单和销量都大受影响，我下学期的学费家里一直没有寄过来，一开始我还以为只是资金周转短时间不灵，后来才知道其实工厂都已经关门两个多月了，父母怕我担心没敢告诉我。这一来家里还真就拿不出钱来帮我支付下个学期的学费。眼下呢，我的生活费倒还好办，我在学校图书馆做帮工，能够把自己的生活费挣下来，但学费是一个大数字。这眼见着缴费的截止日就快要到了，如果我不把学费凑足的话，我下学期就上不了学。听系里的老师说，我可以申请减免学费的助学金，可是我的申请表递上去了，今天刚刚被驳回，申请失败。"说着，郑亚民把一张纸递给陈亦然。

陈亦然接过来一看，这是商学院研究生院助学金管理委员会的回信，上面的大致内容是：您申请的下一学期免除学费的助学金申请，经委员会同人根据您递交的材料，审核结果不予通过。上面列明的原因是缺乏足够的材料证据。最后一段写的是："如果您对这个决定不予认可，您可以在14天之内提交申述。"

郑亚民说："让我去申请助学金，本来已经是很不好意思的事了，我把我能想到的材料都给他们了，没想到是这个结果。"

"你向他们提供了什么材料呢？"陈亦然问道。

"我就给他们写了陈述，说明我父母做生意的大致情况，以及过去这一年因为经营环境恶化，没有盈利无法支撑我学费的状况。"

陈亦然表示理解："我手头倒是有6000多英镑，你需要的话可以先拿去用。只不过这点儿钱也不够。"

"我现在愁的不是生活费，生活费都好办，这个学费该怎么办呢？

如果申请不下来，那我下个学期可就上不了学了。"郑亚民一脸的愁容。

"别急，这不还有上诉机会吗？我们一起来想想办法。"陈亦然安慰说。

"嗯，那你有什么意见呢？"郑亚民问道。

"申请助学金这样的经历，我倒也不曾有过，不过我们是不是要重新考虑一下，如果要走申述的话，从什么角度才能打动委员会？"陈亦然思考着。

"你老爸身为基金公司的大高管拿着高薪，根本不像我父母自己做小生意，每天都在刀尖上行走。"郑亚民无奈地叹口气。

"这是什么话，你再这么说就没劲了。"陈亦然不喜欢对方这样说话的口气。

"对不起对不起，你看我就是急的。"郑亚民连忙解释道，"我一着急，说话变得没轻没重的，你别放心上。"

陈亦然重新拿过那封信，细细地又读了一遍。两个人正在商量着，寝室的门被推开了，邻居女生斯丁娜走了进来。斯丁娜与陈亦然是桥牌牌友，十有八九是前来约陈亦然打牌的。

"嗨，周末好。"斯丁娜认识郑亚民，她跟对方打了一声招呼。

"你今天怎么这么闲？"陈亦然知道斯丁娜新近换了一个男朋友，是附近驻军营地的一位少尉，她通常每个周末都要到驻军的军官俱乐部去和那位少尉约会。

"嗯，他们今天晚上提前集合，明天一早就要开拔了。"斯丁娜自己走到冰箱前打开柜门拿出一听啤酒，揭开喝了一口，"所以想过来约个牌局。"

"你来得正好。"陈亦然趁机问道，"正好我这个老乡有一点儿麻烦事，你也帮忙出出主意。"陈亦然把那份信递给了斯丁娜，然后把郑亚民申请免除下学期学费的助学金申请被驳回的情况介绍了一遍。"嗯，这个你是找对人了，我去年就申请过这东西，我有经验怎么对付那帮官僚。我来告诉你怎么做吧。"斯丁娜是一个很热心的人，一看到有她可以帮得上的地方，显得很兴奋。

"你看你这个材料呢，陈述的理由不充分。"斯丁娜翻了翻申请资料，抬起头来对郑亚民说。

"怎么不充分？"郑亚民不解地问。

斯丁娜解释说："你跟委员会说你们家里做生意做亏了，所以要免除学费。你不想想，做生意有赢有亏，那是你家里的事。如果哪个人家里做生意亏了或者失业了都要来免学费的话，学校怎么承担得了呢？所以啊，你这个陈述的最大问题在我看来是角度不对。"

"那应该怎么说呢？"陈亦然仿佛听出了一些门道。

"你看中美贸易战，美国突然提高进口品关税这件事如今我们都知道吧，这件事闹得沸沸扬扬的，这是政治斗争，而你的困境，你家人的经营困难，恰恰是政治的牺牲品。郑先生，你应该这么说，你父母多年正常经营的生意，因为国家之间的贸易战现在产品无法像以前那样正常出口，整个经营被迫停止，工厂关门，这不是你父母一家人的个别事例，受影响的有一大批。你看碰上天灾，或者国家之间的贸易战，这对于商人来说，是一个不可抗力，所以呢，你是因为无法预见的不可抗力的影响而难以支付上学学费，你应该拿这个理由去陈述啊。"斯丁娜说道。

"可是受贸易战影响的有很多人家啊，我原来是想只应该说我们家的情况。"郑亚民在一边有些不解。

"错了，郑先生，你别怪我话说得重了哦。这或许就是你们中国人思维方式跟英国人不一样的地方。你们觉得没钱是一件很丢脸的事，在我们看来，谁都有没钱的时候，没钱一点儿都不丢人。接下来呢，你觉得应该拿家庭的经济收入断绝作为减免的理由，而在我看来，家庭经济收入的减少如果是因为你自己生意没做好导致的，那是你自己的事情，但如果是因为灾害、国家贸易战这种大环境所影响，则是另一回事，这是一个很充分的理由啊。就像如今我们这里在谈脱欧，很多企业长期以来销往欧洲大陆的外销业务受到冲击，政府有责任提供帮助啊，这个大家都很能理解的。"

陈亦然听懂了斯丁娜的意思，说："亚民，我觉得斯丁娜这个梳理是很对的，我们应该从受到大环境影响的这个角度去提交申述，说明你家里如今面临的经济困境是不可抗力造成的，而且恰恰因为英国也刚刚在讨论脱欧之后的各种经济救助，如果我们类比英国企业脱欧后的困境的话，上诉委员会的那些成员更能明白。"

"没错，"斯丁娜接过话头，"你拿这个跟他们讲，只要你陈述的是事实，最好再附上几份当地企业受影响的统计数据或者媒体报道，也可以找一个当地银行行长写一个陈述说明，作为附件附上去，那就再好不过了。"

"谢谢，谢谢，我们就按照斯丁娜的意思重新写一遍。"郑亚民站起身来向斯丁娜道谢。

"没问题，谁都有困难的时候，我只不过就是出个点子嘛。"斯丁娜得意地哼着小曲。

陈亦然对郑亚民说："那我们现在就去你的寝室抓紧写吧。斯丁娜，晚上的牌局你来约，我没问题，我们9:00开始吧。"说罢，两位中国小伙子来到郑亚民寝室，花了两个钟头的时间，把申述的陈述材料大致写完。郑亚民招呼陈亦然走到校园内的学生餐厅用晚餐。郑亚民点了一份意面，抬头问坐在对面的好朋友："亦然，你毕业后有什么计划？"

"我是要回亚洲的，希望能在年轻的时候自己创业做一个项目。"

"我明白你的想法，其实在英国的中国留学生里有你这种想法的人不在少数，大多数人都想学成以后回云国内创业，能赶上中国快速发展的时代红利。往大了说，为祖国服务，毕竟那是自己的故土，而且我们的知识在国内也应该能够派得上用场。但是我在英国生活了几年，貌似变得有些惰性了，好像这里的慢节奏更加舒适。"

"你这是温水煮青蛙，"陈亦然不以为然地摇摇头，"人家慢节奏是有几百年历史延续和积淀作为基础的，作为外来人，即便拿到英国身份留下来，慢节奏也与你无关，千万不能存有躺平的心理。"陈亦然知道这句话他是对自己说的。

两礼拜后，郑亚民收到大学助学金管理委员会的通知，他申请下一学期免交学费的报告获得了批准。

38

英国 伯明翰大学

伯明翰大学校园正对面，坐落着一栋深灰色外墙的5层建筑，这是一家老式宾馆，大门口的迎宾员都是花白头发的老侍应，举手投足之间透着典雅的礼貌和娴熟。

宾馆临街的咖啡屋，老人郭玉洁和长孙陈亦然相向而坐，看样子是在等人。

郭玉洁一行3人是昨天下午入驻这家老牌酒店的。陈平陪母亲从厦门老家经阿姆斯特丹转机，直接降落在伯明翰，在机场与陈平的大儿子陈亦然会合，陈亦然直接从剑桥提前来到伯明翰机场接机。

陈平工作日程繁忙，把母亲安顿下来，将后续的料理事项交代给了儿子后，今天上午便匆匆搭乘航班飞往纽约，忙他的商务活动去了。

陈亦然在6岁上小学之前，都是爷爷奶奶帮忙带大的，所以他跟奶奶的感情很深，一听说奶奶要来英国，特别高兴，自告奋勇地说要请假全程陪着奶奶。都说隔代的血缘更加亲密而且长得像，乍一看，陈亦然的五官轮廓跟他奶奶还真有几分相似，方形脸，长耳垂，宽阔的前额，浑身透着开朗阳光的气息。"奶奶，整整70年啊，您就从没想过再回来看看？"陈亦然替老人把眼前茶杯的茶水重新装满，十分好奇地问道。

"我是1948年从伯明翰大学毕业，回到国内的。屈指一算整整70年光阴。前面那40年呢，基本上出不来。你们这一代人或许不太了解，中国大陆经历过反右、'文革'，一大堆政治运动，我和你爷爷在'文革'期间都被关进牛棚限制自由，直到80年代初期才陆续平反解放，重新回到教学岗位。按理说从80年代以后就可以出国，也有多次的国际学术交流机会，可能奶奶不是一个特别爱动的人吧，就一直没有迈出国门。"

坐在对面的陈亦然点了点头，认真地听着老人往下述说。

"你知道吗，上一次奶奶来英国是从新加坡过来的，搭乘的是那时候刚刚开辟的英国到东南亚的空中民航航线，那个时候飞机可是一个稀罕物，我们中间要经停4个中转站，因为那时候的小飞机，最远的也就能够飞1000多公里，就要停下来检查，加油。"郭玉洁沉浸在对往昔岁月的回忆中，她依稀记得当时在南洋中转赴英留学时与自己外公见面的场景。

"听说那种小飞机只能容纳十几位乘客，票价一定贵得吓人吧？"陈亦然好奇地问道。

"票价自然是天价，我那张机票是我外公，也就是你的太爷爷帮我买的。据说那时一张单程机票相当于200张船票的价格，大部分人是没有这个经济实力的，只能坐船从新加坡到英国，最快也得两个星期。不过票价虽然很贵，飞机上的条件可是大不如现在，那时候就是一张宽大的座椅，不像昨天我过来的时候，是可以在机上躺着睡觉的。"郭玉洁喝了一口茶水，接着说，"如今交通往来真的是太便捷了，你从伯明翰或者伦敦，10个小时就能到香港，1天之内就能到厦门看望奶奶。"老太太感叹道。

"那是什么原因触发您最后决定还是要过来英国一趟呢？当然奶奶您能过来真是太好了，我和我爸都很高兴，但我还是好奇。"

"不是前段时间，奶奶不小心摔了吗，还到香港去做了一次手术。这一次摔倒突然就让我意识到，如今自己是一个耄耋之年的老人了，用中国人的话说，黄土埋到脖子根儿了，那么在走完自己生命旅程之前，重新造访一下当年我迈向成人的故地，应该是一件有意义的事，也是了却自己的一番心愿。"

陈亦然点点头，他从父辈那里大致听说过奶奶的一些经历，虽然他对什么"文革"、右派、运动、牛棚这些名词没有太多感性认知，但是在他的心目中，这些长辈比起他们年轻一代来，在毅力方面毫无疑问要坚强得多，也就是人们常说的，碰到挫折不困惑，遇见困难不认输。这个大概是环境造就的吧，虽然他身边的同学们大多家境优裕，不愁吃穿，也很少遭遇多少委屈，但是经常有人因为一门课程考得不好，或者申请一份实习工作的面试没有通过，就得了抑郁症，要去看心理医生。有一次他回家跟母亲说起，母亲回答说，这种事情在他们那一代人身上根本就不算一个事。那个时候，能够活下来不饿肚子就是最大的奢望了，看来人一旦物资条件好了，精神方面反倒更为脆弱。

两个人正说着话，门口走进来两个身影，郭玉洁一眼就认出这正是她今天要见的老朋友，当年在英国伯明翰医学院上学时的老乡、老同学魏建平。

"建平！"郭玉洁一下从座位上站了起来，快速迎上前去。

对方是一位与玉洁年龄相仿的老人，花白头发，穿一身藏青色西装，一副精神抖擞的模样，跟在他后面的是一个年轻的高个子女孩。"哎呀玉洁，总算见到你了啊！"魏建平紧走两步，趋前伸出双手，与郭玉洁紧紧相握，接着张开双臂抱住了对方。

足足有两分钟，两人紧紧地拥抱在一起，都没有说话，只见两位老人眼角各自涌出了泪花。"70年哪。"魏建平重重地说出了这几个字。

"是啊，我刚刚正在和亦然说，整整70年，我第一次重新回到这个地方，也是整整70年以后，我才有机会跟你再次见面。对了，"郭玉洁擦了一下眼角，转过来介绍说，"这是亦然，我的孙子，是我的长子陈平的大儿子。"

"魏爷爷好。"陈亦然在一旁礼貌地问候了一句。

"小伙子你好，哎，玉洁，亦然，我也把我的孙女带来了，这是Jenny，中文名字杰妮，我的外孙女。她在美国读医学专业，也是去年刚刚回来，正在医院当住院医生呢。"

"不错啊，继承了你的衣钵。"郭玉洁招呼着大家准备入座。魏建平在一旁提议道："玉洁，你看这会儿天气正好，你选的这个地方又正对着伯明翰大学，要不咱们就先不坐下来了，一起到对面的校园里转一圈怎么样？你知道在英国，阳光时刻是很金贵的。"

"好啊好啊，这个提议太好了。有很多景象在我脑子里面的画面还是清晰的，只不过70年过去了，应该早就面貌全非了。"

"其实不尽然，一会儿你就知道了。在欧洲，在英国，几十年上百年以后，90%以上的东西都还在那里，这个可能是跟国内大不一样的地方。"

一群人说着话慢慢地朝外面走去，两位年轻人分别搀扶着老人。

10月正是伦敦气候宜人的季节，此时又正好赶上难得的大太阳。魏建平说得一点儿都没错，伦敦是个多阴天多雨天的城市，一年下来阳光明媚的日子屈指而数，也难怪一到大太阳亮相的日子，许多人都忍不住要到户外散步或者露天用餐晒太阳。

穿过一条马路，一行4人来到了伯明翰大学校园入口处，郭玉洁忍不住拍了拍扶着她的陈亦然的手，悄声说道："亦然，七十几年前，我就是在这里和你爷爷见面的。"

"这里？"年轻人瞪大了眼睛，"那您得跟我说说您和爷爷的恋爱故事。"

"接下来我们祖孙还有好几天相处，有的是时间。"郭玉洁转过身来，看了一眼大学门口斜对面的一栋建筑，对魏建平说："建平，那不是医学院门口的诊所吗？它还在啊？"

"还在，"魏建平点头回答，"而且还是医学院的诊所，当然里面的大夫和护士换了好几茬了。"

郭玉洁充满深情地向众人回忆道："建平，还有你们两位年轻人，当年我跟我先生，那时候我是伯明翰大学的留学生，他还是我们家族企业天一信局的一位伙计，他出差来这里，特意过来看望我，我们俩跑到后面的山上去看夜景，下山的时候我不小心脚崴了，是我先生，他扶着我回了学校，时间大约是夜里11点多，就在这个诊所里面做了包扎，我印象很深。没想到70年过去了，这个诊所依然还在原址经营。来，咱们一起照张相吧，就用这个诊所作背景。"郭玉洁招呼着大家聚拢到一块，杰妮拿出随身的手机自拍杆，调好角度，啪啪啪连着拍了好几张合影。

一行人一边闲聊着，一边缓步走进校园，这会儿来到了一栋古老的建筑楼前，魏建平停下脚步，低声询问走在他右侧的郭玉洁："玉洁，还有印象吗？"

"这个地方是……"郭玉洁停顿下来，仿佛在穿过时间隧道，搜索着陈年的记忆，"这不会是那个，那个学校演出年度嘉年华的会场吧？"

"正是，"魏建平回忆道，"记不记得那天晚上你在这里上台表演钢琴？好像你弹了一首你们老家的曲子？"

"是的，这个我记得，那个曲子叫'太阳花'，是根据我们老家的歌谣改编而成的，这个建筑也还在啊。"老人无限感叹。

"在的，"魏建平解释说，"你应该还记得，伯明翰大学的年度嘉年华有一个习惯，就是每年嘉年华活动都会邀请校友们前来参加，大学毕业后我在伯明翰住了20多年，只要有时间，每年的嘉年华我都会过来听一场演出的。记不记得那次嘉年华你还收了一个徒弟？"

"对，你这一说，我想起来了，不是徒弟，是一个学钢琴的学生，他叫，让我想想，叫亚瑟，对，我记得他，那个时候他才10岁。"

"亚瑟比你小10岁，现在已经快80岁了，也是因为你教他钢琴的缘故，后来他就跟我们在伯明翰的中国留学生圈子一直保持着紧密的往来。"接着，魏建平向站在一旁的两位年轻人介绍了郭玉洁当年在伯明翰大学年度嘉年华的钢琴演奏盛况以及接收学琴徒弟的故事，陈亦然和杰妮听得津津有味。

"亚瑟后来干什么工作呢？"郭玉洁等魏建平介绍完，插嘴问道。

"亚瑟是化学专业毕业，年轻的时候先是在一家实验室工作了10多年，后来跟他的太太一起做实业，大概30年前吧，他们创办了一个很有特色的实验室品牌护肤品，叫作萨维尔琨，Saville Quinn，是取材于他们祖辈的爱情故事，根据终成眷属的男女两人姓氏组合而成，品牌形象是一对盛装的男女坐在一辆老式的英伦马车上面，很有英国文化元素。这个品牌是他们两口子一手打理的，后来他们的孩子辈也都加入进来，如今在伯明翰算是小有规模的企业，有六七家专卖店，还有网上销售系统，他们有一片为品牌生产提供原料的种植园，就在伯明翰郊区，取名为 Quinn Plantation，是对外开放的，里面种满了各种各样的植物，什么薰衣草啦，马尾草啦，还有一大堆我也叫不上名字的植物。每次跟亚瑟见面，他总要带一大堆精油和护肤品给我们，说这个是缓解肌肉酸疼，那个是帮助睡眠的，他可是一辈子就琢磨这件事了。我对这些东西一窍不通，倒是我的女儿和孙女都一直用他们品牌的东西。对了，你这次的行程，我还替你安排了有一天去亚瑟的这个种植园跟亚瑟一家共进午餐。你过来的消息我已经提前告诉他了，他可是很期待你的拜访呢。"

"这个太好了。我见他的时候他才10岁，刚上小学二年级，怯生生的小孩，我也还记得他的父母戴维森夫妇呢。岁月流逝，他现在也是快80岁的老人了。"郭玉洁深为感慨。

"对了，还有一个人，要提前跟你说一下，刘一鸣。"魏建平说道。

"一鸣，我记得啊，不是你跟我说过，这次来英国也会见到他吗？"

"是啊，我是这么和你说的。"魏建平接着告诉两位年轻人，"这个刘一鸣呢，也是我们当年在伯明翰一起上学的中国留学生，当时全校的中国学生就10多个人，大家都很熟。玉洁，他是和你同一届的对吧？"

"是的，他学的是工业自动化专业。"郭玉洁解释说。

"嗯，刘一鸣是北方人，有一年我们中国同乡聚餐，他自告奋勇说要给大家做红烧肉，结果不仅把肉烧煳了，自己脑门儿上的头发也烤焦了一大块，我们笑着说那是山东毛发烧肉。"魏建平回忆完这段往事，停顿了一会儿，略带悲伤地对郭玉洁说道：

"不过很抱歉，玉洁，这次你恐怕见不到他了。"

"怎么了？不是你事先通知过他，说好我这次来英国要一起见面的吗？"

"他两个礼拜前过世了，是突发的脑梗。听他家里人叙述，早上起来上厕所的时候，坐在马桶上，可能解手的时候一使劲，脑血管破裂，当场就没了。"

"这么突然！"郭玉洁不禁有些错愕。

"好在这样子离开，走的时候没有痛苦，也算是一种善终吧。现在医学发达，我一辈子从事医疗行业，我们当医生的，做护理的，职责就是救治生命，不惜任何代价，借助各种手段，这固然一点儿都没错，但有些时候也不由得感叹，现在的医学手段这么发达，客观上很多无可救治的病人还可以活着，可是这中间有一些已经是植物人，或者完全脑痴呆的病人，他们其实是在痛苦和不再具有知觉当中维持着生命。这样的生命其实是没有多少意义的。"

郭玉洁点点头，说："是啊，这就是为什么我这次摔伤以后，彻底想清楚了，说什么也要回伯明翰来看一看。走，建平。"

魏建平伸出右手往侧面比画了一下："来，这边走，去操场看看。"

大学校园的室外球场，这是当年郭玉洁几次和魏建平一起打球的地方。只见下午时分，8片篮球场地，有一多半都在使用中，一群活蹦乱跳的男女青年来回穿梭，年轻的身影在几位驻足观看的人们的眼前晃动。

"怎么样，还要不要下去比画两下？"魏建平邀请道。

"你饶了我吧。"郭玉洁大笑，"你我这种快90岁的老人再下到场内，还不把人家小年轻们给吓死。"她转过身来对杰妮说："小妮，你爷爷和我呢，当年都是伯明翰大学篮球队的热心分子，我是女子篮球队的，他是男队的。我们当年可没少在这片场地打球。"杰妮笑着点点头："我听爷爷说过，他还说到他当年是很暗恋你的。"

话一说出来，郭玉洁顿时有些不好意思，脸都有点儿红了，说："怎么跟孩子们乱说这些？"

"每一份经历，都是人生珍贵的收获。"魏建平辩解道，"我们彼此在对方的人生轨道上留下过深刻印记。别的不说，就说那一次我发烧，你照顾我整整一个晚上，那是我一辈子永远忘不了的。"

"就这么一件事，你都说了70年了。"

"我知道，还是你们护理系才能搞到冰块，当年那东西可是稀罕物……"

两位快90岁的老人一言一语兴奋地聊着那些陈年往事。

按照郭玉洁的意愿，一行人随后驱车来到了伯明翰郊区的山上，就是郭玉洁所说的后山。和70年前不一样的是，现在已经修通了盘山公路，汽车可以直接开到山顶。

陈亦然搀扶着奶奶走下车来，老人站在山顶的最高处，向远处眺望。

前面就是伯明翰城市的全景，依稀可见蜘蛛状的马路交会着，宛如一张密织的网。凝视片刻，郭玉洁转过身来，对两位年轻人缓缓回忆道："70年前我先生，就是亦然的爷爷，从中国随船押送一批茶叶销往英国，我们就是在刚刚的大学校门口见了面，后来我们从伯明翰坐火车去伦敦游览。今天这两个多小时转下来，就像你建平爷爷说的，这些地方绝大部分的老建筑、老招牌、老商号，都还依然如故，让人感慨，就连那个公共汽车站牌的位置也跟70年前一模一样，只不过上面显示的站名如今更换成电子版的。"

魏建平点头认同，接着补充说："这也是欧洲和中国不太一样的地方。欧洲社会特别注重传承，什么东西都是几百年不变，一方面是历史的有序延续，这种文化习惯的另一面呢，就是创新不够，不像在中国，如果10年前去过北京、上海，现在你再过去，马路的方向、路边的建筑、城市的布局，都已经跟原来换了个模样，几乎完全认不得了。"

"是啊。"郭玉洁有感而发，"这就好比一个人，年轻的时候总想着多创新，老旧的东西多没意思啊，守着那些古老的坛坛罐罐有什么价值呢？等到上了岁数，不知不觉地就会想起一些古老的东西来，一接触到以前的东西，特别容易激动，就像我现在站在这个70年前曾经眺望过的山顶。"

魏建平点点头，说："这种关于传承和创新的感想，对于像亦然和杰妮这个岁数的年轻人来说，可能不太容易理解。其实每一代人都是类似的，年轻的时候更希望的是往前闯，而不是望着背后，后面有什么好看的。"

"你说得太形象了。不瞒你说，我这个孙子呢，现在整天琢磨着想创业。这个我可是不懂，虽然我们家祖上也是做企业出身的，我外公曾经是叱咤风云的商界领袖，到了我这一代，就改行当教师匠了。"

"亦然，你是学金融的是吗？"魏建平问站在身边的年轻人，后者点了点头。

"那好啊，或许过两天你陪你奶奶见到我刚刚说到的亚瑟，喏，就是你奶奶当年的钢琴学生，你们可以聊一聊呢。亚瑟跟我说过几次，他很想找机会把他现在经营的这个英国萨维尔琨护肤品牌扩展到中国去。可是他不懂中国话，对国内的情况也不了解，如果你有兴趣的话，或许你们可以合作，亚瑟现在做的萨维尔琨护肤品，在我们这里算是个小众品牌，不像那些国际大品牌四处都有广告，但我知道英国很多年轻的网络达人都在使用。回头我把线帮你们搭上，你们自己细聊。"陈亦然连忙道谢。

郭玉洁站了这一会儿，有些腿酸了，准备返回车上，说："今天这一路观感，真的很珍贵，对我来说，我觉得好像又回到了当年读书的那个少女时代。现在还剩下我这趟过来，无论如何要品尝的一样美食了。"

"你是说 fish-n-chips？炸鱼和薯片。"魏建平脱口而出。

"正是。"郭玉洁心里念叨着的就是这个。

一旁的杰妮有些不解地看着这两位默契对答的老人，瞪大眼睛问道："爷爷，您怎么一猜就猜到了玉洁奶奶就是要这个东西？"

"除了这个，英国还有别的拿得出手的美食吗？"

众人听罢，齐声哈哈大笑起来。

39

北京凯盛　陈平办公室

"陈总。"行政总监赵慧玲敲了敲陈平的门，也不等后者回复，就径直走了进来。陈平正在阅读上个季度的基金财报，一抬头说了一句："Lynn，我现在这个报表正好看一半，你有急事吗？"

赵慧玲点点头，说："嗯，这事比较急，陈总。"

陈平一看对方口气很焦急的样子，连忙放下手中的文件，站起身来引领赵慧玲来到办公室侧面的沙发上坐下。赵慧玲一屁股坐到沙发上，深深喘了两口气，开口说道："有一个特别不好的消息。刚刚接到通知，您被限制出境。"

"怎么回事呢？"陈平表情平静地问道。"限制出境"这个词陈平是知道的，通常针对的是那些有违纪行为的官员，或者涉及经济纠纷案件的当事人。以他作为投资公司总裁的职业经理人身份，似乎不太能牵连得上。

"是这样的，陈总。"赵慧玲解释说，"事情是和秦湾医药有关，是石磊实名举报的。"

"秦湾医药。"陈平自言自语说了一声，他知道这是凯盛5年前投资的一个项目，那时候陈平还没有加入凯盛，对于具体情况他不是特别了解。"不着急，Lynn，你慢慢说。"

赵慧玲点点头，接着说道："秦湾医药是5年前由凯盛的工业与制造组和TMT团队联合投资的，它是一个国营资产重组的项目，凯盛在上面投了8000万美元，公司后来在香港上市，上市以后凯盛就退出了，大约的盈利是ROI 1.6∶1。不久之前，当地的纪检部门在做例行审计的时候，发现秦湾医药集团的几个主要管理人员有贪污受贿行为。顺藤摸瓜，查到了他们在过去几年间，特别是在秦湾医药上市之前两年，从多个渠道收到数额不等的商业贿赂，总计金额大约是2000万人民币。按照石磊的实名举报，当时凯盛在投资这个项目的时候，曾经以邀请考察的名义，由凯盛出钱，通过第三方的商旅公司安排了秦湾医药几位高管去欧洲做了两个星期的旅行考察，所有的费用是由凯盛通过商旅公司支付的。特别是行程中间有3天的时间安排几个人去参观法国波尔多古堡的葡萄酒庄园，用私人商务包机把他们从巴黎直接接到波尔多，整个费用从我们的账面上体现大概是120万人民币。这120万人民币当时我们是作为投资项目公关费用支付给商旅公司的。如今这个案子经过石磊的实名举报，现在督察部门正在核实。那么您作为目前凯盛基金大中华区的总裁，是机构的第一执行人，我们刚刚收到有关方面的通知，从现在开始，您将被限制出境，直到配合调查的过程结束。"

"这个事情说来其实挺冤的。"赵慧玲有些愤然地说，"您看，首先秦湾医药这个事情发生的时候，您还没有加入凯盛，再者我们这个邀请，顶多也算是一个擦边球，因为我们的确是邀请对方去欧洲几大药厂进行商务考察的，不是直接的行贿行为。我相信这些事情最后都会弄清楚的，只不过这段时间您周末要回香港，以及您原来有计划下个礼拜要去日本参加一个PE圆桌会议，这些行程可能就会被打乱。"

陈平点点头，站起身来在办公室来回踱了几圈，接着走到办公桌前，按下办公室座机的免提按键叫助理朱羽然进来："小朱，先把我下周去日本的机票取消了，同时以我的名义给组织者发一封邮件，告诉他们我因为行程的冲突，不能参加那个圆桌会议。"

"好的，这就办理。"朱羽然点点头退了出去。

陈平接下来对赵慧玲宽慰道："俗话说得好，常在河边走，哪能不湿鞋，更何况我还不是自己去踩湿，是被溅起的脏水弄湿的。我没事，相信一切都会水落石出的。"

送走 Lynn 以后，陈平一个人坐回他的办公转椅，皱着眉头思考着。他倒不太担心自己这个被限制出境的制约，因为这件事情本身和他没有直接的关系，同时凯盛基金也有义务配合有关部门，把事情查个水落石出。陈平考虑更多的是这件事情的警醒。对于像凯盛这样的投资机构，刚刚发生的秦湾医药事件实际上敲响了一个警钟。公关招待、邀请考察这些名目在中国一直是灰色地带，这个地带到底多宽多厚，全凭当事人掌握。对于很多被投项目，凯盛以前多次有过类似的邀请或招待，只不过基本上都是通过第三方公司出面安排，虽然拐了一道弯，但一旦细究下来，这样的操作终究是不合规的。

陈平不由得想起若干年前他在肯德基的时候，有一位美国同事，曾经出任肯德基阿根廷公司的总经理，后来调回美国。若干年以后，肯德基在阿根廷开店的行贿事件被曝光，那位前总经理被迫辞职，而公司也受到美国证券监督机构的一通调查和处罚。陈平决定，需要抓紧在凯盛内部设立一个独立的法务和督察管理部门，专门负责凯盛投资人在每个投资项目推进过程中的合法合规审核，以自我核查的方法避免今后法律上的执行漏洞。陈平知道中国的各种审查制度正在逐渐趋于严格，以前人们总觉得只要有好的机会，是否违规踩线事后再议，这样的做法已经不再合乎时宜。

两天以后，陈平应邀来到督察部门，接受主管机构的询问。对方一见面就明确表示，限制陈平出境并不是针对他个人，但他作为凯盛基金大中华区的代表，需要配合政府相关部门对凯盛与秦湾医药合作过程的违规行为做一次调查，陈平点头表示理解。从交谈中陈平了解到，秦湾医药涉及的远远不止赵慧玲听说的 2000 万的贿赂款，他们还通过自己组建第三方公司，把作为国营企业的好几个基建扩展项目让自己的第三方公司承包，借机套取了巨额的不正当利润。

从督察部门的办公室会面出来，陈平拿出手机，拨通了他的老同学张向民的电话。

老同学张向民现在已经在中国无线任职，但他以前在高层机构上班多年，陈平知道对方先前是国家行政机关的正厅级干部，自己从来不和张向民谈及与其工作或者政府政策有关的内容，今天事发突然，他完全是在下意识中打了这个电话。

张向民听陈平把被限制出境的情况说了一遍，开口问道："有什么需要我这边帮你疏通的吗？"

"不用。"陈平解释说，"我本身并没有做错什么事，这件事情也就是一个例行公事，最多就是耽搁一点儿时间问题，总是能够自证清白的。我只是感觉有一些压力，打个电话给你絮叨絮叨。好，我挂了。"陈平说完，自己挂断了电话。

陈平最大的担心，是这件事情对凯盛后续投资的声誉可能会产生一些不良影响，毕竟这是凯盛在中国 20 多年来第一次受到政府督察部门的调查。陈平决定要化被动为主动。回到办公室，他喊来了行政总监赵慧玲。

"Lynn，你马上安排一下，找一家知名的审计事务所，让他们尽快组织一个独立的调查组，就凯盛和秦湾医药涉及的事件出一份独立的调查报告。报告出来以后，第一时间同时上报凯盛美国总部、中国地方政府的相关督察部门以及秦湾医药集团。"

"好的。"Lynn 点点头，禁不住赞叹，"陈总，您的这个思路太超前了。别人都是被调查了唯恐躲避不及。而您选择主动出击，把事情的来龙去脉都讲清楚，我们自己也就自证清白了。"

陈平点点头，说："我想来想去，觉得这可能是最好的办法。这个调查报告出来以后，记得给所有的 Professional 每人发一份，要让我们自己的人知道如何把握分寸。"

40

北京 凯盛办公室

凯盛 TMT VP 李杰伟是一位十足的帅哥，长得一副和电影明星梁朝伟有几分相似的明星脸。李杰伟很善于谈吐，加上他雄浑的男中音，走到哪里都会引起周围女生的关注。

作为一名年轻的专业投资人，李杰伟擅长于各种交往，几乎每个创投圈的论坛他都会参加，这或许与他早期在 Angel，即天使基金的工作经历有关，对于任何一个推荐过来的项目，李杰伟都会很热心地了解，生怕丢掉潜在的机会，这种四处看项目追项目的工作习惯，往往信息很灵通，但对项目本身挖掘得不深。虽然都是从事投资工作，做早期风投的人往往害怕丢掉项目，而私募基金的经理们通常很能沉得住气。从个人风格上，李杰伟无疑有很明显的早期投资人的烙印。

对于凯盛 TMT 团队组合来说，李杰伟在一定程度上充当了消息灵通人士的角色，他频繁出席各种活动，与大量早期创业项目的创始人都有些联系，对于新启动项目的动态十分灵敏，不过大多时候也就是传播个消息分享些动态而已。像所有的职业投资人一样，李杰伟很希望能拿到好的项目进行投资，这不仅能增加自己的个人收益，更至关重要的是，业绩情况直接关系到他能否在 3 年的时间内再上一个台阶。职业投资人的台阶特征非常明显，以凯盛基金为例，两年或者 3 年往上走一步几乎就是一个惯例，从 Analyst 开始，经过 Asso、VP、Principal 到 Junior Partner，每一步都需要熬年头，陈平就任大中华区总裁后，把职级晋升设定为 2+1 模式，两年到了，如果你业绩表现突出就有了升职的资格，如果你的业绩表现不合格，最多可以有 1 年的缓冲时间，再做不出数据来，就得另找工作了。也正是这种晋级设置，让每个人都丝毫不敢懈怠，任何人如果掉队，马上有更优秀的人选可以弥补你的空缺。

去年夏天，李杰伟代表凯盛基金投资了一个中式快餐连锁项目 I

吃。I吃的经营路线，是借鉴麦当劳、肯德基这种洋快餐的模式，以中央厨房事先统一预加工，在门店现场加热销售蒸包子、蒸肉粽这类食品的模式，经营中式快餐。凯盛基金在C轮投资3000万美元，接下来，I吃业务发展很快，去年年底又启动了D轮融资，凯盛追加了2000万美元，所以凯盛在这个项目上一共投入5000万美元。I吃项目的操盘手是原先做过团购网站创业的几位年轻的互联网人士，他们通过大面积的广告推广，以1元加盟的低门槛拓展模式，短短的1年半时间，在全国已经开设2000家门店，由于投资低，商品面向的都是工薪阶层，其主营套餐的定价基本在20～30元，很受欢迎。I吃巧妙地运用了互联网模式，通过APP和微信小程序提供用户线上单次订单、每周5次套餐、消费积分兑换等服务，成功地把一个中式快餐企业定位为互联网时代针对工薪阶层的全渠道生活服务企业，进而获得了较高的市场估值。I吃项目今年5月在美国上市，市值6亿美元。按照公司IPO的发行规定，凯盛作为投资机构的锁定期为12个月。

令所有人意想不到的是，I吃上市后第一个季度的财报刚刚发布，就被美国的一家浑水公司盯上了。中国不少互联网项目发展速度快得惊人，免不了引起浑水公司的关注，这种浑水公司主要盯的是登陆美国股市的中国公司，通过做空企业的方式获得利润。有评论认为浑水公司干的就是专门靠寻找上市企业漏洞挣钱的下流操作，可是苍蝇不盯无缝的鸡蛋。浑水公司派出专人来到中国，在I吃的几十家门店做了整整1个月的实地调查，取得大量第一手数据后回到美国，突然间抛出公开报告，指控I吃作为一家号称依托互联网的新型快餐企业，实际上是通过制造假销售的方式欺骗投资人。浑水公司列举了大量原始数据和实地调查采样，资料显示，I吃公司财务报表提供的销售数据，大约有60%是虚假销售。据浑水的报告，I吃公司通过第三方营销企业发送优惠券，供顾客到店使用。其售价28元的套餐，有超过一半的消费顾客实际上是使用面值25元的优惠券支付的，顾客实际支付的金额为3元，但是在I吃的销售报表上，这笔销售被记录为28元的销售款。而其中的那个25元则是通过另外一个渠道，走的是市场推广费用的名目，这实际上是左手营销费右手销售额的假账。

出现这种状况，是经营团队钻了一个空子，对于带有互联网色彩的企业，很多投资人都理解在早期发展阶段不得不维持较高的推广费用率，以保证市场渗透，这种高营销费用在这类企业的快速扩展阶段通常被认为是正常的，所以营销费用过高导致经营亏损，很多时候被认为是合理的阶段性战略。但事实上，I吃大幅度地把营销费转移成销售款的做法，变相地把推广费用计入销售，这毫无疑问地属于财务作假。浑水公司的报告一发布，整个公司瞬时经历了一场10级大地震，当天I吃的股价一下子跌落了95%，从原先的6亿美元，变成只剩3000万美元的市值，两天以后，I吃公司被勒令从美国退市，同时重罚公司董事长和几位核心高管。凯盛在这个项目上整整损失了5000万美元。

"我们真的很倒霉。"在陈平的办公室，李杰伟叙述了I吃项目的来龙去脉后，嘟囔了一句，"还没来得及脱手，就被旋涡卷进去了。"

陈平失望地看着这位年轻同事，对方如此看待这件事，这种态度是他不曾意料到的。本来他还觉得，年轻同事做事有闯劲，任何投资决定都存在风险和不确定性，不能以一个项目的成功与否判定一个专业投资人，但他实在没有想到，李杰伟丝毫不认为自己做错了什么，而认为一切都只是运气不好。陈平脑子里不由得闪出他年轻时刚进入职场的时候，他的第一任主管告诉他的一句话："错误或者失败都不可怕，可怕的是自己不知错不知败。"

陈平两眼直视对方，严肃地说道："杰伟，这件事无关乎运气，是你作为一名专业投资人缺乏起码的风控意识和法律概念，如果你不从这个层面反省自己，那么类似的错误还将重复在你身上发生。"

李杰伟见身为大中华区总裁的陈平如此严肃，一时间有些慌了，连忙点头称"是"，不敢再有任何辩解。

后来陈平通过内部调查了解到，李杰伟极力主张凯盛投资这个项目，有很大一部分原因是I吃公司的CFO是他的大学同学，两人私交甚密。而且I吃的这种销售数据造假行为，李杰伟作为代表凯盛出任I吃公司董事会的董事，他本人是早就知道的，但是李杰伟并没有加以阻止，也未曾将这个情况在凯盛公司内部做任何报告，客观上助长了局面的恶化。陈平决定，给予李杰伟降级处分，从VP降级为Asso，同时取消其今明两年的分红资格。

通过这个事件，以及不久前的秦湾医药调查事件，陈平深感目前中国的整体投资环境已经日益走向规范化，而很多风投项目的企业创始人，以及凯盛基金内部的投资经理们，都还缺乏足够的风控意识和法律概念。凯盛基金在美国是有一整套严格的投资操作规范和从业人员操行准则的，包括什么样的项目不能投，哪些行为不能做，等等，这些准则在中国长期以来都被大家忽略了。大家都觉得中国是一个发展中国家，争取机会是第一位的，争取到机会就是一白遮百丑的事，别的都可以缓一缓再说。陈平决定要在公司内部做一次所有项目的自查，要求每个合伙人自己领头，借助第三方审计团队，对每个投资人所经手的每一个项目，从投资人的行为，到项目投资前后的所有操作，做一次彻底的合规检查，为期1个月。同时陈平还特意从美国、欧洲和新加坡，分别邀请了几位著名的投资合规专家前来北京，对凯盛大中华区的所有投资 Professional 做了为期1周的专题培训。为此，公司3地办公室上上下下忙乎了一阵，很多投资经理需要安排时间脱产参加培训，按照陈平的严格要求，所有人不准缺席或请假，如果碰上培训排期与投资洽谈时间冲突，后者必须无条件让路，再自行安排晚上或者周末时间加班推进各自手头上的项目。

树欲静而风不止，每当大风吹过，遮挡在表面的伪装势必露出马脚，到头来自己伤了自己。作为一名富有经验的企业管理者，陈平知道提前防范虽然花费一些额外精力，但能够有效避免恶性事件的发生，尤其对于凯盛这样一家在中国深耕多年的跨国投资公司，市场口碑很大程度上影响着今后在投资竞争中的机会。

41

北京凯盛　陈平办公室

让陈平没有料到的是，限制出境这件事等候处理的时间比原来预想的更为拖拉，已经 20 天过去了，依然没有任何解除的动静。行政总监 Lynn 有些着急，她代表公司出面前后催问过几次，得到的答复都是，这个案子仍然处于调查当中，在调查结果没有出来之前，限制出境措施仍然需要维持。

这天上午，Lynn 找到陈平，说她想通过关系活动一下，如果有必要的话，考虑做一些打点，为此请示陈平的意见。

对于这样的提议，陈平明确制止："千万不能病急乱投医，Lynn，以我们目前的情况，严格意义上讲我们并没有违规，至多只是打了一个擦边球。如果在案件处于调查阶段，为了提前解禁去行贿的话，反倒落下了干扰调查的把柄，这无论如何是不能做的。"

话虽然这么说，但长时间的被限制出境，毫无疑问给陈平的工作和生活带来了诸多不便。且不说陈平正常情况下每周末都要飞回香港同家人见面如今受阻，就工作而言，除了被迫取消两个星期前原定去日本参加私募圆桌会议的行程，陈平每个月都会有 1～2 次出国出境的商务差旅计划，这一来，所有的安排都被打乱了。

Lynn 站在陈平办公室中间还是有些着急，说："陈总，您知道这种涉及行政调查的事情，拖上几个月是稀松平常的，可是您要是几个月不能出境的话，那我们将有多少业务要被困住。"

陈平知道 Lynn 说的是实情，可是他一时也没有想到什么更好的办法，只好苦笑着回答："就算我们碰上一件倒霉事吧，再等等看。"Lynn 叹了一口气，摇摇头转身离开陈平的办公室。

陈平回到办公桌前坐下，打开电脑正准备处理几个邮件，桌上的手机响了。拿起来一看，屏幕显示的是他的老同学张向民的号码，陈平连忙按下接听键。

电话接通以后，对方也不多做寒暄，直接问陈平："你那个限制出境的事情还没有结果吧？"

"还等着呢。"

"我就估摸这事会拖比较长的时间。你上回跟我提到这个事的时候，我问你要不要帮忙，你说不用。后来我想想这个事情你还真不能就这么等着，不然的话，拖太长时间，你连家都回不了也不是个事。

正好巧了，对了，这会儿你边上没人吧？"对方问了一句。

"没有，就我一个人在办公室里。"陈平起身走到门口，把办公室的玻璃门关上。

"那就好，我现在人在南京，是这样的，陈平，赶巧了，督察管理部的一位副部长，姓韩，昨天到了我这里。你或许不知道，现在各级机关不定期地都会安排一些领导干部到企业做专题调研，这是一个常规性的安排。韩部长呢，是我多年前在党校进修时候的同班同学，他还是我们班的班长，所以我跟他关系算是很熟了，彼此没有那么多官场的客套或者讲究。他如今调研到了我这儿，他所在的又正好是分管查处企业违规的部委。昨天我接待他的时候，突然就想到你的事，说不定你被限制出境的事情可以请他帮个忙给抓紧澄清呢。"张向民解释道。

"这当然是求之不得的好机会，"陈平问道，"只是会不会让你欠人家一个大大的人情？"

"这个倒没有关系，又不是干什么牟取私利或者违法乱纪的事，无非就是把情况说清楚，请他们考虑企业商务活动的需要，该结案的结案，该处理的处理，加快一些速度，别一直拖着就是。不过呢，"张向民停顿了一下，"我想，我固然可以直接跟他提你的事，反正我和他的关系很熟，只是如果这样做呢，就显得有些小题大做了。本来不是事的事，就变成一个事，这反倒是个事。"

"本来不是事，变成一个事，反倒是个事？"陈平一头雾水地重复着对方的话，觉得像绕口令似的，"听不懂，你这是跟我捉迷藏。"

"看来你还是不太懂得官场上的道道。"隔着手机话筒，陈平听到张向民发出爽朗的笑声，"你看，如果我正儿八经地去求他，十有八九人家就会认为你犯事了，要托关系帮忙捞人，或者减轻处罚。可是这件事不一样，你本身并没有违规，只是需要配合案子调查，在调查过程中，办案人员需要把相关各方的主要负责人做一个防控处理。如果我正儿八经地跟他提出来，让他过问你的事情，就显得有点小题大做了，你明白我的意思吗？"

"好像有点儿明白，所以呢？"陈平问道。

"所以我们既要通过韩部长的这层关系请他帮忙把你的这件事抓紧处理好，又得找一个举重若轻的方法让他介入。等等，你让我想一想，我想一想……哦，对了，你先别挂电话。"张向民叮嘱了一句，只听见电话话筒里传来一阵脚步声，显然对方在找人询问什么，紧接着，话筒里传过来几句模糊的对话声，但交谈内容陈平听得不是很清楚。过了两分钟，话筒再次安静下来，张向民说道："陈平，我想到一个主意，所以我刚刚跟我的秘书确认了一下，你有笔吗？"

"有的，你说。"陈平拿起桌上的水笔和记事贴。

"这样，你记下两天以后的这个航班号，是从南京飞往成都的，我陪韩部长去我们的西南大区调研。"说着，张向民报出了一个航班号码，陈平随手记上，并复述了一遍。"对，就是这个航班号，两天以后从南京飞成都。你那边安排一下，争取提前把票买好，我们就装着在飞机上凑巧碰到的样子，借这个机会，你把被限制出境事情的缘由跟韩部长说一下。我觉得这样安排最好，显得不那么唐突。"

"这的确是一个最好的办法。"陈平不禁感叹老同学安排得巧妙，这就是多年官场历练造就的本事。要是在商业运作上怎么投一个好的项目，怎么在经营的关键节点上转危为安，这些方面陈平自认为是高手，但是像这种人际关系上的安排，把一件特意要做的事情，安排成一次偶然不期而遇后顺口说出的事，这样的路数如果没有多年的机关工作经验，凭空是想象不出来的。

南京禄口机场，傍晚时分，接机口前挤满了等候接站的人群。

按照老同学的提示，陈平提前一天从北京飞往南京，直接入住机场附近的酒店，他事先已经购买了次日起飞的指定航班。

一夜无事，陈平也不再打电话给张向民，在酒店附近做了一个10公里慢跑，洗漱之后就关灯睡觉了。次日上午，陈平特意早早地来到机场值机柜台，跟值机人员询问了一下，知道今天执飞的是一架波音737中型客机，头等舱只有前后两排8个座位。陈平多问了一句，了解到今天的8个座位，总共只有4位乘客。陈平算了一下，已知张向民和那位韩部长，加上他本人，剩下的就还只有1位乘客。陈平跟值机人员要了第一排靠右边的座位，他估计领导干部通常都会被安排在第一排左边靠窗的位置。

登机时间到了，陈平通过头等舱通道进入机舱，在位置上坐好。他扫了一眼，只见头等舱机舱只有他和在他身后第二排一位日本人模样的乘客。陈平接过乘务员递上来的报纸，漫无目的地翻看着。

不一会儿，这架航班上的百来位乘客，陆陆续续都已经登机完毕，应该是到了快要关舱门的时候了，因为是远机位，陈平透过舷窗往外看去，只见一辆黑色的奥迪车缓缓驶过来，陈平判断这应该就是他要等候的人。3分钟后，舱门处一名空姐引导着两位身着深色西装的男士一前一后步入机舱，张向民走在后面，前面的那位，陈平并不认识。就在陈平抬起头张望的瞬间，张向民和他打了个照面。对方一副吃惊的模样："哎，这不是陈平吗？好久不见了，怎么你今天也飞成都？好巧。"说着伸出右手。

陈平赶紧站起身来，和对方握手道："嘿，向民，好久不见，太巧了。是啊，我去成都，那里有一个项目要实地拜访一下。"

两人握过手之后，张向民连忙招呼走在他前面的那位男士："这是督察管理部的韩部长。"他介绍道："部长，这是陈平，我的大学同学，上下铺4年，最好的学友兼室友，现在在基金公司做事。"韩部长点点头，和陈平握了一下手："生意兴隆啊。"

"谢谢部长。"陈平掏出名片递给对方。一旁的张向民插话说："韩部长是我在党校进修时的班长。"说着帮忙把韩部长的公文包放到头顶上方的储物柜里，紧接着问陈平："咦，今天不是周五吗？我记得你周末都是要回香港和家人团聚的不是吗？怎么今天还飞成都呢？"张向民对站在一旁的韩部长解释道："我这个老同学呢，工作在北京，老婆孩子都在香港，每个礼拜北京香港这么来回飞，真够累的。"

陈平笑了笑，说："没事，正好成都那边有一个新项目我想去看一下。"

"你这一说我突然想起来，"张向民突然像是想起什么似的，拍了一下脑门儿开口问道，"上次在老同学圈里有人说了一句，说是你最近被限制出境，这个事情解决了吗？"

陈平摇摇头，说："还没有，估计还得等一阵子。"

"是吗？那真是巧了，这个事情正好是韩部长他们主管的。要不你把情况简单跟韩部长说一下，只要不是违法乱纪的事情，或许韩部长可以帮你疏通一下，让你能早点儿解禁回家见见家人。"

陈平连忙说："哎呀，我这一点儿个人的小事，别烦扰部长了，不用了吧，让部长好好休息一会儿吧。"

"没关系的，我跟向民很熟，你又是他的老同学，说说嘛。"韩部长侧身在第一排左侧靠窗口的位子坐下，招呼道。

张向民连忙吩咐陈平："来，陈平，你坐到部长的边上来，把情况说说，我先坐你的座位。"说罢，3人分别就座。

乘务员走过来进行起飞前的例行检查，吩咐乘客们把安全带系好，接下来开始做逃生示范。趁着这个当口，陈平简单地把医药公司案件的情况、凯盛基金在中国的投资历史，以及他被限制出境的事，向韩部长做了介绍。对方听完点了点头，拿出陈平给他的名片。"凯盛投资。"他自言自语念了一遍。

"是的韩部长，我们公司就在东长安街上，部长哪天有空的话，欢迎过来检查指导工作。"韩部长笑着说："好啊。"一边掏出钢笔，在名片陈平的名字上面重重地画了一道圆圈，随手装进西装内侧口袋，没有再多说什么。

陈平知道和高级领导干部说话，点到为止正好。这会儿飞机开始滑行，陈平便站了起来，跟韩部长道别："韩部长，您抓紧休息一会儿，我就不多打搅您了。"他和张向民更换了座位，再次回到他原本的位子上坐下来，继续看自己读了一半的报纸。

1个半小时以后，飞机准时降落在成都双流机场，几个人依次走出机舱。只见廊桥边上有两个政府机关模样的人正站在一旁等候，陈平判断这是当地政府派来的接机人员，于是他对韩部长和张向民打了声招呼："韩部长，向民，我就在这里跟你们二位告辞了。向民，我们有机会再聚。"

"好的。"张向民招了招手，说罢两人转身径直走向接待人员。陈平目送着两位贵客在接待人员的引导下离开，他特意等候在走道一侧，等他们走远了才缓步走出。

顺着到港乘客的人流，陈平走进机场到达大厅，接着从大厅侧面的自动扶梯向上一层，进入出发楼层。他一边走着，一边打开手机APP，查看即时航班情况。距离现在时间最近的，有一趟 50 分钟以后从双流机场飞往北京的航班，陈平在手机上订好机票，快速来到值机柜台办好了登机牌。20 分钟后，陈平又坐到了另外一趟航班的机舱里，看着乘务员比画演示着同样的飞行安全示范，等候飞往北京航班的起飞。

10 天以后，陈平的出境限制令被解除。

42

北京 凯盛办公室

投资界一向是很注重风口的，风口其实就是趋势。能比同行的其他人早一步预判趋势，提前入局卡位，这是最具有投资获益潜力的眼光和决断。人人都想当先行一步的人，可是 99% 在局面未明朗就入场的决定都成了"先烈"，这样的情况在创业项目的创始人身上，以及在支持创业项目运作的投资人那里都屡见不鲜。

也不知道是从哪一天起，"风口"这个老词被赋予了全新的诠释，说是站在风口上，猪都能飞起来。于是投资界、互联网界、零售和制造业，全都在追风口，上一次的风口是团购，如今，共享单车成为一个新的风口，仿佛如果不接触共享单车项目，就会丢掉眼下最大的投资机会。

最夸张的是，任何人只要手上有一个准备做共享单车的项目计划书，几张 PPT，就有一大群投资人围着，争先恐后地要给项目做投资。

在凯盛内部，消费品和 TMT 团队也都在关注共享单车融资的火爆现象。仅仅过去半年间，中国各大城市雨后春笋般地冒出了几十家有风投资本背书的共享单车创业项目，其中居于市场领先地位的是"速达""骑快"和"一毛钱"3家。"速达"成立于上海，"骑快"和"一毛钱"都是立足北京的创业项目。这3家公司过去几个月都以用户数3位数增长的速度快速往前推进着，在不到1年时间里，中国省会以上城市投放的共享单车数量就达8000万辆，活跃用户超过3亿人。根据媒体的报道，已经有超过30家风投和私募基金进场，累计投入资金达到100亿人民币。

消费品组的威廉对这个赛道充满兴致，在威廉的带领下，消费品组成立了一个项目团队，由威廉带头，对市场领先的3家共享单车的创业公司分别做了仔细的内部数据调查。根据凯盛内部合伙人双周例会的协调，TMT团队退出这个赛道，以保证消费品组能够专心从事他们的投前调查。威廉推荐凯盛投资进入"一毛钱"项目，理由是这是一家近期发展增速最猛的企业，而且创始人曾经有过团购网站的操盘经验。在两次合伙人内部讨论上，陈平对投资共享单车项目持保留意见，他的看法很坚定，认为这是一个本身属于重资产的租赁项目，被人为披上了一件漂亮的互联网外衣，其运营理论无法支撑眼下狂热追捧的高估值。为此，威廉和陈平产生了明显的意见分歧，威廉一直坚定地认为这是多年来在中国难得遇上的好赛道，必定会产生市值超10亿美元的独角兽，凯盛不应该丢失这个机会，他还特别强调要以美国AirBNB爱彼迎民间房屋租赁为例，认为共享单车在人口密度高、出行要求普遍的中国，是一个具有超级广阔前景的投资项目。

凯盛基金和大多数私募基金运作类似，内部实行的是合伙人责任制，几轮讨论下来相互都无法说服对方，陈平觉得自己如若再一味坚持个人意见已经没有意义，于是用书面形式陈述了自己的反对意见，邮件告知美国总部并且将他的意见存入项目讨论的档案，接下来共享单车后续的项目投资决定，则由威廉做主裁定，作为资深合伙人，威廉拥有这样的决定权。合伙人例会讨论下来的结果是，威廉代表凯盛向"一毛钱"发出投资意向书，在接下来的C+轮融资中投入6000万美元，占有10%的股份，那是1周前的决定。按照这个比例，这家成立还不到1年的共享单车企业估值已经达到6亿美元。

这天午餐过后，威廉走进陈平办公室。"Hi Chen，"威廉打了个招呼，改用中文说道，"一毛钱那边又出岔子了。"

陈平起身让威廉在沙发上坐下，说："不是都发 Term Sheet 了吗？"

"嗨，现在大家都在抢，我刚刚得到消息，一家名字叫华融的中国基金出价 1.1 亿美元。"威廉递过来一张复印纸。

陈平接过来快速看了一眼，这是一张华融的投资意向书，也不知道威廉团队是从哪里搞来的复印件。"那你的想法呢？"陈平把纸张还给威廉。

"我们需要跟进，这么多机构都在抢，说明这是一个热项目。你也知道今年整个投资圈最兴奋的风口就是互联网共享经济，我们不能失去这个机会。"威廉慷慨激昂地说道。

陈平听得出这位美籍同事对于这个项目依旧十分执着，这无形中给他出了一道难题。以陈平的判断，一开始他就不认为共享单车有太多投资价值，他私下称之为皇帝的新衣，同时也把自己的意见在合伙人会议上做了陈述并提交了书面意见。但威廉这次很固执，当时发 Term Sheet 的时候陈平没有再过多阻拦，因为这本身就是消费品组的老大可以决定的事，也是资深合伙人职级目前拥有的投资权限。但是现在情况发生了变化，"一毛钱"这个项目突然估值攀升，如果坚持投资的话，1 亿美元以上的投资项目不仅需要凯盛所在地区的总裁认可，还得同时提报美国总部批准，陈平如果签发这个准许的话，显然违背他的判断，可是如果加以阻拦，不仅会给威廉泼一盆冷水，还将严重影响两人之间日后的关系。本来上次陈平升任凯盛大中华区总裁，主要的竞争对手就是威廉，这段时间陈平一直很刻意地给足对方面子和独立决断的空间，希望借此缓和彼此的关系。如今这一来，陈平有些拿不定主意了。他想了想，开口说道："威廉，你是项目的牵头人，这件事情还是以你为主，我来配合。我的顾虑已经和你做了充分沟通，你是不是再考虑一下？"

威廉果断地摇摇头，说："我确信这是一个最好的机会，不能放弃。"

"嗯，"眼看着无法与对方达成一致，陈平提议道，"你今晚再最后考虑一下，到明天上午如果你还是坚持现在观点的话，那就直接给

Andrew 和 Joe 发个邮件，抄送我一下，我们把现在的情况告诉两位老板，让他们来定夺，反正1亿美元以上的新项目都需要他们的批准。"

威廉点点头说："好，那我先准备一些背景资料，回头我把邮件发出去，谢谢你。"

送走威廉，陈平一个下午都呆坐在自己办公室的沙发上，到了下班的时候，还是没有想出很好的应对方法。

两天以后，陈平收到 Andrew 和 Joe 联名发来的邮件，约他北京时间当天晚上开一个电话会议。

电话接通后，Joe 开口说道："陈，你们那边的这个'一毛钱'项目 Andrew 和我都看过了，我们两人觉得还是先单独和你聊一下比较合适，如果今天这个讨论下来我们倾向于介入这个项目的话，就由你来召集威廉再开一次电话会，如果决定不投的话，那这个驳回的意见由我们来和威廉说更妥当。"

"谢谢两位老板周到的考虑。"陈平感激地回答道，他知道对方是在试图避免自己与威廉产生直接的冲突。"下面我说说我的意见。"陈平把免提座机的音量调整了一下，接着说，"共享单车如今在中国异常火爆，几乎每一家主流投资机构，从天使投资、早期风投，到 PE 私募基金，大家都在关注，我的确是为数不多的持反对意见的人。"

"项目的简报我们都看了，说说你的具体看法。"话筒里传来Andrew 的声音。

"好的，"陈平叙述道，"我的看法主要有三点。第一，这本质上是一种租赁经济，花钱买单车，然后租给用户使用，收取租金，但被冠上互联网经济的外衣，导致整个估值被扭曲了。以'一毛钱'的数字作为参考，它们平均购买一辆单车的成本是 600 元，日均使用次数 3.5 次，初次使用支付 0.1 元，这就是公司名字一毛钱的来源，后续使用每次 2 元，这样每天的收入 7 元，姑且不论公司各部门人员的薪酬和日常运营成本，仅仅一辆车的每月维护费用，大约是 80 元，维修人员的人力摊提 100 元，这两项费用就完全吃掉了单车出租的收入。所以如果用租赁经营的投入产出比评估的话，这样的项目没有太大的投资价值，除非是很低的报价。但现在用的是活跃用户数乘以用户贡献率，这就把数字扭曲了。同时，我们完全不能以爱彼迎的模式套用于共享单车，这是截然不同的概念，爱彼迎让大家借助互联网平台出租房间，是闲置空间的有效盘活运用，而共享单车是购置新资产，这两者怎么可以混为一谈？第二，说共享单车具有潜在广告效应，这个作用的确存在，但可扩容性很有限，我不同意以共享单车 APP 拥有多少注册用户，每个用户能产生多少广告投放价值这样来做估算，因为对于共享单车来说，真的具有广告能力的就是每一辆车子前面的广告板，而不是每天有多少使用单车的用户。我以前做过线下零售，大卖场零售店的广告价值，主要就是超市的购物车、购物筐，再加上店内空间的广告，我们不能说因为每家店每天有两万用户，我拥有 500 家店，每天就按照 1000 万用户的投放价值来测算，否则大家根本不用靠卖东西挣钱了。"

"就是说把一个基本可固定的广告量虚幻成亿万级的用户数量。"Andrew 插话说道。

"是的，"陈平接着说，"还有第三点，形成规模经济，让用户养成使用习惯以后可以通过提高收费标准的方式获利，这的确是互联网常用的发展模式，例如共享汽车在美国的发展就是这么做的，这个道理没错，但参照物不对。共享汽车收费标准的比对对象是出租车和商务用车，通过动员闲置车辆和人们的空余时间为乘车人提供服务，只要你的收费不比出租车商务车贵，那用户就乐意接受。但共享单车不同，共享单车的竞争对手是任何企业都无法打败的。"

"你指的是什么？"Joe 忍不住问道，电话那端的两位投资大佬都非常认真地在听陈平叙述。

"是每个人的两条腿啊。Joe，中国人形象地把它称为 11 路公共汽车。"陈平轻松地脱口说出，话筒里传来两位美国人开心的笑声。这个在中国几乎人人都懂得的比喻，用英文表述给两位美国投资大佬，他们觉得十分形象有趣。

"这才是我最不看好的地方。"陈平等对方的笑声停下来，接着说，"和共享汽车提供运输服务不同的是，共享单车主要解决的是用户从地铁、公车站、超市商场到家里或者办公室的这一小段距离，从数据上我们看得很清楚，平均使用的距离是 2.5 公里，这就是普通人 20 分钟的步行距离，现在因为是补贴营销，又是新鲜事，大家乐于使用，真的涨价了，到了 10 元一次骑行，还有多少普通用户愿意舍去吃一碗面条的钱来支付这 2 公里的骑车费？根据我初步的测算，以目前每辆车使用频率作为参照，至少每次骑行用户需要支付 10 元，才能维持车辆折旧与企业日常运营盈亏的基本平衡。"

"可是我们都知道中国是全世界人口稠密度和单车使用率最高的国度，类似共享住宿的互联网经济在美国、欧洲已经被证实是可行模式，当然中国对于人员居住有些特殊的限制，但为什么不能运用于共享单车呢？"Joe 紧接着问了一句。

陈平知道对方心里已经有了答案，连忙抓住机会笑着回应道："Joe，您这个不是问题，答案您是知道的，您这是重新回到当年面试我的频道。"

"哈哈，不管是什么，你得告诉我，为什么？"Joe 显然喜欢陈平巧妙的恭维，半开玩笑地说。

"嗯，因为这不是闲置资产的运用，不是你让人把一间空置的房间拿出来，共享单车的每一辆车子都是全新购置的，这和出租办公室电脑的生意没有本质区别。"陈平直接表达了他的意见。

"这恰恰是你刚才介绍共享单车模式时我脑子里闪过的想法。"Joe 赞同地表示。

"你怎么看大家都在热议的风口理论？这个词如今在中国投资界是个热词。"Andrew 猛不丁地问了一句。

对于风口一说，陈平有他自己的理解，他觉得应该借这个机会明确向两位老板表明自己的态度，因为这不仅仅涉及对于一个项目的判断，更重要的是自己作为凯盛投资公司大中华区的掌门人，需要与基金大老板在基本投资理念上形成高度共识，尤其这次在"一毛钱"项目上与威廉见解不同，他需要纽约的大佬们对自己的决断有信心。陈平思考了一下，说道："我不认可投资看风口的说法。准确地说，风口是关于趋势的一种形象表述。如果我们说的是对趋势的预判，提前卡位，那是能力，是勇气，这样的投资决定体现的是智慧、见识、魄力，也是我们凯盛多年提倡的优秀投资人需要具备的 3 种能力，即基础能力、判断力和执行力中重要的一个能力构成。可如果仅仅是人云亦云地跟风，那最多只有喝汤的份，更大的概率是摔跟斗。投资靠的是对基本面和未来发展趋势先人一步的判断，而不是大家跟着风口跳舞，如果那样就可以干好投资的话，也未免太简单了。我从小在福建海边长大，每年都要见识几场大风暴。我的经验是：站在风口上，别说猪了，什么动物都能飞起来。然后呢？除非具有超强驾驭风浪的能力，否则就只剩下一种结局：被摔得粉身碎骨。"

3 个人的电话会议进行了近 1 个小时，最后 Andrew 总结说："谢谢陈，你不仅替我们把住了重要的投资关口，也让我们了解了这个行业的真实情况，'一毛钱'的项目我们同意你的判断，接下来的事情让我和 Joe 来处理吧。"

放下电话，陈平长长地舒了一口气，站起身来走到办公室侧面柜子前，给自己倒了一杯干邑，一饮而尽。

43

福建南安　小安镇

南安那边的宋经理来电话说，李淑英交办的寻人事件，有了新的进展。

按照宋经理的描述，最近一段时间，他们重点把古坪镇以及附近的几个乡的保育院都筛查了一遍，重点寻找在那段时间接收的新生婴儿。"当然这是要花不少钱才能办到的。"宋经理不失时机地说明了一句。他们发现有一个名字叫小明的，跟李淑英所描述要找的人的情况高度吻合。这个名叫小明的婴儿是在 1974 年 4 月 7 日被送到全全保育院的，记录上显示，婴儿送来的那一天是农历十五，乡下赶圩的日子。全全保育院位于与古坪镇接壤的另一个乡镇，叫小安镇。虽然是不同的行政区划，但从地理位置上说，小安镇的全全保育院距离李淑英母亲当时居住的那个小山沟更近。

据全全保育院的一位老大爷说，那天是星期天，他记得很清楚这个婴儿是在下午4点多的时候由一名村干部骑车送过来的，当时他还是一个临时工，正好在场。据大爷说，小婴儿在保育院生活了4年，4岁的时候，被菜场一位卖菜大婶领养走了，保育院的记录本还有当年大婶认领的记录和大婶的地址。这名婴儿在保育院的时候被取名为延国民，那时候保育院对送来的弃婴都以"延"作为姓氏，即延安的意思。后来那位大婶把他领养了以后，改名字为小明。保育院的记录就到此为止了。顺着这条记录上地址的线索，宋经理找到了卖菜大婶的家，原址现在还在，位于小安镇中心的一座老厝，大婶已经过世。

经过宋经理的打听，大婶一辈子在镇上的菜场卖菜。年轻的时候嫁给镇上的一位小伙子，结婚第二年，小伙子就在参加兴修水利会战时不幸被炸药炸死，大婶没有再嫁。因膝下无子，大婶后来认领了保育院的小明做她的干儿子，随了她亡夫的姓，户籍全名叫吴小明。小明被大婶领养过来以后，一直随着他的这位养母生活，直到养母5年前过世。吴小明今年45岁，自从4岁从保育院出来以后就一直住在养母的这套老宅里。小明至今未婚，也许是为了感念养母的抚育之恩，几年前，他也收养了一位弃婴，是一个女孩。名字叫秀云。秀云今年12岁，上小学六年级。

按照宋经理的建议，李淑英决定再实地走一趟。这个周末星期六一大早，李淑英从北京首都机场飞赴泉州，再搭乘公共汽车，辗转来到了小安镇。

小安镇是一个比李淑英上回寻访的古坪镇规模还小的小镇，整体建筑和街道风格还保留着20世纪80年代的气息，甚至街道两旁刷写的标语，都还有类似"只生一个好""育龄上环，人人有责"这类的口号。镇上仅有几条狭小的街道，大约10000户人家。

在长途汽车站一见面，宋经理就对淑英说："李小姐，这次我已经把功课提前做足了。因为怕你又白跑一趟，所以我事先没有经过你的同意，已经想办法做了一个身份验证的安排。这位吴小明呢，现在的职业是一个快递站的工头。小安镇有一家承包各家快递公司包裹派送的分发站，现在网络上虽然有几十家快递公司，但是到了这么一个小镇，千条线万条线，最后落地把包裹送出去的就是这条线，在这个小镇不管是顺丰快递，还是什么圆通、中通，都是由他们派送的。这个承包的快递分发站是私人的，有10多个快递员，吴小明是快递员的工头。情况我在邮件和电话里都跟你说过了。在我得知你要来的消息以后，我花钱托人给这家公司安排了一个任务，就是要求他们的所有快递员做年度体检，本来这也是例行公事，快递员的健康体检，政府要求每年都要做的，这次就找个理由提前做了。我打通了镇上医院的关系，按照你提供的线索，重点查看了吴小明。目前确认，这个吴小明应该就是你要找的那个亲戚。因为据体检的医生说，他的后屁股部位的确有一块褐色的胎记。这个应该就差不离了。当然如果你想再进一步确认的话，我们还可以做 DNA 比对。"

"太谢谢你了。"李淑英有点儿激动，"那我们下一步怎么安排？"

"我了解到了一条线索，可以供李小姐参考。吴小明的女儿，就是他的养女，叫吴秀云，今年夏天小学毕业，正好要小升初。当地人对于小学升初中是很重视的，因为镇上有4所小学，只有1所初中。如果考试成绩好的话，可以被分配到重点班。因此很多人家都会请家庭教师，帮忙辅导孩子的小升初。李小姐您正好是中学老师嘛，也不知道您是教什么学科的？"

李淑英一下子醒悟过来，她委托宋经理时，说自己是从小在这里长大的本地人，大学毕业后现在深圳当中学老师。"对对对，这是一个好办法。我是教数学的，但是我的英语超过八级，语文也没问题。"

"那太好了。我也有小孩去年小升初，最重要的科目就是数学、语文和英语。如果这3门课李老师都能辅导的话，那正是一个好办法。"

"好的，"李淑英当即同意对方的建议，"就按照你的这个意见办。"

当晚，李淑英发邮件向公司请了1个星期的年假，同时打电话给在新加坡的母亲，说寻找胞兄的事情已经有了初步的进展。

第二天，宋经理领着李淑英来到镇上的快递站，见到了工头吴小明。

"吴师傅您好，我是老张介绍过来的。"宋经理走上前自我介绍说。

吴小明正在分发快递包裹，李淑英仔细地端详对方，眼前是一位身材结实的中年人，穿着一身蓝色的工装，两鬓已微微泛白，从第一眼观察判断，这人是那种常年饱经风霜的劳动者模样。

宋经理递过一支烟，替对方点着，接着说："我听朋友讲，吴师傅需要给女儿请个家教是吗？"

"是啊。"吴师傅谢过宋经理，深吸了一口香烟，回答说，"小姑娘今年小升初，大家都说需要补补课，所以我就通过一些朋友询问有没有合适的。"

"好巧，"宋经理说，"你的运气太好了，我女儿去年小升初，刚刚经历过这个过程。这位是李老师，老家也是泉州这一代的，在深圳当老师。我去年就是请她辅导我女儿的，效果特别好。所以我听老张说你需要找这样的人，正好李老师回老家，我想把她推荐给你。喏，这就是李老师。"

"哎，李老师您好。"吴小明连忙把双手在工装上搓了搓，伸出手来握住李淑英。

一瞬间，李淑英白润的细手被对方紧紧握住，她感受到了这双手的分量，粗糙而有力。淑英明白宋经理的这番话是个套路，连忙接过话题："吴师傅您好。我正好有时间，很乐意帮忙。只是我这次是回乡探亲，所以不能在这里待很久。如果您能安排连续1个星期，每天4个小时的话，突击赶一赶，我觉得是可以的。"

"4个小时，连续7天，可以啊，只要老师时间可以，我这边问题不大。小女孩每天4:00放学，我们这个小地方，晚饭吃得早。5:00吃完晚饭差不多就可以辅导，每天晚上辅导4个小时，时间正好。只不过如果要每天晚上辅导的话，我不知道老师您住在什么地方？来来回回，小地方的交通可是不太方便。"吴小明问道。

宋经理接过话茬："去年我请李老师辅导的时候，老师就住在我家的，这样节省时间，你这边方便安排吗？"

"我这边倒是方便，我那个老屋有3间房，我住1间，我女儿住1

间，还有 1 间现在是空的。只不过我们这边的条件比较简陋，房间里面没有厕所，需要用外面的公共厕所，洗澡也都是几户人家共用的，李老师从大城市过来，我不知道能不能习惯？"

对于这样的安排，李淑英是求之不得。本来她之所以要借这个机会以功课辅导的名义，就是想更多地去了解这位寻找多年的失散胞兄，她连忙点点头赞许说："这样好，这就省得我来来回回跑，而且我离开老家很久了，也想借这个机会多看看老家小镇的风物人情。"

"那就这么说定了，"宋经理高兴地说，"我们明天就开始吧。"

"不好意思宋先生，"吴小明见两人就要告辞，连忙拉住宋经理到一旁，悄声问，"我应该给老师什么样的薪水呢？"

对这个问题宋经理早有准备，说："哈，吴师傅，这就是你有福气的地方。李小姐是我们本地出去的，她每次回来都想帮忙家乡的小孩子们做点事。所以辅导课程她也就是象征性地收费，我上次给她用的是红包形式，每天 200 元，如果要折算的话，大约合每个小时 50 元。要不你也按照这个标准给她包红包吧。"

"这会不会太低了？我们镇上一般都是 80～100 元一个小时的。"

"没问题，这个您放心，我刚刚解释了，李老师不是冲着钱来的。"

按照约定，第二天下午，李淑英来到了吴小明的住处。吴小明已经在门口等候。"李老师你好，"说着，他接过李淑英的双肩背包，"小姑娘一会儿就放学回来。"

"不着急，吴师傅。"李淑英跟在吴小明的后面进了屋。

这是一处闽南民间常见的老房子。中间是一个小的门厅，兼做厨房，大概 10 平方米大小，门厅左手边并排有两间小屋，右手边则是一间稍大的屋子。吴小明手忙脚乱地替客人沏上茶，解释说："我这里条件不好，李老师多担待。"他指了指左手边的两间小屋："这里侧的那屋是我养女吴秀云住着，靠外的那间是我住的，老师您往这边。"吴小明推开了右手边那间房子的房门，让淑英进来："这间屋子现在是空着的，平常也不用，我今天休息，已经把这间屋子里里外外都收拾干净，床上的被褥床单都是新买的，毛巾脸盆也都洗干净了。您看行吗？"

"很好，谢谢吴师傅。"李淑英连忙回答，这房间显然很旧了，但地板桌面、四周墙壁都干干净净的，一看就是日常很注意清洁卫生的人家。

"住在这里比较不方便的是，上厕所要到外面的公共厕所，如果您要洗澡的话，我们和隔壁家共用一个洗澡间，是去年刚刚翻修过的，有热水，就在大门边上的一间小屋。您进去以后，记得从里面把门闩闩好。"李淑英不禁想起很多年以前，她随着母亲回到老家，在猪圈里洗澡的情景，噗地笑了起来。

吴小明有点发蒙，问："李老师笑什么呢？"

"哦，没事，我想起了一段笑话。"两人正在右边屋子里说着话，吴小明的养女秀云回来了。"老爸。"小姑娘亲热地叫了一声。

"来来来，秀云，见过李老师，"吴小明赶忙招呼小姑娘，"这是我昨天给你介绍的来帮你辅导的李老师。"

秀云恭敬地朝李淑英鞠了一躬，说："李老师好。"

"小姑娘好。来，跟老师说说上学的情况。"

吴小明拉过两把椅子先请李淑英坐下，而后转身对秀云说："小云，你跟李老师好好说说你的情况，我去给老师准备晚饭。"

接下来这一周，每天晚上6:00～10:00都是李淑英和吴秀云一对一的辅导时间。秀云是一位很机灵的小姑娘，学东西领悟力很强。而小学的数学、语文、英语，这些科目对李淑英来讲完全就是小菜一碟。李淑英特意给秀云归纳了100多个英文单词的词根词源，这样一来秀云背诵英文单词就容易多了。几天下来，小女孩进步十分明显。

小安镇位于山区，镇子四周都是群峰环绕的山峦。除了陪秀云上课辅导，每天上午，李淑英自己一个人漫无目的地在小镇四周散步，贪婪地呼吸着清新的乡村空气，这种感觉是长期生活在大都市的人所无法领略的。

吴小明的上班时间很早，每天天不亮就出门，他要负责组织卸货，把快递公司送过来的货物包裹卸下来分门别类，再安排妥10多个配送员当天的派送任务。他基本上每天下午3:00左右下班，回家收拾屋子，替女儿准备晚饭。李淑英总是利用下午这当口和小明闲聊。从交谈中李淑英了解到，吴小明知道自己一出生就被送到保育院，4岁随了养母，但对于自己的生母毫无印象。他成年后在县里的人民武装部当了两年地方兵，复员后回到镇上，先是帮忙养母照看摊位，后来菜市场改造，不能再摆摊了，就去做了几年的泥瓦工，再后来经朋友介绍进了这家快递分发站，一直干到现在。据他说，养母在临终前给了他一个银戒指，叮嘱他要保管好，说那是他生母留下来的。

银戒指。这天下午两人坐着聊天，李淑英听到这个字眼心底一阵激动，忍不住脱口而出："那可是老东西啊，能让我看看吗？"

吴小明不太明白这位李老师为什么对他说的这件旧东西这么感兴趣，他回到里屋，从抽屉里取出来银戒指，递给李淑英："就是这个，很旧了。"

接过戒指的那一瞬间，淑英感觉到自己的手在颤抖。这是一枚没有任何印记、做工粗糙的普通银戒指。是母亲说过的那个东西，李淑英心里默念着，眼前不禁浮现出40多年前的画面：年轻的妈妈含着眼泪，紧紧抱着包裹中刚刚出生的婴儿，亲了又亲，半晌，泪汪汪的妈妈牙根紧咬着把婴儿放入竹篮，随即将手上仅有的一枚戒指摘下来，连同一张字条，放入婴儿的裹布包里。刹那间，李淑英觉得自己和眼前的这位憨厚男子，有一份无法言状的亲近感，淑英几乎克制不住地想靠上前去，搂住对方的臂膀。她强忍住自己内心的翻腾，将银戒指递还给了吴小明。

1个星期很快过去了，临走前一天晚上，李淑英拿起纸笔写了一封信：

　　大哥，您好。当你打开这封信的时候，我已经离开小安镇，这次来小安镇，在您家住了整整一个星期，感谢您的热情款待。

　　除了帮助秀云辅导功课以外，我这次来其实还有一个目的，事先不敢告诉您。这是一个深藏在心底多年的心愿，为我自己，也为我母亲。感谢上苍让我实现了这个心愿。

我以这样书信的方式告诉您这个秘密和心愿，是因为我实在不敢当面和您说这件事，如果那样的话，我怕自己会因为激动而完全失控。

那好，我现在说了哦，大哥请您仔细地往下读。

小明哥，你我两人同根同源，您是我血缘上的兄长！

您让我看的那枚银戒指，出自你我共同的母亲！

您的亲生母亲叫阿梅，她也是我妈妈，现在依然健在，生活在新加坡。我和您是同胞兄妹，您比我年长9岁。

下面的这一段叙述我是从母亲那里知晓的：

您出生于1974年清明节，在竹山村后面的山沟，那是一个没有名字的小村落，只有10多户人家。您的亲生母亲阿梅当时未婚怀孕，这种正常的男欢女恋在那个动荡而极左的年代，被视为大逆不道，根本无法替您上户口，也得不到周围人的理解。不得已，母亲在生下您的第三天就只好把您放到圩集广场的戏台上，您身上的布包里有她仅有的20元钱和一张您出生的记录条：男丁，阿梅所生，74年清明。还有一枚她从自己手指上摘下来的银戒指，正是昨天下午我在您这里见到的那个。我陆续打听到的消息是，您后来被人捡到送入保育院。在保育院生活了4年，再后来由您的养母领走。您最早的名字是在保育院起的，叫延国民。养母把您接走以后改名吴小明，直到今天。

您母亲由于这件事在乡里待不下去，后来辗转颠簸到了国外，从缅甸、泰国，一路到新加坡，就在新加坡定居至今。

很抱歉，一开始的时候我没有完全说实话，我的确是原籍竹山，但并不在深圳工作。我是在新加坡出生的，如今在国内工作，常驻北京。多年来，母亲一直托付我帮她寻找40多年前的亲生儿子。既受母亲之托，同时我自己也想能与亲哥哥团聚，这些年费了许多周折，如今终于找到了您。请允许我在这里叫您一声：哥哥。

这件事对您来说想必非常突然，我理解您或许需要一些时间消化。母亲事先告诉过我识别您的方法，她知道您身上的胎记。您如果觉得需要再做进一步确认的话，也可以通过DNA 查验的方式。但我已经确信，您就是我的血缘兄长。

这封信的末端，附有我所有的联系方式，包括我的手机、我的通信地址。母亲那边，我会尽快将这个好消息告诉她，她一定非常高兴。如果您同意的话，我想安排一个机会，让母亲、您、我，还有秀云几个人一起团聚见面。

您支付给我的 1400 元辅导费我放在信封里了，辅导秀云是我的幸运。

另外，小明哥，我想请您帮我一件事。我从秀云的书包里看到她收藏了一个钢琴补习班的宣传活页。前两天我向她问起，小姑娘说她其实一直很喜欢弹钢琴，也在镇上唯一的钢琴补习班学过几次。后来因为费用上的顾虑，她不想增加您的经济负担，就没有跟您提起。我觉得小姑娘有这个兴趣，而且我感觉她具有音乐方面的天赋，应该鼓励她去学习。大哥您如果同意的话，这个 1400 块钱可以用来给秀云报名参加钢琴补习班。我已经从网上订购了一台雅马哈钢琴，直接寄送到这个地址。钢琴搬运是一件技术活，不过这个对大哥来说想必不在话下。我留意到家里现在正好有一个空余的房间可以用作琴房，就是这一周我住的这间屋子。这件事情事先没有和您商量，小妹我擅自做主了，还请大哥您多多原谅。

对我来说，36 年来第一次找到自己的血缘哥哥，心情很激动，话都不知从何说起。我很快就会再回到这个地方。下一次，我们可以痛痛快快地聊上三天三夜。

小妹，淑英

44

北京 凯盛办公室

凯盛 TMT 团队的秘书 Cindy 要结婚了。

Cindy 给所有的同事都发了喜糖，还向 TMT 团队的每位投资经理都发出婚宴请帖。陈平特地找了个时间来到 Cindy 工位前，说："Cindy 小姐，恭喜你！听说你这是爱情长跑，今天修成正果，这是一件可喜可贺的事。淑英将会代表 TMT 团队去参加你的婚礼并且致辞。我这个老头子就不去现场添乱了，下周正好要去欧洲出差。来，提前送你一个小小的礼物，祝你们一对新人百年好合。"说罢，陈平递给 Cindy 一个包装精美的盒子。

Cindy 打开一看，是一对浪琴男女对表，说："谢谢老板，好贵重的礼物。"

陈平说："手表的一分一秒，代表着你们走过的每寸时光，也将伴随你们婚后每一天的生活。我家从曾祖辈开始，一直有送新人手表的习惯，我外婆送我父母，我父母送我，我送给亲戚朋友，都是一份新婚的祝福。再次祝贺你。"

Cindy 收下手表礼盒，对陈平眨了眨眼，说："您知道吗？我那个男朋友赵明义特别崇拜您。他买过您写的两本书，还说什么时候能够要到您的签名版就好了。"Cindy 指的是陈平在加入凯盛之前出版的两本关于零售管理方面的书籍，都是行业畅销书。

"要我说，那也就是供你们张罗新房粉刷墙壁，或者贴到厨房油烟机上的糊墙纸罢了。"陈平调侃着说，"你们新婚假期蜜月准备怎么安排呢？"

"我们想去青岛度假。"

"那是一个好地方，特别是青岛的栈桥、崂山风景区，总是那么令人流连忘返。对了，你如果确定要去青岛的话，我有一位朋友是青岛香格里拉酒店的总经理。喏，这是他的电话。"陈平说着从自己的手机里调出来一个号码，"你把这个号码记下来，什么时候决定去青岛，你给他打个电话，就说你是我的同事，来青岛度假，让他帮你安排一下接待。"

"太好了，谢谢老板。"

"不谢。新婚是人生最大的一件喜事，要把它办成一个终生难忘的节日才好，记得到时候发几张照片给我。"陈平朝对方比了一个大拇指的手势。

两天后，首都机场 T3 航站，中国国航休息室。

陈平等一干人围坐在环形的沙发上，正惬意地聊着闲天。这一群人准备搭乘国航 CA781 航班，前往瑞士苏黎世。

这支队伍一行 10 人，包括 6 位来自凯盛基金工业与制造和教育与医疗两个投资组的 6 家被投企业的 CEO，其中有海天科技的宋晓兵，从事智能橱柜的江苏未来公司 CEO 王明华，华东医疗制造总裁沈春平。还有凯盛教育与医疗组的合伙人康怡婷，凯盛工业与制造组的合伙人刘剑锋，以及 TMT 的胡进。这次出行是依据陈平提议，由凯盛基金大中华区组织的。按照陈平的倡议，凯盛中国基金邀请部分被投企业的 CEO 或总裁，组成两个出访团队。TMT 和消费品组成一个团队，由威廉带队，前往美国。工业与制造和教育与医疗团队，则由陈平挂帅，出访欧洲。在陈平看来，作为一家投资公司，除了认可被投企业的经营定位，从资金上给予支持以外，还应当通过借力的方式，帮助被投企业拓展视野。绝大部分的中国创业家都有非常敏锐的市场洞察力以及超强的业务推进能力，但他们在埋头拉车和抬头看路之间，往往更擅长于前者，很多人总觉得时间不够用，不能抽身出来多看看多走走，对行业的发展动向和同行成功经验的借鉴和关注不足。陈平相信磨刀不误砍柴工的道理，特别是这些实战派出身的创始人，如果能够找机会让他们多一些见识，对于更好打造优质企业一定有莫大的帮助。于是便有了这次凯盛创业家的启明星出访计划，组织被投企业的主要创始人，集中出国访问。

相比美国公司开放式的风格，欧洲企业趋于稳健和保守，所以在参观拜访的联络环节，欧洲这一路安排起来要费劲得多。他们此行所要拜访的几家公司，都是百年以上的老企业，而且无一例外地都是没有上市的私人家族企业，这是陈平在行程安排上特意强调的。一家企业能够在所从事的领域经历百年不衰，必有其经营、产品或管理方面独到的地方，这是陈平希望通过此次参观拜访让中国企业家们借鉴的。国内企业擅长于增长速度、捕捉市场机会，但对于持续性经营，与国外同行相比，显然有诸多欠缺。

这次启明星出访安排，在发出参观意向和行程协调上，出访美国的团队几乎不费什么周折，几个邮件和电话沟通，1 周内基本都确定下来。欧洲团队则费劲得多，仅仅沟通和协调行程，就耗费了整整两个月时间，而且还是多亏了凯盛法兰克福欧洲大陆总裁杜登的支持。杜登在凯盛基金工作了 10 多年，他本人是欧洲贵族后裔，和许多百年老企业都有家族式的交往纽带。拜访企业的名单，是由参团的企业家提议的，凯盛投资经理们依照这个名单发邮件，不少企业一开始都礼貌谢绝。后来没有办法，只得由陈平出面请杜登帮助疏通协调，才总算把名单上要拜访的几家主要企业都落实下来。用杜登的话说，中国经济这些年的发展进步令人瞩目，但不管怎么说在欧洲人的眼里，他们总觉得你们还是 New Boy。欧洲人是讲究传承的，一个未经传承的品牌，一家刚刚冒出来的新企业，除非有熟悉的人引荐，否则很难被认可。杜登调侃说："You are a new boy try to sit on the old table.（新人试图跻身进入有传承的古老圈子）"。这种评论一点儿都不出乎陈平的意料，而这次行程安排的遭遇，让他更加深了这个印象。这些年，中国民众的生活水平普遍提高，国人出国早已不是什么新鲜事，对于在座的 6 位 CEO 和总裁来说，每个人都去过欧洲好几趟，但是几家被投企业聚集在一起，有整整 10 天的时间一同参观，一同活动并相互交流，确实是一个难得的机会。

江苏未来公司 CEO 王明华坐在沙发右侧，喝着可口可乐，说："过去 15 年，我几乎每年都要参加法兰克福的橱柜展。最深的体会就是每次走进一个展位，当我说明自己是来自中国的时候，对方通常会很客气有礼貌，但你能从他的神态中感觉到几分隔阂甚至不屑，特别明显的是，他们都不太愿意把最新产品拿出来给你，往往给你来一句：这款是新品，只供应欧洲。"

"这是为什么呢？"海天科技的宋晓兵坐在他的对面，问道，"我们中国市场不是比他们整个欧洲加起来都大得多？"

"我们的市场的确是很大，但人家担心的是，你买了一小批货物以后，就开始模仿。"王明华回答道。

"知识产权确实是欧洲企业家们最在意的问题。"华东医疗制造总裁沈春平在一边点点头，"特别是现在网络这么发达，人家上网一查就可以看出你有多少复制品在国内流通。中国人仿造东西，归根结底还是一个'穷'字。穷是顾不了尊严的。就好比我年轻的时候，满大街都可以看到假耐克假阿迪，如今运动服装、运动鞋的假货市场基本上见不到了。因为30年前一双耐克鞋要花掉一个工人半个月的工资，而现在两天的工资就可以买一双，他就不需要再去买那些假货了。"

"也不完全是。"宋晓兵回应道，"我姐姐的小孩在美国出生，现在上小学，上次放假回国来玩住到我这儿，她说想要一台笔记本电脑，我买了一台送给她，安装的时候她自己说要用爷爷给的压岁钱买微软办公软件，一开始我很得意地说：来，舅舅帮你装一个盗版的，随手一做就5分钟的事，包你好用。我这么多年自己的电脑都是这么干的，也可以到淘宝上花10块钱让卖家给你远程安装。我那外甥女听我这么一说，眼睛挣得比龙眼还大：舅舅，这是偷窃。"

"知识产权不仅仅是我们认为的新品开发。"王明华接过话题，"欧洲的这些企业几百年做一款产品，经营一个品牌，人家尊重传统。而我们呢，一场'文革'浩劫，两千年的传统都被一扫而光。"

"这个我有实际体会，跟各位讲一个我亲身的经历。"陈平插嘴说道，"我有一次去比利时出差，是参观展会。欧洲各大城市只要有大型展会，当地的宾馆都会被提前预订一空，我那次的经历也一样，整个布鲁塞尔实在找不到住的了，不得已在一个距离布鲁塞尔40分钟车程的小镇叫 Monz 的住下来。那是一个很小的小镇，也就跟我们六线乡镇差不多吧。那天晚上我到当地的一家小餐馆吃饭，餐馆的墙上挂着一个用羊皮写成的菜单，年份是1608年。我有些好奇，比较一下眼前点菜用的这份纸制菜单，我发现两边的菜品几乎一模一样，除了后面的价格有变化。于是我就问侍应生，这里面有什么故事吗？侍应生回答说：先生，我们这家餐馆已经有400年历史，您在墙上看到的这个1608年的菜单，跟您今天吃的菜单，名称、原料、烹制方法，都是一模一样的，当然酒水除外。我很惊讶，一家家族经营的小餐厅能够400年沿袭下来做同样的菜谱，这就是我们时常说的传承，也是人家骄傲的底气。"

大家热烈地闲聊着，胡进在边上提醒道："各位老板，陈总，好像登机时间快到了，我们往外走吧。"

当天下午，国航空客飞机飞行10个小时之后，稳稳降落在苏黎世机场，一行人走出接机大厅，上了一辆中型面包，前往苏黎世万豪酒店入住。

根据行程安排，第二天首先要拜访的是位于苏黎世郊区的一家制药企业——阿尔法制药。这家制药公司成立于1865年，从最早生产退烧药、止痛片，到后来逐渐发展成以研制生产各种抗生素和生物制剂为主线的高端注射药物专业性公司。和国内庞然大物的厂房完全不同，阿尔法制药的厂区散落着8栋独立小楼，每栋都是别墅式的建筑，两层楼高，外面各有1个小型的户外停车场。

顺着主人的介绍和引导，陈平一伙人进去以后才知道，他们看到的这么几栋每栋400平方米左右的别墅建筑，实际上是一个个独立的车间。而他们现在正走进来参观的，是一个医用抗生素注射液的制作车间，从原料合成、测试、罐装，到最后的包装成型，都在这栋独立的小楼完成。二楼是原料调制和灌装车间，完全恒温无菌操作。陈平一行人隔着厚厚的两道玻璃，透过玻璃幕墙观察里面的操作。

无菌车间有6个工人正忙碌着，眼前的场景与国内大工厂完全不同。左侧是原料合成部分，各种原料由事先铺设好的管道直接连接到车间的工作台前，有5～6根管道，分别有不同颜色便于区分。每根管道连接到工作台前，各有一个阀门，阀门底下是一个标有刻度和重量的容器。负责操作的工人对各种原料所需要的数量、重量，依照规定好的配比标准，在桌子一角的电脑触摸屏上点击生成。接下来，管道会根据指令开启，把各种原料按照先后顺序，注入工作台中间的一个搅拌盆。然后搅拌盆顶盖自动关上，操作员启动旋转机关。搅拌盆就以先高速，中间低速，最后再次高速的规定转速运行。大约两分钟以后，转动停止，操作员用吸管把搅拌完的液体吸出几毫升样品，放到另一侧的测试台上。测试台显示各个成分分析的结果。当绿灯亮起的时候，操作员只需要一按按钮，这一批已经被调配好而且测试合格的液体就会通过台子后面的传送带转到下一个环节。

参观的一群人随后来到一楼，一楼是包装和存储区，右手边有一个员工休息厅兼餐厅，靠墙的一侧摆着各种各样的饮料机、投币式的三明治和新鲜沙拉贩卖机，咖啡和矿泉水是免费提供的。从这个休息处边上一扇小门出去，外面是一个大约50米的室外露台，上面摆着几套桌椅。接待他们的工头介绍说，这个车间总共有8个工人，主要生产供应各大医院使用的大容量抗生素注射液，分为300毫升、500毫升和1公升3种规格。沈春平借助当地随行的一位德文翻译，迫不及待地问道："你们这个车间一年的产量是多少？"

"以我们的出货金额计算的话，去年的总出货金额大概是，"对方想了一下，"2000万瑞士法郎。"

"2000万瑞士法郎是多少美元啊？"沈春平试图计算汇率。

身后的凯盛制造合伙人刘剑锋说："大约2300万美元吧。"

"2300万美元，差不多1.5亿人民币。就这8个人，年产1.5亿。"沈春平不由得伸了伸舌头。

刘剑锋接过话题，对翻译说："麻烦你问一下这位工头，他在这个岗位上做了多久了？能有这么高的产能，最大的秘密是什么？"翻译把话问过去，大胡子工头愣了一下："秘密，没有秘密啊。"

"人家不愿意说。"沈春平猜测道。

陈平笑了笑，用中文对翻译解释："可能是我们表达的词语不准确，不能用秘密这个词，人家以为我们打探配方机密呢。这么说吧，他管这一摊事，一年两千万瑞士法郎的产能，诀窍是什么？我不知道德文怎么说，但我们不是打听secret，而是，我想想怎么表述这个词，我们想了解管理方面的诀窍，就是 know-how，no about secret。"

翻译点点头，把几位客人的意思转过去，对方这下明白了，回复说："哦诀窍。诀窍就是能用机器的地方就不要用人工。"

"瞧，这就是观念的差别。"听完翻译的话，沈春平感慨道，"我们是能用人的地方就不用机器，为什么？人工便宜啊。"

"等等，"陈平制止住沈春平的话头，对翻译说，"你再往下问一句，他为什么这么说？是因为人工费用高吗？"

翻译把问题转过去，对方嘀咕了几句，再经过翻译传回来："人工成本贵固然是一个方面，但最重要的在于，尽量减少人为操作的失误。因为人都会犯错，设备机器只要程序调整得当，加上人工复核，错误概率可以被降到最低。"

"有道理，有道理，"沈春平点头认可，"就像自动驾驶、无人驾驶的出错概率肯定小于人工驾驶。而且你看他们的工作环境好，舒服得很。"

凯盛工业与制造组合伙人刘剑锋感慨道："我们的工人都是唯唯诺诺，紧紧张张的，上班时候一点儿都放不开，你看。"他指了指正在自动贩售机上挑选饮料的两个工人："他们有一种像是在自己家里轻轻松松干活的样子。再看这里。"众人循着他的手指方向，在一楼的另外一侧，居然还有一张台球桌，两台跑步机："我们总说人家人工成本高，可是你如果仔细算一下，按生产成本的单位占比，人家的人工费高产出也高，费用比和我们差别不大。"

"还不仅仅如此，"一伙人告别工头，走到户外停车场，几位抽烟的老板们忙着点火吸烟，陈平接过刘剑锋的中南海猛吸了两大口，若有所思地对众人说道，"我们总津津乐道地说我们国内人工便宜，我近来越发觉得，这不是一个优势，姑且不去计算便宜的人工是不是有相对应的生产效率，就一个社会而言，人工过于低廉，带来的往往是许多人没有自尊，进而影响到整体居民的日常文明水平。"

"这个怎么讲？"沈春平听得很认真。

"你看，"陈平又吸了一口烟，缓缓吐出烟圈，"以搬家作为例子，以前我们经常听人说：我这里有民工替你搬柜子、运电视，一根扁担就行了，比你雇用卡车，或者租机械来得便宜，我们总津津乐道觉得这是一个卖点，可是仔细想一下，如果一个人的劳动价值，或者他的时间价值甚至还不如一台汽车、一部机器，只是作为比机器更便宜的替代品存在的话，你们说这样的人能够有充分自尊吗？当我们理所当然地认为工地民工就应该几十人挤在简易工棚，一住大半年，有没有地方洗澡都无所谓的时候，你能要求他自觉倡导文明举止吗？你能忍心批评他随地路边小便吗？"

"所以，我们长久以来一直引以为豪的低工资，以及动不动搞人海战术，其实不仅难以在现代商业中竞争取胜，带来的还是习惯性地轻视人的价值。在国内我们总是说：不就是要几十个人嘛，那还不好办。这句话你拿到瑞士说说看。"刘剑锋有感而发。

一行人七嘴八舌地热议着。

45

德国慕尼黑　康复中心

3天以后，陈平一行10人加上当地的翻译，从苏黎世乘坐火车来到慕尼黑，在这里他们要拜访一家知名的运动康复中心。

这是一家专门服务全球职业运动员的著名运动康复中心。体育界的超级运动明星，从足球、篮球，到田径、游泳选手，很多都是这家中心的会员。最夸张的是在十几个有世界排名体系的个人运动项目，例如自行车、网球、马拉松长跑等，全球排名前100位的顶尖运动员，有超过一半是这家康复中心的会员。

康复中心位于慕尼黑市郊小镇的一处安静的内陆湖畔，由3栋5层高的楼房和一片绿油油的草地广场构成，面对着湖水。这个内陆淡水湖环立在阿尔卑斯山脚下，湖水是由山上冰雪融化流淌下来的，清澈见底。

除了康复中心先进的设施设备、科学的康复计划和一流的康复专家以外，陈平最感兴趣的是这家康复中心的经营。这里实行会员制服务，只接待本中心会员。据介绍，这个康复中心成立于1880年，近140年间一直实行终身会员制体系。现在的入会门槛是：入会由两名会员推荐，一次性支付10万欧元，以后每年缴纳1万欧元的年度费用，缴费期10年。只要保持10年的续费记录，会员此后就不再交费，享受终身免费康复服务。所谓的终身会员制，指的是任何一位康复中心会员，只要他还是职业运动员，他的任何运动受伤，都可以在康复中心得到全方位的免费护理。运动员很多是有医疗保险的，实际费用和保险公司之间的账目来往，由康复中心统一处理。运动员只需要提前由代理人打一个电话，说明受伤的大致情况和预备入住的时间，其他的一切就交给康复中心。而且康复中心有自己专门的直升机可以飞往欧洲境内任何地方，把运动员第一时间运送到康复中心。不久前有两位职业登山运动员在攀登勃朗峰的时候摔到山谷中间，靠着仅有的卫星电话打通康复中心求救，康复中心派出直升机和紧急医疗小组，只用了两个多小时，就把两位伤员接送进来。这个康复中心从成立起一直在这个地址运作，只有在1939年到1945年，由于"二战"的影响，临时迁往邻近的瑞士，在那里经营了6年，战后重新回到慕尼黑原址。

今天白天参观完康复中心，晚上一群人聚集在宾馆大堂吧热烈地讨论着。

"这才是真正让人免除后顾之忧的会员制。我按照你的规定把钱交上，别的我就一律不用操心了。这样的概念我们完全可以引进到国内，要知道国内现在有很多富裕人群、新中产，他们的健康诊疗问题一直没有得到一揽子方案的服务。人们一旦生病，或者需要住院，就得要么托关系，要么就入住那些价格高到恐怖的私人诊所。"海天科技的宋晓兵一边给在座的各位倒上红酒，一边说道。

陈平点头认同道："北京有一家和宜健康，属于私人高端诊所，24小时一对一服务。几年前我有一个同学带他女儿从美国回来，住在我那里。小姑娘晚上突然发烧，8点多钟我同学叫了出租车把她送到和宜健康。晚上挂急诊，做了一个血常规检查，再开两个退烧药，一共收费13000元人民币。这不明摆着往死里宰人吗？"

凯盛合伙人刘剑锋接过话题，说："这个模式最大的好处就是让人放心。不管收多少钱，承诺只要有事全盘接管。"

"信任机制很重要。"沈春平说道，"如果在国内你一下子让人交几十万，谁能相信你明天还在不在？收钱跑路的例子这些年时有所闻，大家也都被弄怕了。"

"是啊，这就是人家百年企业的一个无形价值。"陈平深有体会。他自己家族的祖先，曾经经营过一家在国内和东南亚一带颇具规模的华侨侨汇物资信局，前后运作了几十年，在民国末年因官府盘剥破产。中国的企业经历过太多的动荡，能够传承百年的几乎不存在了，市面上现在所吹嘘的那些老字号其实只不过空有一块招牌，企业的股东、内部的经营理念早都已经被弄得面目全非。人们错误地认为只要一个招牌竖立100年，就是一家百年企业，其实招牌只是一个符号，人们看中的是这个符号背后的产品品质以及品牌的经营理念，而这些核心优势能否得以代代传承，关键还在于掌舵的掌柜。国内企业经过民国年间的动荡，后来公私合营，再到国营集体化，企业初始留下的那些东西早已不见踪影了，充其量只是一块空头招牌而已，于是百年老店成了旅游景点的陪衬，靠一块招牌忽悠不知实情的外地游客，像什么祖传包子，什么皇家刀具，还有什么300年老窖白酒，都是胡乱编造的忽悠。

"我们这几天一路下来，参观的这几家上百年的企业，还有街对面经营了两个世纪的那间小酒吧，它们都是几代人始终如一的坚持，世袭经营只做一样东西，只坚持一种固定风格，你可以不喜欢它，但这就是它的风格，也因此让用户记住它。"宋晓兵很感慨地说道。

众人喝着刚刚在吧台上点的啤酒，瓶子上德英两种文字清晰标注着：起源于1628年，严格按德国酿酒古法制造。

46

德国　法兰克福

德国，法兰克福。

结束慕尼黑访问行程后，一群人乘坐德国铁路公司Deutsche Bahn的快车往北，下一站是法兰克福。

法兰克福是启明星欧洲访问团的最后一站，在这里他们将要拜访3家企业，其中大家最感兴趣的，是霍夫曼公司。

霍夫曼也是一家家族经营的老企业，主要从事厨具生产及销售，包括供应给饭店餐厅的专业级厨具和大众居家使用的厨房餐厅用具，产品线超过5000款，大到集装箱式的厨房，上面配有供电照明系统、4个炉头、可折叠的户外餐桌餐椅等等，据说德国军队和警察有不少购买霍夫曼的厨房车作为野外作业使用。而大众居家使用的餐厨用具，更有详细的分门别类，从各种炒锅、蒸锅、平底锅、汤锅，到烧水壶、刀具、叉勺……仅仅各种刀具就有300多种，甚至有专门切蒜头的蒜片刀、剔牛肋骨的肋排刀。

和前面他们参观的几家企业不同，霍夫曼公司所在地位于法兰克福市区，是一栋12层楼的地标性建筑，冠名霍夫曼大厦。该品牌所有的研发、加工生产，以及仓储都在这个楼里。一进门是一间亮堂堂的陈列大厅，分成左右两个部分，左边是霍夫曼公司历年最有代表性的产品展示，从两个世纪前的第一把厨刀开始。右手边是目前投放市场的产品陈列。陈平快速目测了一下，大概有1500平方米的展厅面积，大厅中间摆着的就是那辆著名的霍夫曼厨房车。车头正中央位置正是醒目的奔驰车标，原来这款厨房车是霍夫曼公司和奔驰联合开发的一款产品。厨房车展示处竖有一块显示牌，上面除了关于车辆尺寸、重量，以及主要配置设备的介绍以外，还列出了过去一年全球各个国家的订货数量。陈平注意到，除了德国和美国，销售量排在第三位的，居然是一个非洲国家刚果。他有些不解，转身问陪同的霍夫曼公司副总裁。对方笑着用英语解释："那边不是有很多打猎活动嘛。当地人把这个厨房车买去做野外狩猎的工具车，供欧洲狩猎团使用。这个车子可以烹饪烧烤，运输人员，还可以当休息室，一物多用。"

在大楼的各个车间参观花费了两个多小时，接下来按照行程的安排，陈平一伙人将要拜访霍夫曼公司的老板，卡洛·霍夫曼。卡洛·霍夫曼是霍夫曼家族的第6代传人，据介绍，他的祖先和奔驰公司最早创始人奔驰先生的太太还是亲戚。

卡洛·霍夫曼在他位于大楼顶层的办公室接待了陈平一行。双方见面握手交换名片，陈平注意到，这是一位70多岁的花甲老人，在他办公室墙上挂着五幅肖像油画，分别是卡洛·霍夫曼的天祖父、高祖父，直到他父亲5代掌门人。秘书给大家端上咖啡，借着这会儿工夫，陈平走到油画前，仔细端详着眼前的几幅肖像画。卡洛走到陈平边上，用英文说道：

"说不定你下次来，我这张脸就成为挂在墙上的油画了。"

"那我还得等非常非常久的时间。"陈平打趣道。

十几个人在会议桌前各自坐下。陈平心里清楚，这次欧洲商业访问，在所有拜访企业中，霍夫曼公司是最难确认的一家。一开始对方几次明确表示，不希望浪费时间接待陈平带队的中国访问团。但是霍夫曼是访问团许多企业家点名要参观的企业，因为它本身在中国拥有很高的知名度，更是厨房用品行业响当当的行业翘楚，未来公司的CEO王明华和工业与制造组合伙人刘剑锋都特别希望能争取机会访问这家企业。直到其他访问行程都确定下来后，陈平再次拜托德国凯盛总经理出面，利用他的私人关系，最后总算把今天的行程确定下来。本来陈平还有点儿担心，对方答应得这么勉强，今天的走访会不会就是形式上走走过场，草草了事。没想到自打他们一进大门，负责接待的副总裁就给他们一行人每人一张今天拜访活动的行程安排，上面不仅有详细到每一分钟的活动细项、主要内容、接待人员和地点，连工作午餐的时间都安排得清清楚楚。陈平再次感叹德国人做事的严谨，他们或许会拒绝你，但是一旦答应了，就一定会把事情做得有条不紊，毫无偏差，包括今天上午11:30~12:00与老板霍夫曼30分钟的会晤安排，这是陈平他们一行事先没有想到的，由此看出对方对这次活动的重视和认真。

陈平开了一个头，说："卡洛·霍夫曼先生，谢谢您今天抽时间跟我们见面。我是凯盛私募基金大中华区的总裁，今天和我一起前来参观学习的，都是我们基金在中国投资的制造业和医疗教育方面项目的创始人。跟您以及霍夫曼公司相比，不论是阅历或者年纪，我们都是晚辈，都还处于学习阶段，希望能够通过这次参观，提高我们的企业管理能力。"

"陈先生客气了。"卡洛说，"企业的大致情况，我的同事都给各位简单介绍过了，欢迎大家，有什么需要向我本人了解的？"

陈平注意到会议桌中间有一个不锈钢平底锅，从外观上看有被用过的痕迹。卡洛·霍夫曼留意到陈平关注这个东西，便拿起来递给陈平，解释道："霍夫曼公司有个传统，这是从我祖上创业第一天就立下的规矩，那就是我们生产任何一款新产品，在决定是否投放市场之前，要先找 12 位行业最典型的用户，这里面包括屠夫、酒店的主厨、孩子的妈妈等，请他们先试用，如果他们中间有人觉得，这款新产品和现有的产品相比没有优势，无论在形状、功能、使用感觉或者价格方面，如果新品在这些方面与现有的产品没有明显改善的话，我们就不会向市场投放这款产品，哪怕内部做了多少研发，一律停止，这个就是我们中止的一款。"

"那怎么能够更好地保持创新呢？"王明华通过翻译插问了一句。整个交谈都是用英文进行的，王明华是为数不多的两三位无法用英语交谈的访问团成员。

老头看了提问人一眼，说道："创新，只有比原先的产品性能更好、价格更优惠才有意义，不然就是伪创新。"

陈平听了心里一震：这就是观念的不同。

凯盛的刘剑锋恭敬地问道："霍夫曼先生，霍夫曼厨具在中国有非常高的知名度，被广大消费者视为高端厨房用品，不少五星级酒店、西餐厅也都选用霍夫曼厨具。但据我所知，霍夫曼公司在中国乃至亚洲，一直没有投资建厂。有不少德国同行，这些年纷纷到中国办企业，合资或者独资经营，借此降低成本，扩大销售规模。请问霍夫曼会不会考虑在中国办一家企业。您知道凯盛是一家私募基金，如果有这方面的发展计划的话，或许我们有合作机会。"

卡洛·霍夫曼静静地听着，没有立即回答，他示意客人们品尝摆在面前的水果盘，"各位请随意"，随后说道："中国市场毫无疑问是巨大的。我很高兴霍夫曼产品能够为许多中国的餐饮业同行和众多消费者所喜欢，对于这一点我们心怀感恩，为了表达回报，我们每年捐款资助 20 名中国大学生来德国留学。我们产品在海外市场的销售情况，目前除了美国以外，销售第二位的以前是日本，过去 5 年这个位置被快速发展的中国超越。如今中国单一国家的市场销量，已经超过了其他所有亚洲国家的总和，所以中国市场对我们的重要性，这是显而易见的。至于说到在当地办厂或者合作，坦率地说，这些年前后有不下上百家的中国企业找到我们，希望寻找合作。很可惜，他们都不合格。"

坐在一边的霍夫曼副总裁接着说："是啊，我们对中国充满敬意，看到中国这些年的快速发展也很高兴，但是如果要做企业的话，直截了当地说，中国人做事，太不认真。"

虽然，类似这样的评论在中国人自己的圈子一直都有，但是凯盛访问团这一群 10 来个人，这会儿面对德国企业家，被对方这么直言不讳地说出来，大家都觉得脸上有些挂不住。

会议桌的气氛有点紧张，凯盛的刘剑锋连忙打岔："霍夫曼先生，副总裁先生，我们刚刚从贫困线上走出来，可能还需要给我们一点儿时间吧。"

"你说的有道理，而且这个我完全能理解。"卡洛·霍夫曼似乎也觉得自己刚才的话有些唐突，"德国经历过'二战'，我出生于 1946年，正是德国战败、国家分裂、外国军队占领、全国各地最困难的时候。我知道贫困是什么滋味，对于这一点我是深有体会的。只不过不能以速度牺牲品质，这是一条红线，也是霍夫曼两百年来始终不曾动摇的企业信条。"

不能以速度牺牲品质。陈平在心里默默念叨着，他知道这样一句简单的话语，出自一位传承6代的企业家口中的分量。

王明华显然试图抓紧这个难得的机会多向这位行业泰斗级的人物请教，连忙问道："先生，在我们那里，大家可都是以提前完成目标为荣的。我们有一句流行话说：先完成，再完美。没有速度，机会就是别人的。"

"这个或许是国情不同。提前完成目标，那要么目标制定不严谨，要么实施的时候不认真。"霍夫曼看出今天来访的几位客人都是心怀诚意的样子，于是站起来走到他的办公桌，打开抽屉，拿出了两个轴承。霍夫曼反身回到会议桌前："各位，我给你们看一样东西。大家能看出有什么不同吗？"说罢，他将两个轴承递给面前的客人。

众人依次接过这两个轴承，细细端详着。这是两个一模一样的双层轴承，外面是一个不锈钢的圆环，里侧还有一个小一号的圆柱体，里侧的圆柱体约5厘米高，可以直接立在桌面上，上端外侧套着一个圆环，里外两个圆柱体之间分布着12个滚珠，由此连接着外面的圆环和里侧的圆柱。借助滚珠，外面的圆环呈半悬空状。访问团的人把两个轴承套圈轮番看了一遍。

陈平看着这两个轴承，都是一式的不锈钢材质，无论从形状、工艺、外观光滑度，以至在手上掂量的分量，感觉不出有丝毫差别，他认为这应该是同一个生产线做出来的东西，只不过老霍夫曼特意让大家仔细看，一定有什么说法。

在场所有人把两个轴承依次看了一遍，轴承最后被递回给卡洛·霍夫曼。卡洛问道："各位有看出什么不一样的吗？"他展开手掌，朝向面前的中国客人们，从左边开始，逐一询问。

"这应该是同一个批次的产品。"第一个人回答。

"嗯，工艺和材质都一样。"

"我觉得一样的。"

"没有不同。"

每个人的回答都相似。

"我看不出有什么不同，也无法判断它是不是同一个批次的产品。"轮到王明华回答的时候，这位制造业老板提了一个问题，"我不知道轴承里面滚珠的滑动力如何，这个需要测试。"

卡洛·霍夫曼盯着王明华认真地看了两眼，并不回复，依然接着让余下的每个人发表意见。等所有人都回答完以后，他拿出一个旋转器，把两个轴承分别放到旋转器的左右两端，用力转了两圈旋转器的发条，接着按下旋转器中间的蓝色按钮，只见两个底部装有橡胶垫片的轴承同时落在光滑的木质办公桌上，外侧圆环在滚珠的作用下快速转动着，有点儿像中国民间小朋友们玩的那种陀螺。轴承很柔滑，中间滚珠飞速转动，几乎听不见一丝声音。大家眼睛都一眨不眨地紧紧盯着桌子上转动的两个轴承，一旁旋转器上面有计时功能，显示着时间。不一会儿，左边轴承的转动速度慢了下来，渐渐停住了，计时器显示1分18秒，而右边的那个轴承仿佛不受干扰似的，依然匀速继续转动着，两分钟，3分钟，整整3分45秒，才完全停下来。

一边的副总裁解释说："这个轴承是我们制造企业级炉灶炉头下面的一个转动装置，所有宾馆饭店餐厅的大型炉灶都要使用这个部件。我们对规定作用力下轴承旋转时间的最低要求是2分钟。右边这个刚刚停下来的轴承是霍夫曼车间制造的，左边那个是我们对每一个寻求合作的厂家要求对方提供的。刚刚霍夫曼先生从抽屉里拿出来的这个，就是不久前一家有合作意向的中国企业寄过来的。各位看右边的轴承中间有一个蓝色的小点，这是我们公司的产品标记。"

会议桌前一群人的气氛再次变得紧张起来，眼前这个轴承的现场试验，清晰地告诉每一个人，你们中国的产品质量不行，再大的市场，也是只有被别人赚钱的份，想搞研发，想做出优质的产品来，你们还差得很远。

陈平看得出对方虽然很客气，很有礼貌，做事严谨，但神情中透着一股瞧不起中国人的潜意识。坐在一旁的刘剑锋为了扭转尴尬，连忙岔开提问了几个关于经理人员管理和使用的问题。对方倒是很诚恳地把他们的内部提拔任命机制，毫无保留地做了详尽的介绍。

半个钟头的会面时间马上就要到了。陈平知道德国人非常守时，他看了一下手表，离会面结束还有5分钟，于是示意胡进把事先准备好的一个礼物拿出来。

礼物是陈平事前精心准备的，这是一只陶制茶壶，呈砀山梨形状，国内有人称之为砀山壶，由上等陶土纯手工制造。茶壶的整体形状很像一个倒挂的砀山梨。陈平知道对方是制造业的行家里手，事先特意挑了这么一个中国的手工精品。刚刚霍夫曼先生拿轴承做示范的时候，陈平一边看着，脑子里一边快速地运转思考，突然间就有了一个主意。

等胡进把礼盒放到桌上，陈平站起身来，解开丝带，取出陶壶，对霍夫曼说："谢谢霍夫曼先生今天的接待，我代表大家送您一个来自中国的礼物。"霍夫曼双手接过茶壶，连声道谢。

"我想在赠送给您的同时，向您做个演示。"陈平说着，指了指对方手里的壶，"这只褐色茶壶，它的奥妙之处在于，它不仅仅是一只茶壶，而且是一件精密的手工匠人作品。您将水注进去以后，任凭您怎么倒过来翻过去，里面的水是一滴都不会漏出来的。"

"这怎么可能？"对方仔细端详着手里的茶壶，指着注水的入水口和茶壶一边的壶嘴，"水不就是从这里进来，从这里出去的吗？"

"来，我们可以试试。"陈平要的就是这个效果。他从会议桌一侧拿过来一瓶矿泉水，拧开瓶盖，打开茶壶顶部的圆形盖子，整整往里面灌了半瓶水，再把盖子盖上，沿顺时针方向转动180度，把茶壶盖子拧紧，递给霍夫曼："先生您亲自试一下。"

霍夫曼连忙拿过一个水晶玻璃杯，试图把茶壶的水往杯子里倒，却不想，一滴水都倒不出来，不仅如此，哪怕他把茶壶翻了个个，还是一滴水也漏不出来。陈平从对方手中接过茶壶，再次将茶壶翻转过来，壶盖朝下，用力摇晃，依然不见一滴水滴。一旁的副总裁有点不相信，接过茶壶，左右晃动着，听得见里头水流的撞击声，再把壶嘴倾斜90度，依然倒不出水来："这个好神奇，那怎么能让水漏出来呢？"

陈平笑了笑，再次将茶壶递给霍夫曼，说："先生，我们这可不是魔术，真的是一滴水都出不来，对吧。"

"我做证，的确不漏水。"霍夫曼满脸的好奇。

"好，现在，您把茶壶顶部盖着的那个壶盖，顺时针再往前转180度，看看情况怎么样？"陈平示意道。

霍夫曼依照陈平的指点，把壶盖顺时针右转180度，然后拿起茶壶，往面前的杯子里倒水，果然水顺畅地流出来了。"这是什么原理呢？"霍夫曼显然很感兴趣。

陈平说道："这是中国的传统工艺。之所以水灌进去以后无论怎么倒都滴水不漏，关键在于壶盖里面有两道凹槽，凹槽与凹槽之间用齿状榫卯连接，榫卯是古代中国的一种工艺，类似螺母螺钉，但使用的是公母对插的原理。利用榫卯转动形成严丝合缝卡口，直接在茶壶的出水口形成制动的开闭阀门，里面没有任何橡胶垫片，全部都是用陶土制成的。这里面的诀窍，除了工艺上的精细要求以外，最重要的是要利用榫卯，靠这种齿状咬合来保证开和关。中国许多民间木匠做家具都是用这个榫卯连接，同样的原理甚至用来建造拱形桥梁。"

霍夫曼点了点头，说："我知道中国古代的工艺有很多非常精良的地方。就以瓷器来说吧，全世界最优秀的瓷器源自中国，德国的瓷器也是从中国学来的。"

"我们有过延续千年的学徒制，做陶的，理发的，炒菜师傅，大多有 2 至 3 年的学徒期，从基本功夫学起，可惜这个传统现在被淡忘了。希望能够看到这样的工匠精神被重拾回来，中国技工不仅仅能制造陶瓷，也能有优秀的不锈钢工业产品。"陈平感叹地说。

霍夫曼点点头，显然陈平的礼品触动了他，他做了一个手势，示意站在屋子中间已经准备告辞的几位中国客人重新回到椅子前面坐下。霍夫曼手里依旧拿着这个令他感到惊奇的茶壶，对众人说道："我们一点儿都不介意传授我们的技术和工艺，只要有耐心愿意学，能够静下心来钻研，其他的一切都好办。陈先生以及几位今天说到了希望把霍夫曼品牌拓展到中国建厂生产的想法，我觉得或许你们可以这样考虑，如果你们有意愿的话，大家可以先准备一个意向书，其中一个合作的条件就是，请中方物色 50 名技术工人到德国来，在我们霍夫曼工厂进行为期不短于 10 个月的培训。有了这些手艺精湛、懂得生产流程的技术人才，别的都好谈。毕竟有赚钱的机会，大家都是感兴趣的。但是仅仅为了赚钱而牺牲品质，那是我们都不想看到的。"

大家听了都觉得这是一个大的突破，刘剑锋表示他回国后马上跟进这事。对方副总裁也随即表示他会负责落实这件事的所有细节。

离开霍夫曼先生的办公室，陈平看了一眼手表，12:15，比预订的会面时间整整延长了15分钟，这对于一向严格遵循时间的德国企业家可是不多见的。为了确认这一点，陈平问陪同的副总裁，对方回答说："我在公司工作了6年，老板的商务会谈从不延时，比预订时间超过10分钟以上的，这是第二次，上一次是他在这里会见波兰的商务部长，对方姓氏和他的祖先有渊源，大家谈得痛快，多聊了20分钟。"

47

法兰克福　跳蚤市场

10天的访问行程接近尾声。最后两天是启明星团队在欧洲的自由活动时间，每个人自行安排。

王明华等企业家和康怡婷、刘剑锋、胡进等人，大致分成了两个团队，一队要去参观海德堡，另外一队计划前往柏林看一下东德、西德合并以后的柏林市貌，从那里直接回国。

陈平特意给自己预留了两天独自活动时间，犒赏一下他自己的个人爱好：收藏。

法兰克福是陈平很熟悉的城市，这些年陆陆续续来过不下20次，其中有一半是因公出差，另一半则是冲着自己的兴趣而来。陈平对法兰克福特别迷恋的一个重要原因是，他对手工类制作有一种特殊的爱好，具体地说，就是收藏各种机械手表、怀表、古董座钟。

自由活动的第一天正好是周六，陈平给自己安排了两个内容，上午去逛法兰克福的跳蚤市场，中午去拜访他的老熟人Bothe伯赫，准备再添几只手表收藏。伯赫祖上数代都是修表世家，到了他这一代，他把维修钟表的业务做了一个扩展，修表的同时还经营各种古董珍藏表的代售业务。陈平喜欢收藏手表已经有30多年的历史了，他所收藏的第一只手表，是大学毕业的时候母亲送给他的，那是一只欧米茄1948年产的海马自动机械表，是欧米茄历史上的第一款全自动机械表，那块表陈平至今仍保留着。从那开始，陈平就深深迷恋上了这个小小圆盘里神秘的机械世界。陆陆续续，陈平已经收藏了100多只各种机械表和怀表。这位法兰克福的伯赫先生，是20年前经朋友介绍认识的。喜欢收集古董手表的陈平和维修代售手表的伯赫一见如故，双方有很多围绕手表工艺的共同话题。每次陈平来法兰克福，一定会留出半天时间，专门去伯赫的店里，见见老友并选购手表。而对方只要碰到值得推荐的手表，也会在第一时间用手机拍照发给陈平。陈平如果满意，就会交代对方把这个表预留着，等他们见面的时候再做交割。有趣的是，陈平不会讲德文，而对方又不懂英文，过去两个人每次见面总要拿着一本字典比比画画。这两年好多了，因为有在线的即时翻译软件，陈平可以对着手机，把要说的话说一遍，软件就直接发音成德文，有了同声翻译软件，沟通起来方便了许多。

跳蚤市场位于法兰克福市区莱茵河畔，每个周六上午固定举行。这天正好是个大晴天，来来往往的人很多，各式各样的旧货摊位沿莱茵河堤一溜排开，足足1里多长。放眼望去，整个跳蚤市场没有多少像样的货架，大多都是临时摆放的地摊，熙熙攘攘的人群与此起彼落的吆喝声交缠一片，不时有嬉闹的儿童奔跑着在人群缝隙中穿行而过。跳市里最能聚拢人群的，还是各式各样的现场制作小吃外卖。

陈平一路慢悠悠地散步过去，一边观赏着地摊上琳琅满目的各种物件，他很喜欢这种悠闲氛围的烟火气息，让他不由得想起40多年前中学时代在闽南农村逢一逢五的乡下集市，热闹场景与这番景象很是类似，只不过国内农村集市更多出售的都是生活必需品，而这个闻名欧洲的法兰克福跳蚤市场则是以各式各样的古物件让无数人流连忘返。这会儿陈平放眼看去，二十世纪二三十年代风靡一时的手摇式唱机、东德军队的钢盔、猫王的唱片合集……许多不可多得的古老商品散发着岁月的光芒，不远处有人在弹奏吉他，纯美悠扬的音乐声在天空中久久飘荡。

这个跳蚤市场陈平逛过几次，是他比较熟悉的一个旧货市场。早期的时候大多是当地人把不再使用的闲置物品拿到这里来低价变卖。这些年呢，跳蚤市场逐渐产生了以此为生的小生意人，俗称跳手。这些跳手大致有明确的主营品类，例如服装、瓷器、手表、图书等等。陈平喜欢收集各种手表，往往每次逛市场都特别留意手表摊位，他对于在跳蚤市场里找到好的珍藏手表并不抱什么期待值，在这里，他比较注意那些来自东欧和苏联的手表，这些手表做工都比较粗糙，但是带有一定的时代意义。例如上一次在这里，他就淘到了一只"二战"时期纪念斯大林格勒保卫战胜利之后，由当时苏联红军后勤部定制奖励给获胜军官的纪念表，上面还有苏军防卫司令的签字。

今天陈平在跳蚤市场来来回回转了两个小时，总共花了800欧元，买了两只手表，还有一只1860年的怀表，依照上面的刻字，这是19世纪末年德国铁路公司员工专用的纯银怀表。看着时间差不多了，陈平朝地铁口走过去，他要乘坐地铁去伯赫所在的店铺。

伯赫所在店铺离法兰克福市中心大约有半个小时的地铁车程，算是城乡接合部的一个小型城区。他的店铺位于距离地铁站出口两百米的商业街上的一栋联排建筑的2层，1楼是珠宝和高档手表专卖店。陈平顺着楼梯走到2层，伯赫已经如约在这里等着他，伯赫的那条有着丝绒般金色皮毛的大狗蹲在楼梯口，见陈平走上来，使劲摇了摇脑袋，算是打了招呼。这只狗很通人性，陈平和它见过一次以后，每次陈平过来，它都要摇摇脑袋，晃晃尾巴，好像是老朋友间的问候。

"嘿，老朋友，你好。"这是陈平唯一会说的德文。

"你好，老陈。"对方用他仅仅懂得的一句中文回应道，给了陈平一个热烈的拥抱。

陈平赶紧掏出手机，打开翻译软件。如今有了这个在线翻译工具，陈平可以直接用中文与对方沟通。"这次有什么好东西给我？"陈平对着手机说道。

对方也对着手机软件用德文回复说："有一块1903年法国第一届环法自行车拉力赛限量版的积家手表，现在全球记录在册的只有12只，有5只分别收藏在各个博物馆和手表厂的陈列室里，散落在民间的仅仅有7只，这是其中的一只，来，你看看。"说着他打开保险箱，小心翼翼地取出了一个盒子。

这是一块积家金表，经历了100多年的岁月，如今依然闪闪发亮，一点划伤的痕迹都没有。"这个可是难得，委托出售的卖方是这块表主人的后裔。主人是当年自行车拉力赛的亚军得主，所以获得了这块纪念表。"伯赫介绍道。

"这个我喜欢。"陈平把手表拿在手里，爱不释手地把玩着。

"你看这里还有一个功能。"伯赫示意陈平把手表递给他，摁了一下按钮，"这是一个自动计时表的功能，当然没有后来发展的计时表那么复杂，但这是最早带有计时功能的积家手表，你看这上面有两个表盘，这个小表盘是独立的，专门用于做计时。"伯赫又摁了一下左侧的按键，显然很喜欢这个功能。

"好，这只表我要了，什么价格？"陈平借助翻译软件问道。

"卖主寄售是 4000 欧，我这边加收 10% 服务费，你是老朋友，服务费减半，一共是 4200 欧元。"

"没问题，我先放在这里，还有呢？"陈平依然是一副兴奋的模样。

"还有上回你说想要一只百达翡丽的三问表，我替你仔细打听了，觉得还是不建议你购买。"伯赫一板一眼地说。

"为什么？"

"其实三问表重要在于它的机械功能，至于是什么品牌，对三问来说附加值不是太大。而百达翡丽的三问表显然是要价过高，现在全新的大概 20 万欧，品相好的二手货也要 6～8 万欧元，我觉得不太合算。不过我最近倒是收了一只百达翡丽的二问怀表，不是三问，是二问怀表。我们说的三问就是时、刻、分，那么二问呢，是只有小时和每刻钟，没有分种。因为只是二问表，而且怀表价格比较低，这款二问怀表是 14K 金表，我查证过了，1930 年款。我收购的时候用了 10000 欧元，如果你需要的话 12000 欧我可以转让给你。"伯赫推荐道，这就是德国人的习惯，凡事都叙述得清清楚楚的。

陈平说："快点儿拿出来我看一下。"三问表是钟表行业技术最精密的代表作。陈平现有的手表收藏有两只三问表，他一直想添置一只百达翡丽的三问表。

从伯赫手里，陈平接过来这只沉甸甸的 K 金怀表，上弦调试了一下，发现整体品相大约八成新。这样的精品，12000 欧元显然是个好价钱。

两个人在伯赫的工作台前面对面趴着，对着手机的翻译软件兴奋地讨论和鉴赏着各款精美的中古机械手表。伯赫的金毛大狗一动不动地趴在一旁，看着这两位肤色不同的成年男子围着一堆手表，对着手机热烈地交谈着。

两个小时过去了，只见陈平面前的盒子里摆满了近10只手表，陈平很开心，他知道自己这一趟的收藏品采购愿望没有落空。

48
北京 孔孟知道总部

孔孟知道上市的事情可谓一波三折。

公司的业务发展本身没有问题，孔孟知道在在线教育的这条赛道上一直保持着快速增长的势头，而且由于它的商业模式采取的是先付费后使用的销售策略，一直以来资金流状况良好，同时拥有比较稳定的利润率，是一个投资界普遍看好的IPO项目。半年前孔孟知道开始酝酿上市前的筹备，请来了国际知名的会计师事务所对公司过往两年的财务数据做了详尽的审计，并且委托瑞银集团作为上市的承销商。瑞银给出的公司估值大约6亿～8亿美元，正式启动上市前的路演。两周下来，认购率达到30倍，前景一致看好。

谁承想就在路演结束的前两天，突然传来孔孟知道的主要创始人齐帆和他的太太离婚官司的财产纠纷。起因大致是，这两年来，齐帆和他太太一直闹别扭，齐帆在外面有别的女人，两人在宾馆开房床上缠绵的现场被他太太捉奸并拍了照片，齐帆的太太一直闹着要离婚。本来这只是生活私事，但是因为牵涉到公司的主要股东，尤其在上市前的这个节骨眼儿上，一下子成为爆炸性新闻在网上火速传开。齐太太委托了国内资深的离婚律师，对方显然知道应该在什么样的节点上敲打齐帆以获得最大利益。所以，女方的律师一直把这件离婚诉讼拖着，就卡在孔孟知道即将上市的这个关口上，提出离婚的财产分割要求，具体说就是夫妻双方名下拥有的孔孟知道股份为夫妻共同财产，应该按协议对等分配。这里面的伏笔是，当齐帆刚开始创业的时候，拿的是两口子的储蓄款 80 万，当时出于对他们俩人共同的孩子的关爱，在股权上划出 10% 股份给了他们年仅 5 岁的小儿子，这笔股份是通过信托基金持有的。目前的离婚协议，法院倾向于将孩子判给女方，这一点齐帆是认可的。那么母亲作为孩子的监护人，女方律师提出拥有监护权的母亲自然享有这 10% 股份的投票权。这样的话，一下子问题来了，如果双方离婚判决股份各半的话，齐帆太太的投票权，加上替孩子代理的部分，大约占公司总股份的 40%，成为最大的单一股东，也远远超过创始人齐帆的持股比例。

齐帆原先是准备好了要拿出一半的股权给太太作为离婚条件的，但如果让对方成为公司的第一大股东，那无疑就掌握了孔孟知道的发展命脉，这一点齐帆自然是不干的。齐帆愿意在股权上让步，同意给他太太一半的股份，但他要求拥有分割前全部股票的投票权。双方谈了一天一夜，没有达成协议。

这件事情一折腾，显然在这个纠纷没有解决之前，公司是无法上市的。不得已的情况下，孔孟知道在预定上市日期的前一天决定，暂停上市，全班人马从纽约打道回府，回到北京。

这件事情随后的处理结果是，齐帆通过自己的个人贷款和公司内购的方式，以先前目标上市价格 1.1 倍的溢价，现金收购其太太名下一半的股份。太太拿到一大笔现金，倒也心满意足。

就这么来回一折腾，大半年过去了，孔孟知道重启上市流程，所有的财务报表重新又做了一遍审计，更换了新的投行，第二次准备IPO。

谁都不曾料到，这次又杀出个程咬金，石磊突然从中间插了一杠子。

石磊现在在 KW One 投资公司当合伙人，他一直对凯盛基金抱有怨恨，但凡凯盛基金参与的项目，他无论如何都要想办法搅局，这一次石磊觉得自己逮到了一个机会。

就在孔孟知道再次宣布启动上市程序的那一天，在北京的新闻发布会中场休息时，有人散发了几十份活页传单，上面列举孔孟知道所披露的报表数据，1年多前的教师和学员数量部分有虚夸不实成分，属于数据作假，这一来又把整个上市的进程给搅乱了。

孔孟知道是李淑英负责的项目，上市筹备的事情都是她代表凯盛基金出面张罗协调的，通过行内朋友的打听，淑英了解到这件事是石磊组织人干的。那个宣传活页所声称的数据揭露，严格意义上讲是断章取义的，那上面主要截取的情况是孔孟知道1年半前，当时由于教育监管机构曾发布通知，不允许民间培训辅导机构涉足中小学课外辅导，因此孔孟知道有两个月时间的师资和学生人数大约下降了60%。只不过后来孔孟知道很快找到了新的培训路径，适时地拓展以兴趣和专业技能为主的培训科目，及时把教师和学生人数，以及授课课时长都拉回到了正常状态，所以在年报里没有体现这两三个月的曲线，而是以年度总累计作为披露数据。这本身算不上什么大问题，但是制作和散发传单的人显然很懂得这里面的道道。公司上市的审核是个新闻热点，尤其是在美国上市的中国企业，近年来有多次数据造假或披露不真实的先例，这份传单给孔孟知道扣上了重大事件未予如实披露这么一顶帽子。举报材料一并被寄到美国的证券管理委员会，这一来又再次打乱了孔孟知道的上市计划。

李淑英很生气，特别是当她知道这件事情是石磊在背后捣的鬼。这一天，淑英没有任何预约，直接冲到了石磊新公司的办公室："Stone，你这么做真的很下流。"

石磊倒是笑嘻嘻的，说道："Shirley，你这个新加坡姑娘怎么也学会了中国大陆骂人的话呢？"石磊招呼对方在沙发上坐下："我这个做法算下流吗？"

"当然，很下流。"淑英不理会对方的招呼，依然站着气呼呼地说。

"来来来，坐，我告诉你什么叫下流。我在凯盛辛辛苦苦干了那么多年，管着TMT团队，突然间就派来一个老大，把我给压住了，这个不下流吗？你那个陈平就凭着他跟美国老板的关系，噌噌地往上走，还把你李淑英安插到TMT来，让我如坐针毡，如芒刺在背，如鲠在喉，这还不下流吗？再有，陈平自己抄同行后路，加价把人家踢出局，而且还在深更半夜这么干，人家第二天就要签合同了，硬是让人怀胎三月白白流产，这不下流吗？"石磊斜着眼睛盯着淑英说。

"在游戏规则里做的事情，那是能力，是智慧。而在游戏规则外面耍小动作，像你这样，那才叫下流。如果你今天不是雇人到会场上去散发这些传单，你愿意寄材料给美国的证监会，那是你的自由。"

"那多没劲啊，我就想看凯盛的狼狈相，我看你们当着那么多媒体人的面下不来台，真叫一个爽。"

"你无耻！"

李淑英气呼呼地离开了石磊的办公室，回到凯盛，一把推开陈平的房门，说："老板，不行，我们得想个办法治一治这家伙，真是一只臭虫 bug。"

"怎么了？"陈平当然知道李淑英指的是什么，昨天孔孟知道被搅局的事，也是大大出乎陈平的意料。

李淑英把刚刚见过石磊的情况大致描述了一下，一副气呼呼的神态。陈平听完平静地说："淑英，这个世界上永远有三种人，好人、坏人、小人。很多人说坏人最坏，其实不对，这世上最坏的不是坏人，是小人。坏人做坏事至少是损人利己，而小人做坏事纯粹就是寻开心，看到别人受挫痛苦，就是他最好的回报，中国历史上有很多这样的例子。小人的绝妙之处在于，他总能够以你想象不到的方式，去恶心你、攻击你。坏人使坏有目的，他需要自己能从中获得利益，而小人呢，他就是想使坏，哪怕自己从中间得不到什么好处，他也一样很乐意去做。所以对付小人和对付坏人，我们得有不同的方法。"

陈平顿了顿接着说："我现在也想不出什么好办法，但是我觉得如果要制止石磊再做其他捣乱动作的话，我们得知道他的软肋，我们得找到一个可以治这个小人的绝招。"

"据我调查，石磊在凯盛做的违规乱纪的事情不在少数，我们可以把这些材料整理起来，交给他现在的公司，他的公司看到这些材料还敢用他吗？"李淑英说道。

"这是一个杀敌一千自损八百的办法，不到万不得已还不能用这一招。"陈平摇了摇头，他不想以这种影响凯盛声誉的事情来整治石磊。

　　"可是我们总不能坐在这里想不出办法，就眼睁睁地看着他老是来折腾我们。这已经不是第一次了，你记不记得上回那个 AI 项目，他把我们整得够呛。喏，您看，材料我都准备好了。"淑英说着掏出了她事先准备好的一个卷宗，递给陈平。

　　陈平打开一看，里面都是一些原始记录的复印件，如实记载了石磊在过去十几年所犯的违规违纪事件，包括收受合作方送礼的礼品礼单、时间地点、送礼人等等，其中还有一家被投公司购买一辆奔驰车，长年供石磊的弟弟和弟媳使用。上面对相关事实记录得很详尽，都有当时当事人的叙述或者原始凭证。这份材料追溯到石磊来凯盛之前的前面两家公司，很显然是一份专业暗探公司的调查报告，应该是花了不少力气做出来的。陈平把材料收进卷宗，递还给李淑英，问："这是你找的哪家探访公司拿到的材料？"

　　"老板，这个您就别过问了，我自然有我的路子，保证不违规。我就想问一下陈老板，如果您同意的话，我就把这份材料寄给石磊现在的公司。"李淑英一脸愤愤然的模样。

　　"不，你应该考虑换一种方法，如果这是一把可以杀死对方的剑，那你最好的招式，就是让这把剑悬在半空中，就悬挂在他的头顶上，起到威慑的作用。"陈平平静地说道。就在刚刚看完李淑英材料的半分钟内，他心里已经拿定了主意。

　　"威慑？什么威慑？不懂，太复杂了。"李淑英疑惑地问。

　　"你知道现在在大国之间的争斗，有一个词叫核威慑对吗？什么叫核威慑，就是告诉你，我有核武器，你不听话，你捣乱，我就拿核武器轰你，但是我并不真的动用核武器，我只是把核武器捏在手里，以此威慑你，让你害怕被轰炸的后果，不敢轻举妄动，这就叫作核威慑。"陈平走到侧面柜子上方拿起一瓶苏打水，拧开盖子后递给淑英，接着又拿一瓶自己喝了一口，说，"你刚刚给我看的这些材料，里面的分量足够重，完全可以构成对石磊的核威慑。"

　　"具体怎么做呢？"

"你让我想想，我想想。"陈平转过身去，面对办公室玻璃，两眼注视着窗外的天空，脑子快速运转着。l0分钟后，他转回来对依然站在办公室中间的李淑英说："可以这样办，淑英，你以私人的名义，到银行去租一个保险箱。把这些材料放在保险箱里。再把这些材料少部分的内容做个复印，找机会当面交给石磊，记住要当面交给他，不要用电邮或者手机短信、微信发给他，不要在他手上留下任何来自你的记录。让石磊看到，我们手中有这些资料，这些事情是属实的，他一看，心里就明白了。然后告诉他，这些材料已经被放在银行的保险箱里，同时让他知道，包括你本人、凯盛中国律师和美国总部的律师，3方各自都拥有这个银行保险箱的密码，只要有任何一方启动这个密码，这些材料将被公之于众。"

　　李淑英恍然大悟地点点头，说："我明白了，这倒是一个好办法。您是想拿这个东西一直震慑他，这个要比直接把材料寄给他任职的公司，效果来得更好也更持续。如果寄材料，他大不了换一家公司。"淑英接着问陈平："老板，那为什么要告诉他3个人都有这个密码呢？"

　　"他是一个小人，虽然不是一个小流氓，但是也要提防他狗急跳墙，如果你告诉他只有你一个人拥有密码，他万一找人对你实施人身攻击怎么办？告诉他有3个人分别拥有这个密码，而且还在不同地方，他就无从下手。"

　　"哦，我明白了。老大，还是你这块陈年老姜更辣。我觉得这样一来，虽不敢说彻底杜绝这个人的后患，至少他以后再想跟我们作对的话，会有所顾忌。好，我这就按您的办法去做。"

　　两个人虽然想出了对策，但石磊这么一搅局，孔孟知道的上市计划再次搁浅。

　　一团浓厚的乌云笼罩在孔孟知道公司的上空，齐帆扛不住了。

49

北京崇文门　王庄小吃馆

　　北京夏天的晚上天黑得很迟，都 8 点多了，天色还是亮着的。与前面宽阔的大马路相比，这条宽不过 5 米的小胡同显得很不起眼，胡同两侧有几栋新近盖成的高层居民楼，此外就是古老的平房，灰色瓦片，斑驳的外墙，透着一股浓浓的沧桑感。

　　陈平和张向民两个人一路摸索着走了过来。"对，就是这一家，好像门脸变了。"陈平望着胡同对面的一家小饭馆，感慨地说道。

　　"是啊，30 多年了，如今在寸土寸金的北京内城区，这样的老饭馆已经剩下没几家了。"张向民回答说。

　　王庄小吃馆是 20 世纪 80 年代陈平、张向民一伙外地毕业的大学生刚来北京工作的时候每到周末经常小聚的地方。小吃馆位于长安街以南崇文区这条相爷胡同里，是一家姓王的人家经营的，如今已经是第 3 代。老板名字叫王茂生，陈平他们称他王师傅。王师傅算来今年应该已经 60 多岁了，祖上是河北保定人，来北京谋生，先是当人力车夫，后来就在这条胡同开了一家京味小吃，一代一代地传承下来。陈平他们那批大学生当年都是外地高校毕业统一分配来北京的，刚工作那几年，年轻的单身汉们时常就近到这里聚餐，几大部委的办公楼都在不远处的东长安街上，大家的单位宿舍也在附近。那时候还是周末单休，年轻人聚会的时候多是在周六晚上，一伙人叫上几盘炒菜，每人两升散装的生啤酒，敞开了吃喝，好不快活。有些时候晚上饭馆打烊了，几个年轻人意犹未尽，就在小饭馆里通宵打牌。王师傅好客，经常就让这些外地单身在京的小伙子随意折腾。那时候电视还是个稀罕物，王庄小吃馆不大的餐厅里有一台 14 英寸的黑白电视，就架在靠墙的酒柜上面，陈平他们几个但凡碰上重大的体育比赛转播，都会跑来这里观看。那一阵子特别热的是中国女排的比赛，女排五连冠的好几次大赛转播，陈平和张向民一伙人都是聚在这里欢呼加油的。王师傅自己并不看球，但他很是热情，只要这帮小伙子一来，就马上把电视机打开，随他们闹去。

后来一伙人成家的成家，外派的外派，大家都各奔东西，在王庄小吃馆聚餐的惯例慢慢就消失了。陈平这些年几乎不曾再来过这里，倒是张向民隔三岔五地，还是会抽时间来小饭馆坐坐。

两个人掀开餐厅的门帘，王茂生正端坐在柜台后面看报纸，刚一照面，对方惊喜地喊道："陈平，向民，你们好啊！"说着迎上前来和两人握手："陈平，我可有10年没见到你了。"

陈平握住对方的手，当年聚会时招待他们的壮年小伙子，如今已经是两鬓白发、满脸皱纹的老人："是啊，您都好吧？"

"好得很，来，快请坐。"王师傅招呼两人坐下。

"今天我们哥俩说要聚一聚，不约而同地都想到了你这个地方。"张向民说罢递过去两瓶茅台酒，"老哥，你闲来喝几口。"

几天前，张向民打电话给陈平，约他找地方喝顿酒。陈平突然间就想到了王庄小吃馆。如今京城各处的那些高档餐厅，还有宾馆里的豪华佳肴，陈平早已经不感兴趣了。张向民也对陈平的这个提议拍手叫好。就这样，两个人约好了周五晚上，一起找到了这家充满青葱时代回忆的小饭馆。

"有一阵子不见了，您这又重新装修了一下？"张向民问道，"最近生意都好吧？"

"还凑合。餐厅是去年我女儿张罗装修的，换了瓷砖、座椅、灯饰。现在厨房里面有两位师傅，外头的接待主要是我女儿在打理，平常我也不怎么管了。今天向民打电话说你们两个要过来，真是太好了。"王师傅忙着给两人倒上茶水，"今个儿想吃点儿什么？"

"今天就我们两个，要在你这里吃个痛快，喝个大醉。菜嘛，您就看着安排，别忘了您的那个拿手招牌菜就行。"陈平笑着说。

"好的，这个忘不了。"王师傅知道陈平指的是他多年保留的拿手好菜，葱爆羊里脊，这是王庄小吃馆祖传的一道佳肴。

一阵寒暄过后，王师傅准备到厨房备菜，说："二位喝点儿什么，要不把这瓶茅台打开？"

"不了，茅台是特意送给你的，今天我们还是喝你的衡水老白干。"张向民说道。

"好嘞，我这就去招呼。"

王庄小吃馆是一家规模不大的餐馆，小小的门厅只有五六张桌子。这会儿客人不多，除了陈平他们两个以外，还有另外两张桌子坐着几位正在就餐的顾客。陈平和张向民挪到靠里侧的一张餐桌前坐下，王师傅的女儿很快端上一壶老白干和几碟小菜，替客人斟上酒。

张向民端起酒杯，对陈平说："来，我今天得敬你一杯，我们先干一个。谢谢你上次泰山之行给我支的那几招，挺管用的。半年下来，中国无线的业务已经基本走上正轨，真的应该好好谢你。"

"你少来，我又没出什么力，动动嘴皮子而已。你如今是大国企的掌门人，是不是风光得很？"陈平调侃道。

"风光不风光的我一点儿都不在意，不过比起以前在机关里待着，做企业确实充实得多，每天虽然有忙不完的事，但是一旦你决定去推进一件事情，很快就能看到收效。而且衡量一个决定是否正确，标准变得很清楚简单，有没有产出，有没有经济效益。这个是我先前干机关工作完全体会不到的。"张向民拿起筷子夹了几根海带丝，感叹着说。

"说说，你感触最深的是什么呢？"

"从几十年的官场转到如今的商场，感触挺多的，所以今天要跟你这个老同学好好地聊一聊，因为有些话，跟别人无法说得那么无拘无束的。来，再走一个。"张向民端起酒杯与陈平的杯子轻轻碰了一下，一饮而尽。

陈平替张向民把酒杯满上，静静地等着老同学的下文。

"要说最大的不同，还就是围绕着人的使用管理。怎么管人用人，这在企业和在机关的确是不一样的。机关讲究的是论资排辈，讲究的是不出差错，无过便是功，讲究的是寻靠山，跟对人。在企业里面显然这一套完全行不通。企业用人，是要看他的业务能力，带领团队开辟市场的能力，在危机时候处理问题的能力。辈分啦，资历啦，其实不那么重要。"张向民显然是敞开了心扉说道。

陈平点点头，他知道这位老同学在50多岁的时候从最为核心的行政管理机关跨越到企业，一定有很多感悟。

"最大的不同有两个。第一，企业里面的人是聘用制，人员是流动的。你不好好用人家，有才华的人可能就另谋高就了。人家在你这里受了委屈，他大可不必跟你耗下去。这个跟机关是不一样的，机关里面的人，都说是铁饭碗，实际上就是一种终身制的隶属关系。只要你还在机关编制里，哪怕你受到不公平的待遇，再怎么委屈你也得忍着，熬时间等机会，因为这是你唯一的舞台，或者说得难听点儿，你已经被圈死在这个笼子里，根本无处可逃。所以才会有那么多关于官场上隐忍是金的描述。而企业有无数的舞台，人家随时可以更换舞台。以前我知道企业和人才双向选择的规矩，对于我这个坐了 30 年机关的人，我是最近这半年才明白双向选择的真实含义。也就是因为这种不同，我的第二个感悟就是，"张向民停顿了一下，说道，"机关擅长的是下命令，说白了就是行政干预的手段，一纸公文行天下，而企业就不一样了，企业讲究的是管理。所谓管理，望文拆字的话，管理两字，除了管以外，更多的其实是梳理。因为绝大多数的事情无法靠一纸公文、一个行政命令解决。例如我们前段时间在江苏的市场份额萎缩得很厉害，除了竞争对手做了很大的市场投入以外，我们自己的内部管理出了问题，那边的业务线条不清晰，这时候你不可以说，我从总部发一个文件，要求把市场份额从 20% 提高到 40%，不是那么回事。"张向民深有感触地说。

"你这个的确是说到了点子上。"陈平接过话题，"管理这个名词你将它望文拆字，管和理两个字，这个解读很有意思。往大了说，长期以来我们的文化长于管字，短于理字。碰到问题往往只想到发一个布告、文件，如果仅仅一纸公文能解决问题的话，那就简单多了，也不需要有这么多管理人才的需求了。"

张向民点头认可道："从一个简单的行政命令，到用一种疏通梳理的思想来处理和解决一家企业、一个单位，乃至一个社会的问题。这是截然不同的考虑问题的角度，也是我这半年转轨到企业以后体会最深的。"

"你有这个体会，对于你今后的发展是特别宝贵的。因为来日你成为更高阶的官员，就知道要更多地把疏导梳理的思维贯彻到各项行政规定里。"陈平接过话题，"我这些年都在企业里面做事，行政的那一套我了解得不多，我很理解今天的社会运作比起百年前复杂得多。例如以前竖几根电线杆子修一条马路就是商业街了，现在需要考虑绿化排水、人车分流、峰值时段交通管控等等，是一个很复杂的系统工程，也因为复杂，牵一发而动全身，现在的城市管理，仅仅靠一个简单命令的限制或者禁止是难以解决问题的，如果没有足够的疏导意识，反倒容易导致混乱和无序。这就好比水的流动，水终究是要流淌的，强硬地设一个口子把它堵上能解决问题吗？它一定会寻找新的突破口，简单的堵塞无法彻底解决问题。"

"这一点是我最近半年体会最深的，以前在机关里，碰到一个问题要解决，通常的做法是搞一个调研，然后出台一个行政命令去规范。例如中国人口过多，要减少人口增长，但没有考虑到几十年后劳动力不足的问题，老龄化人群的赡养问题。城市交通堵塞拥堵，出台一条规定机动车限号。可是限制来限制去，正常的需求没有得到很好的疏导，客观上其实恰恰带来很多灰色操作。回到我们说的'管理'二字，为什么黄牛现象这么盛行，为什么各行各业有那么多代办，客观上也是因为注重管而忽视理。"

"看来你这位多年位居红墙之内的高官要员，如今也能够体会到企业的难处和百姓被驱使的无奈。"陈平不禁感叹。

"就拿现在北京这个机动车限行说吧，这个政策实施多年，以前我不觉得有什么大问题，每周减少一天开车出门，可以寻找其他公共交通，同时减少城区道路的通行压力、缓和污染，挺好的。到了企业我才明白满不是那么回事。以我们中国无线来说吧，我们在北京大概有500多部工作车辆，这一限号每天有上百辆车子不能动窝，可是业务还得照常做啊，维修的，上门服务的，送货的，你不能因为有100辆车子礼拜五限号，就告诉需要服务的客人说你等到下礼拜一再说吧。这么一来，我们就只有一个办法，再多买20%的车辆，保证每天因为限号不能出动的车子可以轮流周转开来。你看限号的结果实际上带来的是出行的不方便，而且为了应对硬性需求，必然导致资源的闲置和浪费，完全达不到解决交通堵塞的初衷，这是典型的只顾着管事情，一味地只会硬性约束，而没有从梳理的角度考虑问题。"张向民说着自己亲身经历的体会。

陈平端起酒杯喝了一口酒，然后说："今天我们老同学敞开聊，也就不忌讳那么多了。类似限号的问题其实可以探讨更有效的梳理方法，它完全可以借助收费的杠杆原理。例如原先每年每部车子的道路通行费是 1000 元，可以改成 2/5 的车辆无限制通行，1/5 车辆每周限行 1 天，2/5 单双号出行，分别给予不同的惩罚性收费和鼓励性费用补贴，无限制出行的年费翻番，选择单双号的不收通行费。这样一来，既起到疏导作用，又把选择权交给使用者。"

"你这个点子很好哦，回头找机会跟交管局建议一下。"张向民赞许道。

陈平摆了摆手，说："比我聪明的人多得很，他们不是想不出好办法，是没有从疏导的角度想事情，或者更直截了当地说，治理好坏与出台政策人的升迁无关。我虽然不曾在政府部门待过，但我相信管理一座城市、一个区域，本质上和管理一家企业道理是相通的。你要让这个城市繁荣，要让这个区域运行有条不紊，作为治理者最主要的任务就是疏通，把方方面面都疏导开来。这就好像一个人的周身血管，如果没有那么多毛细血管的疏通，这个人怎么可能充满活力呢？除非非常特殊的时期，例如流行病疫情暴发，或者国家爆发战争，在常规情况下，靠堵的方法大致都是行不通的，如果仅仅一味地靠禁止，它所带来的社会成本，实际上比你想象的要大得多。你刚刚说到机动车限行，如今还有严格的购车限号，我实在不明白出台这个规定的人是怎么想的。一座两千万人口的城市，必然有一些人有出行的硬性需求，就是我们所说的刚需，有人前年家里诞生了小宝宝如今要送他上托儿所，有人新更换了工作，上班地点附近没有公共班车每天需要开车上下班，你把人家购车的大门完全堵上，留一条小缝叫凭运气抓阄，就有人走歪门邪道，什么办假结婚假离婚来转让买卖车牌，或者通过地下交易租赁别人的牌号，甚至从网站上购买伪造车牌，等等。这些做法当然不对，可是如果你从不从源头梳理的话，你怎么有办法彻底制止呢？在我看来，限号的规定就等于政府把应该由它负责梳理解决的问题推到社会上。"陈平说出了自己的感慨。

张向民点点头，说："你上回跟我讲过的那个例子我一直记得，你说在超市的门口设专门岗位查验购物小票，弄了半天真正的小偷根本抓不着，反倒给正常购物的顾客带来很多不便，而且增加了超市自身的运作成本，弊大于利。"

"我做企业这么多年，如今在投资行业更是见识了很多公司，我发现不论是任何一家企业，还是一位管理者，只要在疏导方面做得好，这家企业就充满活力，它所碰上的堵心窝的麻烦事就少。凡是靠堵、靠硬性规定和命令的方式来治理的，基本上都是问题一大堆，麻烦天天有。"

"这一点我如今深有体会，"张向民接过话题，"可是中国社会大多还是延续几千年的管制观念，很多时候人们总习惯于要去管别人和被人家管，这是一种主仆式的思维定式。但凡你有不同的意见，至少在官场上，大家都不愿意说，枪打出头鸟嘛，发命令简单，说到底就是一种保平安的生存之道。"

"是啊，今天喝酒扯得有点儿远了。我最近重读二十四史，深感中国古代灭九族这种惩罚的恐怖无人性。"陈平说，"你想想看什么叫灭九族，上面四代，下面四代，但凡有这一脉血缘关系的族人从此被连根拔掉。什么人会被灭九族呢？就是谋反。其实那些所谓有反骨的人，一多半都是有独立思想或者独立见解的。如果你把具有独立思想的人，连同与其有血缘关系的族人连根拔掉，就意味着从基因的传承上把它铲除了，再也不见这份血性的传承了。一代两代还好说，几千年下来，一脉一脉地消灭，就好比一茬一茬地割韭菜，反倒是那些唯唯诺诺、唯命是从、明哲保身的人都活得好好的。"

张向民又喝了一口酒，说："陈平，你这个观察角度可有点特别。"

"你今天不是要跟我敞开了聊嘛，那我告诉你，论独立意识独立思想，我们真需要在如今的信息时代迎头赶上。今天的互联网时代，是以创新、以与众不同为荣，寻找的是标新立异的机会，借此发达进步。我们一贯尊崇听话和顺从，老丈人选女婿，本分老实是必备的，为什么？规避风险的习性。过往的经历告诉人们，如果你标新立异，你与众不同，枪打出头鸟，你可能就是那个倒霉蛋，木秀于林风必摧之，这样的古训误人啊。"

"同感。"张向民也放开了，"我们提倡舍己为人。这样的人格品质作为个案无疑值得尊重，但是如果把它当成全民倡导的东西，我们是不是要考虑有没有实现的可行性，很多时候，再美好的愿望，如果离开人的本性，那就是空谈。哦，我已经饿了三天三夜，好不容易找到一块红薯，这个时候边上有个陌生人走过，你说我应该宁可自己饿死，也得把这块红薯义无反顾地送给他。如果这个人是我的孩子、我的亲戚，或者一个特殊的个体，那还情有可原，但如果把它作为一种倡导全民效仿的口号，是不是得想想你自己信不信？连宣传的人都不信，那不就是大家一起糊弄一圈做毫无意义的事情吗？为什么我们不能换一个切实可行的宣传口径，例如利人利己，这样的倡导对于社会的大多数人而言才具有可行性。"

"高论，以前从来没有听你说过这些。我这些年都在企业做事，离机关工作很远。今天既然咱哥俩聊到这些话题，我是深有感触。我们这些年社会进步飞速，大家都看到也都享受到了。但我们作为一个民族，如何自我完善？我们经历过'文革'这种毫无人性的摧残，教训太深刻了。我们这一代人从'左'倾、'文革'，到改革开放一路经历下来，我们一方面有感触，另一方面走不出固有的圈子，你敢说逢年过节你不往上面送东西，你敢说你不在意几十年的职级积累甩开了从零开始？我们是受困者，感悟者，同时也是难以摆脱传统束缚的一代人。民族文化进步最好的机会，要留给新一代。他们在一个祥和富裕的环境下长大，更主张个性张扬，更没有我们这一代人的顾忌。所以我无限看好下一代人。"

"是啊，当一个人、一个家庭，或者一个民族贫穷的时候，很难有多大的骨气。你这一番话使我想起20世纪80年代，我刚刚参加工作不久，有一次接待新加坡的政府代表团，是当时的新加坡总理李光耀率领的访问团，那是中国和新加坡的第一次政府最高层面的接触。我那时候是一个年轻小办事员，被抽调去参加接待。他们一行来了20几个人，我接触的都是些在新加坡总理府工作的官员。一开始的时候能感觉到他们很牛气，看不起中国，看不上中国人。为什么？穷。那个时候新加坡的人均 GDP 已经超过 10000 美元，而我们的只有不到 300 美元，不及人家的一个零头，自然有看不起你的道理。我印象很深的是，代表团在北京待了几天以后，我们陪同对方到中国各地访问，先到山东，再到湖北，然后是广东。一路从北往南走下去，我能够感觉到对方的态度有明显的变化。从最开始处处看不起中国所做的一切，到逐渐地好像开始理解了中国的很多难处。新加坡是一个弹丸之地，几百万的人口，中国随便一个地级市的面积和人口，就远远比它整个国家还多。他们慢慢明白治理这么一个大的国家，解决贫穷，不是一件容易的事情。"

"你说得没错，我们的确存在许多问题，现在的管理方式也经常有被人诟病的地方，但是过去 40 年取得这么大的经济发展成就，从纵轴上，在这个民族几千年历史上很少见，从横轴上放眼全球，也几乎没有任何一个其他国家做得到。我们这一代人经历了这一切，该做的事也做得差不多了，接下来就看下一代人再去更上一层楼。"陈平有一种聊得畅快淋漓的感觉。

两个人一边喝酒一边聊着，1 个多小时过去了，王师傅走过来低声说道："你们二位要不要先到里屋坐一下。"

"怎么，要关门了吗？"

"不是的。"王师傅叹了口气，"二位不知道，最近我们这里新来了一个城管，总是找碴儿。刚刚店小二告诉我，他马上就要到了，所以你们也就眼不见为净。"

"找碴儿？还有这等事，我倒想见识见识。"张向民有些意外。

"说来也不是什么大事儿，我们这片呢，原先的那个城管跟大家都相处得挺好，不久前调来一个新城管，据说是从郊区那边调过来的，原来是一个科长什么的好像，后来说是跟人家乱搞男女关系被降职，就被调到我们这边来了。可能是因为心里不爽吧，来了以后就到处找碴儿，动不动张口要好处。据说他放话要在 3 个月之内捞足 10 万块钱。

这不，我们这里他已经来过两回了，每次都得给他一两千块的好处费，好像还不知足，这几天也不知怎么了又盯上我们。"

"皇城根上天子脚下的太平盛世，居然还会有这种事，今天我是长学问了。"张向民对王师傅说，"没事，你忙你的，我们就在这边当成看一场戏。"

这边几个人正说着话，餐厅的门帘掀开，走进来一个30多岁的男子问："老板在吗？"

"在，您来了，快请坐。"王师傅连忙迎上前打招呼，并递上一支烟。

"不用客气，"来人回绝了王师傅的烟，"我已经电话告诉你了。我们收到有人检举，说你们这家餐馆不卫生，有人投诉你们，所以我今天要过来给你们做个处罚。"

王师傅赶紧赔笑说："马主管，您看这应该是误会吧，我们这边所有的碗盘、筷子餐具，都是按照规定严格消毒的，您看这里有我们每天的消毒记录。"说完试着要把记录本递给对方。

马主管摆了摆手，说："你别给我看这个，我呢是接到客人的投诉，说你们家的卫生有问题，我今天不是来检查工作的，我是来处理问题的。按照规定，餐馆有卫生问题，处 500 元以上 10000 元以下罚款。如果发生问题屡教不改的，可以吊销卫生许可。这个规定不是我个人定的，你明白吧？"

"明白明白。"王师傅知道对方不是善茬，"可是……"

"老板，咱们别可是了，我这边没多少时间。您呢该忙着忙着，您看您是认罚呢，还是我给您开一张停业处理检查单？"

张向民与陈平对视了一眼，接着站起身来往前走了两步，开口说道："这位先生，您说这家餐馆的卫生有问题被检举，有什么凭证吗？"

"凭证？凭证在我们所里记录着呢，你是谁啊？我能随便让你看内部资料吗？"

陈平站到张向民一旁插话说："先生，我不知道您是哪个部门的，总不能无凭无据地就给人家开罚单，这也太目无王法了吧？"

"哟，哪里来的大葱，王法不王法的我们按规定办事，这是你说了算的吗？"马主管转过来对王师傅说："这是你的朋友吧？"

"他们两位是店里的熟客。"王师傅怕陈平和对方戗起来，连忙打岔，"这不关人家客人的事，只是我求马主管您高抬贵手，有什么做得不对的您尽管批评，我们改正。"

"熟客。"马主管停了一下，"怎么着，老板，我这儿等着你的回话，你是认罚交钱呢，还是让我给你开停业整顿通知。"

张向民一下子火了，一把将王师傅拉到身后，直接用手指指着马主管，说："无凭无据，你这不是处罚，是讹诈。我能看一下你的工作证吗？"

"这儿呢。"对方指了指自己胸前别着的工牌，上面写着：城管二组，马成伟。

"马城管，没有确实的证据，你无权要求餐馆交罚款，如果你想开具停业处罚通知单的话，那需要你们管理所的公函。"张向民显然寸步不让。

"哎哟，来一个给我上课的主。知道吗？你这是干扰执法，这位先生，请出示一下你的身份证。"马主管厉声说道。

王师傅赶紧赔笑打岔："马主管，这件事和两位客人没关系，您看我这家店开张很多年了，都是熟客，费心了，关照一下。"说着就要把陈平和张向民拉到一旁。

那位主管并不回应王师傅的招呼，眼睛斜看着前面的天花板，傲气十足地等着对方赔罪求饶。

见这情形，王师傅有点儿进退两难，不知如何是好。

张向民想了一下，走回刚才的座椅，从椅背上面的西装内侧口袋掏出了一本红皮本子，递给对方。

对方很不耐烦地伸手接过本子瞟了一眼，就一瞬间，红色小本子正面的6个字将他彻底镇住了，脸色顿时涨成猪肝色，那是神经末梢高度惊慌的表现。说书人有句描述怎么讲来着：翻脸比翻书还快。屋子中间站着的几个人亲眼目睹了这极为戏剧性的一幕。

"对不起，实在对不起，我不知道领导在，在这儿，失敬失敬。"马主管当即换了一副万般媚笑的神情，说话变得有些结巴，"可能是误会，误会，我回去再复查一下，应该是我们搞错了，我们搞错了，对不起对不起，那你们几位先吃着，我不打扰了。"说完双手毕恭毕敬地把张向民的本子递回来，也不等几个人回复，一个劲地点头鞠躬，弓着背慌慌张张地退了出去。

张向民正要将本子放回口袋，站在一旁的陈平大致猜出了几分，一把抢过老同学手里的小本子看了一眼，顿时完全明白了这瞬间场景变化的究竟。

本子上面印着六个烫金的楷体字：

×××出入证

陈平将红本子还给张向民，说："说到底，还是你的护身符管用啊。"

"一张虎皮，吓唬吓唬人而已。当时我的组织关系没有完全转出去，所以这张出入证还留着，没想到在这里派上用场。"张向民转向王师傅，"王师傅，对不起了，刚刚没有经过您的许可，我们哥俩儿就插了一杠子。这样，等会儿您忙完事，麻烦王师傅您把情况的来龙去脉写一个书面文字，将他怎么过来敲诈您的经过陈述一下，回头您交给我，我把这个情况向区里的领导反映一下，这种事情必须制止，不然他还会到别的商户勒索。"

"怎么好这么麻烦你呢？"王茂生似乎还没有完全回过神来。

"这不是你一家的事，对于这种如同小痞子一般的公权滥用我们都有义务制止。再说这样的混蛋如果不彻底处理的话，隔三岔五地他再来骚扰你，谁也受不了。来，我们继续喝酒。"张向民招呼着陈平重新回到位子上坐下。"王师傅，再给我们来一壶老白干，今天我们两人彻底喝倒了算。"

两人重新坐下，陈平感叹着说："公权与私权是拔河的两端，本身是无法兼顾和两全的，此消彼长。中国传统的封建制度认为公权大于一切，私权只是公权之下的一个恩赐，所以皇帝下旨杀人被认为理所应当，而民主政治则视私权为天然存在的权力，公权只是从私权延伸出来的一份授权。"

"在一个以公权为主体的社会，如何防止这种权力不被徇私和滥用，这是最大的考验。"张向民深有同感。

"你这个大内总管腰牌，我估摸着能把那小子吓得尿裤了都。"

"你是指刚刚那事？"张向民端起酒杯和对方碰了一下，一饮而尽，"告诉你我的一个小秘密，这么多年来，但凡是需要帮助别人的，我一概遵循这么一个原则，就是帮灾不帮利。"

"帮灾不帮利？"陈平一下子没反应过来。

"是的，"张向民解释道，"人的本性包括趋利、避害两个部分，不管是我的亲戚、朋友，还是同学熟人，如果找上门来请我帮忙，但凡是避害的事情，例如老人就医、孩子升学疏通、计划生育超指标罚款等这些，只要是在法律和规定范围内有通融空间的，我都是能帮的尽量帮，包括今天碰到的这个事情，还有上回帮你找韩部长的安排。这些事情在我的概念里，都是属于避害。谁都有碰到不幸事件或者受到不公平对待的时候，只要是我力所能及的，我尽量提供帮助。但凡是找我运作趋利、逐利的事情，我都是一概回绝，例如打点关系升官、项目走后门批条子等等。你知道我曾经多年身居行政管理的核心顶端，都说宰相门童七品官，可能一句话、一个表情就可以给某些人带来齐天鸿福，但这违背了我做人做事的基本标准。在官场做事，除了服从有关规定以外，更重要的是自己心里要有是非一杆秤。你我大学时代就一直崇尚中国古代的士大夫精神，那种尊崇圣贤、非礼勿为、舍生取义的气节与情怀，应该得以继承。"

陈平点点头，说："帮忙避害不帮人趋利，你这个为官之道的原则，倒是很有意思啊。"

张向民又把面前的酒杯满上，回应道："说到底，还是人不能太贪心。就像我们哥儿俩今天痛痛快快喝这么一顿酒，也就三五百块钱，照样过得很快活。为什么一定要一顿吃上几万块钱才显身份呢？"

两个人一边聊着一边碰杯干杯，不知不觉间几个钟头过去了。餐馆外面，胡同小道一片寂静，路灯下婆娑摇曳的树影投射在古老的地面上，一闪一闪地来回起伏翻滚，仿佛在诉说着岁月的斑驳。

50

北京 凯盛办公室

朱羽然转任陈平助理已经大半年了，工作也渐渐上手。

陈平行政助理的工作量并不大，除了安排大中华区总裁的商务行程，帮他处理一些往来函件，朱羽然大约有 70% 的时间依然可以从事分析员的工作。和其他老大不同的是，陈平几乎不让助理处理自己的私人事务，例如给在美国上学的孩子寄包裹这种杂活，他都会自己打电话约快递。陈平喜欢网购图书、葡萄酒，这些事也都是他本人处理的。他是一个公私分明的人，多年养成的职业习惯，这跟凯盛基金别的老大都把秘书当成私人事务助理的做法有明显不同。

这天上午，前台转过来几份收到的寄给陈平的函件和快递。按照惯例，朱羽然要先把函件和快递打开，分门别类地处理好，有一些属于行业杂志、资讯、介绍材料，各个研究机构每周定期的投资分析，朱羽然会依照其前任 Cindy 的吩咐，把这些放在会议室里，或者转给相关的投资经理和分析员们。朱羽然一边和她的闺密通着电话，一边拆着快递。

面前的这个快递打开后，里面还套着一个信封，上面写着：密件，陈总亲启。朱羽然没有多想，用剪刀直接剪开，抽出来一看，里面是一张信纸，还有一个 U 盘。信纸上只有几行字：以此实证举报凯盛基金李杰伟索要投资回扣，原始录音凭证请打开 U 盘及复印纸。复印纸是一张汇款凭证，境外银行，45 万美元。

看到这个，朱羽然心里有点儿蒙，不知道应该怎么处理才好。凯盛基金总裁陈平今天出差去上海，要两天后才能回来。朱羽然连忙站起身，拿上这个信封，快步走到 Cindy 的工位，悄声问道："Cindy 姐，我这里碰上一件事，你看该怎么办才好？"说着把信封递了过去。

Cindy 一眼看到信封上的"密件，陈总亲启"几个字，马上停住刚刚要打开信件的动作："等等，我不能看这封信。"

"为什么？"

"走，我们找个会议室说。"两个年轻人一前一后来到了一间小会议室，

Cindy 招呼朱羽然坐下，后者把情况大致描述了一遍。

Cindy 听了后开口说道："羽然，依照你刚刚介绍的情况，我觉得你处理得不是很妥当，因为如果人家已经标明了陈总本人亲启，或者写上'密件'这样的字眼，这类信函和快递通常都是要由陈总本人拆开的，至少需要事先获得陈总的授权才行，我记得和你交接工作的时候说过这环节？"

"嗯，那是我大意了，当时我一边在打电话，就没多想。"朱羽然解释道。

"秘书助理的工作很琐碎，用心不出错这是最基本的。你不应该在未经陈总允许的情况下拆开这种本人亲启的密件。我知道你可能会说，陈总的信件和所有的快递不都是要经过你先梳理一遍吗？这个没错，但是既然人家已经注明是本人开启，这样的函件一定要事先请示一下陈总再做处理。而且你还想让我看这封信，这就更不对了。"

"可是 Cindy 姐，你原先也是陈总的秘书，跟着陈总很长时间啊。"

"是的，那时候我是陈总的秘书，可是现在我并没有在那个位置上。你把我当成好同事，好朋友，向我咨询可以。但是你不应该再把信件给我看的，否则就是一错变成二错了。工作是以岗位区分的，我如今已经不在这个位置，就不应当知晓这个位子的消息。这是职场上很重要的一个行为规矩，尤其对于类似秘书助理这种涉及大量保密资讯的岗位。"

朱羽然有点儿明白过来了，问："那我现在应该怎么办呢？"

"就你刚刚叙述的这种检举，我们基金每年通常都会收到几份，有的是子虚乌有的捏造，也有的确有其事。凡是涉及公司内部员工，特别是高级投资人违纪事件的后续处理，通常都是要由大中华区老大亲自酌定的，应该是每个案子单独处置。据我所知，有的检举调查需要报请美国总部，有的要委托外面的第三方公司。具体怎么处理，老大有他的判断，我们不能过问。依我看呢，"Cindy 停了一下，缓缓说，

"现在比较妥当的做法，我建议你等到中午 1:00 左右的时候，给陈总打个电话。我知道陈总的作息习惯，他是一个很有规律的人。除非特殊情况或者外面有商务午餐，否则的话在中午 1:00～1:30 这段时间他是比较空闲的，而且大多都是一个人在办公室，或者下楼散步。你中午 1:00 左右给他打个电话，把这个事情原原本本地告诉他。记得要主动认个错，说清楚你今天这个事情可能处理得不妥，然后听听老板的处理意见。"

"好的，Cindy 姐，您跟陈总比我熟，我讨您一个面子，您能不能帮我给陈总打这个电话？"

"你看你看，羽然，你差一点儿就犯下第三个错误。我帮你打电话当然没问题，可是如果我来打这个电话，老板会怎么想？老板会想到我也知道了这件事，这本来就不应该的。老板还会想到羽然做错事然后告诉了 Cindy，说明你跟我比跟老板的沟通还密切，我说的不是私交，是工作关系的紧密，那老板会怎么看你的职业操守？"Cindy 劝导着说，"职场上这种关系处理，你觉得对吗？"

"我，我倒是没有想到这一点，我就是有一点儿害怕。"朱羽然低着头。

"害怕是没有必要的。在职场上谁都可能犯错。你不是叫我姐吗，我给你一句忠告，不要怕犯错误，怕的是不敢正面去面对错误。放心吧，你给陈总打个电话。该承认就承认，该承担就承担。回头找个合适的机会，我再从侧面帮你顺溜几句，这是我可以做的。"Cindy 说罢，拉起朱羽然的手走出了小会议室。

两天后，陈平回到凯盛北京办公室。那天中午在电话里，朱羽然把举报信的事情向陈平做了一个报告，按照陈平的指示，朱羽然当天就将那封信交给了凯盛内部的审计专员。陈平一回到办公室，就让朱羽然把审计专员黄民生叫过来。

黄民生来到陈平办公室，仔细陈述了这件事的初步调查情况。目前核查下来，这份信件反映的事情基本属实。3 年前，凯盛基金以 1500 万美元投资成为科技，拥有公司 20% 的股份。这个项目的融资过程，包括公司估值的确认，是由凯盛 TMT 的李杰伟负责的，随后李杰伟也代表凯盛出任成为科技公司的董事会成员。根据黄民生的初步调查，成为科技的 CFO 在凯盛融资完成两个月以后，的确给李杰伟指定的海外账户汇入 45 万美元。检举信的截屏证据初步判断是真实的，U 盘内容就是叙述这件事的相关细节，包括李杰伟和成为科技的 CFO 的电话录音。

陈平听着，不由得紧紧锁住眉头。他知道，在风险投资和私募基金行业，这样的腐败丑闻的确不时出现。个别缺乏操守的职业投资人利用对方被投公司急需融资的状况，私底下索要回扣，或者与被投公司私下说定，有意在估值方面上调一到两个百分点，然后要求对方将此资金作为回扣返回。陈平万万没有想到这般丑事竟然发生在凯盛这样一家知名的私募基金头上。陈平心里清楚，凯盛基金历来在这方面要求十分严格，发生这样的严重违纪事件，对当事人的内部处理固然重要，但是让陈平更担心的是，如果这个事情传出去，对于凯盛基金的品牌乃至后续的市场发展，都会产生无法估量的损伤。同行可能拿这个作为攻击你的把柄自不用说，所有的创业公司如果知道凯盛投资人有私底下拿回扣的先例的话，对方对于接受你的投资会有很多疑虑。

"以你的意见，这个事情怎么处理？"陈平开口问道。

黄民生有些拿不定主意，说："老实说，我在凯盛 10 多年，以前也查过一些小的违规事件，例如我们的人员收受被投公司高价值的礼物，或者找对方报账免费度假旅行，等等，但是以这么大额的现金直接要回扣，在我们这里还是第一次。依照公司的规定，这种事情如果发生，需要开除，同时通报警方。至于当事人索要的回扣，毫无疑问必须一分不少地退还给对方。我平常和李杰伟有些接触，很多人都觉得他是一个很好的青年苗子，可惜了，这一步大错毁了他自己的职业生涯。"

"上苍是公平的，聪明反被聪明误。杰伟在这个是非道上走歪了……不过如果按照你这个意见处理的话，毁掉一个有才华的年轻职业投资人不说，我特别担心的是，天下没有不透风的墙，处理意见一传出去，对于凯盛这块招牌的影响实在太大。我们都再想想有没有其他更好的解决办法。"陈平说完，送走了黄民生。

周一的合伙人会议上，陈平安排黄民生把检举信和李杰伟受贿事件做了一个报告，接着说："请各位提出处理的意见或者想法。"

"退钱，辞退。"TMT 组的李淑英表示，"钱是肯定要退的，杰伟是我团队的人，上个周五陈平总把录音和原始信件让我看了一下。我的意见是，虽然说李杰伟是一位业绩表现不错的投资人，这两年有几个项目他都做得有声有色，但是这种公然索贿的行为，一定要严格制止。用通俗的话讲，此风不可长。"

一边消费品组的合伙人威廉点点头。

"你们两位女士什么意见？"陈平看了一眼坐在斜对面的 Tina 和 Lynn。

Lynn 开口说道："仅仅从纪律处理的角度，几位老大提的退款、辞退的处理意见无疑是正确的，也快速有效。但是，我想陈总最担心的是这么处理下来对于凯盛品牌的伤害。毕竟我们在中国 20 多年，是行业里知名度最高的外资私募基金，我们还从来没有出过这种受贿的违纪丑闻。以前这类消息大多出自小风投机构或者本土投资企业，如今丑事居然发生在我们身上。家丑如果外扬的话，这件事就会成为我们一处永远抹不掉的疮疤。"

Tina 接过 Lynn 的话说："陈总，我有个想法。我相信这件事情成为科技也是有责任的，杰伟是索贿方，而成为科技则是贿赂方。有没有可能这样，我们要求杰伟把这笔钱退回给成为，同时建议成为公司接纳杰伟做他们某个职能部门的员工，例如他们的投资经理。这样是不是可以减轻一下我们这边的压力？"

陈平回答道："Tina，听了你说的这个主意，我倒是有一个新的处理意见。我们试图以和缓的方式解决这个问题，这个我赞同。只不过让成为接受李杰伟我觉得不太现实。换作是你管理的企业，你会让公司接受一个吃过你回扣的人成为公司的同事吗？"

"这倒也是，"Tina 点点头，"老大，我想你应该有更好的方案，说出来我们听听。"

陈平端起桌上的水杯喝了一口，缓缓说道："我也没有完全想好，不过这几天我一直在琢磨着是不是能有一种办法，做到一箭三雕，既处理了李杰伟，又不给凯盛带来污点，至少让这个污点不那么明显，同时也能平息成为的不满。关键是要让李杰伟本人有一个非常沉重的迎头痛击，但是又不至于断送了他一生的职业前途。你们说，可不可以这样处理呢。"陈平拿起桌上的计算器，快速地一边计算一边说："上回我们投资成为1500万，占20%股份，也就是说，估值是7500万，而李杰伟要1500万的3%，也就是45万的回扣。我们如果用上一轮的估值，1%是75万，也就是说75万美元可以拥有公司1%的股份。我想我们是否可以这样。请Lynn和黄民生代表凯盛，非常严肃地找李杰伟做一次违纪谈话，谈话要以正式的形式进行，有书面记录。除了勒令退款，给予批评警告，内部降职降薪处理以外，给李伟杰这么一个选项：他可以用上一轮估值的价格，也就是75万美元，拥有成为公司1%的股份。这个1%的股份可以由成为公司出让，如果成为公司不愿意的话，凯盛基金也可以从现有的20%出让1%，就以当时我们入场的价格。我们公司本来就有Co-investment，即投资人个人参与投资的规定和先例。这个规定允许投资经理以相同的估值和条件个人跟投，总数不能超过凯盛基金所投金额的10%。这样做的好处，既严肃处理了李杰伟，同时又把他死死地捆绑在成为这个项目上。他非得在这个项目做出成绩来。75万美元对于他来讲是一个不小的数字，有很重的压力和负担，他很可能要卖房或者贷款才能凑到这个数。对于凯盛来说，我们必须承认错误，因为我们的管理失误，给对方带来了这么大的困扰。我想成为应该愿意按照上一轮的估值出让这额外的1%，因为他们获得了75万的现金和杰伟退回的45万。这件事情如果这么处理的话，外部的舆论也就不好说什么了。我们可以巧妙地把一个受贿事件，操作为基金公司内部员工的跟投。至于这里面的前后经过，外人并无从知晓。"

"我觉得这个方案好。"威廉和几位合伙人都表示赞同。Lynn提了一句："陈总的意见挺有创意的，只不过我担心他本人是否有这个投资能力？"

"那就由不得他了。"李淑英接过话题，"对于李杰伟来说，他现在的选项只有两个，要么被除名，公开他的劣迹，那他这辈子就别想在投资圈里混。要么接受这个深刻的教训，他哪怕砸锅卖铁，都必须退赔 45 万并且把这个 75 万掏出来。"

会场的人又议论了一番，最后同意陈平的这个提议。

会议结束，陈平回到办公室，朱羽然跟了进来，说："陈总，这次的检举信我没处理好。"朱羽然负责管理例会的记录。"您看看应该怎么处罚我，我都接受。"小姑娘一脸负疚的神情。

"处罚，你让我想想，"陈平习惯性地站到办公室的落地窗前，像是在努力思考，片刻之后，转过身来，"我倒是有个主意，你出面组织一次内部团购，内容嘛就是脑袋干洗，把你自己的名字写上，再看看有哪些人近期脑筋短路做错事的，统统打包送去干洗一次，保证出来后思路清晰。"陈平一副认真的模样对朱羽然说。

朱羽然忍不住笑了，说："老板，您别取笑我。"

"吃一堑长一智。处理一件事，拿捏得当很重要，这是要靠时间积累的，慢慢你就更有经验了。你对这件事有什么看法？"陈平反问道。

"怎么有人会有这么大的胆子，40 多万美元啊。"朱羽然朝陈平伸了伸舌头。

"这不是钱数多或者少的问题，"听到年轻助理发出这样的感叹，陈平连忙纠正道，"我们习惯于在贪污受贿这种事情上用一个绝对数额来进行衡量切割，这样的观点是错误的。"

朱羽然与陈平面对面站着，她聚精会神地看着眼前的老板，试图领会其中的意思。

"你想想，当你在学校参加考试时，我们都知道不能舞弊，作弊是违规的。至于今天的考卷共有 10 道题，有人作弊了 1 道题，有人作弊 10 道题，两者之间性质上有差别吗？"

朱羽然摇了摇头。

"这就对了，"陈平特意举了一个学校考试的例子，就是要让对方更容易理解，他明白对于像羽然这种刚刚走出校门不久的职场新人来说，大千世界有各种各样的诱惑，一旦把控不住，年轻人很容易走向歧途，他接着解释道，"既然考试作弊 1 道题或者 10 道题在性质上没有区别，为什么受贿 5000 元和受贿 3000 万，前者大家批评两句就算完事了而后者要判刑坐牢？规则不明确，留下太多灰色空间，客观上诱导着有歪心思的人去钻空子。"

朱羽然没有完全明白陈平最后一句话的意思，但职场做事不能僭越规则的告诫这位老板已经叮嘱过很多次，自己是深深记住了。

两人说完话，陈平坐到办公椅上打开笔记本电脑。"咦，这是什么？"他看到面前有一只弹簧脖子的卡通玩偶。

"我自黑的，您看这哭脸像不像我？您如果生我的气，就使劲敲打它。"朱羽然说完做了个鬼脸，转身走出办公室。

51

云南丽江　素食馆

叶俊生和李淑英的这场恋爱，谈得可称得上轰轰烈烈。

淑英是一个内心世界很丰富的姑娘，这些年一来是工作繁忙，再加上也一直没有碰上自己中意的人，她就一直保持心灵紧闭的状态。自从遇到叶俊生，不可救药地爱上他以后，李淑英就像完全换了一个人似的，每天晚上都要跟叶俊生煲上两个钟头的电话粥，再加上缠绵不断的微信视频。如果没有特别的工作安排，淑英几乎固定每个周五就飞赴厦门，与男友一同过周末。

这个周末，两个人约好游览云南丽江，各自分别从北京和厦门乘飞机抵达丽江三义国际机场。

在丽江古城的小石板路上，两个热恋中的年轻男女手牵手信步走着。"这真是缘分，那个时候你的笔记本电脑怎么突然间就没电了呢？"叶俊生咕哝着说道，这句话两个恋人已经说过无数遍了。

"错。不是我的笔记本没电，是我这个人需要充电，而你就是我的充电宝。"李淑英依偎在叶俊生侧面，娇滴滴地说。

不一会儿，两人走入一家云南菌餐厅，叶俊生推荐道："我提前在网上查了一下，这是一家有名的云南全菌餐厅，全部是菌类的宴席。据说云南有 300 多种不同的菇菌，什么珍菇、猴头菇、松茸、牛肝菌、青头菌、干巴菌、虎掌菌、羊肚菌、喇叭菌、麻母鸡菌等等，大多是外面吃不到的，所以今天我请李小姐尝一尝这个全菌席。"

"全菌席，这个我一定喜欢，谢谢你。"李淑英深情地依偎着叶俊生，这是一个心细的男人。她知道叶俊生喜欢吃肉和海鲜，今晚特意安排上这种素餐馆就餐，就是为了照顾她喜欢吃素食的习惯，真是难为他的一片心意。

"淑英，你一个新加坡姑娘跑来中国大陆工作，这些年你最喜欢的都有些什么呢？"

"大，"淑英毫不犹豫地说，"中国是真大呀。我这么多年，每年都利用假期四处跑跑，东北黑龙江，新疆伊犁，青海高原，四川自贡都去过了，可是到现在我都还没有走过 1/10 的地方。你知道在新加坡，我们开玩笑说两口子是没法吵架的，就那么巴掌大的地方，吵完架以后两人离家出走，转一圈十有八九又碰上了。"

叶俊生换了一个话题："淑英，有件事我想听听你的意见。公司准备给我升职，成为一家体检中心的总经理，但是要调到日本去工作。你知道我们公司在日本的东京和大阪分别有一个和厦门类似的健康体检中心，而且我懂得日语，他们想调我到东京去工作。"

"好事啊，恭喜你，来来来，赶紧先干一杯。"李淑英举起酒杯。

"等等，好事归好事，可是我担心这以后就不能每个礼拜都见到你了。你不知道这半年多来，我们虽然没有在一个城市，但基本上每个周末都能在一起，我已经离不开你了。"叶俊生有些犹豫。

"没问题啊，"李淑英好像没有把这个当回事，"你看我现在每周飞厦门 3 个小时，那我就改成飞东京，不就是 4 个小时的事嘛，这有什么了不起的？"

"你每个礼拜飞来东京看我？"叶俊生瞪大了眼睛，心想眼前这女子可是够生猛的。

"是啊，有什么奇怪的吗？谈恋爱打飞的。你要是过意不去，机票钱你出。"淑英笑着朝叶俊生努了努嘴。

"每周跨国乘坐飞的谈恋爱，电视剧都不敢这么演吧。"叶俊生眨了眨眼。

"才不管什么电视剧不电视剧的，我就喜欢你，就想每周都见到你，和你一起吃饭散步还有抱抱。别说日本了，就算你去美国我也一样。我告诉你，我剑桥的一个同学闺密，毕业后在纽约工作，先前有一阵子，她买了新房忙着要张罗。足足有两个月，每个礼拜我都从北京飞纽约。我这个闺密呢，是一名千金大小姐，装修方面的事她什么都不会，生活方面的张罗能力为零。我每个礼拜周五从北京飞纽约，在纽约当一天监工，检查落实一星期的进展，把下一周的装修安排跟工头沟通好，周日上午从纽约飞回北京，算好时差，北京时间礼拜一早上9：30，正点坐在我的办公室里。连续有6个星期这么干，我觉得这很正常啊。"

"我的天，你真是一个够疯狂的女生。"

"疯吗？喜欢的事情就义无反顾地去做。"李淑英夹起刚刚端上来的猴头菇饺子咬了一口，说道，"如果是我不喜欢的，别说几千公里，100米我都懒得走。"

"这么说来，我去东京工作，对你我周末相聚不是个事？"

"不是个事，你放心好了，反正我不许你有别的日本妞，我每周飞过去，你的时间只能归我哈。"

"有你这样又漂亮、聪明又性感的女孩，这块土地又肥又沃，我耕耘都忙不过来了，还什么日本妞啊。"叶俊生一口气喝完杯中啤酒，随后一把拉起淑英，"走。"

"下面是什么节目？"李淑英有些不解地问。

"耕地。"

"耕地？"淑英顿了几秒钟才反应过来，脸色涨红地甩开叶俊生的手，"你别闹，还没结账呢。"说罢叫来服务员，用微信把账结了。

两人蹦蹦跳跳走出餐厅，回到了宾馆房间。"我先洗个澡，不许偷看。"李淑英转身进入浴室。

叶俊生打开房间迷你酒柜，拿出两个杯子，拧开葡萄酒倒了两杯，端到浴室门前，轻轻地把浴室的门推开。热气腾腾的雾气中依稀可见淑英的倩影，长长的披肩发散落在胸前，雾气缭绕中隐约可见凹凸有致的女人倩影。

叶俊生光着脚，走过去将一只酒杯递给正站在淋浴头下方低头浇洗头发的淑英。"咦，你捣乱，我这浑身湿漉漉。"淑英被淋浴头浇灌着，张不开眼。

"来，我就是要湿漉漉的和你干一杯。"说罢，叶俊生把左右两只手的酒杯对碰了一下，一手将酒杯送到淑英嘴唇，"来。"一仰脖子将自己的杯中酒喝了个干净。"我想要耕地了，要我这块肥沃的田地。"

说着，他把两只水晶杯放到地上，一把将自己的衣服脱了，朝淑英扑了上去，紧紧地抱着对方，忘情地吻了起来。

李淑英被眼前这个男人有力的臂膀环绕着，有点儿喘不过气来。"坏蛋，你轻点儿。"

"我不。"叶俊生用自己结实的前胸紧紧贴住对方丰满白皙的乳房，一双手绕到对方后背，在淑英浑圆的屁股上来回揉搓着。李淑英被他调动起来，情不自禁地发出呻吟，她觉得自己浑身热血翻滚，仿佛有一股电流颤动着每一根神经。

叶俊生随后一把抱起淑英，也顾不上她浑身湿漉漉的，两个火热的身体紧贴着滚到了卧室床上。片刻，叶俊生放开被自己紧紧抱住的女人，让淑英平躺到床上，用自己温热的手指抚摸着她秀丽的脸盘，然后轻轻地移动画着圆圈，从脖颈、胸部，再慢慢往下，来到一片平缓的腹地，在这里驻扎停留，缓缓摩挲着。淑英猛地打了个颤抖，身体不由得收缩了一下。她火热的肌体这会儿像是被一只炉子加热，一点一点地往上升温，但意识中还想再放慢一下节奏，让这份柔情更彻底地舒展开来。

叶俊生很体贴，他显然读懂了对方的身体语言，此刻内心再怎么热血沸腾，他都强制自己慢下来，缓和一下速度，让这位自己心爱的女人能够尽情迸发出体内积蓄的能量。

淑英仰卧在床上，双手一直环绕着男人的后背，她用自己纤细的手指在男人后背上下抚摸着，不知不觉中一点点加大了力度，过了几分钟，她把自己的两只手悄悄滑向正与她紧紧相拥的男人的臀部，这是一个冲锋的号角。叶俊生贪婪地望着眼前这一具秀色可餐的胴体：黑色的长发，修长的眉毛，微微闭着的嘴唇，兴奋状态下呈现泛红的肌肤，纤细的腰线下大腿内侧散发的一丝潮湿，……他终于再也忍不住了，猛然间整个人扑将上去，紧紧咬住淑英炽热的双唇，同时把下身往前一送，淑英呻吟着大叫了一声，情不自禁地双手像锁链一般紧紧抱住男人的后背，张口紧紧咬住男人的肩膀，竟然咬出了两道红红的血印。

1个月后，叶俊生转赴东京任职，李淑英果然如她所说的，每周五下班以后，搭乘晚上8：30北京飞往东京的最后一个航班。周日傍晚时分，再从东京飞回北京。从此拉开了她北京东京双城恋的帷幕。

52

北京 奥森公园

1年多前，凯盛追加了对连连社交的投资，凯盛在连连社交董事会的席位也从胡进改由陈平担任。

连连社交原本是每季度召开一次董事会，最近一年董事会的召开频率调整为两个月一次，对于连连社交每次的董事会或者阶段性的高管总结会议，陈平都会抽时间参加。陈平对李卫有着极佳的印象，这个小伙子是技术出身，读书时是清华大学计算机软件专业的高才生，毕业以后在著名的互联网公司做了3年的产品经理，后来和两位小伙伴创立了连连社交。李卫干起事情来有一股拼命三郎的劲头，而且不像许多技术男出身的创始人不太容易有商业思维，李卫是一个很开朗、乐于接受不同意见的人，这在陈平第一次还是以凯盛顾问的名头访问连连社交的时候，就给他留下了深刻印象。在那次的见面中，针对当时连连社交平台营销费用过高的问题，陈平提出了以战略合作的方式锁定头部 KOL 达人的建议，一下子为连连社交闯出了一条持续性吸引流量的路子。后来在 D 轮的融资过程中，凯盛基金又追加投资 1.2 亿美元。在李卫的带领下，连连社交在网络社交领域的影响力持续上涨，成为国内最大的 UGC 在线资讯分享平台，公司也逐渐把自己从早期吸收流量、通过流量变现的互联网商业公司定位，转变为一家以提供大数据支持和精准应用，以及多样化的用户分享技术支持为特征的新型科技公司。也就是说，连连社交不再简单地从事花钱开拓用户、采购流量同时再把流量转卖出去的这种流量中间商的生意，而是聚焦于平台技术架构的搭建和完善，保证用户分享内容的最佳使用体验。用李卫的描述，就是他们只负责搭台子，让别人唱戏。最近这两年赶上手机无线上网的普及，移动端视频、直播等新兴业态的兴起，连连社交适时地推出包括在线视频转播、24 小时不间断直播间等业务模块，用户可以通过自发的方式原创或者转载视频，连连社交提供多样化的免费剪辑编辑工具。发布者、观看者、转发者可以自由组织圈子互动，围绕个人用户设计的多种形式社交工具，很受年轻人的欢迎。

按照连连社交平台的机制，只要是原创的视频或者文字内容一经发布，发布者可以根据观看阅读点赞的人数和次数，获得相应的金币，金币是平台可以随意兑现的物质奖励。此外，喜欢某个原创内容的人，可以以 1∶1 的方式采购金币用来打赏。平台还会依据后台的数据运算，包括原创者内容在平台 24 小时的观看阅读数、完读率、期间排名、热度上升情况等十几个维度，给予作者相应的金币馈赠。优秀的作品则通过后台的运算自动获得优先的浮现权。

另外，针对这么多视频和文字的优质内容，连连社交采取后台大数据自动匹配的广告插入模式，实现商业化运作。与其他平台不同的是，连连社交不介入广告的招商或销售活动，不像那些传统的互联网公司，分别设有专门的广告销售团队，去找寻各种各样的广告主。连连社交的做法是，推出广告发布的后端平台，以竞价的方式让所有的广告主或者广告代理商，自己上传各自所要发布的广告内容以及预计承担的费用。连连社交平台后端通过 AI 智能系统审核屏蔽不合乎政策法规的信息及用词范畴，随后匹配推荐给发布优质内容的作者，由作者决定是否接受和采纳这条广告。而广告主付出的费用，收益的绝大部分归入广告发布人所有，连连社交只收取18%作为平台管理费。

这种把收益的大头出让给内容制作方的做法在网上社交平台是一个模式上的创举，它不同于其他互联网公司的广告都是平台方独家拿大头，只把很小的一部分收益分给承接广告的内容发布方。这样一来，大大激发了无数内容创作者的激情，尤其是优质内容，点击多，排名靠前，金币和广告收益也更为可观。

为了防止在连连社交平台上出现广告满天飞的现象，平台还出台了几十条红色杠杠对广告加以限制，例如每24小时投放广告的总数控制，每一条原创内容，不论是视频或者文字内容，依照其长度限定最高所能承载广告的时长以及篇幅，同时允许内容和视频的观看用户点击跳过广告。这样做的目的，在于保证无数用户进入连连社交浏览的时候，不会被过多的广告干扰，从而对平台失去兴趣。这其实也是最近一段时间，许多视频网站广为人诟病的地方。为了增加收入，不断增加广告时间，结果反倒是丢掉了很多活跃客户。连连社交从优化用户体验的角度出发，不想让过分的广告轰炸导致用户流失。

连连社交的创始人李卫是一个技术控，而且还是一个特别喜欢钻研学习的年轻人，琢磨起事情来有一股狠劲。当年他还在上大学的时候，有一次打听到了美国互联网年度大会，脸书的创始人扎克伯格要做社交平台开发的主题演讲，他就通过从网站上认识的美国软件编程师，搞到了一张入场券。那个时候他是个穷学生，为了能够去美国参加这场会议，他自己节衣缩食两个半月，每天就是馒头咸菜，攒了两千多块钱，买了一张几经中转的机票，从北京先飞到马尼拉，再从马尼拉经韩国转机去温哥华，最后才抵达洛杉矶，多次中转图的就是省钱，来回机票一共不到2000元人民币。到了美国，也没钱去住宾馆，就通过他在互联网群里认识的"狐朋狗友"们，在洛杉矶郊外找到了一名当地大学生，挤在人家的宿舍熬了3个晚上。

这天下班前，李卫给陈平发来一条短信：陈总，周六上午跑步，奥森老地方，不见不散。

由于工作上时常有联系，陈平视李卫为可以尽情交流的忘年之交。刚好两个人都喜欢跑步，奥森公园就成了两人不时相约一同跑步的地方。最近这段时间，陈平把原先每周回香港过周末的计划调整为两周回去一趟，每次待 3 天，这样的话可以节省一些路途上的时间。

周六一大早，奥森停车场基本上空荡荡的。陈平让司机把他送到奥森公园北园的东门口下了车，他请司机自己找地方先去吃早饭休息，然后就在停车场开始他的热身运动。

不一会儿，只见一辆蓝色的法拉利急速驶入车场，车子停下以后，李卫开门走了出来，说："陈总，早啊。"

陈平看了看对方的车，说："你怎么又换车了？"

"哦，"李卫说，"我原先那辆宝马，有个中学的同学找我说他要成亲，新娘子家觉得不能没有车，我就把车子给他了。"

"好大方。"陈平笑着说，他知道连连社交上市后李卫的身价不菲，"你现在可是十足的黑钻级王老五啊，我记得你今年也就 32 岁吧，近 10 亿美元的身价，不知道要羡慕死多少人呢！"

"身外之物，身外之物，"李卫就势脱了外套，随手扔进车里，用手上的遥控钥匙把车锁上，招呼道，"陈总，我们开始跑吧，老规矩，你逆时我顺时。"

陈平点了点头，说："好的，暗号照旧。"

这是陈平和李卫两个人一同在奥森公园跑步时约定的习惯。奥森公园北园从东门进去沿着环形步道跑一圈大概是 10 公里，李卫比陈平年轻许多，体能更好，跑起来速度要比陈平快一些。因此他们俩人打从一开始相约跑步的时候起，就做了这么一个有趣的约定，双方从起跑的出发点开始后，两个人一个顺时针跑一个逆时针跑，一圈跑下来，率先回到出发点的人等候后来的人，这样的话各自的速度就不会受到干扰。

今天上午有点儿起风，陈平的后半程正好是顶着风，所以跑得有些费劲。好容易 10 公里跑下来，接近终点时，陈平的呼吸都已经没有节奏了，一副气喘吁吁的模样。

李卫已经拿着两瓶功能饮料在会合点等着他，说："来，喝口水。"

陈平喘着粗气，接过瓶子大口喝了半瓶，说："这阵子体能下降了。"

两人一边喝着水一边顺着步道往前走，到了前面一个拐弯处，李卫努了努嘴，示意陈平离开绿色步道，拐向边上的一条石子小路。陈平预感到对方好像要跟自己说点儿什么重要的事情，也就默不作声地走在李卫的侧面。

两个人缓缓地朝前走了100多米，陈平跑步时的心跳也渐渐平缓下来，李卫开口说道："陈总，今天约你，除了一同跑步，还想跟你商量一件事。"李卫说出了这句开场白，停顿了一下。

陈平侧过身来看了一眼李卫，半是调侃地说："你说嘛，看你这副正儿八经的样子。"

"是这样，陈总，我决定要退出连连社交。"

"什么？"陈平大吃了一惊，有些疑惑地望着眼前这位30出头的年轻小伙子。

"是的，这个事情我已经想了1个多月。连连社交是8个月前上市的，现在公司的运作都比较平稳，股票市场的表现也基本让人满意，我们现在公司的市值，大约是20亿美元，和上市时候相比，上涨了20%，我们不像其他许多互联网公司那样，上市后股价大起大落地跳跃。这说明我们整体管理和对业务的掌控能力，还是受到资本市场认可的。"

陈平点了点头没有插话，他等着对方往下说。

"公司运作已经走上正轨了，所以我想辞去连连社交CEO和董事长的职位，同时处理掉我手上的连连社交股票。"对方说到这里，停下脚步看着陈平，显然在等陈平的反应。

"先不说具体怎么处理，我想问问你，为什么会有这个想法？"

"是这样的。连连社交这个项目我做了整整5年。过去5年我平均每个星期90个小时的工作时间，我有做日志的习惯，这都是可以核查的，我坚持每天15个小时，每周固定6个工作日。创办连连社交这个事情，对我来讲最主要的驱动力是证明自己，证实自己具有把一件事情做成做好的能力。如今连连社交已经成功上市，公司的业务已经基本成熟。对于我来说，我觉得我做这件事情的目的已经达到了。就像跑长跑的人，觉得要拿一个马拉松冠军，拿到冠军就是自我价值的实现，至于这个冠军是给一个纯金的奖牌，还是一张打印纸，差别并不是很大，能够获得冠军，或者能够获得个人的最好成绩，这本身就是最大的奖赏，至少我的价值观是这样的。"

"听上去李卫你这是要退出江湖，可是你才30出头啊。"陈平说。

"是的，我已经打定主意要退出江湖，这个跟多大年纪没有太大关系。对于我来讲，比较幸运的是我在人生很年轻的时候，就找到了一个值得让自己去拼搏的项目，同时也把这个项目做成功了，证明了自己的价值。那么在这之后如果还一直在江湖上待下去，对我来说兴趣不大。你知道我是一个技术男出身，互联网技术日新月异更新速度极快，我也不能保证今后五年十年，我还有那么强的技术领悟能力。"

"那你准备干什么呢，上山当和尚？"陈平开了一句玩笑，他知道对方还是单身。

"我想用10年的时间周游世界，这其实也是我从小一直有的一个愿望，但那时候没有条件，现在条件成熟了，我准备做这件事。我今年32岁，我拿出10年的时间周游世界，做一个现代徐霞客，在30多岁的这个年龄段，我既有强壮的身体，可以在偏僻荒凉的地方吃苦，同时还有比较敏锐的观察力，而且也愿意去尝试各种危险甚至冒险。10年以后再干什么？我不知道。按我现在的想法，很可能10年以后我想去当一名教师，不过那等到下一步再说。我现在的计划就是，下一步，10年，把世界转遍。"

"我知道你还没有成家，有女朋友吗？"

"没有固定的。所以我现在是独自一人去哪里无牵无挂，这也是我现在可以这么做的一个很充足的理由。我父母才50多岁，他们的身体都很健康，我家里还有一个弟弟，所以不需要我在这方面有太多牵挂。"

"看来你是决心已定，而且有了自己下一步的打算。从这个意义上讲，我支持你，很欣赏你这种急流勇退的气魄，何况是在人们还在谈论如何三十而立的年龄。"

"我知道金钱、财富、权力，这些物质利诱的东西总是让人迷恋的。为什么那么多人到了八九十岁还占着位置不愿意退下来，说到底还是在乎那些身外之物的东西。所以我觉得趁着我年轻，丢掉身外之物的时候还没有那么多的割舍和顾虑，急流勇退的决定必须现在就做，如果我有了家庭，有了孩子，或者等我到了50多岁60岁，我估计自己一样放不下了。"李卫的口气很坚决。

陈平点了点头，转个话题问道："说说你下一步连连社交这边准备怎么安排？"

"我的大致想法是，我辞去CEO职务，我们的联合创始人章宝华可以接任这个位置。董事长的职务我可能还要再坚持几个月的时间，直到找到一个合适的人选，不管是我们团队内部或者投资人，都可以物色。再有最重要的是我的股票，我现在拥有的连连社交股票，按照昨天的市值，大概是8亿6000万。我的想法是，我把零头6000万美元留下来，这8亿美元我准备拿出来成立一个基金会。我都大致计划好了，把基金会开设在香港，因为香港的整个体制运作比较健全，特别是这种非营利机构，对外沟通也更加顺畅，是一个理想的场所。"李卫解释说。

陈平没有想到对方已经这么深思熟虑，不禁称赞道："李卫你想得很周到，你把退出以后做公益的事情都考虑到了，香港的确是一个好的选址，那这个基金的主要方向是什么呢？"

"教育。这个基金呢，它不是一个投资基金。"李卫回答说，"而是一个慈善信托基金，主要做教育资助。我大致的想法是，8亿美元，这个资金基数如果按照6%年回报率的话，每年应该有将近5000万美元的年度收益。这些收益将用于专项教育奖学金，专门颁发给求学的大学生和研究生。以平均每个人每年10000美元或者60000人民币的奖学金额度计算的话，除去机构本身的日常运作开销，大概每年我们能够支助4000～5000名年轻学子。"

陈平脑子里快速过了一遍，说："据我所知，如果你搞成这个规模的话，在华人世界里，将是资金量最大、资助人数最多的一个教育奖学金。"

"我是这么想的，"李卫解释说，"我们都知道全世界有一个最著名的奖项叫诺贝尔奖。诺贝尔奖在全世界非常有名，它奖励的是各个行业最为顶尖的人，每年也就是 8～10 个名额，所以只有极少数的人能够获得这项荣誉，这样的奖项固然很有必要，但是我考虑更多的是每年都有大量处于社会生活中部和底端的年轻求学者，我们管这个叫作社会基础阶层，千千万万的人可能是因为经济条件的限制没有办法实现他的个人抱负，就像当年我如果不是很努力节俭攒钱去了两趟美国，见识了当时最为先进的科技技术的话，可能也不会有今天的成就。所以我想把奖励的重点放在更为基础的中低阶层，资助和鼓励这些年轻人去追求和实现自己的价值。按照我的设想，每年资助 5000 人，其中大概 60% 是大学本科生，40% 是硕士以上学位的人，同时要兼顾中国的学子和海外的求学者，来自中国大陆的大概占 60% 的资助份额，中国大陆以外的华人圈包括世界各个民族的学生应该占 40% 左右，争取把这个教育基金做成一个无国界限制、能够让无数年轻学生借力追梦的加油站。"

　　"孔老夫子的有教无类。"陈平赞许道。

　　"不是每个人都能够像我这样幸运，我的幸运在外人看来是发财，实现财富积累，对我来说，真正的意义是成就自己的一份自我价值的实现。我做完了我想做的事，既然现在我有能力，不妨用这些钱来帮助更多年轻人实现他们人生的理想。"李卫说道。

　　"看来你都已经想得很成熟了，也有了充分的构思。有什么需要我帮你做的吗？例如董事长人选的物色，这个我倒是可以帮你琢磨一下。"

　　李卫摆摆手，说："董事长的事倒是可以缓一缓，我今天约你谈这事，最主要的是想请你帮我想一想，这个教育基金应当怎么运作。我想你会认同这个说法：在挣钱和花钱之间，花钱其实是比挣钱更困难的，我说的是有目的、有意义的花钱。你做投资，我创办企业，这么些年我们都能找到合适的生意机会，找到能帮忙挣钱的人。但是去哪里找到善于花钱的人，这有点儿愁坏我了。"

　　陈平感触地说："李卫，你这个说法富有哲理性。人们都说花钱容易挣钱难，其实到了一定的段位，则是反过来的。你让我给你推荐能帮忙企业挣钱的人，我过一下脑子就能列出几十个人选，但要找能花钱的人，我还真被你的问题给卡住了。你要找的是懂得把钱花出去、花在正道、花在你想要的这个领域、每年资助 5000 名学员的人。这些人从哪里找？流程是什么？怎么申请？资金如何分配？怎么监控这些钱是不是用到了正道上？这样规模的公益基金管理，不亚于一家中型企业。"

"是啊，"李卫补充道，"找企业管理者目标很明确，在法律允许的范围内实现物质利益的最大化，但这不是我们做教育基金的方向。这是一个真正让我纠结的地方，钱给出去没有问题，这个我已经决定了，但是每年预计超过 3 个亿人民币的钱怎么花出去。就这个基金项目来说，基金收益的管理不需要花什么精力，因为我们不指望高回报，既然是一个慈善型的教育基金，不是以营利为目的的，这笔钱肯定不会去投资一些高风险的项目，无非就是买一些政府的债券哪，买一些 ETF，等等，求一个稳健性的回报，实在不行也可以指望现在的股票每年有 6% 的增值，因为我们对回报的要求不高，用最稳定的年回报就行。这样算下来，一年就是 5000 万美元，3 亿多人民币，这些钱怎么花？基金会的运作，先把它叫作李卫教育奖学金吧，我估计需要至少几十人的运营团队，办公室可以设在香港，也可以在国内。"

"你的意思是要找一个合适的人选来当负责人？"

"是的，这个人选我现在还没有眉目。我公司里面的人，我的同事圈朋友圈，来来回回我细细筛选了几遍，还真没有找到合适的人选。这个人需要具备几个条件，来，我和你讨论一下，不合适的地方你指出来啊。"李卫略作停顿，接着说，"我觉得首先，他是一个有爱心的人，希望能够帮助更多的人，这点很重要，没有这个基础一切都谈不上。其次，他应该是一个特别善于跟各种各样的人打交道的人，还需要具有很强的组织能力，因为这个基金的运作会牵扯到政府部门，其他的机构可能还有税务啊，学校啊，研究院啊，等等。我大约算了一个量化数字，仅仅每年 5000 个奖学金授予名额，如果你以 1∶10 的倍速估算的话，就有 50000 份申请，这 50000 份申请的流程是什么？怎么处理怎么筛选？怎么保证公正性？怎么保证把资助款送到最需要的人手里？这些都需要很强的组织能力。"

"还有特别重要的一点，我来做个补充，"陈平显然被李卫带入了对角色定义的思考中，插嘴说道，"这个人一定得是一个在品行上让我们可以放心、不贪钱不贪财的人，因为从他手上一年经手几个亿，但凡有点儿私心的人弄个窟窿出来，你根本就受不了。"

"是的，陈总你说得很对，我觉得这些都是最核心的要求，至于其他的，比如中英双语能力、学位背景、过往工作经历等，那些倒都是其次。哪怕这个人过往不是做公益基金这类工作的，从其他行业过来，当过记者、做过老师甚至于是政府部门的官员、私人企业的总经理、办公室主任，我觉得这些背景都可以考虑，因为这毕竟是一个全新的领域，我们不能硬性要求一定要有主持过慈善基金的经验。"

"好，我大概明白你的意思了，你让我好好帮你想一想。"陈平认真地说道，"李卫，真的很佩服也很欣赏你的这个决定。"陈平伸出右手，紧紧地和对方相握。

两个人说好了找机会再细聊，就在奥森公园停车场分手了。

53

北京 威斯汀酒店

北京，东三环行车道。

银灰色的奔驰 SUV 载着陈平，行驶在北三环路由西向东的车道上。陈平望着车窗外快速闪过的路旁高层建筑，一直在回忆刚刚李卫说的事情。

这些年中国经济飞速发展，诞生了许多一夜暴富的亿万富翁，但是像李卫这样年纪轻轻就能看淡财富的，陈平还是第一次碰到。特别是透过这个决定折现出来的价值观，恰恰与陈平一向的信念不谋而合。就个人而言，陈平知道自己是一个很不物质化的人，不论挣多少钱，所有收入一概交给太太打理，他本人的生活很简单，5000块的零花钱就够他支撑好几个月。陈平出身在一个侨商世家，其祖辈是经商做生意的，郭家的天一信局曾经是中国南方沿海侨乡和东南亚响当当的知名企业，到他外婆那一代终止运营。陈平小时候的生活过得很艰难，特别是在"文革"那些年，父母被抓，他和妹妹与外婆相依为命，但哪怕身居陋室，衣食毫无保障，外婆依然告诫他，财富和社会地位，除了为生活提供一份基本保障，剩下的就是一种个人价值实现的"外化认可"，是一串符号而已。外婆反复说：拥有多少财富，可以理解为一名学生考试得了多少分，分数其实只是一个量化的符号，用来衡量你读书的努力和学习的效果，财富也一样。外婆在经营天一贸发行最后决定关张的时候，没有把财富留下来，而是悉数分发给所有亲戚和商号里的员工，因为她觉得她对自己自我价值的认可，已经无须靠那些金银来论证。这种童年时代被灌输的价值观深深植入于陈平的脑海，也使得他在多年的职场生涯里从不一味地只考虑收入高低、财富多寡。在陈平看来，物质积累可以是一个人能力的证明，但人不能成为财富的奴隶，只有不太把钱当回事，做起事情来才能放开手脚。以陈平个人的计划，他退休之后，打定主意要回到闽南乡下，过一种采菊东篱下的简单生活。今天李卫提到的设想深深震撼了陈平，他觉得自己无论如何都要全力促成这个基金会的诞生。

连连社交的后续管理应该不是什么大问题，陈平知道李卫的几位联合创始人都很优秀，他们都具备接手公司的能力。而董事长人选，如同李卫所说的，可以先缓一段时间，实在不行，几家投资公司也能推举出合适的人暂时担任。陈平这会儿考虑的，是怎么帮忙李卫寻找一位合适的基金负责人，这是这个教育基金项目成败的关键。如果没有合适的掌门人，这一笔巨额资金，还有李卫这么些年打拼下来的心血，很可能变形。这些年各种名义的慈善机构市面上很多，但真的把慈善做好的少之又少，不久前中国红十字会的那些不光彩事件也让很多人对现今的慈善事业持不信任的态度。

咦。陈平脑子里突然间闪过一个名字："这个人应该是最合适的人选啊。"陈平不由得脱口而出，随即从口袋里掏出手机，拨通了李卫的电话："李卫你好，你看我们分开才 20 分钟，我就联系你了。是这样，我突然想到一个人选，可能是你要做的这个项目最合适的掌门人。你现在方便吗？我电话里给你介绍一下？"

话筒里传来李卫兴奋的声音："陈总，好啊好啊，太好了。不过咱们别在电话里说了，这么重要的事情，还是当面聊。您现在在哪个位置？"

"我在北三环路上，车子向东走。本来我是计划要到威斯汀酒店吃一个早午餐，在那里歇一会儿。"

"那我们这样，我现在就掉转车头，我到威斯汀也就是 15 分钟的时间，我们一会儿在威斯汀酒店见面吧，当面谈。"李卫一副异常兴奋的样子，"对我来讲没有什么比这件事情更重要的了。"

陈平被对方的热情感染着，更加下定决心一定要协助李卫把这个基金会的筹备工作组织好："好，那就到威斯汀楼上的商务酒廊，一会儿见。"说完挂断了电话。

陈平脑子里闪过的人选是卓亚琴。当这个名字从脑海里跳出来的时候，他一下子意识到，亚琴应该是做李卫这个慈善基金项目负责人的最佳人选。如果按刚才和李卫碰头时归纳的那 3 个基本条件要求，卓亚琴在这 3 个方面都是高度吻合的。而且亚琴具有出色的中英双语能力，多年的猎头经验使她特别擅长于识别人，懂得如何与不同的人沟通打交道，就不知道亚琴愿意不愿意接受这个挑战了。不过依陈平的判断，李卫要做的这个事情是前所未有开创性的事业，而且一定是一个引人注目，广受媒体、政府部门和社会其他各界关注的大项目，这对于亚琴来说具有挑战性，他觉得亚琴会感兴趣。

陈平也知道卓亚琴现在是格时猎头公司的合伙人，如果中途离职，或许会有一些合同上的限制，这是需要进一步了解的。但是这些毕竟都是次要的问题，关键看两人能否有化学反应。

陈平一路琢磨着，车子很快来到了威斯汀酒店。陈平打开车门走入酒店大堂，径直步入电梯，来到了顶层的商务酒廊，要了一杯果汁，坐下来等候李卫。

不一会儿工夫，李卫急匆匆地走了进来，向陈平招了招手，在对面椅子上坐下，说："陈总，来，快说说。"

陈平把人选的名字告诉了李卫，同时简要介绍了卓亚琴的经历，以及这个人的特长，李卫点头表示赞同："陈总，你推荐的这个人选很合适，我怎么原先没想到呢？卓亚琴我们见过两次，因为她的猎头公司以前帮连连找过几位高管。在我的印象里，卓女士是一位很正直、特别能干的人，除了你刚刚介绍的她的那些特点以外，我觉得她身上有一种亲和的特质，容易让人信任，这一点在我看来是个额外的优点。你知道我们这个项目要打交道的可能绝大多数都是属于生活比较困难，或者社会底层的年轻学子，他们通常比较自卑或者自信心不足，所以这个项目的操盘手能有一份很阳光、乐于助人的心态，那就太完美了。陈总，我觉得你推荐的这个人选很合适。"李卫显得特别高兴。

陈平喝了一口果汁，说："我也是刚刚在路上的时候想到的，就赶紧在第一时间跟你沟通一下。回头我们也都再琢磨琢磨，还有什么其他人选可以考虑。"

"我觉得咱们就抓紧吧。"李卫迫不及待地说，"卓亚琴这个人想必你比较熟悉，我对她的印象也不错，我们抓紧约她聊聊吧。"毕竟是年轻人，又是创业公司出身，李卫显然对于做每件事情都有一份十足的紧迫感。

陈平受到了李卫情绪的感染，问道："李卫，那你想什么时候约她见面？"

"现在吧，如果她这会儿有时间的话。我们可以现在就跟她先聊一下。"

陈平抬起手腕看了一眼手表，9:15，他估计这会儿卓亚琴应该已经起床了，便拿起手机，拨通了亚琴的电话。

电话嘟嘟响了两声，对方接听了。

"亚琴你好，我是陈平，早上好。想问一下你今天上午有时间吗？"

"有的，我上午没什么安排。"卓亚琴回答道。

"那正好，我和连连社交的 CEO 李卫在一起，我们在东三环的威斯汀酒店。对，你认识的。"

话筒里传来卓亚琴的回复："是啊，我见过李总。"

"那就好。李总想做一个新的项目，他很想约你聊聊，听听你的意见，你看你这会儿有时间吗？能不能过来威斯汀一趟？好的好的，那在行政酒廊，李总等你。对了亚琴，一会儿你到了以后直接打李总的电话吧，我这就把他的手机发给你，我就不参加讨论了，你们两个人直接谈。好的好的，就这样。"挂断电话，陈平随手把李卫的手机号码发给了对方，转过身来对李卫说："人已经约好了，一会儿你们直接聊。最好我不参加。"

李卫连忙问陈平："陈总，您觉得应该给她一个什么样的薪酬比较合适？"

"这首先要看你的基金会框架结构是怎样的。"

"我想这个教育基金会采取合伙人责任制。基金会掌门人 CEO，同时出任管理合伙人，我们只设 1 名管理合伙人，底下有若干董事总经理，向 CEO/ 管理合伙人报告。公司的人员规模由 CEO 统一安排决定，我初步匡算了一下，一开始怎么也需要四五十个人的团队，因为要处理的事情不少。这是非营利性的机构，很难谈什么绩效奖金设置，所以对于这个管理合伙人，我们一定要给人家足够丰厚的薪水，才能吸引人，在这方面不能小气。"

陈平知道李卫一向主张用最好的人才，在薪资待遇方面他很舍得给出最丰厚的条件，于是回答说："这个你可以具体和她开诚布公地谈。亚琴不是一个贪财的人，她的事业心很重。"

李卫试图向陈平了解卓亚琴现在的收入，这一点陈平大致是知道的，因为卓亚琴曾经私下与他透露过，但他觉得不方便把这个数字说出来，便做了一个模糊回答："以我的猜测，像她这种猎头公司合伙人级别的高管，每年的工资加上分红，市场中分位在两三百万人民币之间吧，这个信息我是从行业报告里看到的。"

"嗯，和我猜测的差不多，我觉得按照我们要做的这个项目的工作职责，再考虑到人家要放弃一个熟悉稳定的职业，我们应该给到 400 万～500 万薪金，再加上 100 万生活津贴，我想以这个作为参考数，哪怕再突破一点儿都没有关系，关键是能找到合适的人，把这个事情做起来，这才是最为根本的。"

"细节你可以跟她直接聊。对了李卫，我提醒一点，"陈平提示道，"她现在的工作合同正在执行中，如果你要让她中途退出的话，通常她从那边离开需要一段时间，例如3个月，如果你要让她现在马上中止那边的合同过来张罗这个事，可能还会有一些别的费用。"

"这个我理解，行业上通常的做法，就是高管离开现有的工作岗位，至少要有3个月的时间，我们要么等3个月，要么与对方公司协商，给对方公司支付相应的补偿金，这个应该是可以解决的。"李卫说出了他的想法。

"到底是财大气粗啊。"

"也不尽然。陈总，你说我能用多少钱？我就算留下6000万美元，这辈子怎么花我都花不完的。我相信一点，该省的钱要节省，该花的地方不要吝啬，像这种人才吸引，企业基础架构建设的支出，这种地方是要花钱的，要敢于花钱。"

陈平点了点头，说："那一会儿你们就在这里谈吧。我是这里的常客，直接挂我账就可以了。我一会儿自己到那边去吃一点儿早餐，就先告辞了。"

"等等，"李卫叫住陈平，"陈总，你帮了我这么大一个忙，按理说我得付你一笔人才介绍费，类似猎头费、中介费什么的。朋友归朋友，商务归商务。"

"行啊。"陈平思考了一下，"这样，你送我一双新百伦的慢跑鞋吧。"

"一言为定。"

陈平和李卫挥手告别，起身离开。

两个礼拜以后，消息传来，李卫辞去连连社交公司CEO职位并从公司离职，同时捐出个人拥有的市值约8亿美元的连连股份，设立李卫新纪元教育奖学基金，卓亚琴出任奖学基金管理合伙人及CEO，奖学基金将在北京和香港两地分别设立办事处。

这是国内有史以来最大的一笔私人教育捐款，一时间所有电视台、电台、网络媒体纷纷做了铺天盖地的报道。

54

北京 凯盛办公室

今天突然传来一个爆炸性消息，把李淑英和她的两位 Asso 都吓呆了。

孔孟知道的创始人齐帆走了，以一种所有人都意想不到的方式。

自从创业开始的第一天，孔孟知道对齐帆来说，就是他最为心心念想的宝贝。几年来，他每天都是早上第一个到公司，晚上最后一个离开。据同事介绍，齐帆平均每天在办公室工作的时间不少于 15 个小时，周末至少也有一天是在办公室度过的。他把所有的心血、精力，都倾注在了这个创业项目上。

说来也是运气不佳，孔孟知道与其他创业项目相比，多了一些曲折，特别是两次冲击 IPO 未果，加上几次公司经营方向的调整，还有齐帆自己家里头的那些烦心事，接二连三地让齐帆难以招架。

3 个月前最近一次的 IPO 动作在上市前被临时喊停，董事会决定暂缓上市进程，改为启动新一轮的私募。齐帆原本不是一个很在意物质财富的人，但是由于和前妻离婚协议的履行，如今他背着一屁股债。

为了能够顺利解决与前妻离婚的财产分割，保证孔孟知道的公司运作不受影响，齐帆在第一次 IPO 中止后找到银行，用自己拥有的孔孟知道股份向银行做抵押贷款，以折现的方式将抵押贷款的现金直接支付给了他前妻，由此换来双方的离婚协议。只要公司不上市，他就背负着沉重的债务。用他自己的话讲，他如今叫作"亿万债翁"。这天文数字的贷款固然可以等公司上市或者股票变现以后再偿还，但个人债务的担子压在齐帆身上，沉甸甸的让他觉得喘不过气来。

人处于高度压力下的时候，动作难免变形。齐帆原先是很不在意融资和上市的，如今这一来，他变得对于融资和估值特别热心，每天都要查看香港和美国的股市行情变化。

就在这样极度焦虑和高强度的工作过程中，齐帆多年前就有的失眠老毛病再次复发了，整夜整夜地睡不着觉，已经到了靠安眠药都无法使他入睡的地步，最后只能给自己做静脉注射，每天打上1针镇静剂，才能勉勉强强地睡上几个钟头。这样的煎熬持续了一段时间，齐帆得了抑郁症。

抑郁症有一个人们熟悉的英文名称：depression。其典型特征是情感低落，思维迟缓，情绪消沉，易于动怒甚至悲观厌世。患有抑郁症的人大多表现为入睡困难乃至整夜不眠，对日常活动兴趣显著减退，凡事多疑而不能自控。虽然对于大多数人来说，抑郁症是一个很陌生的词语，老辈人甚至对此十分不屑，嗤之以鼻地认为这就是吃饱了撑的。其实抑郁症不仅仅是一种心理疾病，更多还表现在身体功能方面的病态，直接导致的结果，就是脑子里的事情无法排遣，身体行动的跟进呆滞迟缓。

受抑郁症的困扰，过去1个月时间，齐帆几乎无法集中精力做任何事情，每天都十分狂躁，经常在开会的时候莫名其妙地冲着下属大喊大叫，而且喜欢三更半夜打电话叫技术部门的同事连夜加班改写代码。齐帆似乎知道自己的疾病，有一次和好朋友胖强聊天的时候说到了自己的近况，胖强建议他休两个月的长假："你到东南亚去走一走待一阵子吧。"胖强推荐说："你不是喜欢摄影吗？就从泰国走起，马来西亚、新加坡、印尼、菲律宾，放慢脚步，走走看看。如果你愿意的话，我也可以陪你走上一段。"齐帆当时觉得有道理，当场还和胖强一起查机票酒店，计划行程。可是过后他还是无法将自己从孔孟知道的事务中解脱出来，因此旅游的事情，也就被搁置到脑后了。

最近两个星期，孔孟知道正在接触一家中介FA介绍过来的美国公司，对方是从事在线培训的知名企业，有意向投资或者考虑兼并孔孟知道，以此进入中国市场。在做尽职调查的时候，对方要求提供创始人齐帆过往所有的财务资料、家庭关系，包括他和前妻的离婚证书，财产和股权分割的资产协议，对孩子抚养权的法院判决书，他个人过去3年的所有银行流水账细目，以及他向银行做股权抵押贷款的全套法律文件。这些材料来来回回要了好几轮，刚开始说是只需要提供复印件就行了，等复印件送过去，又说复印件需要律师签字，把律师签字件交给对方以后，又再次要求齐帆将主要的文件做中英文公证。齐帆本来就已经被抑郁症搞得心情低迷，对方这么来来回回折腾，更加把他彻底搞恼了。那天就在会议室里，齐帆突然歇斯底里地爆发出来。当着几位开会高管的面，拿起一把剪刀往自己的胳膊上狠狠地扎了进去，嘴里不停地念叨"我 TMD 不干了"。大家赶紧扑过来，七手八脚地将他压住，找来急救箱，把他的伤口包扎好。

身患抑郁症的人通常是喜怒无常的，面对齐帆不时在办公室歇斯底里的喊叫，孔孟知道的高管们私底下议论纷纷，也都不知道应该如何是好。

这天上午 10:00，代表孔孟知道投资方的凯盛基金李淑英、齐帆的好朋友胖强、孔孟知道人力资源副总裁，以及齐帆的前妻，4 个人分别收到了齐帆发出的标有"密件，重要"的电子邮件。李淑英打开一看，竟是一封告别信：

我无法再继续坚持下去，给你们写这封信的时候，现在是凌晨 3:00，这是我本人一个深思熟虑的决定：

我决定结束我的生命。

与其这样被病魔折腾，受世俗物质的重重困扰无法自拔，不如寻找一个出口。如今好容易见到一个出口了，却要像菜市场案板上的猪肉一样，被人翻来覆去地挑剔、审查。这样的日子，在别人眼里或许习以为常，但我实在无法承受。生命属于每个人自己，是我自己决定要这么做的。对我来说，放弃生命，是一个最好的解脱。

大家都听说过香港影星张国荣的经历，他是我多年膜拜的明星，以我此时的心情，我非常能理解张国荣。不瞒各位，就在给你们写这封邮件的时候，我面前的电脑屏幕，就是一张张国荣的照片。

这封邮件的后面，附有一份清单。关于我所拥有的资产，在此做个交代：我名下拥有的这套两居室住房，是建于 70 年代的老公寓，除此以外也就是孔孟知道的那些股份。这套老公寓没有贷款，在我本人名下，我把它转赠给胖强，谢谢强子这些年的关照。相关的转让文件和协议，我已经一并签好了，放在桌子上。

胖强：我委托你作为我的遗嘱执行人，帮我把属于我名下的公司股份，除去抵押给银行的那部分以外，剩下的，按照后面附表的名单转赠予各人。这些人除了我母亲、我现在的女朋友、我过去上学时的两位中学老师，剩下的都是在孔孟知道干了好几年，但是因为职级不够没有拿到期权的那些老员工。我的前妻和女儿都已经在上次的离婚协议时安排妥当，我的前妻已经获得了她所要的股份折现，女儿也有公司10%的原始股票，足够她们的生活。

说完这些杂事，趁着现在脑子还清醒，再讲几句创业感悟吧，也算是过来人留给后人的一点儿忠告。

都说创业是一座独木桥，创业有很多风险，创业非常辛苦。这些说得都对，但是3年多下来，我觉得创业本质上就是一条不归路，要么成功，要么玩儿完，这才是创业真正的残酷所在。

我不相信那种做几年创业，有一份经历，不成的话回过头来还可以再到职场打工的说法，那是屁话。要么就是你没有全身心地投入，要么你只剩下一个行尸走肉般的躯壳在世间游荡罢了。当一个人如此全身心地投入一件事业上面，而最后你所热爱的事业以你不愿意看到的情况被终止的时候，你的心完完全全地碎了一地，再也修补不回来了。所谓创业之前物质上是否有充分准备，商业计划书是否经过客观论证，有没有一个草台班子，这些都是其次。最重要的，是你自己需要彻底想明白：这条路迈步走出去，要么成功，要么死亡，创业对于当事人真正的考验，就在这里。

人性的复杂和险恶，在创业过程中暴露得最为淋漓尽致。有毅然决然义无反顾跟随你共患难的战友，有在危难时候默默伸出援手拉你一把的兄弟，有看着你锅里的那点儿肉眼馋，还没等肉煮熟，就先把肉连锅端走的枕边人，还有想趁火打劫、釜底抽薪的混蛋。各式各样，不一而足。我因为走上创业这条路，见识了被放大的社会万花筒，让我得以在短短30多年的生命经历中，体会不一般的人性。

孔孟知道是一家好企业，我们有扎实的用户基础，能干的业务团队。我的两位联合创始人，这两年我们的确有很多意见不同的地方，也时常有比较激烈的争吵甚至拍桌子，有几次我们都闹到几乎要分家的地步。不过好在至今为止，大家都还能够在一张办公桌上共事。公司今后发展的走向应该怎么走，这个将由董事会决定。如果我个人可以提个建议的话，我倒是觉得应该通过专业的人才公司，聘请职业经理人团队。

我这一走，公司属于我名下的股权，一部分会被银行分割出去，余下的按照我罗列的清单做赠予转让，我知道这将给公司的决策机制带来一些困扰，但是我实在想不了那么多了。过去1个多月，我每天都要面对抑郁症折磨，我实在别无方法，只能这样自己做自我解脱了。扪心自问，本人在人世间没有做什么亏心事，今天的不辞而别，算是我对不起大家的一件负疚的决定。

就这样了。

齐帆。5月15日，凌晨3:30。

Ps：你们收到的是一份电子邮件，纸质版的信函原件，以及相关的法律材料，我都放在公寓客厅的书桌上。

李淑英读罢邮件，连忙拿起电话，拨通了胖强的手机。

"强子，我是淑英啊，这怎么回事？"电话刚一接通，李淑英便迫不及待地问道。

"李总你好。我也是刚刚看完邮件的。看样子齐帆提前设好了邮件的发件时间，统一是在早上10:00发出的。我刚刚报了警，警察已经过去了，破门而入，发现齐帆已经走了。现场法医初步的判断是，自己注射大剂量的安眠药剂导致心脏骤停，大概是在凌晨 5∶00 的时候。"

"怎么会这样呢？"李淑英完全陷于震惊中。

胖强回答道："说来其实也是有所预兆的。他患有抑郁症已经 1 个多月了，一直没有对外人说，除了医生，我是唯一知道内情的。大家觉得他近来神情恍惚，随意发怒，其实是他控制不了自己。上市的折腾，他前妻捣乱，再有最近什么尽职调查，就像同时有好几根绳子，紧紧勒得他喘不过气来，这是他上次见面时亲口对我说的。他心里清楚他实在解脱不开了，就采用了这样极端的方式。"

李淑英不禁想起了几年前他和齐帆、胖强在健身房第一次见面的情景，她这会儿陷入一股莫名其妙的内疚状态："说来我还是有错的。如果当时没有那次因缘际会认识你们，不给这个项目投资的话，或许齐帆也不至于……"

"李总，你可别这么想。这个与是否引入投资是没有关系的。齐帆走了我当然很伤心。但是我认识他这么多年，我知道这是他特别想做的一个事业，孔孟知道让他实践了自己的人生抱负。齐帆其实是一个业务能力很强，但心理承受力脆弱的人，有一点儿问题他就容易受不了，过去曾有过几次这样的事情发生。他的一些往事你可能不知道，他父母在他很小的时候就离婚了，母亲带着他改嫁，后来又生了两个孩子，继父和母亲一直对他很不好，从小他就得看别人的眼色，甚至于饭桌上吃饭，应该夹哪个菜，哪盘菜不能动，他都得先观察好才敢拿起筷子。因为这样的经历，他的心理是有一些扭曲的。所以，同样的遭遇在别人看来可能没什么，在齐帆这里就是过不去的坎。"胖强向淑英解释道。

李淑英认真听着，联想到自己失散多年的哥哥，心情沉甸甸地说："那你觉得我们还有什么事情可以做的吗？"李淑英很想能做点儿事让自己心里好受一些。

"目前应该没有。"胖强说，"他信件上面写得清清楚楚，交代好了该怎么处理他的后事。如今人已经走了，我们总是要遵循他的意愿。我会按照他的清单和公司联系，找一位律师把股权的事办妥。至于他说要把这套房子转赠给我，其实我自己有住房，目前也用不着。我准备把他的遗体火化以后，就在他的房间设个灵堂吧，然后再把他得过的一些奖状，他做过的一些项目什么的，都在他的房间里摆放妥当，也算是对他在天之灵的一份告慰吧。至于那些董事会投票权什么的，你比我更懂，可能就要你来出面协调处理。"

"好的，这个没问题。真是太意外，也太可惜了。孔孟之道这么好的创业项目，齐帆完全可以痛痛快快地当一个年轻大富翁。他这些年好比在海上游泳，游了几十公里，再大的狂风巨浪都挺过来了，却在马上要靠岸的最后 50 米沉没。"李淑英说着，眼泪禁不住地涌了出来。

"好在天堂平安，他在那里不会再有痛苦。"胖强哽咽着，"您多保重，后续有什么事情我们随时保持联系。"

双方挂断了电话。

30 天以后，美国在线培训机构"施特教育"以全资收购的方式并购了孔孟知道，凯盛基金在并购后完成退出，孔孟知道任命了新的CEO。

55

北京　凯盛办公室

张向民告诉陈平，中国无线内部近期孵化的一个项目：华夏娱乐，准备通过私募的方式，引进外部资金。

说来最初的这个主意，还是陈平向张向民建议的。张向民就任中国无线总经理，把原先的几块核心业务迅速梳理步入正轨以后，他开始在内部推动了几个孵化项目，华夏娱乐是其中的一个。长期在体制内工作的张向民觉得，这些项目都应该靠国家财政拨款和企业自身的盈利来运作。而陈平告诉他，这样的做法固然可行，但是推进速度会很慢，尤其是在涉及新媒体传播和新科技应用领域，通常每隔半年八个月就是另一番新景象，抓住一个机会就必须快速抢占制高点。陈平的这个意见，张向民听进去了，他在内部做了一些推动，同时也与主管的国资委做了几轮磋商。内部协调下来，上面同意中国无线把这个新的孵化项目作为一个试点，寻求外部民间资本的参与。

华夏娱乐成立到现在大概6个月，目前有300多人的团队，这个以视频播放为主的平台主要是利用中国无线强有力的通信技术后盾，以及现有的几亿手机用户，其核心运用是推出数款收费制的移动端在线观看影视节目的服务，包括电影、电视剧、综艺节目和重要的直播及演唱会，等等，目前已经拥有注册用户8000多万，处于移动端娱乐平台第三的位置。相比于排名前面的另外两家，华夏娱乐发展的势头很猛，加上它本身国字号招牌，显然这样的项目势必会受到投资市场的广泛关注。

据张向民介绍，因为中国无线作为国营企业的背景，这次华夏娱乐对外融资和市面上多数的创业项目融资还是有所不同的。这次定下的基调是：华夏娱乐准备吸收两家私募基金，其中有一家明确规定必须来自政府财政部门的基金，目前选定的是天津地方财政拥有的产业基金，另外一家则公开向社会招募，投资流程也与一般的融资惯例有所不同，市面上的融资多是邀约制，价高者得，这次则有统一的标价并对投资条件有明文规范：出让30%的股份，由两家公司平摊，每家各占15%，筹资金额各5亿人民币。

凯盛基金1年前成立了一期人民币基金，总金额是80亿人民币，所以5亿人民币的标的对于凯盛来说，正好是其人民币基金投资的目标范围。

按照募资说明，中国无线出让华夏娱乐30%的股份，由最终胜出的两家基金公司平均获得，产业基金的15%已经是固定的，所以另外一家也将获得15%的股权。本来对于凯盛基金来说，公司的一贯投资风格是凯盛要做投资方最大的股份占比拥有者。显然华夏娱乐的要求与凯盛过往的原则略有差异。考虑到这个标的的特殊性，以及15%股权依然处于跟另外一家基金同等话语权的水准线，陈平经过内部沟通，大家认可了这样的投资比例和投资金额。

接下来的环节就是竞投。跟其他的投资标的不同，华夏娱乐不存在估值的高低、投资金额多少、投资条款的谈判等等，这些都已经在中国无线招募书上清清楚楚地写明了：出让15%的股份，融资5亿人民币，以5年为周期，5年之内如果公司上市，获得相应持股比例的流通股，如果公司未能上市，5年之后按年化8%的收益连本带息一次性还给投资人。第三种情况就是如果华夏娱乐经营不善倒闭，那就是作为投资者要承担的风险。不过大家心里都很清楚，对于这样一家有国资委支撑的国营企业来讲，倒闭的可能性几乎是不存在的。

在投资条件基本确定之后，每家参与竞标的私募公司需要展示的，就是自身的条件，能给这个项目带来除资金以外的其他什么东西，例如管理经验、行业经验等等。一共有5家私募基金参与了这一轮的角逐，陈平在凯盛内部的管理例会上提议由Tina的教育与医疗组和李淑英的TMT高科技团队共同承担这个标的的投资运作。陈平之所以这样考虑，是因为项目本身的性质更适合于TMT，但是和国营企业打交道，他相信本乡本土长大的Tina比李淑英更有经验。

Tina和李淑英两个人共同牵头组织了一个5人团队专门负责跟进这个项目，从早期的项目分析、提交投资的可行性研究，到对外发出投资意向书，一切进展都还顺利。

虽说凯盛过往的投资历史上也投过一些国营企业的项目，但都是地方性的企业改造，投资这种由国资委直接控制的国营企业，而且是一个新型的孵化项目，这还是第一次。中间有很多经历是跟凯盛以前的投资流程不一样的，例如以往的投融资报告和讨论，基本上都是投资方与被投公司的CFO、总裁、法务进行沟通，而现在面对的是一家国营企业，各式各样的会议沟通、投资说明报告、问答等安排就特别多，每次会议和报告演示，听众都是不同方面的人，同样的车轱辘话，前前后后需要来回讲10多遍，甚至对方内部的审计部门也要专门组织听一次专题的融资报告，还有类似工会、女职工代表等等，因为每个部门最后都要参与选取哪家投资公司的投票决定。文山会海的经历，让这些一向都在高度市场化环境下运作项目的投资经理有点儿摸不着头脑，只能一点一点探索。而且由于是和国营企业打交道，官话套话自然也就免不了的，凯盛同事们临时抱佛脚地恶补了一堆政治术语。

几个星期进展下来，现在争夺华夏娱乐这个投资席位的主要有3家公司，分别是凯盛，新近进入中国的美资 KW One 基金，还有一家日本基金。为了避嫌，自从凯盛决定应标中国无线的这个项目以来，陈平就不再跟张向民有任何单独联系，他知道国营单位各种监督的要求很复杂，而且规矩重重，他不想给老同学添加不必要的麻烦。

这天下午，陈平正在北京的办公室阅读邮件，卓亚琴突然打了电话过来："陈总，你一个人在办公室吗？我得马上见你一面。"

从对方的口气中，陈平听出一定是个很急的事情。自从卓亚琴接手了李卫的那个基金会以后，他跟卓亚琴的联系一直都比较频繁，主要是基金会刚开始上手，千头万绪有很多事情，陈平都在帮亚琴出主意。不过最近两个月随着基金会运作逐渐上手，人员也都招聘停当，北京、香港的两个办公室顺利开张，陈平和亚琴的联系倒是逐渐减少了。他知道李卫基金的第一期5000个奖助学金名额将在今年年底之前颁布，对一个全新的基金会来说，这个工作量无疑是一个巨大的挑战。

30分钟后，卓亚琴急匆匆地推门而入，在陈平办公桌的对面坐下，说："老大，有一个麻烦事。"陈平看她神色严肃，话语急促的样子，连忙起身把办公室的门关上，随手递给亚琴一瓶苏打水，说："没事，你慢慢说。"

"是这样的，那个，你们在中国无线的融资项目，被人盯上了，而且是冲着你来的。"卓亚琴说道，"我有一个好朋友就在中国无线总部的人事部，刚刚把消息透露给我。看来，这潭水被搅得比较混浊。"

陈平没有插嘴，他坐在自己的椅子上两眼直视前方，静静地等着亚琴接下来的叙述。

"你知道，投融资项目到这个关头，最怕的就是节外生枝，而且如果是跟行贿受贿有关的任何消息。"卓亚琴显然有些怒气，丰满的胸脯说话间一起一伏的，"今天中国无线接到了3份举报信，分别寄给中国无线的纪检委、总裁办和人力资源部，内容是一样的，实证检举凯盛大中华区负责人就是老大你，利用不正当手段，行贿中国无线总裁，试图借机影响华夏娱乐的融资取舍，寻求不正当的有利地位。"

"行贿？"陈平一下子没有反应过来，"具体是什么呢？"

"就是你给对方送了两罐珍藏版极品大红袍茶叶，每罐价值人民币 8 万元，一共是 16 万元。检举信附有你送件签收的所有原始记录复印件。"

"茶叶？你等等，你等等。"陈平一下子脑子短路，他想不起有这么一回事，"我给他 16 万元的茶叶，怎么可能呢？我从来没有买过这种天价茶呀。"

亚琴补充说："可是我那个好朋友说，检举信提供了确凿证据，包括有人签收的复印件，是前台代收代转的，还有这两罐茶叶的价值，网上产品和售价，都有清楚的截屏。"

"送礼？天价茶，16 万？"陈平自言自语道，试图寻找记忆的线索。

"据说是 1 个多月前发生的事。"卓亚琴见陈平一副茫然的样子，试图提醒道。

"1 个多月前……哦，想起来了，应该是那个。"陈平霍地站了起来。他是福建人，喜欢喝茶，同时知道他的这个老同学也有喝茶的习惯，所以陈平时不时地给张向民捎过去几罐茶叶，这种事以前有过几次。陈平茶叶的来源，都是他在老家的弟弟帮他张罗的，他也不知道弟弟具体从哪里买来的茶叶，这么多年他从来没有过问过。上一次正好弟弟寄过来一大箱茶叶，陈平选了两罐印有"极品大红袍"字样的茶叶，让司机开车送到中国无线总部前台，由前台签收代为转交给张向民，对方收到以后，还发过来微信向他道谢，可是这件事情又怎么会跟 16 万元扯到一起呢？陈平把事情的来龙去脉大致跟卓亚琴说了一下。后者听了点点头，说："我估计是有人给你使套了，陈总，你给我一点儿时间，我调查一下。不过这件事情你可不能掉以轻心来着。"说罢，卓亚琴匆匆离开。

陈平一个人坐在办公室里，细细回想着这个事情："我还是大意了。"他狠狠地捶了一下自己的脑袋。

他个人对这件事情倒是不太担心，在凯盛内部，这是很容易解释清楚的，现在他心里很焦虑的是，如果因为这件事影响到他的老同学，那就非常糟糕了。且不说华夏娱乐这个项目是他这位老同学全力推进的一个市场化试水的重点项目，更重要的是，他知道张向民正处于政治生涯发展的上升期，很可能几年后将成为举足轻重的高级行政主官。而官场上凡是涉及行贿受贿的检举和传闻，一向都是查得特别严的，这也就是人们常说的不求有功但愿无过的官场惯例，如果谁有了这方面的把柄或者被举报，哪怕最后是子虚乌有，也会把一个人折腾得够呛。本来这些年陈平一直很小心，抱着不要给张向民惹事添麻烦的态度，几乎从来没和他有过任何金钱或者礼物上的迎来送往。说来这个茶叶还是上一次两人一起爬泰山，坐下来喝茶的时候，张向民喝着陈平随身带的大红袍，开口跟他要的，大家都太熟了，对方也不忌讳，直接说你这个茶叶很不错，回头送我几盒。也正是因为没有觉得有任何需要避讳的，陈平才会让司机大大方方地送交对方，没想到还是大意了。

两天后，卓亚琴把她私下调查的初步结果告诉了陈平，问题的关键在于那个8万元的标价。举报材料是匿名形式提交的，罪名是陈平以行贿的方式，送给中国无线总裁张向民两罐价值16万人民币的极品大红袍。而这两罐极品大红袍目前在网上的公开售价，的确是8万元1罐，检举人还附上了网上在售商品的截图，同时附上该商品已经有过的3人次购买记录，说明这是一个真实存在的商品定价。

不约而同地，陈平和卓亚琴两人同时意识到了设立这个套子的人绝非等闲之辈，这个人知道怎么做出一个"套"给人设陷，关键就在于这个8万元的商品已经被设置得有凭有证。

两人在国贸咖啡厅见面，卓亚琴把所了解到的情况大致介绍了之后，双方都沉默着相向而坐。过了好一会儿，亚琴才开口说道："现在网上任何人销售任何商品，除了一些特殊控价商品以外，正常情况下都是可以自由标价的，像茶叶、服装这类商品，标8万、80万都是由卖家说了算。只要他标售的这件商品和你送给对方的是一模一样的话，就很容易被认为是这款赠送商品的市场价值，何况还有交易记录，这是老手干的。"

通过卓亚琴的查找，这款商品是1个多月前上架的，在这段时间一共卖出3单。

"1个多月前？那就跟我们凯盛开始介入这个项目的时间点大致是同步的。"陈平思考着。

"是的，说明整个事件是有人事先精心策划的。"

"根据我这么多年的电商行业经验，卖家制造几个购买记录并不困难，懂行的人都晓得其中的道道，可以做到看上去很逼真。"陈平试图理出个线索。

"明显的老手所为，因为有了几笔客户的购买记录，客观上就坐实了这件商品8万元的价值。"卓亚琴今天特意约陈平在凯盛办公室楼下的咖啡厅碰头，因为涉及的话题比较敏感，这会儿两人一起分析着这件事情的前后细节，一时间竟然找不出这个检举链路中间的破绽。

"整个链路构建得比较完整，"亚琴起身替陈平要来一杯冰水，等陈平接过水杯，卓亚琴接着说，"如果检查部门去核实的话，几乎无懈可击。你的确送了两罐极品大红袍给这位张总，这一点有收件记录和转交人员的叙述，这款极品大红袍的确在网上的售价就是8万元1罐，同样有交易记录。那么由此推论出你送给对方价值10多万的礼物，被视为商业贿赂行为，乍看起来很难被攻破。我知道你的为人，我也清楚这件商品的价值根本不值几万元，昨天我特地到北京马连道茶叶批发市场，问了一下那里的批发商，他们说这种东西1罐就是2000元左右。那么把这个2000块钱的东西在网上做成8万块钱的价值，这种事情您比我清楚，做起来并不难，找到货源，上架贩售，再有几个水军过去刷一下单就行了。但是能够准确地知道你送出的这款礼物，而且把和这个礼物一模一样的产品找到并做成网上销售品，不仅是精心筹划，而且还得有一点内部信息。"

陈平点点头，自从前天卓亚琴跟他说起这件事情的时候，他脑子里就一直在盘旋着。他记得当时他是在自己办公室拆开弟弟寄来的茶叶后，从里面挑选了两罐，打电话吩咐司机，让司机送到中国无线的。他还手写了一个中国无线张向民秘书的电话，所以知道这件事情的，除了中国无线那边，凯盛这一端应该只有司机。陈平接着向亚琴叙述了这个经过，并补充道："我不想走内部调查的渠道，别让这件事情在凯盛内部闹得沸沸扬扬的，人多嘴杂。"

卓亚琴点点头，问："是哪位司机？我见过吗？"

"张师傅，你应该见过。"

"我知道张师傅，坐过几次他的车。"亚琴说，"老大，这个事情交给我来跟进吧，不要再让其他人插手了，你们凯盛内部知道的人越少越好，不要让这个消息到处散开。"

两人起身道别。

第二天，卓亚琴特地打电话向租赁公司要了一部商务车，指明要张师傅驾驶。张师傅所在的汽车服务公司除了接待凯盛投资的常年性用车需求以外，也面向社会承接其他商务用车，所以卓亚琴很容易地定到了张师傅的车。

"张师傅，您好。"

"卓小姐好。"双方彼此都认识，上车以后寒暄了几句。卓亚琴随口说了一个地方："您带我去一趟清华大学吧。"卓亚琴故意说了一个比较远的去处，以便有充分的时间。

车子驶入北四环，路上两个人漫无目的地闲聊着，卓亚琴装着无意识地叹了一口气："你经常给凯盛开车，凯盛的陈总什么都好，就是忘性太大。"她假装有些抱怨的口吻："他上回答应我说要送我几盒好的大红袍茶叶，结果就忘了，我又不好意思主动跟人家要。"

张师傅笑笑，他知道亚琴跟陈平很熟，说："陈总是福建人，喜欢喝茶，也经常送人茶叶，上回中秋节前替他开车，陈总还特地送了茶叶给我，他是挺懂得茶道的。对了，我记得1个多月前，我还替他送了两罐茶叶给他在中国无线的那位老总，是他的一个老同学什么的。"

"是吗？"卓亚琴显得饶有兴致地问道，"我在陈总那边有喝过，是这款茶叶吗？"朱雅琴调出手机里的一张照片，举到张师傅面前，后者看了一下点点头，说："对，我送过去的就是这个，红色有一条龙的图案，我当时觉得这个包装挺好看的，所以印象特别深。"

"那你那天送过去的时候，就这样直接空车跑过去的吗？"

"本来是要专门送过去一趟的，正好他们那个TMT的李杰伟那天要车，我就把两个单子并在一起了，你知道这样一来，我跑一趟就相当于两笔收入。"张师傅直言快语的。

"不错不错。"卓亚琴点点头,"我下回一定要跟陈老大把茶叶要到手。"了解到这个情况,卓亚琴心里大致已经猜出个八九不离十了。

李杰伟当初进入凯盛是石磊招聘的,近来李杰伟因为两次受到陈平的批评和处罚,心里有诸多不满,那天他和石磊一起喝酒的时候,顺口说了这件事,他可能并不觉得这个消息有什么特别的价值,所谓的说者无意听者有心,石磊显然抓住了这条线索。

56

北京三里屯 荷花公寓

荷花公寓位于北京三里屯路,正对着太古里商城,这是京城邻近CBD的一处高档社区,住在这里的居民以年轻人为主,多是高级职场白领和附近驻华使领馆的工作人员。

和张师傅聊完,卓亚琴觉得送礼事件的来龙去脉基本串起来了。职场上的很多事情,包括涉及的人员,浮在表面的往往只是个幌子或者假象,这么多年猎头职业生涯与各色人等打交道,卓亚琴对此了然于心,也有妥善挖掘个中内情和相机对应的办法。李杰伟后面的人是谁,她一下子就猜出来了,而且这个人有足够的作案动机。

这会儿一个人和衣躺在松软的席梦思床上,亚琴有些替陈平感到委屈,为什么凡是想做一番事业的人,总不时地要遭受这种无耻小人的干扰和伤害,这一次的暗箭虽然说是射向陈平,但是以卓亚琴对陈平的了解,她猜测得到陈平更为在意的,是因此可能造成对他老同学的伤害。最近几次私下沟通,卓亚琴明显感觉到陈平在这方面的顾虑和自责。她很清楚陈平不是一个工于心计的人,虽然身居高位,但陈平的突出亮点是他面对投资和企业经营的构建性思维和睿智,对于那些来自暗处的恶意攻击他并不善于防范。都说人的精力是有限的,往往越是智慧型的管理者,越不擅长于人际周旋和应对小人,因为其注意力不在这上头，古今中外，概莫如此。

这么多年来，卓亚琴一直与陈平保持着密切的关系，本来商务场上彼此往来，私底下互通有无的联系和帮衬，也算正常。但是卓亚琴和陈平一样，很少将工作关系带入私交范畴，两人的交往一步步走向紧密，对于双方都是个例外，特别是上次新加坡之行，与陈平有过一晚上超乎寻常的密切接触之后，卓亚琴心里对这个年长自己十几岁的中年男子不由得有一份异样的关心和牵挂，甚至有时候碰上刮风下雨天，都忍不住地去担心这个男人着凉淋雨，还会不管不顾地发短信提醒对方添衣服带雨伞。这大概就是当女人喜欢上一个男人时下意识里的天性吧，哪怕自己都不清楚这份喜欢和好感究竟是怎么回事。

卓亚琴心里打定主意，既然现在已经很清楚地知道这个恶意伤害源自何处，自己有责任帮陈平彻底清除这个隐患。它已经多次伤及陈平和陈平身边的熟人，而且都是在很关键的时候使绊子，这次她无论如何要敦促陈平痛下决心。卓亚琴翻了个身，拿起身旁的手机，拨通了陈平的电话。

傍晚，陈平应约来到三里屯那里的花园酒吧与卓亚琴会面，这是近一周来两人第三次碰头。刚一打照面，陈平的模样就把卓亚琴吓了一跳，眼前的这个男人一改往常气定神闲的洒脱劲，显得一脸沮丧。卓亚琴连忙招呼对方坐下，替陈平点了一杯他喜欢的干邑，接着将她通过张师傅那边了解到的情况做了一个简单的描述："现在初步的线条梳理出来了：李杰伟无意中知道您送张总茶叶的这个消息，告诉了石磊，Stone 运作了这件栽赃的事。"

陈平坐在位子上静静地听着，没有接过话茬。他心里明白，从某种意义上说，自己与卓亚琴两人之间的密切和相互信任，已经超出了通常意义上的伙伴及朋友，这一点从亚琴如此上心追查这件事就可以看得出来，但这份彼此的牵挂，双方谁都没有点破。陈平把玩着手上的干邑白兰地酒杯，随后一口气喝完，放下杯子，有点醉意地看着亚琴，说："亚琴，我跟你说心里话，这件事情我最担心的并不是我怎样。因为我在内部很容易讲清楚，我相信纽约的老大和我们大中华区的几个合伙人都不会误解我，更不会因为这事对我有什么太大的非议。

但我真的是很担心我这位老同学，人家是体制内的人，多年的官场中人，现在是大国企的掌门人，想做一番事业，被小人这么一支暗箭伤人，如果因此而影响到他的前程，那我真的是……"陈平后半句话没有往下说，使劲用双拳捶打自己的头部，这几天来他一直对自己唐突送茶叶的大意满怀自责。

卓亚琴望着眼前的这位多年密友，在她印象中刚强坚毅、叱咤风云的男人，这会儿眼眶里居然有几分湿润，她连忙起身走到吧台前，又要了一杯干邑，直接递到陈平手里，在他的侧面坐下，伸手搂住对方的肩膀，在他耳边轻声低语道："陈平，你放心，这件事情我们一定能处理妥的。"这是卓亚琴第一次对陈平直呼其名："下一步的关键，就是找到这个在网上卖 8 万元茶叶的店主。只要从他这边获得足够的资讯，一切就不攻自破。"

陈平摇了摇头，说："店主和我们应该是处于对立的双方，假设石磊是通过店主做这件坏事的话，他们一定有利益捆绑，在法律上我们很难找到破绽，因为任何人都可以把任何一件商品在自由标价的网上销售，无法说明这个 8 万元的价值子虚乌有。"

亚琴伸出右手拍了拍陈平的肩膀，笑着说："我看你是聪明一世糊涂一时啊。正因为对方是有利益捆绑的，这种利益捆绑的关系是最容易破除的关系，这道理你应该懂得的吧?"

陈平抬起头来，看着眼前这个用正经口气教训着他的女人，有一点儿吃惊。卓亚琴的瓜子形脸庞线条分明，浑身透出一份干练的气质，又不失成熟女性的温婉。

"你别这么看着我，可不就是吗? 你看，我和你没有任何利益牵连，所以我们的关系是很难被打破的。但凡只要是以利益为基础的关系，那就好办得多了。你放心，他们有利益建立起来的支点，我们就用利益来打破它，不就这么简单吗?"

"谁说女子不如男?"陈平感叹了一句，"关键时候亚琴你比我还冷静。"

"你别给我戴高帽，不是我比你更冷静，而是当局者迷嘛。毕竟事情不是发生在我身上，我处理这个事情，就像我处理其他客户的事情一样，能够用一种冷静的态度去分析，只不过你这个客户，对我有一些特殊罢了。"说着，卓亚琴低头垂下眼帘。

陈平连忙把话题岔开："这小子玩的这个套设置得够深的。"

"放心吧，陈平，我准备跟这个在网上卖8万块茶叶的店主联系，第一，让他交代这8万元的标价是怎么回事；第二，了解清楚是谁让他这么干的。这一来不仅能够洗刷掉你老同学的这个莫须有的罪名，也替你解脱了烦恼。"卓亚琴显然已经盘算好了下一步的计划。

"这次恐怕真的只有你能帮忙，我实在不想动用凯盛的内部资源去处理我个人的事情，我怎么报答你？"陈平感激地望着对方。

卓亚琴抬起她长长的睫毛，说："那你能亲我一下吗？"

"哈，你这是试图调戏大叔，这是当下流行的凡尔赛吗？"说罢两人都笑了起来，陈平侧过上身，在卓亚琴脸上轻轻吻了一下。

北京南站，高铁列车检票口。

卓亚琴一身休闲装牛仔裤，背着一只双肩背包，轻松地通过检票口，登上开往江苏蓝田的高铁列车。

通过网上与那位大红袍卖家的沟通，卓亚琴告诉对方自己准备购买5罐8万块钱的极品大红袍，说明是用于送礼的，要求当面交货。对于这样的大财神，对方自然是毕恭毕敬，主动表示愿意亲自到火车站接客人。

蓝田位于江苏长江以北，是一个离镇江不远的小县城，卓亚琴此行就是去会会这位网店老板的。双方在火车站见了面。卓亚琴开门见山，直接说："老板，茶叶都拿来了吗？我现在就跟你交割。"

"好的，不过呢，"对方犹豫了一下，说道，"我手上只有两罐现货。另外3罐可能要再过一段时间才能寄给您。"

"那不行的，"卓亚琴显得很生气，"来之前都说好的事，我们现场一手交钱一手交货，8万块钱一罐的茶叶，你一折现货卖给我，这下我人都来了，你怎么能这样不讲信誉？"

"这位女士，您先消消气，您可能有所不知，这个价格我其实就是胡乱标上去的，真没有想到会有人买，哪怕打了一折。跟您说实话，我前面卖出去的那3笔其实都是朋友买的，就是打款刷个单，每笔按我的进价再加500元的好处费。"

一看对方并未设防的模样，卓亚琴判断这是一个头脑简单的粗人，她赶紧追问："不是说这款8万元的大红袍茶叶是绝无仅有，全国年产量只有50罐吗？这到底怎么回事？不管今天能不能成交，我都跑来一趟了，你说什么也得和我讲实话。"

"哎呀，那就是网上胡诌的，我跟你实说了吧。"卖家是一位30开外的男子，见到眼前气质不凡的卓亚琴，有点儿不知所措，"我们那个村呢，本来都是做刷单刷评论的，就是所谓的5毛党，专门替客户在网上留言写评论和做虚假交易，后来有一个老板找到我，给了我1罐茶叶的图片，说是让我去福建找到这个茶叶，买下来5罐，按8万块钱1罐上架登出来，他可以保证至少跟我买3罐，走刷单路线，每单好处费500元，另外给我3000元酬劳。这是一笔很好赚的生意呀，我大致搜索了一下，这个商品是由福建南平的一个很小的茶叶工厂制作的，他们没有网上的销售，所以我特地跑了一趟，在当地的一家小门市部买了5罐，每罐是800块钱。我一共就买了5罐，现在网上已经被拍掉3罐，我手上就剩下两罐，既然你都过来了，这样吧，我就按1300一罐卖给你吧，和我前面3单的实收价钱一样，只不过数量只有两罐，如果你还想多要的话，给我一周时间，我帮你跑一趟。"

卓亚琴一听对方是5毛党出身，马上意识到这件事情很容易用钱解决。"好，那我先给你转2600元，这两罐茶叶我要了，时间上比较急，剩下的我看看还来得及的话再来麻烦老板。"就在微信准备转账的当头，卓亚琴乘对方一门心思等着收款没有心理防备，假装无意中打开一张照片，指着上面的人，开口问老板："前面几罐是这个人买走的吗？"

"没错，你也认识他？"老板正开着微信二维码等待卓亚琴转款，没有多想，"他叫吴先生来着。"

亚琴关上手机上石磊的照片，把钱款转给对方，她知道石磊用的想必是假名。

"这位吴先生当时给了我一个产品的照片，让我按照照片上的这个茶叶去寻找。他说他至少要买3罐，要求我按照每罐8万块钱标价，当时走的时候给了我 3000 元的好处费。"

"你能把这件事情的来龙去脉，用视频的方式向我陈述一遍吗？因为我出门前我公司老总交代我今天要买到这 5 罐茶叶，送礼用的，如今我只拿到 2 罐，我怕不好交差。对了，我另外付你 5000 元，不管我以后是不是再补单，这笔钱都归你了。"

"没问题啊。"对方一听有额外收入，显得很开心，"在哪里录？"

"我们就近找一间茶馆吧，你一边喝着茶一边把这个事情的来龙去脉跟我再说一遍。"于是两人走到火车站附近的一处茶馆，网店老板按卓亚琴的要求，把这件事情的来龙去脉细细地叙述了一遍。

周末，卓亚琴来到北京东单东方广场的丽人会馆，美美地给自己做了一套全身 SPA。这一个星期连轴转，把她累得够呛，好在现在理清了各个环节的眉目，可以向陈平交代了。

周一一大早，卓亚琴驱车来到北京国贸，走进凯盛基金陈平的办公室，把录制好的视频和整理妥的录音资料交给陈平。

"喏，资料我都备份好了，这些材料应该可以替你的老同学洗刷那个检举的不实罪名。"

陈平听完卓亚琴的叙述，长舒了一口气，说："亚琴，真的谢谢你。这件事情是我最近这几年经历过的最郁闷的一件事。我这个老同学但凡因此仕途发展有一点儿闪失的话，我真的会一辈子于心不安。"陈平充满感激地走上前拥抱了卓亚琴。

"老大，这是办公室呢。"这会儿轮到亚琴不好意思了，"事情都已经查清楚了，我相信你们凯盛基金在这个项目上的投资也不会有什么障碍，现在只剩下最后一件事情。"

"什么事情？"陈平一下子没有反应过来。

"那个人必须收拾啊，以绝后患。"

"你说得对，一而再，再而三，是到了该下决心铲除祸根的时候了。"陈平说完走到办公桌前，从抽屉里取出一个卷宗，这是当时李淑英交给他的有关石磊几项违规受贿的原始凭证，他把卷宗递给卓亚琴。

卓亚琴接过来打开看了几眼："交给我吧。"说罢转身离开。

当天下午，卓雅琴约见 KW One 大中华区总裁，直接把资料从卷宗里取出来，一份一份地摊开放在总裁的桌上，直接用英文告诉对方："你们现在有两种选择，或者开除 Stone 永不录用，或者让我们将这些资料在网站上公开曝光，到时候影响到的是你们刚刚进入中国的新基金的名誉。麻烦您在 48 小时内做出决定。"说完把卷宗外套连同十几页材料留在对方的桌上，头也不回地走了。

两天后消息传来，石磊被 KW One 公司除名，接下来的消息是，他带着全家离开中国，移民加拿大。

57

福建龙海　流传村祠堂

弟弟发来邮件，告诉陈平母亲九十大寿筹备的进展。

这件事情大约半年前就开始酝酿，是陈平弟弟的主意。弟弟在老家，一直陪着父母亲生活。

陈平对这个想法举双手赞同。母亲一生经历过几次大的历史动荡，她小时候遇上军阀混战，接下来是抗日战争，日本军队攻占厦门鼓浪屿，母亲那时还是中学生，被迫随外婆逃回乡下老家。中学时代，母亲加入了抗日医疗救助队。抗战结束后，母亲远赴英国留学，大学毕业后回到厦门，在正南大学护理系任教直到退休。50 年代反右派反资本家斗地主，有海外关系的母亲受到牵连，60 年代"文革"期间，她更是被作为反动学术权威和卖国贼，游街批斗关牛棚，有六七年时间失去人身自由。1973 年三结合从牛棚解放出来下放到农村小学当杂工，"文革"结束后落实政策平反，母亲才重新回到正南大学讲台，继续她的执教生涯，被评为一级教授，一直工作到 20 世纪 90 年代退休。

退休以后，父母老两口和弟弟都在厦门居住生活，最近这几年，母亲不时回到流传村老家的天一老宅居住。母亲喜欢天一老宅那份乡间的田园气息，外婆是 10 多年前在流传村的天一老宅过世的。

老家的天一老宅，"文革"期间被没收充公，90 年代以后落实华侨政策，才将房子归还给郭氏后人。郭家后人解放后大多留在乡下务农，落实政策时郭氏的后裔们各自分到了几间老屋。归还老宅的时候外婆还健在，外婆给自己留了 3 个房间，特意重新整理了一下，两间用于居住，另外一间供奉着郭氏先人的牌位。外婆过世以后，母亲把外婆的牌位也供奉在这间屋里。这几年，晚辈们不时地也会回到老宅看望，每次陈平带孩子回去，母亲照例总是要求每个人都要到牌位前给祖先烧香磕头。

岁月如梭，当年从流传村天一老宅走出去的如花少女郭玉洁，如今已成为鬓发雪白的年迈老妇人。母亲最近这阵子行动越发困难，去年摔伤了骨盆，手术后虽然康复的情况还好，但是身体虚弱了许多，母亲前阵子执意要回英国看一看，陈平明白老人家是想在人生的蜡烛即将耗尽之前，再去探访一下自己年轻时曾经待过的地方。从英国回来以后，母亲几次喃喃地说，想找个时间，把晚辈们都叫到一起聚一聚。所以半年前，陈平弟弟说起筹备母亲九十大寿的时候，陈平觉得可以利用这个机会，把相关的晚辈和母亲的学生们都请来。

郭玉洁一辈子育人无数，经她手教育出来的门生，如今遍布在中国护理和医疗管理行业至少几千人，其中的佼佼者更不在少数。例如中山医科大学的医学院院长、护理系主任，北京协和护理院院长，上海永康医院院长，还有前不久受到表彰的一位浙江乡村医疗劳模，都曾经是母亲的学生，他们都希望能有机会为郭教授办一次寿辰庆典。

陈平和弟弟一起草拟了一份庆典邀请名单，名单分为两个部分，一个是母亲的同事和学生，大约有 30 人，另一份是父母双方的亲戚子孙和村中族长，也是 30 多人，这里包括陈平夫妇和 3 个孩子，陈平弟弟夫妇和两个孩子，陈平妹妹妹夫，英国魏建平的孙女 Jenny，她现居住在伦敦，是一位住院医生，母亲年轻时候的婢女小春的儿子郑一文、孙子郑亚全，母亲堂弟郭玉坤的儿子、孙儿孙女，还有外婆以前的郭府管家郭贺的孙女郭明华，郭贺的儿子郭应洪已经过世，他的女儿现在是当地的县教育局局长。名单上还有母亲小时候的干弟弟叶定平，他如今定居在台南市郊。

陈平和弟弟一起把名单交给母亲确认后，陆续将请柬发了出去。因为受邀请的人分布在全国各地，有些人还是居住在海外以及中国台湾地区，他们都表示要专程赶过来，但这需要提前把行程安排妥当。母亲特意交代，所有参加寿辰庆典的人，不许携带或赠送任何形式的礼物，不管是现金或者实物。母亲解释说，这是从祖上几代人直到外婆延续下来的习惯。但凡喜事，请人家过来聚一聚，是一件很开心的事。如果加上收礼送礼，活动本身就变了味道。母亲还特地叮嘱陈平兄弟，对谢绝送礼这件事情，一定要反复交代，任何人如果携带礼物，将恕不接待。

寿庆活动地点定在老家流传村。因为天一老宅现在能够使用的空间已经不大了，陈平的弟弟特地找到村里的族长，说明了情况，借用村里的郭氏祠堂举办活动。郭氏祠堂已经有100多年了，最早是郭家先人捐建的，"文革"期间破四旧，祠堂里的雕塑牌位都被打得稀巴烂，祠堂内部的空间被改用于做农具储存间。前些年才又陆陆续续恢复了原貌，现在成为村里郭姓族人举办大型活动的聚集场所。

庆典活动筹备妥当，就等着计划中的好日子。

这一天是周六，流传村的郭氏祠堂装扮得分外喜庆。祠堂入口处左右各悬挂着一对条幅，沿用了当年天一信局的家训和司训。上联是仁——以仁待人，下联是信——以信为本，上头的横批写着：郭教授健康长寿。走进大堂，位于祠堂中央八仙桌后方的木刻板上悬挂着一个大大的"寿"字，两侧则悬挂了郭玉洁各个时期的生活照片。

下午4:00，人群陆续进入贺寿庆典活动现场。郭玉洁教授在她年轻时的婢女小春的儿子郑一文和陈平一左一右的搀扶下缓缓走到庆典现场中间，朝大家鞠了一躬，在主桌的正位上坐下。按照正南大学校友会的提议，庆典活动在校友会网站同步视频直播，以满足许多不能来到现场贺寿的学生和校友的要求。

司仪宣布活动开始，第一个节目是播放视频短片。

这是陈平的两个侄儿花了1个多月的时间制作的。片子从郭玉洁年轻时途经新加坡赴英国学习开始，形象生动地记录了老人90年的人生历程，包括郭玉洁和她母亲以及外公的照片，郭玉洁怀抱陈平的相片，当年报纸上关于郭玉洁第一次在正南大学英文授课的报道。片子上有一个特写大镜头，是陈平出生10个月的时候，光着屁股趴在照相馆的裸体照，她母亲微笑着端坐在一旁，这幅照片引得众人哈哈大笑。

专题片播放后，司仪邀请来宾和郭母后裔代表致辞。中山医学院院长胡教授是郭玉洁"文革"后复出教过的第一届学生，俗称为七七届。胡教授首先发言："如果说今年有什么事情让我最高兴的话，我可以告诉大家，就是今天，站在这里，为我最敬重的郭教授祝寿，并且看到她老人家身体健康。"

胡教授说道："教书育人这句话，说起来轻飘飘的，感受不到它的分量，但是每次读到这四个字。我总会想起郭教授。想起在正南大学4年求学的那段岁月。我是'文革'后恢复高考的第一批大学生。在这之前，我上山下乡待了7年，入学的时候已经26岁。那时候'文革'刚刚结束，我们那届学生心里想的，就是怎么把被'文革'耽误的时间抢回来，找回被荒废的青春时光。玩命读书，挑灯夜战，那是每天的常态。现在的年轻人们，你们完全想象不到当年我们在学校里读书的场景：图书馆晚上10:30关门，宿舍11:00点熄灯。11:00以后能够读书的地方，只有校园道路上的路灯。夜半时分，每一盏路灯下，你都可以看到一群一群年轻学子，有的站着，有的在马路牙边上坐着，也有的自己拿一只小板凳，就在那里借着微弱的路灯灯光，一本一本地啃书本。那时候我们最大的苦恼，不是伙食不好、宿舍太挤，学校没有自来水供应，而是书本不够。"

胡教授的话，似乎把郭玉洁和场内的几十人都带回到过往的岁月。

"我们上大学的时候'文革'刚刚结束，整整有10年时间，中国处于教育荒芜地带，缺教学参考书、缺最新学术资料，特别是我们护理系的，几乎没有办法接触到国外最新的论文和出版物。让我印象最深的是郭教授自己用蜡笔刻字的方法，把她从国外老同学那里要来的护理方面的论文和最新研究动向，用英文一个字母一个字母地刻写在蜡纸上，再用油墨筒一张一张滚动油墨，印出来分给我们阅读。当时这样的教材对我们来讲，是比最绚丽的时装美食还要珍贵的东西，很多同学就是从这里第一次接触到原汁原味的英文论文和学术介绍。我把这个视若珍宝，一直保留着，今天我特意带来一份，大家请看。"说着，胡教授拿出了一张已经泛黄的薄纸张，上面用油墨滚动印刷出来的英文字迹依然清晰可见。陈平坐在第一排位子上，离演讲人的位置不远，一眼认出那是母亲娟秀的手迹。胡教授走下演讲台，向人群细细展示了这幅油墨印刷纸，接着走到郭玉洁位置前，深情说道：

"郭老师，我知道您叮嘱今天不能接受任何礼物。不过我想您是否可以破个例。作为一名40多年前受教于您，终身受益的学生和门徒，请允许我把这件40年前您亲手印制的文稿献给您。"

郭玉洁连忙站起来，感动地说："谢谢小胡同学，你现在是大院长，不过我还是习惯叫你小胡。我真没想到你还留着这个东西，谢谢。我知道正南大学现在正在筹办校史陈列馆，征集各个时期的文物，我可以把这个东西转赠给正南大学的校史陈列馆。"

接下来是小春的儿子郑一文致辞。郑一文如今是一位亿万富豪。他从80年代开始，在家乡云霄创办了一间饼干厂。从食品加工行业做起，后来又进入房地产领域，拥有数千名员工，公司更是在前几年成功上市。郑一文也成为当地著名的民营企业家。郑一文上台，带着一股豪爽的企业家气魄。

"郭老师，大姨，各位好。大姨是我对郭老师这么多年的称呼，应该没有人比我们家更感谢郭家和郭老师的恩情。在座的有些人可能知道以前的郭家传奇和上一代人的历史。我阿母小春年轻时候是大姨的婢女，就是戏文里的丫鬟，在大姨身边整整生活了15年。解放前一年，大姨的母亲特意安排牵线让我阿母离开郭府成家，后来才有了我。这么多年，不管是顺风顺境，还是逆水险境，我阿母在任何时候，跟我叮嘱最多的就是，没有郭府的照料，就没有我们一家，要我一定要记住郭家的恩典，照顾好玉洁小姐，这么多年来，这是我阿母最时常唠叨的。大姨前些年受了很多政策牵连，那时候我在乡下务农，我阿母天天求菩萨保佑。今天在座的郭明华是应洪的女儿，郭贺的孙女。应洪已经不在世。郭明华祖父郭贺早年是天一总局的管家，后来死在旧中国军阀的监狱里面，他是被屈打致死的。郭贺死后，郭应洪、郭贺太太和郭明华的生活，好些年都是由郭家照料的。这些虽然都是多年前的往事，但大家都记得很清楚。大姨今天 90 岁高寿，我马上也就奔60 了。今天参加大姨的这个生日典礼，高兴的心情我就不用多说了。我想做一件事，前两天，我跟我阿母小春，喏，我阿母她今天也在这里，"郑一文指了指坐在郭玉洁身边的一位年迈老太太，接着说，"我们俩商量了一下，我想做一件回报郭家恩德，同时也回馈社会的善事。今天我在这里宣布：我们公司将以大姨的名字，捐款在正南大学护理学院建一座图书馆，命名为玉洁图书馆。首批捐款 2000 万元，用于图书馆的主体建筑，以及图书、电脑和室内用品的添置。同时我们公司将承担新建成的玉洁图书馆今后 10 年的所有日常费用。"

小春侧过身对郭玉洁小声耳语道："小姐，一文这么做不算违规吧？我们都知道您不接受贺礼，但是这份礼物不是给您个人的。"

郭玉洁点了点头，朗声说道："这是善事，好事。谢谢一文，你做了一件功德无量的好事情。不过就不要用我的名义了吧。你们现在企业不是要搞广告宣传吗？你那个企业叫什么来着？"

小春在一旁插话说："叫宏海实业。"

"哦，那就叫宏海图书馆吧。"

"不不不，大姨。"一文摆了摆手，"做广告我们有很多宣传途径，公司也有这方面的预算。这件事情不是替我和我们公司树碑立传，这件事情是想告诉所有的学子，他们当年的郭老师是如何言传身教的，作为后辈学生们的楷模。"

场内响起了热烈的掌声。

陈平随后发言，他深情地说道：

"各位贵宾，各位长辈和亲友，我今天的身份，既是参加母亲寿辰的来宾，同时也算是半个主人。首先谢谢各位宾客前来祝贺，谢谢。几位嘉宾的分享，精彩生动，十分感人。我今天想说的，其实就 5 个字，仁义礼智信。这是郭家几代人相传下来的家训，也是当年天一信局的司训。我很高兴我和我的弟弟妹妹在这样的环境下长大，感激我外婆、我母亲这多少年用这样的信念教育我们，培养我们，谢谢母亲，祝您健康长寿。"陈平说完，走到母亲面前，给了老人一个深情的拥抱。

主桌上还有一位 80 岁的老人，在他孙子的搀扶下颤巍巍地走到郭玉洁身边，问："干姐姐，还认得这个东西吗？"说话的人叫叶定平，是郭玉洁母亲郭月女士年轻时认下的干儿子。两个人一直以姐弟相称，叶定平比玉洁小 10 岁，1949 年夏天随父母去了台湾，两家一直到 40 年后才又重新联系上，叶定平后来成为一名儿科医生，退休后住在台南。

郭玉洁接过叶定平老人递过来的东西，一眼就认出那是 79 年前叶定平周岁的时候，玉洁母亲郭月送给对方的一个珍珠手环，由于年代久远，手环上的一串珍珠都已经泛黄。"你还留着呢？"

叶定平老人点点头，说："一直留在我身边，结婚的时候送给了太太，前些年太太病危，临终前把它摘下来放到我手上，我今天特意带过来，觉得把它作为生日礼物送给我的干姐姐，应该是最合适的了。对了，这是我的孙子，叶俊生，您上回见过的。"叶定平介绍一旁搀扶着他的年轻人。

郭玉洁朝叶俊生微笑着点了点头，说："俊生，我当然记得你，每年都替你爷爷给我寄贺年卡。"

"姨婆生日快乐！爷爷说起您的大寿，我就跟着爷爷过来了。"说罢，他与一旁的陈平点头示意，陈平和他是第一次见面。

"我看这样吧，"郭玉洁手里拿着叶定平刚刚递给她的珍珠手环，她拉过叶俊生的右手，把这串手环戴到对方手腕上，"这是我们两家上一代人的礼物，现在传给你，东西有些旧了，也未必多贵重，但它承载了几代人的记忆和祝福，希望你们年轻人把它再传承下去。"

"谢谢姨婆。"叶俊生高兴地说道。

司仪高声宣布："各位静一静，现在有请服务生推出生日蛋糕。"众人回首望去，只见入口处，两位衣着鲜艳的女服务员，用推车缓缓推出一个 3 层的大蛋糕，上面插着 90 支蜡烛，蛋糕四周环绕着 90 朵玫瑰，象征着对郭玉洁 90 岁的人生礼赞。蛋糕车推到会场中央，司仪说："在我们切蛋糕之前，有请今天的寿星郭玉洁教授致辞。"

郭玉洁在小春的搀扶下缓缓走到演讲台的麦克风前，深深地朝众人鞠了一躬，随后说道："谢谢大家，真的非常感谢各位的盛情美意。

90 年的人生，说长不长说短不短，有幸经历过这些年的风风雨雨，看到大家健康成长，今天特别高兴，在这里见到了很多老朋友，很多亲戚的孙子辈，甚至是曾孙辈的小孩子们。我想起那句古话，江山代有才人出，长江后浪推前浪。再多的话我就不啰唆了，我送给大家一份小小的礼物，物轻情意重。请大家打开你们座位底下的纸袋。"每个人纷纷往座位下低头寻找，果然每个座位的下面都放着一个精致的纸袋。郭玉洁略微停顿了一下，接着从自己口袋里掏出一条有着绣花图案的手绢，朝着人群解释说：

"这个绣花图案，名字叫太阳花。我手上的这条手绢，是 70 多年前我去英国念书的时候，我母亲一针一线亲手绣好之后送给我的，它陪伴我在英国 3 年的读书生涯，也陪伴了我从那以后 70 年的生活。哪怕在我最为艰难的时候，这幅太阳花的绣花图都不曾离开过我。年轻人或许不知道，这是当年闽南华侨下南洋谋生时吟唱的一首以芗剧乐谱为基调的民谣，吟颂故乡年轻人背井离乡，远下东南亚谋生，以太阳为背景，历经海上风浪，在热带艳阳下户外劳作灼烤，艰辛磨砺，不言放弃，心系故土的激情与斗志。我曾经在英国大学的年度嘉年华晚会上演奏过这首曲子，里面的曲调和歌词我仍然记得：日头赤艳艳，水路下南洋……"

郭玉洁说着说着，轻轻哼起了调子，祝寿人群里有人已经事先准备好了二胡，这会儿顺势拉起了乡谣的旋律，众人不禁齐声哼唱起来，悠扬的小调"太阳花"在这座古老的宗族大堂上空回旋萦绕，述说着一代代人生生不息的奋进情怀：

（第一段：闽南语）

日头赤艳艳，

水路下南洋

阿母媳妇在老厝

夜夜常思念

漂洋过海风浪急

番客辛苦钱

（第二段：普通话）
迎面向太阳
赤脚闯天下
人说吕宋花鲜艳
夜夜思故乡
豆瓣汗水汇如泉，
信仰给老天
……

　　郭玉洁随着在场众人一起顺着节拍哼唱，她接着说："这个图案最早是我母亲绣出来的，它是依据'太阳花'这首闽南的民间歌谣构思而成。你们看这上面的图案，茫茫大海海面，一轮高挂的太阳，一艘航行在海上的帆船，几名壮汉正奋力拉扯着风帆，体现的是谋生在外的闽南华侨不畏艰难，奋勇向前的毅力。今天在座各位手上拿着的这一幅太阳花刺绣图案，是我根据我母亲送给我的这幅作为原版，一针一线手工绣成的。我现在年纪大了，针线活做得不好，找了村里几位年轻姑娘们帮我，前后大概赶了1个月才绣成这六十几幅。今天送给各位每人一件，希望这个图案代表着一份祝福，愿郭家和陈家后辈、我的学生，还有各位乡民后生，永远保持阳光向上，积极进取的人生信仰。这就是这幅太阳花所代表的意义：辛苦耕耘，一分劳作，一分收获，生命不息，拼搏不止，以信为本。谢谢大家。"

　　音乐声再次响起，场内所有人走到蛋糕台前，围成里外3个圆圈。郭玉洁站在圆圈的中央，深吸一口气，吹灭了蛋糕上的蜡烛，全场掌声响起。

　　古老的祠堂大厅被这份老少同庆的欢快气氛笼罩着，在场的每个人都开怀畅叙，频频举杯共饮。户外夕阳西下，红彤彤的晚霞透过祠堂大门投射进来，仿佛给每个人披上了一层柔滑的锦缎。正面木质墙上的红色"寿"字，在金灿灿的霞光映照下，散发出无限柔美的温馨。

　　时空仿佛定格于这个乐融融的画面，每个人脸上都绽放出最为甜美的笑容。

图书在版编目（CIP）数据

太阳花 / 黄若著 . -- 北京：作家出版社，2022.5
ISBN　978 - 7 - 5212 - 1661 - 5

Ⅰ. ① 太… 　 Ⅱ. ① 黄… 　 Ⅲ. ① 长篇小说 – 中国 – 当代
Ⅳ. ① I247.5

中国版本图书馆 CIP 数据核字（2021）第 247426 号

太阳花

作　　者：黄　若
责任编辑：赵　莹
装帧设计：意匠文化·丁奔亮
出版发行：作家出版社有限公司
社　　址：北京农展馆南里 10 号　　　邮　　编：100125
电话传真：86 - 10 - 65067186（发行中心及邮购部）
　　　　　86 - 10 - 65004079（总编室）
E – mail: zuojia@zuojia. net. cn
http: // www. zuojiachubanshe. com
印　　刷：唐山嘉德印刷有限公司
成品尺寸：152 × 230
字　　数：350 千
印　　张：24
版　　次：2022 年 5 月第 1 版
印　　次：2022 年 5 月第 1 次印刷
ISBN　978 - 7 - 5212 - 1661 - 5
定　　价：58. 00 元

作家版图书，版权所有，侵权必究。
作家版图书，印装错误可随时退换。